# 무기여 잘 있거라

# 무기여 잘 있거라
# A Farewell to Arms

어니스트 훼밍웨이 | 김지영 옮김

브라운힐
BrownHillPub

# 차 례

# 1부

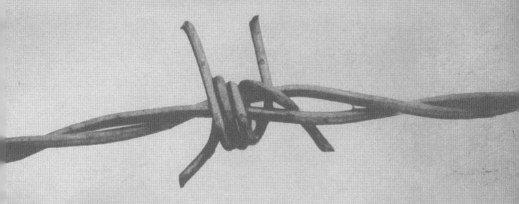

A Farewell
to Arms

/

그해 ─ 1915년 ─ 늦여름 우리는 강과 들판 너머로 산이 보이는 마을의 한 민가에서 지냈다. 강바닥엔 햇볕에 말라 희어진 돌들과 자갈들이 많았고, 맑고 푸른 물은 빠르게 흘렀다. 군인들이 그 집 옆을 지나가면서 일으킨 먼지가 나뭇잎을 뽀얗게 덮었고, 나무줄기도 마찬가지로 먼지를 뒤집어쓰고 있었다. 그해 가을엔 잎사귀들이 유난히 일찍 떨어졌다. 군인들이 길을 따라 행진하면 흙먼지가 일어나고, 미풍에 흔들리던 잎사귀들이 요동쳤다. 군인들의 행렬이 지나가고 나면 나뒹구는 잎사귀를 제외하고는 아무것도 없이 하얀 길이 끝도 없이 이어져 있었다.

들판엔 곡식이 풍성했고 과수원도 많았지만 들판 너머의 산들은 갈색 민둥산이었다. 산속에서 전투가 벌어져 밤이면 대포에서 뿜어 나오는 섬광을 볼 수 있었다. 대포의 불빛은 어둠 속에서 여름날의 번개처럼 번쩍거렸다. 밤은 추웠어도 폭풍이 올 기미는 없었다.

때로 어둠 속에서 행군하는 소리와 견인차에 매달려 가는 박격포들의 소리가 창 아래에서 들려왔다. 밤에는 안장 양쪽에 탄약통을 매단 노새들과 병사들을 후송하는 회색 군용 트럭 등 차량 통행이 잦은데다, 캔버스 천을 덮은 화물용 트럭들까지 그 대열에서 천천히 움직이는 바람에 도로가 무척 붐볐다. 낮 동안에는 트랙터에 매달려 가는 대포들이 종종 눈에 띄었다. 기다란 총신은 초록색 가지에 덮여 위장되었고, 트랙터는 푸른 잎이 무성한 가지와 넝쿨로 덮여 있었다. 계곡 넘어 북쪽으로 밤나무 숲이 보였고, 밤나무 숲 뒤에는 강 이쪽 편에 산이 하나 더 있었다. 그 산에서도 전투가 벌어졌지만 승리를 거두지는 못했다. 가을과 함께 장마가 오면 밤나무 잎들이 다 떨어져 가지들은 앙상하고 나무는 비에 젖어 거무죽죽했다. 포도밭의 포도나무들도 잎사귀들을 모두 떨구어 앙상한 가지만 드러내고 있어 볼품없기는 마찬가지였다. 온 마을이 비에 젖어 축축한데다 진한 갈색이 드리워져 음산해 보였다. 강에서는 안개가 피어올랐고, 산에는 구름이 솟아나 있었다. 트럭들이 흙탕물을 튀기며 달리는 바람에 병사들이 걸친 우장(雨裝)도 흠뻑 젖고 흙투성이였다. 그들이 멘 소총도 젖어 있었고, 외투 속 벨트 앞부분에 찬 두 개의 가죽 탄약통 — 가늘고 긴 6.5밀리 탄약의 삽탄자(揷彈子)가 여럿 들어 있어 묵직하다. — 이 우장 밑으로 툭 불거져 나와 행군하는 모습이 마치 임신 6개월쯤 된 여자들 같아 보였다.

　아주 빠르게 속력을 내며 달리는 소형 회색 승용차들도 있었다. 대개는 운전병 옆 조수석에 장교가, 뒷좌석에 몇몇 사람들이 타고 있었다. 승용차들이 군용 트럭보다 흙탕물을 더 많이 튀겼다. 뒷좌석의 두 장군 사이에 몸집이 아주 작은 장교가 끼어 앉아 얼굴은 보이지 않고 장교 모자의 꼭대기 부분과 좁은 등짝만 보이는 경우, 게다가 승용차가 특별히 빨리 달리는 경우라면 십중팔구 국왕(國王)이 타고 있을 때였다. 국왕(비토리오 에마누엘레 3세(Vittorio Emanuele Ⅲ) : 1869~1947, 재위 1900~1945)은 우디네(Udine, 베네치아 북동쪽에 있는 이탈리아 북부의 작은 도시)에 머물면서 거의 매일같이 전황을 살피기 위해 이쪽으로 시찰을 나왔다. 전황은 매우 좋지 않게 돌아갔다.

겨울로 접어들자 쉴 새 없이 비가 내렸고, 콜레라가 발생했다. 다행히 콜레라가 잡혀, 그해 말 콜레라로 인한 군 사망자는 7천 명에 그쳤다.

## 2

이듬해 전투에선 많은 승리를 거뒀다. 밤나무 숲이 자라는 언덕과 계곡 너머에 있는 산들을 점령했고, 들판 너머 남쪽 고원에서도 승리를 거뒀다.

우리는 8월에 강을 건너서 고리치아(Gorizia, 이탈리아 북동부에 있는 고리치아 주의 수도)에 있는 민가에서 지냈다. 벽으로 둘러싸인 정원 안에 분수가 있었고, 울창한 나무가 많아 시원한 그늘이 있는 집이었다. 집 옆에는 보랏빛이 도는 등나무가 넝쿨져 있었다. 채 1마일도 떨어지지 않은 옆 산에서 전투가 벌어지고 있었다. 마을은 고즈넉했고 우리가 머물고 있는 집도 꽤 훌륭했다. 마을 뒤로는 강이 흘렀다. 이 마을은 수월하게 점령했으나 마을 너머에 있는 산들은 아직 되찾지 못하고 있었다. 그러나 참으로 다행스럽게도, 오스트리아인들은 전쟁이 끝나면 언제라도 이 마을로 돌아올 생각인 듯 군사적 필요 이외에는 거의 폭격을 하지 않아 이곳 주민들은 전처럼 계속 생활할 수 있었다. 마을에는 병원과 카페도 있었다. 위쪽 샛길에는 포병대가 있고, 장교들과 사병들을 위한 위안소가 두 군데나 있었다. 여름이 지나자 밤이 되면 제법 서늘했고, 마을 너머 산에서는 전투가 계속되었다. 철교엔 포탄 자국이 났고, 전투가 있었던 강 옆 터널은 박살이 났다. 광장 주변에는 나무들이 둘러서 있고, 광장으로 뻗어 있는 긴 가로수 길이 있었다. 이와 더불어 거리에는 젊은 여자들이 있었고, 때로 국왕이 탄 승용차가 지나가서 왕의 모습 — 목이 가늘고 길며, 조그만 몸집에 염소수염같이 난 회색 턱수염이 인상적이었다. — 도 간혹 볼 수 있었다. 또한 폭격을 당해 담장이 날아가 버린 집들의 내부가 적나라하게 드러나 있었으며, 뜰이나 거리에는 석회 조각과 돌 부스러기 등의 쓰레기가 어지럽게 흩어져 있었다. 그리고 카루소(1차 대전 당시 오스트리아에 속했던 석회석 고원지대)의 전황이 전반적으로 유리해져서, 그해 가을은 우리가 시골에서 보냈던 지난해와는 사뭇 달랐다. 전쟁 또한 달라졌다.

마을 건너편 산속에 있던 떡갈나무 숲은 사라졌다. 우리가 이 마을로 들어오던 여름엔 숲이 푸르렀었는데, 지금은 그루터기와 부러진 나무줄기만 남고 땅은 파헤쳐져 있었다. 가을이 끝나갈 무렵의 어느 날, 떡갈나무 숲이 있던 곳으로 나간 나는 산 위로 피어오르는 구름을 보았다. 구름이 아주 빠르게 몰려왔고, 태양이 탁한 노란색이 되더니만 사방이 일순 회색으로 변했다. 구름이 산 위로 내려앉아 부지불식간에 우리는 그 속에 묻혀 버렸고, 그것은 이내 눈이 되었다. 눈은 바람과 엇갈리게 비스듬히 내렸다. 헐벗은 땅이 순식간에 눈으로 뒤덮였다. 삐죽삐죽 튀어나온 나무 그루터기에도, 대포 위에도 눈이 내려앉았다. 참호 뒤에는 쌓인 눈 사이로 야외 화장실까지 이어지는 작은 길들이 만들어져 있었다.

그 후, 나는 마을로 내려와서 장교용 위안소 창문을 통해 눈이 내리는 것을 바라봤다. 나는 한 친구와 그곳에 앉아서 잔 두 개를 앞에 놓고 아스티(Asti, 이탈리아산 스파클링 와인)를 마셨다. 천천히 무겁게 내리는 눈을 바라보면서 그해도 다 갔다는 생각을 했다. 강 상류에 있는 산도 점령하지 못했고, 강 건너편에 있는 산들도 점령하지 못했다. 모두 그다음 해로 넘겨졌다. 신부(神父)가 식당에서 나와 진창을 조심스레 걸어가는 것이 보였다. 같이 있던 친구가 창문을 두드리자, 신부는 고개를 들어 우리를 바라보더니 미소를 지었다. 친구는 신부에게 들어오라고 손짓을 했다. 신부는 고개를 젓고 나서 계속 걸어갔다.

그날 밤 우리는 식당에서 스파게티를 먹었는데, 모두들 진지해져서 아주 빠른 속도로 먹었다. 스파게티를 포크로 떠서 국수 가락이 완전히 늘어지기를 기다렸다가 입에 집어넣거나, 아니면 포크로 뜬 것을 빨아들이듯이 쉴 새 없이 쑤셔 넣었다. 그러면서 짚으로 싼 1갤런들이 병에서 와인을 따라 마음껏 마셨다. 와인 병은 금속 와인 받침대에 매달려 있었는데, 집게손가락으로 병목을 눌러서 내리면 멋진 탄닌(tannin)산 레드 와인이 잔 안으로 흘러내렸다. 와인까지 마시고 난 대위가 신부를 놀려 먹기 시작했다.

젊은 신부는 자주 얼굴을 붉혔다. 우리와 같은 군복을 입고, 회색 상의 왼쪽 가슴 주머니 위에 자줏빛 벨벳으로 만든 십자가를 달고 있었다. 대위는 이탈리아어에 서툰 나를 위해 영어가 섞인 엉터리 이탈리아어로 말했다. 내가 빠뜨리는 것 없이 전부 알아들을 수 있도록 하려고 그런 것인데, 크게 도움이 되는 것 같지는 않았다.

"신부님이 오늘 여자들하고 있었어."

대위가 신부와 나를 바라보면서 말했다. 신부는 얼굴을 붉히며 고개를 저었다. 대위는 종종 신부를 놀려 먹곤 했다.

"아닙니다."

신부가 웃으며 말하자, 대위가 다시 말했다.

"오늘 여자랑 있는 거 봤는데."

"그런 적 없습니다."

신부가 정색하듯 말했다.

"신부가 여자랑 있지 않았다고 하잖아."

다른 장교들은 대위가 신부를 놀리는 광경을 재미있다는 듯이 바라보았다.

"신부는 여자들을 절대로 가까이하지 않지."

대위는 내 술잔을 채워주는 동안에도 신부에게서 눈길을 떼지 않았다.

"신부는 매일 밤 혼자서 다섯(남성의 자위행위를 나타내는 속어, 다섯은 다섯 손가락을 가리킴.)을 상대하지."

테이블에 있던 사람들이 모두 웃었다.

"알아듣겠어? 신부는 매일 밤 혼자서 다섯을 상대한다고."

대위가 손짓을 하며 크게 웃자, 신부는 농담으로 받아넘겼다.

"로마 교황은 오스트리아가 이기길 원한다지. 프란츠 요제프(Franz Joseph : 1830~1916, 오스트리아 황제)를 사랑하니까. 돈줄이거든. 난 무신론자야."

소령의 말에 중위가 물었다.

"『검은 돼지』 읽어봤나요? 한 권 구해다 드릴게요. 내 신앙을 뒤흔들어놓은 책이거든요."

"그건 더럽고 사악한 책입니다. 그 책을 진짜 좋아하는 건 아니시죠?"

신부가 말했다.

"아주 가치 있는 책인데. 신부들의 실상을 알려주거든. 자네도 그 책을 좋아할 거야."

중위가 나를 바라보며 말했다.

내가 신부에게 미소를 지어 보이자, 신부도 촛불 너머로 미소를 지으며 말했다.

"읽지 마십시오."

"한 권 구해다 주지."

중위가 반복해서 말했다.

"생각이 있는 사람은 모두 무신론자야. 하지만 프리메이슨 (Freemason : 18세기 초 영국에서 세계 시민주의적 · 인도주의적 우애를 목적으로 조직된 비밀결사 단체)은 믿지 않아."

소령이 말했다.

"난 프리메이슨을 믿어요. 아주 고상한 조직이지요."

중위가 말했다.

그때 누군가가 식당 안으로 들어왔고, 문이 열리는 순간 나는 눈이 내리는 것을 보았다.

"눈이 내리니 더 이상 공격은 없겠는데요."

내가 말했다.

"그렇겠지. 자넨 휴가를 가게. 로마(Roma), 나폴리(Napoli), 시칠리아(Sicilia)……."

소령이 말했다.

"아말피(Amalfi)로 가는 게 좋아. 아말피에 있는 우리 가족에게 소개장을 써줄게. 자네를 아들처럼 아껴줄 거야."

중위가 말하자, 다들 한마디씩 거들었다.

"아냐, 팔레르모(Palermo)로 가야 해."

"아니야. 카프리(Capri)를 가봐야지."

신부도 말했다.

"아브루치(Abruzzi)로 가서 카프라코타(Capracotta)에 있는 제 가족을 만났으면 좋겠습니다."

"신부가 아브루치 얘기하는 것 좀 보게. 그곳은 여기보다 눈이 많이 오잖아. 이 친구는 농부들을 만나고 싶지는 않을 거야. 문화와 문명의 중심지로 가게 내버려두라고. 멋진 여자들도 만나야지. 나폴리의 멋진 곳들 주소를 알려줄게. 아름답고 젊은 여자들인데, 어떤가? 그런데 어머니들이 딸려 있어. 하하하!"

대위는 말을 한 후 크게 웃으면서 그림자놀이를 할 때처럼 엄지를 위로 치켜들고 나머지 손가락들을 쫙 펼쳤다. 그의 손이 만들어낸 그림자가 벽에 떠오르자, 다시 영어가 섞인 엉터리 이탈리아어로 말을 이었다.

"이 상태로 나갔다가, 이렇게 돼서 돌아오는 거야."

그가 엄지를 가리켰다가 새끼손가락을 만지며 말하자, 모두들 웃음을 터뜨렸다.

"보라고!"

대위가 다시 손을 펴면서 말했다. 촛불에 비쳐 또다시 벽에 그림자가 만들어졌다. 그는 똑바로 선 엄지에서 시작해 나머지 네 손가락의 이름을 차례로 불렀다.

"소위 엄지, 중위 검지, 대위 중지, 소령 약지, 중령 소지(새끼손가락). 소위로 나가서 중령으로 돌아오는 거야!"

모두들 왁자지껄하게 웃었다. 대위의 손가락 놀이는 대단한 성공이었다. 대위는 신부를 바라보면서 다시 이렇게 소리쳤다.

"신부는 매일 밤 혼자서 다섯을 상대한다네."

모두들 또다시 웃음을 터뜨렸다.

"자넨 당장 휴가를 떠나게."

소령이 말하자, 중위가 끼어들었다.

"나도 자네와 같이 떠나서 이것저것 좀 보여주고 싶네."

그러자 저마다 한마디씩 떠들었다.

"돌아올 때 축음기 가져오세요."

"좋은 오페라 판도 가져오고……."

"카루소(Enrico Caruso : 1873~ 1921, 이탈리아의 테너 성악가) 판도 갖고 와요."

"카루소는 가져오지 마세요. 그 사람은 소리만 고래고래 질러요."

"카루소처럼 소리를 지를 수 있다면 좋지 않나?"

"그 사람은 소리만 고래고래 지른다고. 이봐, 그 사람은 소리만 지른다고!"

다른 사람들이 시끄럽게 떠들고 있을 때, 신부가 말했다.

"아브루치에 가시면 좋겠습니다. 사냥하기도 좋습니다. 사람

들도 좋고요. 춥기는 하지만 청명하고 쾌적하지요. 우리 집에
가서 우리 가족과 함께 지내도 되고요. 우리 아버지는 유명한
사냥꾼이십니다."

"자, 문 닫기 전에 위안소로 가자고."

대위의 말에 모두들 자리에서 일어났다.

"편히 쉬세요."

나는 신부에게 인사를 했다.

"좋은 밤 보내십시오."

신부가 대답했다.

## 3

　휴가를 마치고 전선으로 귀대했을 때 우리 부대는 여전히 그 마을에 머물고 있었다. 마을 근처에는 대포들이 더 많이 배치되었고, 계절은 이미 봄이었다. 들판은 푸르렀으며 포도나무 덩굴에는 작은 싹들이 파릇파릇 돋아났다. 길가의 가로수에도 작은 잎들이 돋았고, 바다에서는 산들바람이 불어왔다. 언덕이 있는 마을 너머로 고성(古城)이 보였는데, 고성은 산으로 둘러싸인 언덕들 사이의 움푹 파인 곳에 자리하고 있었다. 그 너머로 갈색빛 산들이 있었는데 산등성이에 약간의 초록이 덮여 있었다. 더 많은 대포들과 함께 마을에는 몇 개의 새로운 병원들이 들어섰다. 그리하여 거리에서 영국인 남자들을 마주쳤고, 가끔은 여자들도 만날 수 있었다. 포격을 맞고 부서진 집들이 더 많아진 것 같았다.

　따뜻한 날씨가 정말 봄날다웠다. 나는 햇볕을 받은 벽이 반사해내는 열기로 따뜻해진 나무들이 늘어선 골목길을 걸어 내려갔다. 그리고 우리가 여전히 같은 민가에 머물고 있음을 알았다.

휴가를 떠났을 때와 달라진 것이 거의 없었다. 문이 열려 있었고, 해가 내리쬐는 벤치에는 병사 한 명이 앉아 있었다. 옆문 곁엔 앰뷸런스가 한 대 대기 중이었다. 내가 들어서자 안에서 대리석 바닥 냄새와 병원 냄새가 났다. 계절이 봄이라는 것 외에는 모든 것이 내가 떠났을 때와 똑같았다. 큰 방 안쪽을 들여다보니 소령이 책상에 앉아 있었고, 열려 있는 창문으로 햇살이 쏟아져 들어왔다. 소령은 나를 보지 못했다. 나는 들어가서 보고를 해야 할지 아니면 올라가서 먼저 씻어야 할지 잠시 망설였다. 먼저 2층으로 올라가기로 결정했다.

리날디 중위와 함께 쓰는 방은 안뜰이 내려다보였다. 창문은 열려 있었고, 내 침대 위 담요는 잘 정돈되어 있었다. 내 물건들은 벽에 걸려 있었다. 주석 통 안에 들어 있는 방독면과 철모도 같은 벽걸이에 걸려 있었다. 침대 머리맡에는 납작한 내 트렁크가 놓여 있었는데, 그 위에 기름칠을 해 번들거리는 겨울 장화가 올려져 있었다. 푸르스름한 팔각형 총신, 검은 호두나무 색이 멋들어진 개머리판이 달린 내 오스트리아제 저격용 소총은 두 침대 사이 위쪽에 걸려 있었다. 소총과 한 세트인 망원경은 트렁크 안에 들어 있을 것이다.

리날디 중위는 다른 침대에서 자고 있었다. 내가 방 안에 들어가 침대에 앉는 소리에 잠에서 깼는지 그가 일어나 앉았다.

"안녕. 어떻게 보냈나?"

그가 말했다.

"아주 재미있었어."

우리는 악수를 했고, 그는 팔로 내 목을 감싸고는 입을 맞췄다.

"어이쿠!"

내가 말했다.

"자네 더럽구면. 좀 씻어야겠어. 어디 가서 뭘 했나? 어서 다 말해 보게나."

그가 말했다.

"가지 않은 곳이 없었지. 밀라노, 피렌체, 로마, 나폴리, 빌라 산 조반니, 메시나, 타오르미나…….."

"열차 시간표처럼 말하는구면. 재미있는 사건도 좀 있었나?"

"그럼."

"어디서?"

"밀라노, 피렌체, 로마, 나폴리…….."

"됐네. 어디가 제일 좋았는지 말해 보게나."

"밀라노가 제일 좋았지."

"그건 밀라노가 처음이라서 그렇겠지. 어디서 여자를 만났는데? 코바(Cova, 밀라노 갤러리아(Galleria)에 있는 식당)에서? 어디로 갔나? 느낌은 어땠어? 어서 다 말해 봐. 밤도 새웠나?"

"그럼."

"그건 아무것도 아니야. 이젠 이곳에도 예쁜 여자들이 많다네. 전선에 처음 와보는 새로운 여자들 말이야."

"좋겠군."

"내 말을 못 믿나? 오늘 오후에라도 나가서 보라고. 마을에 예쁜 영국 여자들도 있어. 난 지금 바클리 양한테 반해 있다네. 만나러 갈 때 자네도 데리고 가지. 난 어쩌면 바클리 양과 결혼할지도 몰라."

"난 일단 씻고 나서 귀대 보고를 해야겠네. 요즘은 할 일이 많지 않나?"

"자네가 휴가를 떠난 후론 동상이나 동창, 황달, 임질, 자해, 폐렴, 성병 같은 것밖에 없었어. 매주 바위 파편에 부상당하는 사람들이 있었고, 심한 부상자는 몇 명 되지 않아. 다음 주가 되면 전투가 다시 시작돼. 아마 시작될 거야. 다들 그렇게 말하거든. 내가 바클리 양과 결혼하는 게 잘하는 일일까? 물론 전쟁이 끝난 다음에 말이지."

"그럼."

나는 이렇게 말하고, 세숫대야에 가득 물을 부었다.

"오늘 밤에 모든 걸 말해 주게나. 나는 잠을 좀 더 자야겠어. 바클리 양을 만나러 갈 때 말끔하고 멋지게 보이려면 말이지."

리날디가 말했다.

나는 웃옷과 셔츠를 벗고 세숫대야에 담긴 찬물로 몸을 씻었다. 수건으로 몸을 문질러 닦으면서 방을 둘러보고, 창밖도 내다보고, 침대에서 눈을 감고 누워 있는 리날디를 바라보았다. 그는 잘생겼고, 아말피 출신인데 나와 동갑이었다. 그는 외과 의사인 것을 자랑스러워했고, 내게는 좋은 친구였다. 그를 바라보고 있는데, 그가 갑자기 눈을 떴다.

"자네, 돈 있나?"

"응."

"50리라(lira, 이탈리아의 기본 화폐)만 빌려주게."

나는 손의 물기를 닦고서 벽에 걸린 웃옷 안쪽에서 지갑을 꺼냈다. 리날디는 침대에 누운 채로 지폐를 받아 반으로 접더니 자기 바지 주머니에 찔러 넣었다. 그는 미소를 지었다.

"바클리 양에게 내가 부자라는 인상을 줘야 하거든. 자넨 아주 좋은 친구이자, 내 물주이기도 하지."

"헛소리 좀 그만해."

내가 말했다.

그날 밤 식당에서 신부 옆에 앉았는데, 그는 내가 아브루치에 가지 않은 것 때문에 실망한 모양이었다. 내가 갈 거라고 아버지께 편지를 보내, 그의 가족들이 나를 맞이할 준비를 했다는 것이었다. 나도 신부에 못지않게 미안했으며, 왜 그곳에 가지 않았는지 나 자신도 이해할 수 없었다. 나도 사실은 가고 싶었는데 연달아 일이 생기는 바람에 질질 끌려 다니다 보니 그렇게 됐다고 설명하려 애를 썼다. 신부도 결국은 가려고 마음먹었으니 간 거나 다름없다며 이해해 주었다. 나는 와인을 많이 마셨고, 그다음엔 스트레가(Strega, 이탈리아산 리큐어의 일종)를 탄 커피를 마셨다. 그러고는 얼큰히 취한 김에, 사람이란 하고 싶은 일을 못할 수도 있고 실제로 그렇게 되어 버리기도 한다고 말했다.

다른 장교들이 떠들어대는 동안 신부와 이야기를 나눴다. ― 나는 아브루치에 가고 싶었다. 정말 그런 곳은 가본 적이 없다. 도로는 얼어서 무쇠처럼 단단하며, 날씨는 차갑지만 청명하고, 눈은 습기가 적어 가루처럼 날리며, 눈밭에 토끼 발자국이 선명하게 찍히고, 농부들은 모자를 벗으면서 '나으리' 하고 인사를 하는 곳. 게다가 멋진 사냥을 할 수도 있다. 그러나 이런 곳 대신에 내가 간 곳은 연기가 가득한 카페였다. 방 안이 빙빙 돌아서

회전을 멈추려면 벽을 바라봐야만 하고, 한밤중에는 술에 취해 침대로 기어 들어가 드러눕는다. 그 순간엔 그것이 세상의 전부다. 그리고 자다가 깼는데 옆에 누가 누워 있는지조차 모를 때는 야릇한 흥분까지 느낀다. 어둠 속에서는 이 세상 모든 것이 비현실적으로 변해 버린다. 밤이 되면 다시 아무것도 알고 싶어 하지 않고 아무 걱정도 없이 흥분 상태가 되어 같은 짓을 되풀이한다. 그러다가 갑자기 모든 일에 신경이 쓰이기 시작하고, 다시 잠들었다가 아침이 밝아올 무렵에 멍청한 기분으로 잠에서 깨어난다. 그러면 거기 있던 모든 것이 사라지고, 모든 것이 날카롭고 딱딱하고 역력하게 드러난다. 때로는 숙박료로 말다툼도 한다. 어떤 때는 유쾌하고 만족스럽고 흐뭇한 기분이 아침부터 시작되어 점심까지 이어지기도 하지만, 어떤 때는 모든 즐거움이 사라져 버려서 거리로 뛰쳐나가 헤맨다. 그러나 언제나 똑같은 하루가 시작되고, 똑같은 밤이 돌아온다. ― 나는 그런 밤에 대해 이야기하려고 애쓰면서, 밤과 낮의 차이를 설명하려 했다. 낮이 아주 청명하고 신선하지 않다면 밤이 훨씬 좋다는 것을 이야기하려고 했으나 생각처럼 되지 않았다. 지금도 도저히 이야기할 수가 없다. 그러나 이런 기분을 경험한 적이 있다면 내 말을 이해할 것이다. 신부는 그런 경험을 해본 적이 없었지만, 내가 사실은 아브루치에 가려고 했으나 여의치 않았다는 것을 이해해 주었다. 신부와 나는 차이점이 있기는 하지만 많은 것을 공유하고 있기에 우리의 관계는 깨지지 않았다. 그는 내가 모르는 것, 배워도 금방 잊어버리는 것을 언제나 알고 있었다. 나는 나중에야 이 사실을 깨달았다. 모두 식사를 마쳤지만 나와 신부는 자리에서 일어나지 않은 채 이야기를 계속했다. 신부와 내가 대화를 멈추자 대위가 큰 소리로 말했다.

"신부가 행복하지 않네. 여자가 없어서 행복하지 않아."

"난 행복합니다."

신부가 말했다.

"신부는 행복하지 않아. 신부는 오스트리아군이 전쟁에 이기길 바랄 테고."

대위가 말했다. 다른 사람들은 듣기만 했다. 신부는 고개를 저으며 말했다.

"아닙니다."

"신부는 우리가 공격하는 걸 원치 않지? 우리가 절대로 공격하지 않기를 바라지?"

"아닙니다. 전쟁을 해야 한다면 우리가 공격해야 한다고 생각합니다."

"공격을 해야 한다. 반드시 공격을!"

신부가 고개를 끄덕였다.

"그냥 좀 내버려두게. 신부가 무슨 죄가 있다고?"

소령이 말했다.

"어쨌든 이 상황에서 신부가 할 수 있는 일은 아무것도 없죠."

대위가 말했다. 우리는 모두 일어나서 식탁을 떠났다.

# 4

옆집 정원에서 울리는 포격 소리가 나를 깨웠다. 창문을 통해 햇살이 들어오는 것을 보고 나는 침대에서 일어났다. 창가로 가서 밖을 내다보았다. 자갈길은 젖었고 잔디도 이슬에 젖어 축축해 보였다. 포가 두 번 발사됐는데 매번 강타를 당한 듯 창문이 심하게 흔들리고 내 파자마 앞자락까지 펄럭였다. 대포가 보이지는 않았지만 우리 머리 위로 직접 발사하는 게 확실했다. 포대가 있다는 것이 신경 쓰이긴 했지만 규모가 크지 않은 것 같아 다소 마음이 놓였다. 정원을 내려다보고 있는데 도로에서 트럭이 시동 거는 소리가 들렸다. 나는 옷을 입고 아래층으로 내려가 주방에서 커피를 마신 다음 차고로 나갔다.

기다란 임시 차고 안에 차량 열 대가 나란히 줄을 서 있었다. 위쪽이 무겁고 앞이 뭉툭한 앰뷸런스였는데, 회색 페인트칠을 한 이삿짐 트럭처럼 생긴 것들이었다. 마당에서 정비공들이 그중 한 대를 손보고 있었고, 다른 석 대는 산속의 응급 구호소에 올라가 있었다.

"저들이 우리 포대도 공격할까?"

"아닙니다, 중위님. 작은 언덕이 가로막아주고 있습니다."

"일은 어떻게 되어 가나?"

"나쁘지는 않습니다. 이 차는 상태가 좋지 않지만 나머지 차들은 운행 가능합니다."

정비공은 하던 일을 멈추고 점퍼에 손을 문질러 닦으면서 씩 웃었다. 그리고는 이렇게 물었다.

"휴가 다녀오셨어요?"

"그래."

"좋은 시간 보내셨죠?"

다른 정비공들도 웃었다.

"좋았지. 그런데 이 차는 뭐가 문제인가?"

"상태가 안 좋아요. 돌아가면서 하나씩 말썽이네요."

"지금은 어떤 작업을 하는 거지?"

"새로 갈아 낀 베어링이 문젭니다."

나는 그들이 작업을 하도록 자리를 떴다. 엔진을 열어놓고 부품들을 작업대 위에 펼쳐놓으니 앰뷸런스는 휑해 보이면서 영 볼품이 없었다. 나는 임시 차고로 들어가 차들을 한 대 한 대 점검했다. 몇 대는 새로 세차를 했고, 먼지를 뒤집어쓴 것도 있었지만 대체로 깨끗한 편이었다. 타이어가 찢어지거나 심하게 마모되지 않았는지를 꼼꼼하게 살폈다. 전반적으로 정비가 잘 되어 있는 것 같았다. 내가 임시 차고로 내려가서 이것저것을 살펴보고 점검한다고 해서 크게 달라지는 것은 없다. 하지만 차량 상태를 점검하고, 부품들이 있는지를 살펴보고, 부상자와 환자를 산속 응급 구호소에서 분류소로 데려와 서류에 적힌 병원들로 후송하는 일련의 일들에 대해 나는 막중한 책임감을 느끼고 있었다. 내가 그곳에 있든 없든, 그런 업무에 아무런 영향도 미치지 않지만 말이다.

"부품 구입에 문제는 없었나?"

정비공에게 물었다.

"없었습니다, 중위님."

"요즘 휘발유는 어디에서 채우나?"

"전과 같은 곳입니다."

"좋아."

나는 숙소로 되돌아가 테이블에 앉아 커피를 한 잔 더 마셨다. 농축 연유를 넣어서 커피가 뿌옇고 달짝지근했다. 창밖은 아름다운 봄날 아침이었다. 코끝에서 건조함이 느껴지기 시작했다. 날이 더워질 거라는 신호였다. 그날 나는 산속 응급 구호소들을 둘러본 후 늦은 오후에야 마을로 돌아왔다.

내가 휴가를 가 있는 동안 상황이 전반적으로 호전된 것 같았다. 공격이 개시될 거라는 소문이 돌았다. 우리가 소속된 사단이 강 상류 쪽에서 공격할 것이니, 공격이 이루어지는 동안 차량 집결소를 마련해야 할 거라고 소령이 나에게 말했다. 공격은 비좁은 골짜기 위쪽으로 강을 건너서 산허리 일대로 전개될 것이었다. 차량 집결소는 가능한 한 강에서 가까운 곳을 선정하고, 차량들은 위장해 놓아야 했다. 장소는 물론 보병이 선정하겠지만, 그다음은 의무대가 맡아서 해내야 했다. 그것으로 의무대는 실제로 참전한 듯한 느낌을 갖게 될 것이다.

나는 먼지를 흠뻑 뒤집어 쓴데다 목이 말라서 내 방으로 올라
갔다. 리날디는 휴고의 영문법 책을 든 채 침대에 앉아 있었다.
말쑥하게 차려 입고, 검은 장화를 신은 그의 머리카락이 기름을
발라 번쩍거렸다.

"아주 잘 왔어. 바클리 양을 만나러 가는데, 같이 가자."

나를 보자 그가 말했다.

"싫어."

"가자니까. 제발 좀 같이 가서 내가 그녀에게 좋은 인상을
줄 수 있도록 좀 도와줘."

"알았어. 씻을 테니 좀 기다려."

"씻고서 바로 가자고."

나는 씻은 후 머리카락을 빗어 넘기고서 출발했다.

"잠깐만. 술을 한잔 해야겠어."

리날디가 트렁크를 열더니 병을 꺼냈다.

"스트레가는 사양할래."

내가 말했다.

"이건 그라파(grappa, 포도로 만든 브랜디)야."

"좋아."

그가 두 개의 잔에 술을 따랐고, 우리는 검지를 쭉 뻗친 채
잔을 부딪쳤다. 그라파는 아주 독했다.

"한 잔 더?"

"좋지."

내가 말했다.

그라파를 두 잔 마셨다. 리날디가 병을 치운 뒤 우리는 아래층

으로 내려갔다. 거리를 걷기엔 좀 뜨거웠으나, 이미 해가 기울기 시작해서 무척 상쾌했다.

영국군 병원은 전쟁 전에 어느 독일인이 지은 큰 별장에 자리 잡고 있었다. 바클리 양은 다른 간호사와 함께 정원에 있었다. 나무 사이로 그들의 흰 제복이 보여서 그쪽으로 걸어갔다. 리날디가 거수경례를 했다. 나도 어정쩡하게 경례를 붙였다.

"만나서 반가워요. 이탈리아 분이 아니시군요?"

바클리 양이 말했다.

"네, 아닙니다."

리날디는 다른 간호사와 이야기를 나누었다. 그들은 웃고 있었다.

"이탈리아 군대에 들어와 있다니 정말 특이하네요."

"사실 군대라고 할 수 없지요. 그냥 의무병입니다."

"그래도 특이해요. 왜 그런 일을 하지요?"

"저도 잘 모르겠습니다. 설명할 수 없는 일들도 있으니까요."

"그런가요? 모든 일엔 이유가 있다고 생각하도록 교육을 받아서요."

"아주 훌륭하군요."

"계속 이런 이야기를 해야 하나요?"

"아닙니다."

"다행이네요. 그렇지 않나요?"

"그 막대기는 뭔가요?"

내가 물었다.

바클리 양은 키가 꽤 컸다. 간호사 제복 같아 보이는 것을 입고 있었다. 금발에 피부는 황갈색이었고, 눈은 회색이었다. 매우 아름다웠다. 그녀는 가죽을 감은, 장난감 말채찍처럼 생긴, 가느다란 등나무 줄기로 만든 막대기를 들고 있었다.

"이건 작년에 전사한 청년의 것이에요."

"무척 안됐군요."

"아주 훌륭한 청년이었죠. 나와 결혼하려고 했었는데 솜므(Somme, 1차 세계 대전 때 연합군 측과 독일군이 치열한 전투를 벌였던 프랑스 북부 지역) 전투에서 전사했어요."

"그곳 전투가 끔찍했었죠."

"거기 참전했나요?"

"아니요."

"나도 그 전투에 대해 들었어요. 이곳 남부에서는 그런 끔찍한 전투가 벌어지지 않겠지요. 이 작은 막대기는 그 사람 어머니가 내게 보내준 거예요. 그 사람 유품과 함께 이걸 돌려보냈다고 하더군요."

"약혼 기간은 길었나요?"

"8년이요. 우린 함께 자랐어요."

"그런데 왜 결혼을 하지 않았나요?"

"모르겠어요. 내가 바보라서 그랬나 봐요. 결혼하려면 할 수도 있었는데. 하지만 그 사람한테 좋지 않을 거라고 생각했었어요."

"그랬군요."

"누군가를 사랑해 본 적 있나요?"

"없습니다."

우리는 벤치에 앉았다. 나는 그녀를 바라보며 말했다.

"머리카락이 아름답군요."

"마음에 들어요?"

"네, 아주 많이."

"그 사람이 죽었을 때 잘라 버리려고 했었어요."

"안 되죠."

"그 사람을 위해 뭔가 해주고 싶었어요. 이렇게 되리라는 걸 알기만 했다면, 그 사람이 원하는 건 다 들어주었을 거예요. 결혼 이든 뭐든. 지금도 그렇게 생각해요. 하지만 그 사람은 전쟁에 나가고 싶어 했고, 난 아무것도 몰랐어요."

나는 아무 말도 하지 않았다. 그녀가 계속 말을 이었다.

"그때는 아무것도 몰랐어요. 결혼을 하면 그 사람에게 좋지 않은 일이 일어날지도 모른다고 생각했어요. 그가 전쟁을 견디지 못할 거라고 생각했던 거예요. 그런데 그 사람은 죽었고, 그걸로 끝이에요."

"과연 끝인지는 모를 일이지요."

"아니에요. 그걸로 다 끝이에요."

우리는 다른 간호사와 얘기하고 있는 리날디를 바라보았다.

"저 간호사 이름은 뭔가요?"

"퍼거슨. 헬렌 퍼거슨이에요. 당신 친구는 의사죠?"

"네, 아주 좋은 의사죠."

"다행이네요. 전선과 가까운 곳에서는 좋은 사람을 만나기가 쉽지 않으니까요. 이곳은 전선에서 꽤 가깝죠?"

"네, 아주."

"전선이란 곳은, 참……. 그래도 이곳은 무척 아름다워요. 곧 공격을 시작하나요?"

"네."

"그러면 할 일이 생기겠군요. 요즘은 일이 없어요."

"간호 일은 오랫동안 했나요?"

"1915년 말부터 했어요. 그 사람이 전쟁에 나갔을 때 시작했지요. 내가 근무하는 병원으로 그 사람이 올 수도 있다는 바보 같은 생각을 했던 게 기억나네요. 군도(軍刀)에 베어서 머리에 붕대를 감고서 말이에요. 아니면 어깨에 총상을 입고서. 그런 그림 같은 광경을 상상했었죠."

"여기는 정말 그림 같은 전선이지요."

"그래요. 사람들은 프랑스가 어떤 상황인지 알지 못해요. 만약 알고 있다면 전쟁은 계속될 수 없을 거예요. 그 사람은 군도에 베인 게 아니었어요. 그들은 그를 폭살해서 가루를 내버렸어요."

그녀가 말했다. 나는 아무 말도 하지 않았다.

"전쟁이 영원히 계속될 거라고 생각하나요?"

"아니요."

"어떻게 전쟁이 끝날까요?"

"어느 편이고 무너지겠지요."

"우리 편이 무너질 거예요. 프랑스가 무너질 거라고요. 솜므에서처럼 계속 전쟁을 하면 무너지지 않을 수가 없을 테니까요."

"이곳에서는 무너지지 않을 겁니다."

"아닐 거라고 생각하나요?"

"네, 작년 여름엔 꽤 잘해냈거든요."

"그래도 무너질 수 있어요. 누구나 무너질 수 있는 거예요."

"그건 독일군도 마찬가지지요."

"아니요. 난 그렇게 생각하지 않아요."

그녀가 말했다.

우리는 리날디와 퍼거슨 양이 있는 곳으로 갔다.

"이탈리아를 좋아하나요?"

리날디가 영어로 퍼거슨 양에게 물었다.

"아주 좋아해요."

"무슨 말인지 알아듣질 못하겠어."

리날디가 고개를 설레설레 저었다.

"아주 좋아한대."

내가 통역을 해주자, 리날디는 고개를 저었다.

"이탈리아가 좋다니, 참. 잉글랜드는요?"

"좋아하지 않아요. 보다시피 나는 스코틀랜드 사람이에요."

리날디가 멍한 표정으로 나를 쳐다봤다.

"자긴 스코틀랜드 사람이기 때문에 잉글랜드보다 스코틀랜드를 더 사랑한대."

내가 이탈리아어로 말했다.

"하지만 스코틀랜드가 잉글랜드잖아."

내가 이 말을 퍼거슨 양에게 통역해 주었다.

"절대로 그렇지 않아요."

퍼거슨 양이 말했다.

"절대로요?"

"절대로요. 우리는 잉글랜드 사람들을 좋아하지 않아요."

"잉글랜드 사람들을 좋아하지 않는다고요? 그러면 바클리 양도 싫어하겠네요?"

"아, 그건 다른 문제지요. 모든 말을 문자 그대로 받아들여서
는 안 되죠. 이분도 스코틀랜드 피가 섞여 있어요."

잠시 후 우리는 작별 인사를 하고 그곳을 떠났다. 숙소로 걸어
오는 길에 리날디가 말했다.

"바클리 양이 나보다 자네를 더 좋아하는군. 확실해. 그런데
그 귀여운 스코틀랜드 아가씨도 꽤 괜찮던걸."

"그러게."

내가 말했다. 그런데 난 그녀를 눈여겨보지 않았다.

"그녀가 마음에 드나?"

내가 물었다.

"아니."

리날디가 대답했다.

## 5

이튿날 오후 다시 바클리 양을 만나러 갔다. 그녀는 정원에 없었다. 나는 앰뷸런스 진입로가 있는 별장 옆문 쪽으로 갔다. 안쪽에 있는 수간호사가 바클리 양은 근무 중이라고 말했다.

"전쟁이 났어요. 아시죠?"

나는 안다고 대답했다.

"이탈리아군에 소속된 미국인이지요?"

그녀가 물었다.

"네, 그렇습니다."

"어쩌다 그렇게 된 거죠? 왜 우리 영국군에 입대하지 않았나요?"

"글쎄요. 지금이라도 합류할까요?"

"지금은 안 될 거예요. 말씀해 보세요. 왜 이탈리아군에 입대했는지……."

"내가 당시 이탈리아에 있었고, 이탈리아어를 할 줄 알았으니까요."

"아, 나도 배우고 있는 중이에요. 아름다운 언어죠."

"누가 그러는데, 2주면 이탈리아어를 배울 수 있다더군요."

"어휴, 저는 2주 안에 다 못 배워요. 지금 몇 달째 배우는 중이에요. 일곱 시 이후에 바클리 양을 만날 수 있을 거예요. 그때는 근무가 끝날 테니까요. 하지만 이탈리아인들을 많이 데리고 오진 마세요."

"언어가 아름다워도 안 되나요?"

"안 돼요. 제복이 멋져도 안 됩니다."

"다음에 또 뵙겠습니다."

내가 말했다.

"또 뵙겠습니다, 중위님."

"그럼 안녕히."

나는 거수경례를 하고 밖으로 나왔다. 외국인에게 이탈리아식 경례를 하다 보면 언제나 거북하게 느껴졌다. 이탈리아식 경례는 수출하기엔 적당하지 않은 것 같다.

그날은 무척 더웠다. 나는 강 상류에 있는 플라바의 교두보까지 다녀왔다. 공격이 시작될 지점이 바로 그곳이었다. 지난해만 해도 강 건너편까지 진군한다는 것은 불가능했다. 통행로로부터 임시 다리까지 가는 길이 하나밖에 없는데다, 그 길의 1마일가량이 기관총과 대포의 포격을 당했기 때문이다. 게다가 그 길이 공격용 수송 장비를 모두 실어 나를 수 있을 정도로 넓지도 않아서, 오스트리아군이 이 다리를 파괴하는 건 일도 아니었다. 그러나 이탈리아군은 다리를 건너갔고, 오스트리아군 쪽 강변을 1마일 반 정도 점령하려고 조금 더 나아갔다. 그곳은 아주 까다로운

장소였다. 오스트리아군으로서는 이탈리아군이 그곳을 점령하
도록 내버려둘 수가 없었다. 하지만 오스트리아군이 강 하류 쪽
교두보를 여전히 확보하고 있기 때문에 무승부라고 봐야 했다.
오스트리아군 참호는 이탈리아군 전선에서 불과 몇 야드밖에
떨어지지 않은 언덕 위에 있었다. 작은 마을이 있었던 곳인데 지금
은 폐허가 되었다. 부서진 다리와 절반쯤 파괴된 철도역 잔해가
사방에 널려 있었는데, 둘 다 훤히 눈에 띄는 곳에 있어서 고치지
도 못하고 사용할 수도 없었다.

　나는 비좁은 도로를 따라 강 쪽으로 내려갔다. 차는 언덕 아래
임시 치료소에 둔 채 산등성이에 가려진 임시 다리를 건너서 폐허
가 된 마을의 참호들을 통과하여 비탈길 가장자리를 따라 걸어
갔다. 병사들은 모두 참호 안에 들어가 있었다. 포대에 지원 요청
을 하거나 전화선이 끊겼을 때를 대비하여 세워놓은 비상 신호
대가 주위에 세워져 있었다. 그곳은 조용하고 뜨겁고 지저분했
다. 나는 철조망 건너편에 있는 오스트리아군의 전선을 쳐다보았
다. 아무도 보이지 않았다. 나는 참호 안으로 들어가 안면이 있는
대위와 술을 한잔 한 다음 다시 다리를 건너 돌아왔다.

　산을 넘어서 다리 쪽을 향해 지그재그로 내려가는 넓은 도로
가 거의 완성되어 가고 있었다. 도로가 완성되면 공격이 시작될
것이다. 도로는 숲을 통과하며 급격하게 굽어 있었다. 이 새 도로
로 모든 물자를 싣고 와서 물건을 부린 다음, 빈 트럭과 수레와
환자를 실은 앰뷸런스 등을 비좁은 옛 길을 통해 돌려보낸다는
계획이었다. 응급 구호소는 언덕 가장자리 아래 오스트리아 쪽
강가에 있었고, 들것 담당 병사들이 임시 다리를 통해 부상자들

을 데려올 계획이었다. 공격이 시작되어도 절차는 달라지지 않을 것이다. 내가 보기에, 공격이 시작될 신작로의 마지막 1마일 근처에서 오스트리아군의 지속적인 포격을 받을 것이 분명했다. 아수라장이 될 수도 있어 보였다. 그 마지막 위험한 구간을 지나 앰뷸런스를 주차해 놓고, 임시 다리를 통해 후송되는 부상자들을 맞이할 수 있을 만한 장소를 발견했다. 새 도로로 차를 몰아보고 싶었지만 아직 완공되지 않았다. 경사도 완만하고 넓게 잘 만들어진 것 같았고, 산 쪽 숲의 공터에서 보면 산등성이로 올라가는 굽잇길이 무척 인상적이었다. 차량들에는 강한 철제 브레이크가 달려 있고, 내려오는 길에는 화물도 싣지 않을 테니 문제가 없을 것이다. 나는 비좁은 길로 차를 몰고 올라갔다.

헌병 둘이 내 차를 세웠다. 포탄 하나가 이미 떨어졌고, 우리가 대기하는 동안 길 위쪽에 포탄 세 발이 더 떨어졌다. 77밀리 포탄이었다. 쉭 하고 거친 바람소리를 내더니 거센 화염과 함께 밝은 섬광을 내며 떨어졌으며, 거리를 가로질러 회색 연기가 피어났다. 헌병이 통과하라고 손짓을 했다. 여기저기 움푹 파인 곳들을 피하며 포탄이 떨어진 곳을 지나는 동안, 고성능 폭약 냄새와 불타오른 흙과 돌 그리고 금방 깨진 부싯돌 냄새가 났다. 그렇게 고생을 하며 고리치아에 있는 숙소로 돌아왔다가, 근무 중인 바클리 양을 만나러 갔었던 것이다.

나는 재빨리 저녁 식사를 마치고 영국군 병원이 있는 별장으로 갔다. 그곳은 매우 넓고 아름다운 건물로, 주변에는 멋진 나무들이 많이 심겨져 있었다. 바클리 양은 퍼거슨 양과 함께 정원 벤치에 앉아 있었다. 그들은 나를 무척 반겼고, 퍼거슨 양은 잠시 후에 핑계를 대고 가려고 했다.

"둘이서 얘기 나누세요. 내가 없는 것이 더 편할 거예요."

그녀가 말했다.

"가지 마, 헬렌."

바클리 양이 말했다.

"가는 게 좋겠어. 난 편지도 써야 하고."

"또 뵙겠습니다."

내가 말했다.

"그래요, 헨리 씨."

"검열관에게 걸릴 얘기는 쓰지 마."

"걱정 마. 이곳이 얼마나 아름다운지, 이탈리아인들이 얼마나 용감한지만 쓸 테니까."

"그러면 훈장 받을걸."

"그랬으면 좋겠네. 캐서린, 이따 봐."

"조금만 더 있다 갈게."

바클리 양이 말했다. 퍼거슨 양은 어둠 속으로 사라졌다.

"상냥한 분이시군요."

내가 말했다.

"아, 네. 아주 상냥하죠. 간호사잖아요."

"당신도 간호사 아닌가요?"

"아, 나는 VAD(Volunteer Aid Detachment : 1차 세계 대전 중에 활약한 여성 구급 간호 봉사대)예요. 열심히 일하지만 아무도 우리를 인정하지 않아요."

"왜죠?"

"아무 일도 없을 때는 우리의 필요성을 몰라요. 그러다가 일이 많아지면 그때서야 우릴 인정하지요."

"간호사랑 어떻게 달라요?"

"간호사는 의사와 비슷해요. 간호사가 되려면 오랜 시간이 걸려요. 하지만 VAD는 단기 과정이에요."

"그렇군요."

"이탈리아 사람들은 여자가 전선에 가까이 있는 것을 달가워하지 않아요. 그래서 처신에 신경을 쓰지요. 우리는 외출도 하지 않아요."

"내가 이곳으로 오면 되지요."

"아, 그래요. 우리가 수녀원에 있는 건 아니니까요."

"전쟁 이야기는 이제 그만합시다."

"그러기가 쉽지 않아요. 온통 전쟁이니까요."

"아무튼 그 얘기는 그만해요."

"좋아요."

우리는 어둠 속에서 서로를 바라보았다. 그녀가 매우 아름답다고 생각하며, 그녀의 손을 잡았다. 그녀는 내가 손을 잡도록 내버려두었다. 나는 그녀의 손을 잡고 있다가 다른 팔로 그녀의 허리를 두르려 했다.

"안 돼요."

그녀가 말했다. 하지만 나는 팔을 치우지 않았다.

"왜요?"

"안 돼요."

"괜찮아요. 제발!"

나는 어둠 속에서 그녀에게 입을 맞추려고 몸을 앞으로 숙였다. 그런데 그 순간 눈에서 불이 번쩍하더니 뺨이 따끔거렸다. 그녀가 내 뺨을 힘껏 갈긴 것이다. 그녀 손이 내 코와 눈을 쳐서 반사적으로 눈물이 나왔다.

"정말 미안해요."

그녀가 사과하자, 나는 내가 유리한 입장이라고 생각하며 대답했다.

"괜찮습니다."

"미안해요. 근무 후에 이런 짓을 하고 있는 것이 너무 싫었어요. 당신을 다치게 하려는 건 아니었어요. 많이 아팠죠?"

그녀가 어둠 속에서 나를 바라봤다. 나는 화가 났지만 뭔가 자신감이 생겼다. 마치 체스 게임에서 몇 수 앞을 훤히 내다보는 기분이었다.

"당연한 행동이었습니다. 난 언짢게 생각하지 않습니다."

내가 말했다.

"안됐어라."

"당신도 알겠지만, 나는 묘한 생활을 하고 있어요. 영어를 말할 기회도 없고요. 그러다가 당신을 만났는데, 당신이 너무 아름답다 보니……."

"그런 쓸데없는 소리는 그만해요. 내가 이미 사과했잖아요. 앞으로 잘 지내면 되지요."

"그래요. 이제 전쟁 얘기에서도 벗어났네요."

내 말에 그녀가 웃음을 터뜨렸다. 그녀의 웃음소리를 듣는 건 처음이었다. 나는 그녀의 얼굴을 바라보았다.

"친절한 사람이군요."

그녀가 말했다.

"아니요, 그렇지 않습니다."

"아니에요. 당신은 친절하고 자상해요. 당신만 괜찮다면 키스하고 싶어요."

나는 그녀의 눈을 들여다보면서 좀 전에 했던 것처럼 그녀의 허리에 팔을 두르고 키스를 했다. 그녀를 꼭 껴안고 진하게 입을 맞추면서 그녀의 입술을 벌리려고 했다. 하지만 그녀의 입술은 굳게 닫혀 있었다. 나는 여전히 화가 가라앉지 않았다. 내가 그녀를 힘주어 안자, 그녀가 갑자기 몸을 떨었다. 그녀를 내 몸에 더욱 바싹 붙이자, 그녀의 심장 박동을 고스란히 느낄 수 있었다. 이윽고 그녀의 입술이 열렸고, 내 손에 기댄 채 그녀가 머리를 뒤로 젖혔다. 그리고는 내 어깨에 기대어 울었다.

"당신, 나한테 잘 대해 줄 거죠?"

그녀가 말했다.

젠장! 하고 나는 생각했다. 나는 그녀의 머리카락을 쓰다듬으며 어깨를 가볍게 두드렸다. 그녀는 계속 울었다.

"그렇게 해줄 거죠? 우리는 앞으로 새로운 생활을 하게 될 테니까요."

이렇게 말하며, 그녀가 나를 올려다보았다.

잠시 후, 나는 그녀와 함께 별장 문 쪽으로 걸어갔다. 그녀는 병원으로 들어가고, 나는 걸어서 숙소로 돌아왔다. 2층 내 방으로 가니, 침대에 누워 있던 리날디가 나를 쳐다보며 말했다.

"바클리 양과는 진전이 있었나?"

"친구일 뿐이야."

"발정 난 개처럼 유쾌한 기색인데."

나는 그 말뜻을 알아듣지 못했다.

"뭐가 어떻다고?"

그가 설명을 해줬다.

"자네야말로 그런 기색이잖아. 발정 난 개처럼……."

내가 말했다.

"그만해. 이러다가 서로 욕을 하겠구먼."

그가 웃으면서 말했다.

"잘 자게."

내가 말했다.

"잘 자. 귀여운 강아지."

나는 베개로 리날디의 촛대를 쓰러뜨리고는 어둠 속에서 침대로 들어갔다.

리날디는 촛대를 집어 들어 다시 불을 켜더니 계속해서 책을 읽었다.

## 6

나는 이틀 동안 응급 구호소에 나가 있었다. 숙소로 돌아왔을 때는 시간이 너무 늦어서 그다음 날 저녁에야 바클리 양을 만나러 갈 수 있었다. 그녀가 정원에 나와 있지 않기 때문에 나는 그녀가 내려올 때까지 병원 사무실에서 기다려야 했다. 사무실로 쓰고 있는 방에는 벽을 따라 페인트칠을 한 나무 기둥이 붙어 있었고, 그 위에 대리석 흉상들이 여럿 진열되어 있었다. 대리석 흉상들은 사무실로 들어가는 복도에도 줄지어 진열되어 있었는데, 모두 비슷비슷해 보였다. 조각 작품들은 언제 보아도 따분했다. 그래도 청동상이라면 모를까, 대리석 흉상들은 모두 공동묘지 같아 보였다. 괜찮은 묘지가 한 군데 있긴 한데, 피사의 묘지가 바로 그곳이다. 제노바에는 형편없는 대리석 흉상들이 적지 않다. 병원 건물은 원래 아주 부유한 독일인의 소유였는데, 이 흉상들을 제작하는 데 비용이 꽤나 들었을 듯싶다. 나는 이 흉상을 누가 만들었고, 그 대가로 얼마나 받았을지 궁금해졌다. 흉상의 인물들이 유명한 가문 사람들인지, 아니면 뭘 한 사람들인지 파악해 보려 했지만 하나같이 고전적인 작품을 흉내 낸 것들이어서 아무것도 알아낼 수가 없었다.

나는 모자를 손에 든 채 의자에 앉아 있었다. 고리치아에서도 철모를 쓰도록 되어 있으나, 불편하기도 했지만 민간인들이 피난을 가지 않은 마을에서 철모를 쓴다는 것이 너무 과장스러워 보인다는 생각이 들었다. 나는 구호소로 나갈 때는 철모를 쓰고 영국제 방독면도 가지고 갔다. 영국제 방독면은 지급받은 지 얼마 되지 않았는데, 그야말로 진짜 방독면이었다. 또한 자동 권총을 착용하게 되어 있었다. 군의관과 위생병까지도 예외가 없었다. 의자 등받이에 눌려 권총이 배겼다. 권총을 눈에 잘 띄도록 착용하지 않으면 체포될 수도 있다. 리날디는 권총집에 화장지를 채워서 차고 다녔다. 나는 진짜 권총을 차고 다녔는데, 사격 연습을 하기 전까지는 진짜 총잡이가 된 기분을 느끼기도 했다. 총신이 짧은 7.65밀리 구경의 아스트라 권총이었는데 발사할 때 총신이 너무 튀어 올라 과연 목표물을 맞힐 수 있을지 의심스러울 지경이었다. 말도 안 되게 짧은 총신의 반동에 익숙해지려고 목표물 아래를 겨누고서 연습을 했다. 그리하여 스무 발짝 떨어진 곳에서는 목표물의 1야드 이내 범위까지 맞출 수 있게 되었다. 그러다가 소총을 소지하고 다니는 것이 우스꽝스럽다는 생각이 들어 곧 총에 신경을 쓰지 않게 되었고, 아무 생각 없이 뒤 허리춤에 덜렁덜렁 매달고 다녔다. 영어를 쓰는 사람들을 만날 때는 막연한 수치심이 생겼지만 말이다. 나는 의자에 앉아 대리석 바닥과 대리석 흉상들이 진열된 기둥, 벽화를 바라보며 바클리 양을 기다렸다. 책상 뒤에 앉은 당번병은 못마땅한 듯이 나를 쳐다봤다. 벽화들은 나쁘지 않았다. 어떤 벽화든 벽토가 벗겨져 떨어져 내리기 시작할 때쯤이면 멋져 보이기 마련이다.

나는 혼자서 걸어 내려오는 바클리 양을 보고 일어섰다. 내 쪽으로 걸어오는 그녀는 키가 커보이진 않았지만 매우 사랑스러웠다.

"안녕하세요, 헨리 씨."

그녀가 말했다.

"잘 지냈어요?"

내가 말했다. 당번병은 책상 뒤에서 우리가 주고받는 이야기를 듣고 있었다.

"여기 앉을까요, 아니면 정원으로 나갈까요?"

"밖으로 나가요. 거기가 훨씬 시원해요."

내가 그녀의 뒤를 따라 정원으로 나가는 동안, 당번병은 계속해서 우리를 쳐다보고 있었다. 자갈길로 나오자 그녀가 물었다.

"어디 갔었나요?"

"구호소에 다녀왔습니다."

"그런 소식을 쪽지로라도 전해 줄 수는 없었나요?"

"네, 형편이 그렇게 안 됐습니다. 게다가 금방 돌아올 줄 알았거든요."

내가 말했다.

"그래도 나에게는 알려주었어야 해요, 달링."

우리는 차량 진입로를 벗어나서 나무 밑으로 걸어갔다. 나는 그녀의 손을 잡은 다음 멈춰 서서 키스를 했다.

"우리가 갈 만한 데가 없나요?"

"없어요. 여기서 산책이나 해야죠. 꽤 오래 떠나 있었네요."

그녀가 말했다.

"오늘이 사흘째예요. 그렇지만 이렇게 돌아왔잖아요."

그녀가 나를 물끄러미 바라보고 있다가 물었다.

"나를 사랑하나요?"

"그럼요."

"전에도 나를 사랑한다고 했었지요?"

"네? 그랬지요."

나는 거짓말을 했다. '당신을 사랑해요.' 이런 말을 하는 건 처음이었다.

"그러면 그냥 캐서린이라고 불러줄래요?"

"캐서린."

우리는 잠시 길을 걷다가 나무 밑에서 걸음을 멈췄다.

"이렇게 말해 봐요. '밤이 되어 나는 캐서린에게 돌아왔다.'고."

"밤이 되어 나는 캐서린에게 돌아왔다."

"달링, 돌아왔군요. 그렇죠?"

"그래요."

"당신을 정말 사랑해요. 당신 없는 시간이 정말 끔찍했어요. 다신 떠나지 않을 거죠?"

"안 그럴 거예요. 난 늘 되돌아와요."

"아, 정말 사랑해요. 손을 다시 잡아줄래요?"

"계속 잡고 있었어요."

나는 얼굴이 보이도록 그녀의 몸을 돌려세우고 다시 키스를 했다. 그녀는 눈을 꼭 감고 있었다. 나는 감겨진 두 눈에 입을 맞췄다. 내가 무엇에 빨려 들어가는지도 상관치 않았다. 매일 밤 장교용 위안소에 가는 것보다 훨씬 좋았다. 그곳의 여자들은 동료 장교들과 위층으로 올라갈 때 애정의 표시로 군모를 뒤로 돌려쓰기도 하고 몸에 달라붙으면서 시시덕거렸다. 나는 캐서린 바클리를 사랑하지 않으며, 사랑할 마음도 없다는 것을 스스로 알고 있었다. 이건 카드놀이 대신 말로 하는 브리지 게임 같은 거였다. 브리지 게임을 할 때처럼 승부를 위해, 무엇인가를 따기 위해 가장하는 것일 뿐이다. 무엇을 걸었는지는 아무도 알려주지 않았다. 하지만 아무래도 좋았다.

"우리 둘이 갈 만한 곳이 있으면 좋겠는데."

내가 말했다. 오랫동안 사랑을 나누지 못한 남성의 고통이 끓어올라 서 있기가 힘들었다.

"그런 곳은 없어요."

그녀가 말했다. 그녀는 정신을 추스르고 다시 자신의 모습으로 돌아온 것 같았다.

"저기 좀 더 앉아 있죠."

평평한 돌 벤치에 앉아 나는 캐서린 바클리의 손을 잡았다. 내가 안으려 했지만 그녀는 거부했다.

"많이 피곤한가요?"

그녀가 물었다.

"아니요."

그녀가 발밑의 풀밭을 내려다보며 말했다.

"우리는 지금 치사한 장난을 치고 있는 거예요. 그렇죠?"

"무슨 장난?"

"모르는 척하지 마세요."

"일부러 모르는 척하는 게 아닌데."

"당신은 멋진 사람이에요. 익숙한 선수처럼 솜씨 있게 잘 대처하고요. 하지만 이건 치사한 장난일 뿐이에요."

그녀가 말했다.

"사람들이 무슨 생각을 하는지 언제나 잘 알아요?"

"언제나 그런 건 아니지만 당신 생각은 잘 알아요. 날 사랑하는 척하지 않아도 돼요. 그런 건 오늘 저녁으로 끝내세요. 뭔가 하고 싶은 얘기가 있나요?"

"하지만 당신을 사랑하오."

"쓸데없는 거짓말은 하지 말아요. 나도 아까는 제법 멋있는 연극을 했지만 지금은 제정신으로 돌아왔어요. 난 화난 것도 아니고, 정신이 나간 것도 아니에요. 어쩌다가 간혹 그럴 때가 있을 뿐이에요."

나는 그녀의 손을 꼭 잡으며 말했다.

"달링, 캐서린."

"지금은 그 이름이 괴상하게 들려요. 캐서린을 아까와는 다르게 발음하거든요. 어쨌든 당신은 친절하고 멋있어요."

"신부도 그렇게 말했는데."

"그래요. 당신은 매우 좋은 사람이에요. 가끔 나를 만나러 올 건가요?"

"물론이오."

"나를 사랑한다고 말할 필요는 없어요. 그건 이제 끝난 얘기에요. 안녕히 가세요."

그녀는 일어서더니 손을 내밀었다. 나는 그녀에게 입 맞추고 싶었다.

"안 돼요. 난 정말 피곤해요."

그녀가 말했다.

"그래도 키스해 줘요."

"너무 피곤해요."

"키스해 줘요."

"정말 키스하고 싶으세요?"

"그래요."

우리는 키스를 했다. 그런데 그녀가 갑자기 몸을 빼며 말했다.

"안 돼요. 안녕히 가세요. 제발."

우리는 문 쪽으로 걸어갔고, 그녀가 안으로 들어갔다. 나는 그녀가 홀 아래로 내려가는 모습을 지켜보았다. 나는 그녀가 걸어가는 모습을 바라보는 게 좋았다. 나는 숙소로 발걸음을 돌렸다. 무더운 밤이었고, 산속에서는 여러 가지 일들이 벌어지고 있었다. 산 가브리엘레(이탈리아 북동부의 마을) 위로 섬광이 번쩍였다.

나는 빌라 로사(Villa Rossa, 장교용 위안소) 앞에서 걸음을 멈췄다. 셔터는 내려져 있었지만 안에서는 여전히 술판이 계속되고 있었다. 누군가가 노래를 부르고 있었다. 나는 숙소로 돌아왔다. 옷을 벗고 있을 때 리날디가 들어왔다.

"아하! 일이 잘 안 풀리는 모양이구먼. 혼란스러워하는 것 같은데?"

그가 말했다.

"어디 갔다 왔나?"

"빌라 로사. 그곳에서는 배우는 게 정말 많아. 다 같이 노래를 불렀지. 자넨 어디 갔었나?"

"영국 여자 만났어."

"아이쿠, 그 영국 여자와 내가 엮이지 않은 게 천만다행이군."

# 7

나는 산에 있는 첫 번째 구호소에서 다음 날 오후에 돌아와 분류소 앞에 앰뷸런스를 세웠다. 분류소는 서류에 따라 부상자들과 환자들을 분류하고 서류마다 각기 다른 병원들을 지정하는 곳이었다. 나는 계속해서 운전을 했기 때문에 차 안에 그대로 앉아 있었고 운전병이 서류들을 제출했다. 날이 무더웠지만, 하늘은 무척이나 맑고 푸르렀다. 길에서는 하얗게 먼지가 많이 일어났다. 나는 피아트 자동차의 높은 운전석에 멍하니 앉아 있다가, 1개 연대가 도로를 지나가기에 그들을 바라보았다. 무더운 날씨에 병사들이 땀을 뻘뻘 흘렸다. 철모를 쓴 병사도 있었으나 대개는 배낭에다 매달고 갔다. 철모는 대부분 너무 커서 쓴 사람의 귀를 덮을 지경이었다. 그에 비해 장교들은 모두 머리에 잘 맞는 철모를 쓰고 있었다. 바실리카타(Basilicata, 이탈리아 남부의 주) 붉은 여단 병력의 절반이었다. 빨간색과 흰색 줄무늬가 있는 목깃으로 알아볼 수 있었다. 연대가 지나가고 한참 지난 후에 몇몇 낙오병들이 뒤를 이어 나타났다. 소속 소대와 보조를 제대로 맞추지 못한 병사들이었다. 먼지를 잔뜩 뒤집어쓴 그들은 땀에 절어 있었다. 몇몇은 상태가 아주 안 좋아 보였다. 낙오병 무리의 가장 뒤쪽에서 병사 한 명이 힘겹게 걸어왔다. 그는 다리를 절뚝거리고 있었다. 걸음을 멈추더니 길옆에 주저앉았다. 나는 차에서 내려 그에게 다가갔다.

"어떻게 된 건가?"

그는 나를 쳐다보더니 일어섰다.

"계속 가야 합니다."

"뭐가 문제지?"

"……이놈의 전쟁이 문제지요."

"자네 다리 말이야?"

"다리가 문제 아닙니다. 탈장입니다."

"왜 수송차를 타고 가지 않았지? 병원에 가야 하지 않나?"

"입원시켜 주지 않습니다. 중위는 제가 탈장대를 일부러 풀리게 해서 잃어버렸다고 하더군요."

"일단 한번 만져보지."

"많이 나와 있어요."

"어느 쪽이지?"

"여기요."

그것이 만져졌다.

"기침을 해보게."

"더 심해질까 봐 겁이 납니다. 아침보다 두 배는 커졌거든요."

"앉게. 부상자들의 서류를 처리하는 즉시 자네를 담당 의무장교에게 데려다주겠네."

"제가 일부러 이렇게 했다고 할 겁니다."

"그들이 어쩐지 못할 거네. 이건 부상이 아니니까. 예전에도 이런 적이 있지 않았나?"

"네. 그런데 탈장대를 잃어버렸습니다."

"그들은 자네를 병원으로 보내줄 거네."

"여기 있으면 안 될까요, 중위님?"

"안 되네. 내겐 자네 서류가 없으니까."

운전병은 차량에 탄 부상자들 서류를 가지고 분류소 문밖으로 나왔다.

"105에 네 명, 132에 두 명입니다."

운전병이 말했다. 둘 다 강 건너에 있는 야전 병원들이었다.

"자네가 운전하게."

나는 탈장이 된 병사를 부축해서 우리 옆 좌석에 앉혔다.

"영어 하십니까?"

탈장 된 병사가 물었다.

"물론이지."

"이 빌어먹을 전쟁에 대해 어떻게 생각하세요?"

"지긋지긋해."

"정말 지긋지긋합니다. 하느님께 맹세해도 좋을 만큼 정말 지긋지긋하다니까요."

"미국에서 왔나?"

"네, 피츠버그에서요. 전 중위님이 미국인이라는 걸 바로 알았습니다."

"내가 이탈리아어가 서툴다는 말인가?"

"아무튼 금방 알아봤습니다."

"또 미국인이군."

탈장 된 병사를 보면서 이탈리아인 운전병이 말했다.

"그런데 중위님, 저를 저 연대로 데려가는 건가요?"

"그렇다네."

"군의관인 대위도 제가 탈장인 걸 알고 있습니다. 그래서 그 빌어먹을 탈장대를 버렸습니다. 탈장이 심해지면 전선에 다시 가지 않을 수 있을 테니 말입니다."

"무슨 말인지 알겠네."

"그곳 말고 다른 곳으로 저를 데려다 주실 수는 없습니까?"

"우리가 전선과 가까운 곳에 있다면 제일 가까운 응급 구호소로 데려다줄 수도 있겠지만, 이곳 후방에서는 서류가 있어야 해."

"되돌아가면 그들은 나를 수술해 준 다음 다시 전선에서 복무하게 할 겁니다."

나는 곰곰이 생각해 봤다.

"중위님도 계속 전선에 계시는 건 싫지 않습니까?"

탈장 된 병사가 물었다.

"싫지."

"하느님 맙소사! 정말 빌어먹을 전쟁 아닙니까?"

"내 말 잘 듣게. 차에서 내릴 때 도로에 머리를 부딪치면서 쓰러지게. 혹을 만드는 거야. 그러면 내가 돌아가는 길에 자네를 태워 병원으로 데리고 가겠네. 알도, 여기 길옆에 차를 세워."

차가 멈추자, 나는 탈장 된 병사가 내릴 수 있게 도와주었다.

"중위님, 저는 여기에서 기다리겠습니다."

탈장 된 병사가 말했다.

"곧 보세."

내가 말했다.

우리는 계속 차를 달리다가 1마일쯤 앞에서 아까 그 연대를 지나쳤다. 이어서 강을 건넜는데, 눈이 녹아내려 흐릿해진 강물이 다리의 말뚝들 사이로 빠르게 흘러갔다. 강을 건넌 다음 들판을 가로지르는 도로를 달려 야전 병원 두 곳에 부상자들을 내려주었다. 되돌아올 때는 빈 차를 내가 운전하여, 피츠버그에서 온 병사를 태우기 위해 속력을 내었다. 먼저 좀 전에 봤던 그 연대를 지나쳤는데, 병사들은 아까보다도 더 더위에 지쳐 보였고 걸음도 느릿느릿했다. 이어서 뒤따라오는 낙오병들을 지나쳐 차를 달렸다. 잠시 후 말이 끄는 앰뷸런스 한 대가 길가에 서 있는 것이 보였다. 두 병사가 탈장한 병사를 들어서 앰뷸런스에 태우는 중이었다. 그를 찾으러 되돌아온 모양이었다. 탈장 된 병사는 나를 보고 고개를 흔들었다. 철모는 벗겨졌고, 머리카락이 난 바로 아래쪽 이마에서 피가 흘렀다. 코는 까져 있었고, 이마의 상처 부위와 머리카락은 온통 먼지투성이였다.

"중위님, 여기 혹 좀 보세요! 하지만 이제 소용없어요. 그들이 날 데리러 왔다고요!"

탈장 된 병사가 소리쳤다.

숙소로 돌아오니 다섯 시였다. 나는 세차장에서 샤워를 한 다음 속옷 바지와 러닝셔츠 차림으로 열린 창문 앞에 앉아 보고서를 작성했다. 이틀 안에 공격이 시작될 테고, 그러면 나는 차량을 몰고 플라바로 가야 했다. 미국에 편지를 보낸 지가 정말 오래되었다. 편지를 써야 한다고 생각했으나, 편지를 쓴 지가 너무 오래되다 보니 이제는 뭔가를 쓰는 것이 더 힘들어졌다. 게다가 쓸 만한 내용도 없었다. '잘 지내고 있다.'는 말만 적고서 교전 지역 엽서 두 장을 보냈다. 그거면 가족들이 안심할 거다. 이런 엽서는 특이하고 신비하기 때문에 미국에서는 아주 근사하다고 생각할 것이다. 이곳 역시 특이하면서도 신비스러운 지역이지만, 오스트리아군과 벌이는 다른 접전 지역에 비해 상황이 좋은 편이다. 오스트리아 군대는 나폴레옹에게, 혹은 나폴레옹 같은 인물에게 승리를 안겨주려고 창설된 군대였다. 나는 우리에게도 나폴레옹이 있으면 좋겠다 싶었다. 나폴레옹 대신 우리에겐 뚱뚱하고 돈 많은 카도르나 장군(Luigi Cadorna, 이탈리아의 참모 총장으로 1차 세계 대전 전에 이탈리아 군대를 재편했다.)과 길고 가느다란 목에 염소수염을 기르고 몸집이 작은 비토리오 에마누엘레 왕이 있었다. 그리고 그들 오른편에는 아오스타 공작이 있었는데, 그는 얼굴이 너무 잘생겨서 뛰어난 장군이 되기는 어려울지 모르지만 남자다운 면모가 있었다. 그가 왕이 되기를 바라는 사람도 많을 것이다. 왕의 풍모를 지닌 그는 왕의 숙부로서 제3군을 지휘하는 사령관이다. 우리는 제2군 소속이다. 제3군에는 영국 포병 부대가 소속되어 있었다. 나는 밀라노에서 제3군 소속 포병 두 명을 만난 적이 있다. 아주 재미있는 사람들이어서 같이 하룻밤을 통쾌하게 즐겼다. 둘 다 몸집이 크고 수줍음이 많았는데, 어색해하면서도 무엇이든 재미있어 했다. 나는 그 영국인들과 함께 복무하면 좋겠다 싶었다. 그러면 한결 편해질 것 같았기 때문이다. 하지만 그랬더라면 나는 이미 전사했을지도 모른다.

앰뷸런스를 운전하니까 살아남은 것이다. 아니다, 앰뷸런스를 운전하다가도 죽을 수 있다. 영국인 앰뷸런스 운전병들은 가끔 전사하니까 말이다. 아무튼 나는 전사하고 싶은 생각이 없다. 더욱이 이 전쟁에서는 죽기 싫다. 나하고는 아무 상관없는 전쟁이지 않은가. 나에게 이 전쟁은 영화에 나오는 전쟁만큼이나 위험하지 않다. 그래도 전쟁이 빨리 끝났으면 하고 간절히 바란다. 어쩌면 이번 여름에 끝날지도 모른다. 오스트리아군이 깨질 수도 있다. 다른 전쟁에서도 늘 깨졌었으니까. 이 전쟁은 도대체 어떻게 되어가는 것인가? 모두들 프랑스군은 이미 끝났다고 말한다. 리날디는 프랑스인들이 반란을 일으켜서 군인들이 파리 시내로 진입한다고 했다. 무슨 일이 일어났냐고 물었더니 "그들이 그들을 진압했대."라고 말했다. 나는 전쟁이 없는 오스트리아에 가고 싶다. '검은 숲'(Black Forest, 독일 서남부에 뻗어 있는 삼림 지대)에 가고 싶다. 하르츠 산맥(Hartz Mountains, 독일 중부에 있는 산맥. 휴양지)에도 가고 싶다.

그런데 하르츠 산맥은 어디에 있지? 카르파티아 산맥(Carpathians, 체코 북부에서 루마니아 중부까지 뻗어 있는 산맥)에서도 전투가 진행 중이었다. 그곳도 좋긴 하겠지만, 그곳에는 가고 싶지 않다. 전쟁만 아니라면 스페인에도 갈 수 있을 것이다. 해가 지자 한낮의 열기가 식고 있었다. '저녁을 먹은 후 캐서린 바클리를 만나러 가야지.' 지금 그녀가 내 옆에 있었으면 얼마나 좋을까. 밀라노에도 같이 간다면 더욱 좋을 텐데……. 코바(Cova)에서 식사를 하고, 무더운 저녁에 비아 만초니(Via Manzoni, 밀라노 대성당에서 북동쪽으로 뻗은 명품 거리) 거리를 거닐다 운하를 건너 캐서린과 호텔로 가면 얼마나 좋겠는가. 그녀도 승낙할지 모른다. 나를 자신의 죽은 약혼자로 여기며 함께 호텔 안으로 들어가면 포터가 모자를 벗으며 인사를 할 것이다. 내가 안내 데스크에서 방 열쇠를 받는 동안 그녀는 엘리베이터 옆에서 기다릴 것이다. 엘리베이터는 아주 천천히 올라가면서 매 층마다 삐걱거리며 서다가 우리가 묵을 층에서 멈출 것이다. 보이가 엘리베이터 문을 열어주면서 그곳에 서 있고, 그녀가 먼저 내리고 나도 내려서 복도를 따라갈 것이다. 열쇠로 문을 열고 안으로 들어간 다음 전화기를 들고 얼음을 가득 채운 얼음 통에 카프리 비앙카 한 병을 올려달라고 주문할 것이다. 잠시 후 얼음이 통 속에서 부딪치는 소리가 복도에서 들릴 것이고, 보이가 방문을 두드리면 나는 '문 밖에 두게.'라고 말할 거다. 날씨가 너무 무더워 창문을 열어놓은 데다 둘 다 아무것도 입지 않고 있기 때문이다. 열린 창문 밖에서는 제비들이 지붕 위로 날아다니고, 날이 어두워졌을 때 내가 창가로 다가가면 주위에서 먹이를 찾던 조그마한 박쥐들이 나무 위로 날아올 것이다. 우리는 방문을 잠가놓은 채 와인을 마시고, 우리 앞에 놓인 홑이불 한 장과 더불어 오롯한 밤을 마주할 것이다. 우리는 밀라노의 무더운 밤을 하얗게 새우며 밤새 사랑을 나눌 것이다. 이게 바로 나의 시나리오인데, 이렇게 되어야 마땅하지 않겠는가. 나는 빨리 식사를 끝내고 캐서린 바클리를 만나러 갈 거다.

식당은 엄청나게 시끄러웠고, 이야기가 길어졌다. 나는 와인을 좀 마셨는데, 술을 조금이라도 마시지 않으면 모두와 어울리지 못할 것 같았기 때문이다. 나는 신부와 함께 아일랜드 대주교

(John Ireland : 1838~1918, 뉴욕 세인트폴 대성당의 초대 대주교를 지낸 고위 성직자로서 철저한 금욕과 정치적 부패의 정화를 주장하여 적들이 많았다.)에 대한 이야기를 나누었다. 대주교는 품위 있는 사람인데, 불공정한 처사 때문에 억울한 일을 당한 듯했다. 나도 미국인으로서 그가 당한 부당함에 한몫을 한 것 같아, 그런 일에 대해 들어본 적도 없었지만 그냥 알고 있는 척했다. 결국은 오해였던 걸로 밝혀진 그 원인에 관한 해명을 들으면서 그 일에 대해 아는 게 없다고 한다면 그건 공손하지 못한 태도일 테니 말이다. 나는 대주교의 이름이 근사하다고 생각했다. 미네소타 출신인 그는 근사한 이름을 지어냈다. 미네소타의 아일랜드, 위스콘신의 아일랜드, 미시건의 아일랜드. 그 이름이 아름답게 느껴지는 것은 섬(island)을 연상시키기 때문일 것이다. 아니, 그게 전부는 아니다. 거기에는 그 이상의 뭔가가 있다. '신부님, 그건 사실입니다.', '신부님, 아닙니다. 어쩌면 그럴지도 모릅니다.', '신부님, 그 일에 대해서는 신부님이 나보다 더 많이 아십니다.' 신부는 선량하긴 하지만 따분했다. 장교들은 선량하지도 않으면서 따분했다. 왕은 좋은 사람이지만 따분했다. 와인은 질이 좋지 않았지만 따분하지 않았다. 와인 때문에 치아의 에나멜이 벗겨져 입천장에 끼었다.

"그 신부는 구금되었대. 3퍼센트 채권을 소지하고 있다가 발각되었다는 거야. 물론 프랑스에서 벌어진 일이야. 여기서는 신부를 체포할 수 없지. 5퍼센트 채권에 대해 전혀 모른다고 잡아떼었대. 베지에(Beziers, 프랑스 남부 도시)에서 일어났던 일이야. 난 프랑스 현지에 있었는데 신문에서 관련 기사를 읽었지. 감옥에 가서 신부 면회를 요청했어. 그가 채권을 훔친 건 확실했거든."

로카가 말했다.

"난 한마디도 못 믿겠어."

리날디가 말했다.

"좋을 대로 생각해. 하지만 여기 계시는 우리 신부님을 위해 하는 말이야. 아주 유익한 정보잖아. 신부님은 이 정보를 감사하게 여기실 거야."

로카가 하는 말을 듣고 있던 신부가 미소를 지으며 말했다.

"듣고 있으니 계속하세요."

"물론 채권 일부는 밝혀지지 않았지만, 3퍼센트 채권과 지방 채권 여럿을 신부가 갖고 있었대. 어떤 것인지는 구체적으로 기억나지 않지만, 나는 감옥으로 찾아갔어. 이게 바로 이야기의 핵심이야. 나는 신부가 있는 감방 밖에 서서 '축복해 주세요, 신부님. 신부님도 죄를 지었습니다.'라고 고해를 하는 것처럼 말했지."

다들 크게 웃음을 터뜨렸다.

"그분이 뭐라고 하셨나요?"

신부가 물었다. 로카는 이 질문은 무시하면서 그 농담에 대해 내게 설명해 줬다.

"요점이 뭔지 알겠지?"

제대로 알아듣는다면 아주 재미있는 농담인 것 같았다. 그들은 내게 와인을 더 따라주었고, 나는 샤워 벼락을 맞은 영국인 병사 이야기를 해줬다. 그러자 소령이 열한 명의 체코슬로바키아인과 헝가리인 하사 이야기를 했다. 와인을 조금 더 마신 다음 나는 1페니 동전을 발견한 경마 기수 이야기를 했다. 소령 말로는 밤에 잠을 못 이루는 공작부인 이야기가 그것과 비슷하다고 했다. 이때 신부가 자리를 떴고, 나는 새벽 다섯 시에 미스트랄 (mistral, 프랑스의 론 강을 따라 리옹 만으로 부는 강한 북풍)이 몰아치는 마르세유에 도착한 지방 순회 판매원에 대한 이야기를 했다. 소령은 내가 주량이 꽤 된다는 소리를 들은 적이 있다고 했다. 나는 아니라고 손사래를 쳤다. 그는 사실일 거라고 하면서, 바쿠스(Bacchus, 로마 신화에 나오는 술의 신. 그리스 신화의 디오니소스에 해당한다.)의 이름을 걸고 사실인지 아닌지를 가리는 내기를 해보자고 말했다. "바쿠스는 안 됩니다." 하고 내가 말했다. "아니야, 바쿠스가 좋아." 하고 그가 우겼다. 그러면서 필리포 빈첸차 바시를 상대로 컵에는 컵으로, 잔에는 잔으로 대작해 보라고 부추겼다. 바시는 자신이 이미 나보다 두 배는 더 마셨기 때문에 그렇게 하면 제대로 된 내기가 될 수 없다고 했다. 나는 그에게 그것은 새빨간 거짓말이라고 말했다. 그러면서 "바쿠스든 아니든, 필리포 빈첸차 바시든 바시 필리포 빈첸차든 — 그런데 자네 이름이 정확하게 뭐였더라? — 저녁 내내 술이라곤 한 방울도 입에 대지 않았다고?" 내가 이렇게 말하자, 바시도 지지 않고 나를 쳐다보며 "자네 이름은 페데리코 엔리코야, 아니면 엔리코 페데리코야?" 하고 물었다. 내가 "바쿠스는 집어치우고, 제일 잘 마시는 사람이 이기는 거로 하죠." 하고 말하자, 소령이 레드 와인을 머그잔에 따라주면서 시작하라고 했다. 와인을 반쯤 비웠을 때 더 이상 술을 마시고 싶지 않았다. 내가 가야 할 곳이 떠올랐기 때문이다.

"바시가 이겼습니다. 그가 나보다 셉니다. 난 이만 가봐야겠습니다."

내가 말했다.

"저 친구는 가야 해요. 약속이 있거든요. 내가 잘 알지."

리날디가 말했다.

"다른 날 밤에 하지. 자네가 괜찮은 날 밤에 하자고."

바시가 내 어깨를 손으로 치며 말했다.

테이블 위에는 촛불들이 켜져 있었다. 장교들은 모두 즐거워하고 있었다.

"좋은 밤 보내세요. 신사 양반들."

내가 말했다.

리날디가 나를 따라 밖으로 나왔다. 우리는 문밖 길가에 잠시 서 있었다. 그가 말했다.

"취한 상태로는 가지 않는 게 좋아."

"나 취하지 않았어. 리닌, 정말이야."

"커피를 좀 씹으면 나아질 거야."

"말도 안 되는 소리 좀 그만해."

"내가 좀 가져다줄게. 애송이, 왔다 갔다 하고 있으라고."

그가 볶은 커피콩을 한 줌 가져왔다.

"이걸 씹어. 신의 가호가 있을 거야."

"바쿠스 신 말이야?"

"내가 데려다 줄게."

"난 정말 아무렇지도 않은데."

우리는 같이 길어서 마을을 벗어났다. 난 커피를 씹었다. 영국인 별장으로 들어가는 진입로에서 리날디는 작별 인사를 했다.

"잘 가게. 아, 자네도 같이 들어갈까?"

내가 말했다.

"아니. 난 좀 더 단순한 쾌락이 좋아."

그가 고개를 저으며 말했다.

"커피콩 고마웠어."

"애송이, 별말씀을."

나는 차량 진입로를 따라 걸어 내려갔다. 도로에 늘어선 사이프러스 나무들의 윤곽이 뚜렷하고 선명했다. 뒤를 돌아보니 리날디가 나를 지켜보며 서 있었다. 나는 그에게 손을 흔들었다.

나는 접수대가 있는 복도에 앉아서 캐서린 바클리가 나오길 기다렸다. 누군가가 통로를 걸어 내려왔다. 나는 일어섰다. 그런데 캐서린이 아니라 퍼거슨 양이었다.

"안녕하세요. 캐서린이 오늘 저녁엔 만날 수 없다면서, 죄송하다고 전해 달라네요."

그녀가 말했다.

"유감이군요. 아픈 건 아니었으면 좋겠는데."

"몸이 안 좋아요."

"내가 걱정을 많이 한다고 전해 주시겠어요?"

"네, 그럴게요."

"내일 만나러 와도 될까요?"

"네, 괜찮을 거예요."

"감사합니다. 안녕히 계세요."

내가 말했다.

문밖으로 나왔는데 갑자기 외롭고 공허한 기분이 들었다. 나는 캐서린을 만나는 일을 아주 가볍게 여겼었다. 술을 마시다가 약속을 잊어버릴 뻔하기까지 했는데, 막상 그녀를 볼 수 없게 되자 외로움과 허전함이 밀려왔다.

8

다음 날 오후, 우리는 그날 밤 강 상류에서 공격이 있을 거라
는 얘기를 들었다. 나는 그곳으로 차량 넉 대를 급히 끌고 가야
한다고 했다. 다들 전략적 지식을 엄청나게 과시하며 떠들어댔지
만 정작 공격에 대해 아는 사람은 아무도 없었다.

나는 첫 번째 차량을 탔다. 영국인 병원 입구를 지나갈 때 운전
병에게 멈추라고 했다. 다른 차량들도 멈췄다. 나는 차에서 내려
다른 운전병들에게는 먼저 가라고 했다. 코르몬스(Cormons)로
가는 도로 교차로에 이를 때까지 우리 차가 따라잡지 못하면
그곳에서 기다려달라고 했다. 나는 황급히 걸어 올라가 접수처
로 가서 바클리 양 면회를 요청했다.

"근무 중입니다."

"잠시만 만날 수 없을까요?"

그들은 당번병을 보내 알아보게 했고, 잠시 후 그녀가 당번병
과 함께 나왔다.

"몸이 괜찮아졌는지 궁금해서 들렀습니다. 근무 중이라고 들

었지만 만나게 해달라고 부탁했어요.”

“많이 좋아졌어요. 어제는 더위 때문에 지쳤던 것 같아요.”

“이제 가봐야 합니다.”

“잠시 문밖으로 나가요.”

“괜찮은 거죠?”

문밖으로 나와 내가 물었다.

“네, 달링. 오늘 밤에 올 건가요?”

“아뇨. 플라바 위쪽에서 벌어지는 쇼를 보러 가는 중이에요.”

“쇼요?”

“별거 아닐 겁니다.”

“그럼 언제 돌아오나요?”

“내일.”

그녀는 목에서 무엇인가를 풀더니, 그것을 내 손에 쥐어주며 말했다.

“성 안토니오(Saint Anthony : 1195~1231, 가난한 이들의 수호성인. 기적을 행하며 잃어버린 물건을 잘 찾아주는 성인으로 알려져 있다.)예요. 그럼 내일 밤에 봐요.”

“당신, 가톨릭 신자가 아니잖아요?”

“네, 그래도 성 안토니오가 도움이 된다고들 해요.”

“당신을 위해 잘 간직할게요. 안녕.”

“작별 인사는 하지 말아요.”

“알았소.”

“착하게 행동하고 매사 조심하세요. ……안 돼요. 여기선 키스하면 안 돼요. 안 된다니까요.”

"알았소."

뒤를 돌아보니 그녀가 계단에 서 있었다. 그녀는 손을 흔들었고, 나도 손에다 키스를 한 다음 손을 펴보였다. 그녀는 다시 손을 흔들었다.

나는 차도로 나와 앰뷸런스의 조수석에 오른 뒤 출발했다. 성 안토니오는 작고 하얀 금속 통 안에 들어 있었다. 통에서 성물을 꺼내 손바닥에 올려놓았다.

"성 안토니오인가요?"

운전병이 물었다.

"그렇다네."

"저도 있어요."

오른손을 핸들에서 뗀 운전병은 겉옷 단추를 하나 풀더니 셔츠 밑에서 성 안토니오를 꺼냈다.

"여기, 보세요!"

나는 가느다란 금줄에 달린 성 안토니오를 통 속에 넣은 다음, 그것을 웃옷 호주머니에 집어넣었다.

"목에 걸지 않아요?"

"안 걸어."

"거는 게 좋을 겁니다. 그건 걸라고 있는 겁니다."

"알았네."

내가 말했다. 금줄을 풀어서 목에 걸고 다시 끼웠다. 성상이 군복 위로 튀어나와서 겉옷 목 단추와 셔츠 칼라를 풀고 셔츠 안으로 집어넣었다. 차를 타고 가는 동안 가슴에 부딪치는 것이 느껴졌다.

하지만 나중에 그 성상을 잃어버렸다. 부상을 당한 후에야 성상이 사라진 것을 알았다. 응급 치료소에서 누군가가 가져간 모양이다.

다리를 지날 때는 차를 빠르게 몰았다. 앞서 가는 차들이 먼지를 뿌옇게 일으켰다. 커브를 돌자, 앞서 간 석 대의 차가 무척 작게 보였다. 바퀴에서 먼지를 일으키며 숲속을 통과하는 중이었다. 우리는 곧 그 차량들을 추월해서 언덕으로 올라가는 도로로 빠져나왔다. 선두에 선 차에 타고 있다면, 차량을 일렬로 몰고 가는 기분도 꽤 괜찮았다. 나는 조수석에 몸을 기대고서 느긋하게 주변 경치를 바라봤다.

우리는 강 가까운 쪽의 산기슭을 달리고 있었다. 도로가 오르막으로 변하면서 멀리 북쪽으로 아직 봉우리에 눈이 덮여 있는 산들이 보였다. 뒤를 돌아보니 일어나는 먼지만큼의 간격을 두고서 석 대의 차량이 올라오고 있었다. 우리는 짐을 실은 노새들이 길게 줄지어 가는 행렬을 추월했다. 옆에서 노새를 몰고 가는 사람들은 붉은색 페즈(fez, 이슬람 국가에서 남자들이 쓰는 모자)를 쓰고 있었다. 그들은 저격병들이었다.

노새 행렬을 지나치자 도로가 텅 비어 있었다. 언덕을 오르고 난 뒤 긴 산등성이를 타고 내려와 계곡으로 들어섰다. 길 양편에 나무가 있었고, 오른쪽으로 늘어선 나무들 사이로 강이 보였다. 강물은 맑고 흐름이 빨랐으며, 좁은 수로의 양옆에는 모래와 자갈들이 깔려 있었다. 자갈이 깔린 강바닥 위로 흘러가는 강물이 간혹 반짝거리는 얇은 천 조각처럼 퍼지곤 했다. 강둑 가까운 곳 깊은 웅덩이에 고인 물빛은 하늘처럼 푸른 색깔이었다.

강 위로 아치형 돌다리가 있었는데, 그곳에서부터 좁은 길이 갈라져 나간 것이 보였다. 우리는 돌로 지은 농가를 지나쳤는데, 남쪽 벽이랑 들에 있는 얕은 돌담을 등지고 서 있는 배나무가 촛대 모양으로 가지를 뻗고 있었다.

도로는 계곡 쪽으로 한참을 올라가다 방향을 틀어 다시 언덕으로 이어졌다. 가파른 오르막길을 갈지자로 한참을 오르고 나자 마침내 산등성이를 따라 달릴 수 있는 평평한 길이 나타났다. 숲 아래쪽을 내려다보니 햇빛을 받은 강줄기가 양편 군대 사이로 흐르고 있었다. 능선 꼭대기 부분을 따라 만들어진 새 군사 도로는 몹시 울퉁불퉁했는데, 그 길을 어렵사리 달리다 보니 북쪽으로 두 개의 산줄기가 눈에 들어왔다. 눈이 덮인 쪽은 푸르고 어두워 보였으며, 해를 받는 쪽은 하얗고 아름다운 모습이었다.

능선을 따라 오르기 시작하자 더 높은 산이 나타났다. 눈이 덮여 백묵처럼 하얀데다 군데군데 고랑이 파이고 기묘한 평지가 있어 신기하게 느껴졌다. 이 산들 너머 저 멀리에도 겹겹이 산이 둘러서 있었는데 보일 듯 말 듯 분간하기 어려웠다. 그것은 모두 오스트리아의 산들이고, 이쪽에는 그런 산이 없었다.

도로 앞쪽 길이 오른쪽으로 둥글게 굽었는데, 아래쪽을 내려다보니 숲속으로 이어졌다. 거기에 부대가 있고 산악용 대포를 실은 트럭과 노새도 있을 것이다. 길가 쪽으로 바짝 붙어 아래로 내려가면서 나는 저 아래쪽 강을 내려다보았다. 강을 따라 달리는 침목과 철로가 보였다. 강 건너 언덕 아래에는 방향을 바꾸어 건너는 오래된 다리, 또 앞으로 우리가 점령할 작은 마을의 파괴된 집들이 있었다.

　우리가 산을 내려와 강을 따라 달리는 간선 도로에 접어들었을 때, 주위에는 이미 어둠이 내려와 있었다.

## 9

 

도로는 몹시 혼잡했고, 길 양쪽 옆은 옥수숫대와 밀짚 매트로
된 가림막이 쳐 있었는데 그 위를 다시 매트로 덮어놓아 마치
서커스장이나 원주민 마을 입구 같았다. 매트를 덮은 터널 밑을
천천히 통과하자 예전에 기차역이었던 탁 트인 공간이 나왔다.
이곳 도로는 강둑보다 낮아 푹 꺼진 길옆 강둑에 참호를 설치해
놓았으며, 그 안에 보병들이 숨어 있었다. 해가 기울고 있었다.
강둑을 따라 차를 몰고 가면서 위쪽을 올려다보니 일몰을 배경
으로 어두워진 언덕 위에 높이 떠오른 오스트리아군의 정찰용
풍선들이 눈에 들어왔다.

벽돌 공장을 지나서 차를 세웠다. 벽돌 공장의 아궁이들과
깊숙한 참호들이 임시 응급 치료소로 마련되어 있었다. 내가 아
는 군의관도 세 명 있었다. 나는 소령과 이야기를 나누면서, 공격
이 시작되면 우리는 부상병들을 차량에 태운 다음 매트로 가림
막이 쳐진 도로를 되짚어서 능선을 따라가는 간선 도로로 진입하
여 그곳에 있는 다른 응급 치료소로 옮겨야 된다는 것을 알게

되었다. 그러면 부상병들을 그쪽에서 처리해 준다고 했다. 소령은 도로가 막히지 않기를 바란다고 했다. 그 도로가 유일한 통로라는 것이다. 강 건너 오스트리아 병사들에게 훤히 보이기 때문에 도로를 매트로 가려놓았다고 한다. 이곳 벽돌 공장에 자리 잡은 우리는 강둑 덕택에 소총이나 기관총 사격을 피할 수 있었다. 강을 가로지르는 다리가 완전히 파괴되어, 포격이 시작되면 임시 다리를 설치한 후 강을 건널 계획이었다. 일부 병사들은 수심이 얕은, 강이 굽어지는 곳 위쪽으로 강을 건너갈 것이었다. 소령은 끝이 위로 구부러져 올라간 콧수염을 기르고 있었으며 체구가 매우 작았다. 리비아 전투에 참전했다고 하는 그는 상이 훈장 두 개를 달고 있었다. 그는 일이 잘 풀리면 나도 훈장을 받게 해주겠다고 했다. 나는 일이 잘 풀리기를 바라지만 훈장은 과분하다고 하면서, 운전병들이 머물 만한 커다란 참호가 있느냐고 물었다. 소령은 병사 한 명을 불러 안내해 주라고 지시했다. 병사와 같이 가서 참호를 봤는데 아주 마음에 들었다. 운전병들도 만족해서 나는 그들에게 그곳에 들어가 있으라고 했다. 소령이 다른 두 장교와 함께 술을 마시자고 청해 왔다. 우리는 화기 애애한 분위기 속에서 럼주를 마셨다. 밖이 어두워지고 있었다. 공격 시간이 언제냐고 물어봤더니 어두워지자마자 시작될 거라고 했다.

  나는 운전병들이 있는 참호로 돌아왔다. 다들 앉아서 잡담을 하고 있다가 내가 들어서니 하던 말을 멈췄다. 나는 그들에게 마케도니아산 담배를 한 갑씩 나누어 주었다. 담배가 헐겁게 말아져 있어서 담배 가루가 잘 빠져나오기 때문에 담배를 피우기 전에 양쪽 끝을 비틀어줘야만 했다. 마네라가 라이터를 켜서 한 바퀴 돌렸다. 마치 피아트 자동차의 라디에이터처럼 생긴 라이터였다. 나는 내가 들은 정보를 그들에게 전해 주었다.

"내려오는 길에 왜 구호소를 보지 못했을까요?"

파시니가 물었다.

"우리가 방향을 틀었던 지점 바로 위쪽에 있대."

"도로가 아주 엉망일 텐데요."

마네라가 말했다.

"우리를…… 집중 포격하여 작살낼걸요."

"그럴 수도 있겠지."

"식사는 어떻게 하죠? 중위님, 이 일을 시작하고 나서 우린 통 먹지를 못했어요."

"가서 알아보겠네."

내가 말했다.

"저희는 여기에 그냥 있을까요, 아니면 주위를 한 바퀴 돌아볼까요?"

"여기 그냥 있는 게 나을 거야."

나는 소령이 있는 참호로 갔다. 소령은 야전 취사장이 곧 마련될 것이고, 그러면 운전병들이 와서 스튜를 가져갈 수 있을 거라고 말했다. 식기가 없으면 식당용 주석 식기를 빌려주겠다고 했다. 나는 운전병들이 식기를 갖고 있을 거라고 대답했다.

나는 운전병들이 있는 참호로 돌아와서, 음식이 준비되는 대로 가져오겠다고 했다. 마네라는 폭격이 시작되기 전에 식사가 나왔으면 좋겠다고 했다. 내가 밖으로 나갈 때까지 그들은 아무 말이 없었다. 그들은 모두 정비공들이었고 전쟁을 싫어했다.

나는 밖으로 나와서 차량들과 부대 상황을 살펴본 후 다시 참호로 돌아와 네 명의 운전병들과 함께 앉았다. 우리는 벽에 등을 기댄 채 땅바닥에 앉아서 담배를 피웠다. 밖은 이제 거의 어둠에 잠겼다. 참호 바닥의 흙이 따뜻하고 건조해서, 나는 벽에 등을 기대고서 땅바닥에 털퍼덕 앉아 긴장을 풀고 있었다.

"누가 공격하러 가는 거지요?"

가부치가 물었다.

"저격병들이."

"저격병들만요?"

"그런 것 같아."

"제대로 된 공격을 할 만한 규모는 아닐 텐데요."

"이건 진짜 공격을 하려는 곳에서 주의를 돌리려고 하는 공격일 거야."

"공격할 사람들도 그 사실을 알까요?"

"아마 모를걸."

"당연히 모르지. 알면 공격하려 들지 않을 거야."

마네라가 말했다.

"아니야. 그래도 공격할 거야. 저격병들은 멍청하거든."

파시니가 말했다.

"그들은 용감하고 군기도 세지."

내가 말했다.

"가슴팍이 넓고 건장하지만, 그래도 멍청해요."

"수류탄병은 키가 커요."

마네라가 말했다. 그건 농담이었다. 모두들 웃음을 터뜨렸다.

"중위님, 그들이 공격에 나서지 않아서 열 명당 한 사람씩 총살당했을 때 중위님도 현장에 계셨나요?"

"아니."

"정말 그랬대요. 일렬로 세워놓고 열 번째마다 한 명씩 총으로 쐈대요. 헌병들이요."

"헌병들이라······. 그래도 수류탄병들은 모두 키가 180센티가 넘어. 하지만 공격하려 들지 않았지."

파시니는 이렇게 말하더니 바닥에 침을 뱉었다.

"공격하는 사람이 아무도 없으면 전쟁은 끝날 텐데."

마네라가 말했다.

"그런 거랑은 얘기가 다르지. 그들은 두려웠던 거야. 장교들은 대부분 좋은 집안 출신이거든."

"장교 중 몇 명은 혼자서 공격하러 나갔대."

"나오지 않으려고 하는 장교 두 명을 하사관이 쐈대."

"어떤 부대는 공격하러 나갔어."

"공격하러 나간 병사들은 열 명당 한 사람씩 총살당할 때 제외되었겠지?"

"헌병들한테 총살당한 사람 중에 우리 마을 출신도 있었어. 키도 크고 똑똑해서 수류탄병이 된 친구였지. 늘 멋을 내고, 로마에 나가 여자들을 끼고 다니면서 헌병들하고도 잘 어울렸어. 그런데 지금은 총검을 든 경비병이 그 친구 집을 지키고 있지. 아무도 그 친구 부모나 여동생을 만나러 오지 않는다고 해. 그 친구 아버지는 시민권도 뺏겨서 투표도 못 한대. 이제 그들은 법의

보호를 받지 못하기 때문에 누구라도 그 사람들 재산을 뺏을
수 있을 거야."

파시니가 말하고 나서 웃었다.

"가족들이 그런 일을 당할 위험이 없다면 아무도 공격에 나서
려 하지 않을 거야."

"그렇지 않아. 알피니(Alpini, 알프스 산악병)라면 나설 거야.
VE(Vostra Eccellenza, 근위병) 병사도 나설 거고. 그리고 일부 저
격병들도 나서겠지."

"저격병들도 도망쳤어. 지금은 그 사실을 잊으려고 애쓰지만."

"중위님, 우리가 이런 말을 하도록 내버려두면 안 되지 않나
요? 군대 만세!"

파시니가 냉소적으로 말했다.

"무슨 말을 하는지 나도 알아. 하지만 자네들은 운전만 잘하
고, 제대로 처신을 하면……."

내가 말했다.

"……그리고 이런 얘기가 다른 장교들 귀에 들어가지 않게 하
고요."

마네라가 마무리를 지었다.

"나도 이 전쟁이 끝나야 한다고 생각해. 하지만 한쪽만 공격
을 멈춘다고 해서 전쟁이 끝나는 게 아니야. 우리가 공격을 중단
하면 상황이 오히려 더 나빠질 거야."

내가 말했다.

"더 나빠질 수는 없을 겁니다. 전쟁보다 더 나쁜 건 아무것도
없으니까요."

파시니가 공손하게 말했다.

"패전이 더 나쁘지."

"전 그렇게 생각하지 않습니다. 패전이 뭡니까? 집으로 돌아가는 거잖아요."

파시니는 여전히 공손하게 말했다.

"그들이 쫓아가서 자네 집을 뺏을 걸세. 여동생들도 겁탈할 거고."

"전 그렇게 생각하지 않아요. 그들이 모두에게 그렇게 할 수는 없을 거예요. 그리고 저마다 자기 집을 지키면 되지요. 여동생들도 집 안에서 잘 보호하라고 하고요."

파시니가 말했다.

"그들은 자넬 목매달아 죽이거나, 쫓아가서 자네를 다시 군인으로 만들 거야. 그러면 이번엔 앰뷸런스 운전병이 아니라 보병으로 복무하게 되겠지."

"그 많은 사람들을 다 목매달아 죽일 수는 없어요."

"외국인이 마음대로 우리를 군인으로 만들 수는 없을 거예요. 첫 전투에서 모두들 도망갈 테니까요."

마네라가 말했다.

"체코인들처럼."

"자네들은 점령을 당한다는 게 어떤 건지 잘 모르는 것 같아. 그래서 그게 그리 나쁘지 않다고 생각하는 거야."

"중위님, 우리가 자유롭게 떠들어대도록 배려해 주신다는 것 잘 압니다. 그런데요 전쟁만큼 나쁜 건 없어요. 앰뷸런스 업무를 하는 우리는 전쟁이 얼마나 끔찍한지조차 제대로 알 수 없죠.

전쟁이 얼마나 끔찍한가를 알아차릴 땐 이미 멈출 수가 없어요. 벌써 미쳐 버렸기 때문이지요. 그런데 아예 깨닫지 못하는 사람들도 있어요. 그냥 장교들을 두려워하는 사람들도 있고요. 그런 사람들 때문에 전쟁이 계속되는 겁니다."

파시니가 말했다.

"전쟁이 끔찍하다는 건 알아. 하지만 우리는 그걸 끝내기 위해 끝까지 가야만 해."

"끝나지 않아요. 전쟁에 끝이라는 건 없어요."

"아니, 있어."

파시니가 고개를 저었다.

"전쟁은 승리한다고 이기는 게 아니에요. 우리가 산 가브리엘레를 점령한다면 어떻게 될까요? 카르소, 몬팔코네, 트리에스테를 점령하면 어떻게 되죠? 그다음에 우리는 어디로 가요? 오늘 저 멀리 있는 산들을 보셨잖아요. 우리가 그곳들을 다 점령할 수 있을 거라고 생각하시나요? 오스트리아군이 전쟁을 그친다면 모를까……. 아무튼 한쪽이 싸움을 그만둬야 하는데, 왜 우리는 싸움을 그만두지 못할까요? 만약 적군이 이탈리아로 진격해 오더라도 그들은 곧 지쳐서 물러갈 겁니다. 그들에겐 그들의 나라가 있으니까요. 그런데 이것도 모두 다 헛소리이지요. 여전히 전쟁이 진행되고 있으니까요."

"자넨 웅변가 같아."

"우리는 생각이란 것을 합니다. 그리고 책을 읽습니다. 우리는 농부가 아니라 정비공입니다. 하지만 농부들조차 전쟁을 옹호할 만큼 어리석지 않습니다. 모두가 이 전쟁을 증오하고 있어요."

"멍청한데다 아는 것도 없고, 알 수도 없는 어리석은 놈들이 나라를 통치하니까 전쟁이 계속되는 거야."

"게다가 그자들은 전쟁을 이용해서 돈도 벌지."

"다 그렇지는 않아. 그들은 어리석고 멍청하거든. 얻는 것도 없으면서 전쟁을 하는 멍청이들."

파시니가 말했다.

"이제 그만하자. 아무리 중위님이 봐준다고 해도 우린 말을 너무 많이 하고 있어."

마네라가 말했다.

"중위님도 좋아하시잖아. 중위님을 전향시키자고."

파시니가 말했다.

"이제 입 좀 다물라고."

마네라가 말했다.

"이제 식사할 수 있나요, 중위님?"

가부치가 물었다.

"가서 알아보지."

내가 말을 하며 일어섰다.

"제가 할 일은 없나요? 중위님, 무엇이든 도울 수 있습니다."

고르디니가 함께 밖으로 나오며 말했다. 고르디니는 네 명 중 가장 조용했다.

"원하면 같이 가세. 식사할 만한 것이 좀 있는지."

내가 대답했다.

밖은 어두웠고, 탐조등의 긴 불빛이 산 너머로 움직이고 있었다. 전선에는 대형 탐조등이 군용 트럭 위에 설치된 채 가동 중이었다. 밤중에 전선 근처를 걷다보면 그런 트럭들을 지나치곤 한다. 트럭은 도로에서 조금 벗어난 곳에 멈춰 서 있었는데, 조명 방향을 지시하는 장교 옆에서 병사들이 잔뜩 겁을 집어먹고 있었다. 우리는 벽돌 공장을 가로질러 첫 번째 응급 구호소 앞에 멈춰 섰다. 바깥 입구 위쪽은 푸른색 잔가지로 위장되어 있었는데, 햇빛에 바짝 마른 나뭇잎이 밤바람에 흔들리며 바스락거렸다. 구호소 안에는 불이 켜져 있었다. 소령이 상자 위에 앉아 전화를 하고 있었다. 군의관 대위들 중 하나가 공격이 한 시간 연기되었다고 하면서, 내게 코냑 한 잔을 권했다. 나무 탁자와 불빛에 번쩍이는 의료 기구들 그리고 세면대와 마개로 막은 병들이 있었다. 고르디니는 내 뒤에 서 있었고, 소령은 전화를 끝내고 일어났다.

"지금 시작하네. 다시 당겨졌다네."

소령이 말했다.

밖을 내다보니 어두웠다. 오스트리아군의 탐조등이 우리 뒤쪽에 있는 산 위로 움직였다. 잠시 동안 정적이 흐르더니 우리 뒤쪽에 있던 모든 대포가 한꺼번에 불을 뿜기 시작했다.

"좋아, 시작되었군."

소령이 말했다.

"수프 말인데요, 소령님."

내가 말했다. 그는 내 말을 듣지 못했다. 나는 다시 말했다.

"그건 아직 안 왔네."

큰 포탄 하나가 날아와 벽돌 공장 밖에서 터졌다. 또 한 발이 터졌고, 그 소음 속에서 벽돌과 흙이 비처럼 쏟아지는 소리가 포탄 소리보다 낮게 들렸다.

"먹을 만한 것이 없을까요?"

"파스타 아시우타(pasta asciutta, 말린 마카로니로 만든 파스타)가 약간 남아 있네."

소령이 말했다.

"그걸 주시면 가져가겠습니다."

소령이 당번병에게 지시를 내리자, 당번병은 뒤쪽으로 나가더니 철제 그릇에 식어 빠진 마카로니를 담아서 들고 돌아왔다. 나는 그것을 고르디니에게 건네주었다.

"혹시 치즈도 있습니까?"

소령은 마지못해 당번병에게 지시를 내렸고, 당번병은 뒤쪽의 참호로 가더니 흰 치즈 덩어리의 사분의 일을 가지고 왔다.

"대단히 감사합니다."

내가 말했다.

"지금은 밖으로 나가지 않는 게 좋을 거야."

바깥 구호소 입구에서 무언가를 내려놓는 소리가 났다. 그 뭔가를 옮겨온 병사 두 명 중 하나가 안을 들여다봤다.

"안으로 들여와. 뭐 하는 거야? 우리가 나가서 그자를 안으로 들이라는 건가?"

소령이 말했다. 들것 담당병 둘이 한 남자의 겨드랑이를 받친 채 팔과 다리를 잡고서 들어왔다.

"상의를 찢어."

소령이 말했다.

그는 끝에 거즈가 달린 핀셋을 들었다. 군의관 대위 둘이 겉옷을 벗었다.

"여기서 나가."

소령이 들것 담당병들에게 말했다.

"자, 가지."

내가 고르디니에게 말했다.

"포격이 끝날 때까지 기다리는 게 좋을 텐데."

소령이 어깨 너머로 돌아보며 말했다.

"병사들이 몹시 배고파서요."

내가 말했다.

"좋을 대로 해."

우리는 밖으로 나와 벽돌 공장을 가로질러 달렸다. 강둑 가까이에서 포탄 하나가 터졌다. 그러고 나서 미처 알아채지 못한 포탄이 갑작스럽게 날아왔다. 우리는 납작 엎드렸다. 번쩍하는 섬광이 비치더니 포탄 터지는 소리와 함께 화약 냄새가 진동했다. 그 와중에 벽돌 조각들이 우르르 떨어져 내리는 소리가 들렸다. 고르디니가 재빨리 일어나서 참호로 달려갔다. 나도 치즈를 들고서 고르디니 뒤를 따라 달렸다. 치즈의 부드러운 겉 표면에 벽돌 먼지가 잔뜩 달라붙어 있었다. 참호 속에 남아 있던 세 명의 운전병들은 등을 벽에 기댄 채 담배를 피우고 있었다.

"여기 가져왔네, 애국자들."

내가 말했다.

"차량들은 어떻습니까?"

마네라가 물었다.

"괜찮아."

"포격이 무섭던가요, 중위님?"

"정말 그랬어."

내가 말했다.

나는 칼을 꺼내 날을 닦은 다음 치즈 표면에 묻은 먼지를 걷어냈다. 가부치가 마카로니 그릇을 내게 내밀었다.

"먼저 드세요, 중위님."

"아니야. 바닥에 놓고 다 같이 먹자고."

내가 말했다.

"포크가 없어요."

"제기랄!"

나는 영어로 내뱉었다.

나는 치즈를 조각내 자른 뒤 마카로니 위에 얹었다.

"자, 앉아서 먹자고."

내가 말했다. 그들은 앉아서 기다렸다. 나는 엄지와 검지를 집어넣어 마카로니를 들어 올렸다. 한 덩어리가 집혔다.

"좀 더 높이 들어 올리세요, 중위님."

팔을 쭉 뻗어 마카로니를 들어 올렸다. 나는 그것을 입안으로 집어넣었다. 끝 부분을 빨아들인 다음 천천히 씹었다. 그리고 이어서 치즈 한 조각을 입에 물고 씹으면서 와인을 마셨다. 녹슨 쇠 맛이 났다. 수통을 파시니에게 건넸다.

"맛이 갔네요. 너무 오래됐나 봐요. 수통을 차에 뒀었거든요."

파시니가 말했다.

모두들 턱을 마카로니가 담긴 그릇 가까이 대고 고개를 뒤로 젖힌 채 면발 끝 부분을 입속으로 빨아들이며 먹고 있었다.

나도 면을 한 입 더 먹고, 치즈까지 조금 더 먹은 다음 와인으로 입가심을 했다. 그때 뭔가가 밖에 떨어지면서 땅을 뒤흔들었다.

"420밀리 포 아니면 지뢰 투척기야."

가부치가 말했다.

"산속에는 420밀리 포 같은 건 없어."

내가 말했다.

"그들은 커다란 스코다 대포를 갖고 있어요. 포탄 자국을 봤거든요."

"305밀리 포겠지."

우리는 계속 식사를 했다. 기관차 시동을 걸 때 나는 듯한 소리가 나더니만, 이어서 엄청난 폭발음이 땅을 뒤흔들었다.

"이 참호는 그렇게 깊지 않은데."

파시니가 말했다.

"저건 대형 참호용 박격포야."

"맞아요, 중위님."

나는 치즈 조각을 마저 먹고 와인을 한 모금 들이켰다. 다른 소음들 속에서 가르랑거리는 소리와 '추-추-추-추' 하는 소리가 들렸다. 그러더니 용광로 문이 확 열릴 때처럼 섬광이 번쩍거렸다. 처음에는 하얀색이었다가 점점 붉은색으로 바뀌어 가더니 휘몰아치는 바람 속에서 굉음이 들렸다. 나는 숨을 쉬려고 했으나 좀처럼 쉬어지지가 않았고, 내 몸은 송두리째 계속해서 밖으로, 밖으로, 밖으로, 거센 폭풍 속으로 빠져나가는 것 같았다. 내 모든 것이 빠르게 밖으로 빠져나갔고, 나는 내가 죽었다고 생각했다가 방금 죽었다고 생각한 것이 착각이 아닌가 싶었다.

그러더니 몸이 허공에 붕 뜬 것 같았는데 제대로 느낄 새도 없이 곤두박질쳤다. 나는 심호흡을 하고 나서 의식을 되찾았다. 바닥은 온통 파여 있었고 머리 바로 앞에는 나무 기둥이 널브러져 있었다. 머리가 깨질 듯이 아픈 중에도 누군가의 고함 소리가 들렸는데, 마치 비명을 지르는 것 같았다. 나는 몸을 움직이려고 했지만 도무지 말을 듣지 않았다. 강 건너편에서 강을 따라 기관총과 소총이 발사되는 소리가 연이어 들렸다. 물이 튀기는 소리가 엄청나게 크게 들리더니 조명탄이 하늘로 올라가 터진 다음 하얗게 흩어지는 것이 보였다. 이어서 로켓탄이 발사되는 게 보이고 포탄 소리도 들렸다. 이 모든 일이 한순간에 벌어졌다. 그리고 가까이에 있는 누군가가 "어머니! 오, 어머니!"라고 부르짖는 것 같았다. 나는 몸을 잡아당겨 뒤틀어서 마침내 양다리를 풀어내고 몸을 돌려 그를 만졌다. 파시니였다. 그는 내 손이 닿자 비명을 내질렀다. 그의 다리가 내 쪽으로 뻗어 있었는데 어둠과 빛이 명멸하는 가운데 보니 양다리의 무릎 위쪽이 모두 날아간 것 같았다. 한쪽 다리는 이미 없어졌고 다른 쪽 다리는 힘줄과 바짓단에 의해 간신히 붙어 있었는데, 나머지 부분이 연결되지 않은 듯 제멋대로 흔들거렸다. 그는 자신의 팔을 깨물면서 신음하고 있었다.

"오, 어머니, 어머니! 성모님! 살려주세요. 아, 예수님! 나를 쏘아주세요. 그리스도님, 나를 쏘아주세요. 어머니, 어머니! 아, 순결하시고 사랑이 많으신 성모님! 나 좀 쏘아주세요. 제발 좀 멈춰주세요. 제발 좀 멈춰줘, 멈춰줘, 멈춰줘. 순결하신 성모님, 제발 좀 멈춰주세요. 오, 오, 오!"

파시니는 이어서 숨을 헐떡거리며 "어머니, 어머니!"라고 신음소리를 냈다. 그러고 나선 이내 잠잠해졌다. 자기 팔을 꽉 문 채……. 파시니의 남아 있는 다리가 덜렁거리고 있었다.

"들것을 가져와! 들것을 빨리!"

나는 손나팔을 하고 소리쳤다.

"들것을 가져와!"

나는 그의 다리에 지혈대를 묶어주려고 파시니 곁으로 더 가까이 가려고 애썼지만 몸을 움직일 수가 없었다. 다시 용을 써서 몸을 조금 움직였다. 양팔과 팔꿈치를 이용하여 몸을 뒤로 끌 수 있었다. 파시니는 이제 조용했다. 나는 그의 옆에 앉아 내 웃옷을 벗어서 셔츠 밑단을 찢어내려고 했다. 잘 찢어지질 않아서 셔츠 가장자리를 이빨로 물어뜯기 시작하다가 그가 차고 있는 각반(脚絆, 발목에서부터 무릎 아래까지 돌려 감거나 싸는 띠)이 생각났다. 나는 모직 양말을 신고 있었지만 파시니는 각반을 차고 있었다. 운전병들은 모두 각반을 찬다. 하지만 파시니는 이제 다리가 한쪽뿐이었다. 나는 각반을 풀다가 이렇게 애써 지혈대를 만들 필요가 없어졌다는 것을 알았다. 그는 이미 죽어 있었다. 나는 그가 죽은 것을 확인했다. 이제 나머지 세 운전병의 소재를 파악해야 했다. 똑바로 앉아 있는데 머릿속에서 인형 눈알을 굴리는 추 같은 것이 재빠르게 움직이더니 그것이 내 눈동자 뒤쪽을 강하게 내리쳤다. 두 다리가 뜨뜻하고 축축한 것이 느껴졌다. 신발도 안쪽이 젖어 축축했다. 나는 포탄 파편에 맞았다는 것을 깨닫고 몸을 기울여서 손으로 무릎을 더듬었다. 무릎이 없었다. 손을 아래로 뻗으니 무릎이 정강이까지 내려가 있었다. 손을 셔츠에 닦는데 떠돌던 탐조등 불빛이 천천히 내려왔다. 내 다리를 보는 것이 두려웠다. "오, 하느님! 이곳에서 벗어나게 해주세요." 라고 소리 내어 말했다. 그래도 아직 세 명의 운전병이 남아 있다. 원래는 네 명이었는데, 파시니가 죽었으니 세 명이다. 누군가가 내 겨드랑이 밑으로 손을 넣어 쳐들었고, 다른 사람이 내 양쪽 다리를 들어 올렸다.

"세 명이 더 있어. 한 명은 죽었고."

내가 말했다.

"마네라입니다. 들것을 가지러 갔었는데 들것이 없네요. 좀 어떠세요, 중위님?"

"고르디니와 가부치는 어디 있나?"

"고르디니는 초소에서 붕대를 감고 있습니다. 가부치는 지금 중위님의 다리를 들고 있고요. 제 목에 매달리세요, 중위님. 심하게 다치셨습니까?"

"다리를. 고르디니는 어떤가?"

"괜찮습니다. 엄청난 대형 참호용 박격포였어요."

"파시니가 죽었네."

"그래요, 죽었습니다."

포탄 한 발이 가까운 곳에 떨어지자 두 운전병이 바닥에 엎드리느라 나를 떨어뜨렸다.

"죄송합니다, 중위님. 제 목에 매달리십시오."

마네라가 말했다.

"다시 떨어뜨리려고?"

"저희도 겁먹어서 그랬습니다."

"자네들은 부상을 안 당했나?"

"저희 둘 다 약간만 다쳤습니다."

"고르디니는 운전할 수 있나?"

"못할 겁니다."

구호소에 도착할 때까지 나는 한 번 더 땅에 떨어졌다.

"이 개자식들."

내가 웅얼거리듯이 말했다.

"죄송합니다, 중위님. 다시는 떨어뜨리지 않겠습니다."

마네라가 말했다.

구호소 밖 어둠 속에 많은 병사가 바닥에 누워 있었다. 부상자들은 구호소 안으로 옮겨졌다가 다시 밖으로 내보내졌다. 커튼이 걷히고 사람이 옮겨질 때마다 응급 구호소에서 흘러나오는 불빛이 보였다. 사망자들은 한쪽으로 치워져 있었다. 군의관들은 소매를 어깨까지 걷어 올리고 푸줏간 주인처럼 피로 범벅이 된 채 치료를 했다. 들것도 충분치 못했다. 부상자 중에는 시끄럽게 소리를 지르는 사람도 있었지만 대부분은 조용했다. 바람이 불어와 응급 구호소 문 위를 위장해 놓은 나뭇잎들을 흔들어 댔다. 밤이 되자 점점 추워졌다. 들것 운반병들이 쉼 없이 나타나서 부상자들을 내려놓고는 곧바로 밖으로 사라졌다. 내가 응급 구호소에 도착하자마자 마네라가 의무 부사관을 불러왔고, 그는 내 두 다리에 모두 붕대를 감았다. 부상당한 자리에 흙먼지가 많이 들어가긴 했지만 출혈은 심하지 않다고 했다. 그는 가능한 빨리 구호소 안으로 모시겠다고 말한 뒤 안으로 들어갔다. 고르디니는 운전을 할 수 없을 것 같다고 마네라가 말했다. 어깨가 부서지고 머리에도 부상을 입었다고 했다. 많이 아픈 건 아니지만 어깨가 굳어 있다는 것이다. 고르디니는 벽돌담 옆에 앉아 있었다. 마네라와 가부치는 각각 부상병을 태우고 출발했다. 그들은 운전을 할 수 있었다. 영국인들이 앰뷸런스 석 대를 끌고 왔고, 각 차량에 운전병이 두 명씩 타고 있었다. 얼굴이 창백하고 아파 보이는 고르디니가 운전병 중 한 명을 내 쪽으로 데려왔다. 그가 허리를 숙였다.

"심하게 맞았나요?"

그가 물었다. 철테 안경을 쓴 키가 큰 남자였다.

"다리에."

"심하지 않았으면 좋겠네요. 담배 피우실래요?"

"고맙소."

"운전병 두 명을 잃으셨다면서요?"

"그래요. 한 명은 죽고, 당신을 이리로 데려온 친구는 부상을 당했소."

"정말 안됐습니다. 우리가 차량을 운전해 갈까요?"

"그러잖아도 그걸 부탁하려던 참이었소."

"잘 보관하고 있다가 숙소로 돌려드리겠습니다. 숙소가 206 맞죠?"

"그렇소."

"멋진 곳이에요. 중위님을 그곳에서 본 적 있습니다. 사람들이 그러는데, 미국인이라면서요?"

"그렇소."

"저는 영국인입니다."

"그래요?"

"네, 영국인이에요. 내가 이탈리아인인 줄 아셨어요? 우리 영국군 중 어떤 부대에는 이탈리아인도 몇 있긴 합니다."

"당신이 차량을 인수해 간다니 마음이 놓이는군."

내가 말했다.

"조심해서 보관하겠습니다. 중위님 부하가 중위님을 만나달라고 안달을 하더라고요."

그는 허리를 펴면서 고르디니의 어깨를 두드렸다. 고르디니는 얼굴을 찡그린 채 웃었다. 그 영국인은 입심이 좋았다. 그는 고르디니에게 완벽한 이탈리아어로 말했다.

"자, 이제 모든 게 정리되었네. 내가 자네 중위님을 만나봤고, 우리가 차량 두 대를 인수하기로 했어. 자네는 이제 걱정할 필요가 없네."

입심 좋은 영국인은 잠시 사이를 두었다가 불쑥 말을 꺼냈다.

"중위님을 이곳에서 빼내도록 해야겠군요. 의무 관계자를 만나보겠습니다. 중위님을 데리고 후방으로 갈 겁니다."

그는 부상자들 사이를 조심스럽게 빠져나가 응급 구호소 쪽으로 걸어갔다. 장막이 열리는 것이 보이더니 불빛이 새어나왔다. 그가 안으로 들어갔다.

"저 사람이 돌봐드릴 겁니다, 중위님."

고르디니가 말했다.

"자네는 좀 어떤가, 프랑코?"

"저는 괜찮습니다."

그는 내 곁에 앉았다. 잠시 후 임시 구호소를 가린 장막이 열리더니 들것 운반병 두 명이 나왔고, 그 뒤를 따라 그 입심 좋은 영국인도 나왔다. 그가 운반병들을 내게로 데리고 왔다.

"여기 미국인 중위가 있네."

입심 좋은 영국인이 이탈리아어로 말했다.

"나는 나중에 가는 게 좋겠소. 나보다 더 심하게 다친 사람이 많아요. 나는 괜찮소."

내가 말했다.

"자, 자. 잘난 영웅 행세는 그만두세요."

입심 좋은 영국인이 말했다. 그러고 나서 운반병들에게 이탈리아어로 말했다.

"다리를 조심해서 들게나. 다리가 무척 아플 테니. 이분은 윌슨 대통령의 아드님이시다."

그들이 나를 들어 올려 구호소 안으로 데려갔다. 안에서는 테이블마다 수술을 하고 있었다. 몸집이 작은 소령이 정신없는 가운데 우리를 돌아보더니, 나를 알아보고는 핀셋을 흔들어 보였다.

"어떠시오?"

"괜찮습니다."

"제가 이분을 모시고 왔습니다. 저분은 미국 대사의 외아들이시거든요. 여기 있을 테니 소령님이 치료해 주십시오. 그러면 제가 첫 번째 차로 후송하겠습니다."

입심 좋은 영국인은 이탈리아어로 유창하게 말한 다음, 내게로 몸을 돌렸다.

"중위님 부하에게 서류를 준비하라고 하겠습니다. 그러면 훨씬 빨리 진행될 겁니다.”

말을 마친 영국인은 상체를 구부리고 밖으로 나갔다. 소령은 핀셋을 손가락에서 빼더니 대야에 떨어뜨렸다. 나는 눈으로 그의 손을 좇았다. 그는 이제 붕대를 감고 있었다. 그러자 들것 운반병이 그 부상자를 테이블에서 옮겨갔다.

“제가 미국인 중위를 살펴보겠습니다.”

대위들 중 한 명이 말했다. 그들은 나를 들어 올려 테이블 위에 눕혔다. 딱딱하고 미끄러웠다. 화학 약품 냄새와 달짝지근한 피 냄새 등 온갖 냄새가 진동했다. 의무 대위는 내 바지를 벗긴 다음 진찰을 하면서 부사관에게 상태를 구술했다.

“왼쪽과 오른쪽 넓적다리, 왼쪽과 오른쪽 무릎, 그리고 오른쪽 발에 다수의 표피상이 있음. 그리고 오른쪽 무릎과 발에 심각한 부상. 두피에 열상. — 그가 찢긴 부분을 가볍게 건드리면서 ‘아픈가?’ 하고 물었다. ‘으윽, 아픕니다.’ 라고 대답했다. — 그리고 두개골 파열 가능성 있음. 근무 수행 중 입은 부상. 이것으로 자네가 자해 혐의로 군사 재판에 넘겨지는 일은 없을 걸세.”

의무 대위가 이어서 말했다.

“브랜디 한잔 하겠나? 그런데 어쩌다 이런 일을 당한 건가? 뭘 하려던 참이었지? 자살할 생각이었나? — 파상풍 약을 좀 더 줘. 양쪽 다리에 십자 표시를 해두고. 고맙네. — 내가 상처 부위를 깨끗이 닦아내고 붕대를 감아주지. 자네 피는 아주 예쁘게 잘 응고되었네.”

의무 부사관이 서류에서 고개를 쳐들며 말했다.

“부상 원인은요?”

그러자 의무 대위가 나에게 물었다.

"무엇에 맞았나?"

내가 눈을 감은 채 대답했다.

"참호용 박격포였습니다."

의무 대위는 조직을 절개하는 등의 고통스러운 처치를 하면서 물었다.

"확실한가?"

나는 살을 절개할 때 덜덜 떨렸지만, 비명을 지르지 않으려고 안간힘을 쓰면서 대답했다.

"그렇습니다."

의무 대위는 흥미로운 것을 발견한 모양이었다.

"적군의 참호용 박격포 파편이라……. 이런 파편이 좀 더 있는지 찾아볼 수도 있겠지만, 굳이 그럴 필요까지는 없겠지. 자, 상처에 약을 바르겠네. 따끔거리지? 좋아, 이건 나중에 겪게 될 고통에 비하면 아무것도 아니야. 고통은 아직 시작되지도 않았으니까. ― 부상자에게 브랜디 한 잔만 가져다줘. ― 충격 때문에 지금은 고통을 못 느끼는 거야. 하지만 괜찮아. 감염만 되지 않는다면 크게 걱정할 필요 없어. 이런 경우엔 감염이 잘 안 되지. 머리는 어떤가?"

"죽을 것처럼 아픕니다."

내가 말했다.

"그러면 브랜디를 너무 많이 마시지 않는 게 좋겠네. 골절이 있다면 감염을 조심해야 해. 여긴 어떤가?"

"죽을 것 같습니다."

내가 말했다. 땀이 온몸에 흘렀다.

"골절이 된 것 같아. 붕대를 감아주겠네. 머리를 심하게 흔들지 않도록 해."

그가 붕대를 감는 것을 보니 손이 무척 빨랐다. 붕대도 단단하고 확실하게 감아졌다.

"좋아. 행운이 있길. 프랑스 만세."

"그는 미국인이야."

다른 대위가 말했다.

"프랑스인이라고 했던 것 같은데. 전에 불어를 하는 걸 본 적이 있어. 그래서 늘 프랑스인이라고 생각했는데."

의무 대위가 말했다. 그는 코냑을 반잔 정도 마셨다.

"좀 더 심한 부상자를 데려와. 파상풍 약도 좀 더 갖다놓고."

대위는 가보라는 뜻으로 내게 손짓을 했다. 들것 운반병이 나를 들어 올려 구호소 문을 나서는데 담요 자락이 내 얼굴을 스쳤다. 의무 부사관이 밖으로 따라 나와, 누워 있는 내 옆에 앉더니 "성함은요?" 하고 부드럽게 물었다. 그리고는 연이어서 '중간 이름은요? 지위는요? 출생지는요? 계급은요? 소속 부대는요?' 등등을 물은 다음 말했다.

"머리를 다치셔서 참으로 유감입니다. 중위님, 하루 속히 좋아지시길 바랍니다. 자, 이제 중위님을 영국군 앰뷸런스에 태워 후송합니다."

"난 괜찮아. 정말 고맙네."

대답을 하고 난 직후부터 의무 대위가 말했던 고통이 시작되었다. 그 바람에 주위에서 일어나는 어떤 일도 내 관심을 끌지 못했다. 잠시 후 영국군 앰뷸런스가 도착하자 들것 운반병들이 나를 들것에 올려놓은 채로 차 안에 밀어 넣었다. 옆에 또 다른 들것이 있었는데, 거기 누워 있는 남자의 밀랍 같은 코가 붕대 밖으로 삐져나와 있었다. 그는 아주 힘들게 숨을 쉬었다. 우리가 누워 있는 위쪽에 매어 있는 쇠로 만든 선반에도 밀고 들어온 들것이 놓여 있었다. 입심 좋은 영국 운전병이 뒤로 돌아와 안을 들여다보며 말했다.

"차를 조심해서 살살 몰겠습니다. 편안하게 모시겠습니다."

그가 앞좌석으로 올라가 브레이크에서 발을 떼고 클러치를 밟으면서 시동을 거는 게 느껴졌다. 차가 출발했다. 나는 가만히 누워서 고통에 몸을 내맡겼다.

앰뷸런스는 도로를 따라가다가 차량들 사이에 합류했는지 속도가 점점 느려졌다. 때로는 멈추고 때로는 커브 길에서 후진을 하더니 마침내는 매우 빠르게 고갯길을 올라갔다. 그런 중에 뭔가가 내 쪽으로 떨어지는 게 느껴졌다. 처음에는 느리게 규칙적으로 떨어지더니 이내 주르륵 흘러내렸다. 나는 소리를 질러 운전병을 불렀다. 그는 차를 세우고 나서 운전석 뒤쪽 창으로 들여다봤다.

"뭡니까?"

"내 위쪽 들것에 있는 부상자가 출혈이 심한데."

"정상에서 그리 멀지 않은 곳까지 왔어요. 혼자서는 들것을 밖으로 내놓을 수가 없어요."

그는 차를 다시 출발시켰다. 계속해서 피가 흘러내렸다. 어둠 속이라 위에 있는 어느 들것에서 흐르는지 알 수 없었다. 몸을 옆으로 움직여서 흘러내리는 피를 피하려고 했다. 하지만 생각처럼 되지 않았다. 피가 흘러든 셔츠 안쪽이 뜨뜻하고 끈적거렸다. 너무 추웠고, 다리 통증이 너무 심해 메스꺼웠다. 조금 지나자 위에서 흐르던 피가 잦아들었고, 그 후로는 똑똑 떨어졌다. 들것에 누운 부상자가 맥이 풀렸는지 들것이 들썩하는 게 느껴졌다. 그리고 이내 조용해졌다.

"그 사람 좀 어떻습니까? 이제 거의 다 왔어요."

영국인 운전병이 물어왔다.

"죽은 것 같소."

내가 말했다.

핏방울은 아주 천천히 떨어졌다. 해가 진 다음 고드름이 맺힌 데서 떨어지는 물방울 같았다. 도로는 오르막이었고 밤중이라 차 안은 몹시 추웠다. 정상에 있는 구호소에서 그 들것을 밖으로 내갔다. 그리고 다른 들것을 밀어 넣었다. 그런 다음 우리는 출발했고 계속해서 나아갔다.

*10*

야전 병원 병실에 누워 있던 나는 오후에 누군가가 나를 만나러 올 거라는 얘기를 들었다. 날은 무더웠고 병실엔 파리가 많았다. 내 당번병은 여러 갈래로 찢은 종이를 나무 막대기에 붙여서 파리채를 만들었다. 나는 파리들이 천장에 달라붙는 걸 바라보았다. 당번병이 파리 쫓는 일을 멈추고 잠이 들자 파리들이 다시 내려왔다. 나는 파리를 쫓다가 결국은 양손으로 얼굴을 가린 채 잠이 들었다. 무척 더웠다. 잠에서 깨어났을 때 다리가 무척 가려웠다. 당번병을 깨우자, 그가 광천수를 붕대에 부어줬다. 침상이 축축하고 시원해졌다. 깨어 있는 부상자들은 병상 너머로 잡담을 나누었다. 오후에는 주변이 조용했다. 오전에는 남자 간호사 세 명과 의사 한 명이 병상을 돌며 회진을 한 후 환자를 치료실로 옮겨가 상처에 붕대를 감아주었다. 그러는 동안 부상자들의 침상을 정리했다. 병상과 치료실을 오가는 것은 그리 유쾌한 일이 아니었다. 환자가 침상에 누워 있는 상태에서도 침상 정리를 할 수 있다는 사실을 나는 한참이 지난 후에야 알았다. 당번병이 물을 뿌려서 침상이 시원해지자 그나마 좀 살 것 같았다.

가려움이 심해서 발바닥의 어떤 부분을 좀 긁어달라고 당번병에게 말하려는데, 의사가 리날디를 데리고 병실 안으로 들어섰다. 그는 성급히 들어와서 침상 위로 몸을 굽히더니 내 뺨에 입을 맞췄다. 그는 장갑을 끼고 있었다.

"좀 어떤가, 애송이? 기분은 좋은가? 내가 이걸 가져왔지."

코냑이었다. 당번병이 의자를 가져다줘서 리날디가 거기에 앉았다.

"그리고 좋은 소식도 가져왔어. 자네는 훈장을 받게 될 거야. 자네에게 은성 무공 훈장을 주고 싶어 하는데, 동성 무공 훈장이 될지도 몰라."

"뭘 했다고?"

"자네가 크게 부상을 당했기 때문이지. 뭐든 자네가 영웅적 행동을 했다는 것을 증명하면 은성 훈장을 받을 수 있어. 그렇지 못하면 동성에 만족해야 해. 어떻게 된 건지 자세히 말해 봐. 영웅적인 행동을 했나?"

"아니. 치즈를 먹고 있는데 포탄이 날아와서 맞은 것뿐이야." 내가 말했다.

"좀 진지해지게. 그 전후로 뭔가 영웅적인 행동을 했을 거야. 잘 기억해 봐."

"기억 안 나는데."

"누군가를 업어서 옮긴 적은 없나? 고르디니 말로는 여러 명을 업어서 옮겼다고 하던데. 그런데 첫 번째 응급 구호소에 있는 의무 소령은 그건 불가능한 얘기라고 하더군. 표창 상신서에 그가 서명을 해야 하는데 말이야.”

“나는 아무도 옮기지 않았어. 움직일 수도 없었는걸.”

“그건 문제가 되질 않아.”

리날디가 장갑을 벗으며 말했다.

“내 생각에 자네에게 은성 무공 훈장을 줄 수 있을 것 같아. 다른 병사들보다 먼저 치료를 받는 것도 단호하게 거부하지 않았나?”

“그렇게 단호하지는 않았어.”

“그건 문제 되지 않는다니까. 자네가 부상을 당했다는 게 중요하지. 항상 전선으로 달려가려 했던 자네의 용맹스런 행동을 한번 생각해 보라고. 게다가 공격 작전은 성공했어.”

“우리 군이 강을 제대로 건너갔나?”

“물론이지. 아주 성공적이었어. 포로도 대략 일천 명가량 잡았지. 군 소식지에도 났는데, 못 봤나?”

“못 봤어.”

“소식지를 가져다줄게. 성공적인 기습 공격이었네.”

“다른 상황은 어때?”

“잘 돌아가고 있어. 모든 게 아주 좋아. 다들 자네를 무척 자랑스러워하지. 어떻게 부상을 당했는지 자세히 말해 보게. 틀림없이 은성을 받을 수 있을 거야. 자, 어서 얘기해 봐. 하나도 빠뜨리지 말고 말해 보라니까.”

그는 잠시 말을 멈추더니 생각에 잠겼다.

“어쩌면 영국군 훈장도 받을 수 있을지 몰라. 거기에 영국인도 한 명 있었거든. 내가 가서 그에게 물어보겠네. 자네를 추천해 줄 수 있느냐고 말이지. 그가 뭔가를 해줄 수 있을 거야. 많이 아픈가? 한잔하세. 당번병, 코르크 병따개 좀 가져다주게. 3미터 짜리 소장 제거 수술을 하는 걸 자네도 봤어야 했는데. 수술 솜씨가 전보다 더 좋아졌지. 〈랜싯〉(The Lancet, 영국의 의학 잡지)에 실릴 만한 사례야. 자네가 번역을 해준다면 〈랜싯〉에 보낼 생각이네. 난 날이 갈수록 기술이 좋아진다니까. 가여운 애송이, 몸은 좀 어떤가? 그런데 코르크 병따개는 어떻게 된 거야? 자네가 너무 의연하게 있으니까 자네가 아프다는 걸 자꾸 잊어버리게 되는군."

그는 장갑으로 침대 모서리를 찰싹 하고 쳤다.

"중위님, 여기 병따개 가져왔습니다."

당번병이 말했다.

"병을 따고, 잔도 가져와. 자, 마시게. 애송이, 머리는 좀 어떤가? 자네 서류를 봤네. 골절은 없었어. 첫 번째 응급 구호소 소령은 돼지 백정 같은 놈이야. 나라면 자네를 통증으로 고생시키지 않았을 텐데. 나는 그 누구도 아프게 하지 않거든. 어떻게 해야 하는지 아니까. 나는 날마다 더 능숙하게 잘하는 법을 배우고 있어. 내가 말이 많은 걸 이해해 줘. 자네가 이렇게 심하게 다친 걸 보니 마음이 정말 아프네. 자, 이거 마시게. 좋은 술이야. 15리라나 줬어. 그러니 좋은 술이지. 별 다섯 개짜리라니까. 여기서 나가면 그 영국인을 만나 자네가 영국 훈장도 받을 수 있는지 알아보겠네."

"영국인들은 그런 식으로 훈장을 주지 않아."

"참 겸손도 하시지. 연락 장교를 보낼 거야. 그가 그 영국인을 다룰 수 있을 테니까."

"혹시 바클리 양 본 적 있나?"

"내가 그녀도 데려올게. 지금 당장 가서 말이야."

"가지 말고, 고리치아 얘기나 해줘. 그곳 여자애들 — 창녀들 — 은 어떤가? 잘 있나?"

"여자애들이 다 뭐야. 2주 동안 거기 애들이 하나도 바뀌지 않았어. 이제는 그곳에 가지 않아. 치욕스럽거든. 그 애들은 여자가 아니라, 그냥 오래된 전우라니까."

"전혀 안 간다고?"

"새로 온 애들이 있나 살펴보러 가끔 들르긴 하지. 모두들 자네 안부를 묻더군. 여자애들이 그렇게 오랫동안 한곳에 있으면서 친구가 되었다니 창피한 일이야."

"여자들이 더 이상 전선에 오려 하지 않아서 그런 게 아닐까?"

"아니야. 오히려 오려고 하는 여자애들은 넘쳐나. 다 잘못된 행정 탓이지. 후방에 숨어 있는 놈들을 위해 여자애들을 붙잡아 놓고 있으니까."

"불쌍한 리날디. 새로운 여자도 없이 전선에서 독수공방한다니……."

내가 말했다.

리날디는 혼자서 코냑 한 잔을 더 따라 마셨다.

"자네 몸에도 그리 나쁘지는 않을 거야. 그냥 쭉 마셔."

코냑을 마시자 목구멍에서 찌르르 하더니 배 속까지 따뜻해지는 것 같았다. 리날디는 한 잔 더 따랐다. 그러다가 좀 잠잠해졌다. 그가 다시 잔을 들어 올렸다.

"자네의 용감한 부상을 위하여! 은성 훈장을 위하여! 말해봐, 애송이. 이 무더위에 계속 침대에 누워 있다 보면 흥분되지 않나?"

"때로는."

"난 이렇게 누워 있는 건 상상도 못 하겠어. 나 같으면 아마 미쳐 버릴 거야."

"자넨 지금도 제정신이 아니야."

"자네가 속히 돌아오면 좋겠어. 연애질을 하다가 밤늦게 들어오는 놈이 없으니 놀려 먹을 수가 없잖아. 돈 빌려줄 물주도 없고. 피를 나눈 형제인 룸메이트가 없어진 거지. 왜 부상을 당해서 이렇게 만든 거야?"

"신부를 놀려 먹으면 될 텐데."

"신부를 놀리는 건 내가 아니라 대위지. 난 그 신부 좋아해. 신부가 필요하다면 그 신부가 적격이지. 신부도 자네를 보러 올 거야. 준비를 단단히 하고 있던데."

"나는 그가 좋아."

"알아. 가끔은 자네와 신부가 그렇고 그런 사이가 아닌가 하는 생각이 들 정도니까. 자네도 알고 있겠지만."

"설마."

"정말이야. 때론 그런 생각이 든다니까. 안코나 여단의 제1 연대 놈들처럼 말이야."

"이런 망할 놈!"

그는 일어나서 장갑을 꼈다.

"애송이, 난 신부나 영국 여자들 가지고 자네를 놀리는 게 좋아. 자네랑 나랑 생각이 비슷해서 그럴 거야."

"비슷하지 않거든."

"아니, 우린 비슷해. 자넨 진정한 이탈리아인이야. 겉에는 불과 연기가 가득해 보이지만 속은 텅 비어 있지. 자넨 그저 미국인 행세만 할 뿐이야. 우린 형제야. 서로 사랑하지."

"내가 없는 동안 착하게 살고 있으라고."

내가 말했다.

"바클리 양을 보내줄게. 자넨 내가 없는 곳에서 그녀와 함께 있는 것이 더 좋을걸. 자네는 누구보다 순수하고 친절하니까."

"망할 놈."

"그녀를 보내줄게. 자네의 사랑스럽고 차가운 여신을. 그런 여자를 숭배하는 것 말고 남자가 할 수 있는 게 뭐가 있겠나? 그런 것 말고 영국 여자를 또 어디에 쓸 수 있지?"

"자넨 무식하고 입이 더러운 데이고(dago, 이탈리아인을 경멸조로 부르는 말)야."

"입이 더러운 뭐라고?"

"무식한 웝(wop, 이탈리아인을 경멸조로 부르는 말)이라고."

"웝이라고……? 자네야말로 얼굴이 얼음처럼 차가운…… 웝이지."

"자넨 무식하고 멍청해. 무식하고, 경험도 없는 멍청이라고!"

나는 이런 말들에 자극받는 그를 보고 계속 놀려댔다.

"정말 그래? 내가 자네의 착한 여인, 바로 자네의 여신에 대해 한마디 해주지. 행실 바른 처녀를 취하는 것과 거리의 여자를 취하는 것 사이엔 딱 한 가지 차이점이 있어. 행실 바른 처녀를 상대할 때는 고통이 따른다는 것. 그게 내가 아는 유일한 차이점이야."

그가 장갑으로 침대를 탁 하고 친 다음 말을 이었다.

"그리고 그 처녀가 그 짓을 좋아하는지도 알 길이 없지."

"화내지 마."

"화 안 났어. 단지 자넬 위해 말해 주는 거야. 애송이인 자네의 고통을 덜어주려고."

"그게 유일한 차이인가?"

"그래. 그런데 자네 같은 멍청이들은 그 사실을 모르지."

"그걸 말해 주다니 눈물 나도록 고마워."

"우리 다투지 말자고. 애송이, 난 자네를 너무 사랑해. 하지만 바보는 되지 마."

"그래, 자네처럼 현명한 사람이 될게."

"화내지 마. 애송이, 웃어. 한잔해. 난 정말 가봐야겠네."

"자넨 정말 좋은 친구야."

"이제야 알아주는군. 우린 생각이 비슷하니까. 우리는 전우야. 작별 키스해 주게."

"더러운 자식."

"아니, 넘치는 애정을 표현하는 것뿐이야."

그의 숨결이 가까이에서 느껴졌다.

"잘 있어. 곧 또 보러 올게."

그의 숨결이 멀어져 갔다.

"자네가 원하지 않는다면 키스는 하지 않겠네. 대신 자네의 착한 영국 여자를 보내주지. 잘 있어, 애송이. 코냑은 침대 밑에 넣어뒀어. 빨리 회복하게."

그가 떠났다.

//

 

신부가 찾아온 것은 땅거미가 질 무렵이었다. 수프가 나왔는데, 잠시 후에 그릇을 내갔다. 난 누운 채로 늘어서 있는 침상을 쳐다보다가 창밖으로 시선을 돌렸다. 밤바람에 나무의 꼭대기 부분 줄기들이 가볍게 흔들리고 있었다. 창문으로도 바람이 들어왔고, 저녁이 되니 조금 서늘하게 느껴졌다. 파리들은 이제 천장에 달라붙거나 전선에 매달린 전구들 위에 앉아 있었다. 밤중에 부상자들을 병실로 데려오거나 무슨 일이 있을 때에만 전구를 켰다. 해가 진 후 사방에 어둠이 깔리자, 나는 어린 시절로 돌아간 듯한 느낌이 들었다. 마치 이른 저녁을 먹은 후 잠자리에 누운 것 같은 기분이었다. 당번병이 침대 사이를 걸어오다 멈춰 섰다. 누군가가 그와 함께 있었다. 신부였다. 몸집이 작고 갈색 얼굴인 그가 멋쩍어하며 그곳에 서 있었다.

"좀 어떠신가요?"

신부가 입을 열면서, 침대 옆 바닥에 짐 꾸러미를 내려놓았다.

"괜찮습니다, 신부님."

신부는 낮에 리날디를 위해 들여왔던 의자에 앉아서 쑥스러워하며 창밖을 내다봤다. 그의 얼굴이 매우 피곤해 보였다.

"잠시만 있다가 갈게요. 늦은 시간이니까요."

신부가 말했다.

"많이 늦지 않았어요. 식당에 모이는 사람들은 잘 있지요?"

"여전히 내가 놀림감이죠."

신부는 웃으며 말했지만, 목소리에도 피곤함이 배어 있었다.

"모두들 잘 있으니 감사하네요."

"당신이 잘 있는 걸 보니 나도 안심이 되네요. 많이 고통스럽지 않으면 좋겠어요."

그가 말했다. 그는 매우 피곤해 보였는데, 그렇게 피곤한 그의 모습이 내겐 낯설었다.

"이젠 별로 고통스럽지 않아요."

"식당에 갈 때마다 당신이 없다는 게 실감 나요."

"나도 그곳에 있고 싶어요. 신부님과 이야기를 나누는 것이 늘 즐거웠거든요."

"자잘한 것 몇 가지 챙겨 왔어요. 이건 모기장, 이건 베르무트 (vermouth, 몇 가지 향료를 우려서 만든 화이트 와인의 일종)예요. 베르무트, 좋아하나요? 이건 영국 신문이고요."

그가 말을 하며 짐 꾸러미를 들어 올렸다.

"풀어봐 주세요."

신부는 기분 좋은 표정으로 짐을 풀었다. 나는 모기장을 두 손으로 쥐었다. 그는 베르무트를 들어 올려 내게 보여주고는 침대 옆 바닥에 내려놓았다. 나는 영국 신문 묶음 중 하나를 집어 들었다. 창으로 들어오는 희미한 불빛 쪽으로 신문을 돌리자 머리기사를 읽을 수 있었다. 〈세계의 뉴스〉(The News of the World, 2011년에 폐간된 영국의 대중적인 주간 신문)였다.

"다른 신문들에는 삽화도 있어요."

그가 말했다.

"신문을 읽게 되다니 정말 기쁘네요. 어디서 구했어요?"

"메스트레(Mestre, 베네치아 북쪽 운하 너머에 있는 작은 마을)에 주문했어요. 좀 더 올 거예요."

"이렇게 와주셔서 정말 감사해요. 신부님, 베르무트 한잔하실래요?"

"고맙지만 두고 드세요. 중위님을 위해 가져온 거니까요."

"무슨 말씀을요. 한잔하세요."

"좋아요. 그럼 나중에 더 가져올게요."

당번병이 잔을 들고 들어와서 병을 땄다. 코르크의 끝이 부서져서 끝 부분을 병 속으로 밀어 넣어야 했다. 신부는 실망한 기색으로 이렇게 말했다.

"괜찮습니다. 상관없죠, 뭐."

"신부님의 건강을 위하여!"

"당신의 쾌유를 위하여!"

신부는 잔을 손에 든 채 나를 바라보았다. 우리는 종종 대화를 나누는 좋은 친구였으나, 오늘 밤은 그게 좀 어려웠다.

"신부님, 무슨 일 있으세요? 무척 피곤해 보이세요."

"좀 피곤하네요. 이러면 안 되는데."

"더위 탓이겠죠."

"아니에요. 이제 봄인데요. 기분이 무척 울적하네요."

"전쟁 혐오증에 빠졌군요."

"그렇진 않아요. 전쟁을 증오하긴 하지만요."

"나도 전쟁이 싫습니다."

내가 말했다. 그는 머리를 흔들더니 창밖을 바라봤다.

"당신은 전쟁에 대해 크게 신경 쓰지 않아요. 알지도 못하고요. 이런 소릴 해서 미안해요. 부상까지 당하셨는데."

"사고일 뿐인데요."

"부상을 당했어도 당신은 몰라요. 정말이에요. 나도 잘 모르긴 하지만 조금은 느낄 수 있습니다."

"부상당했을 때, 우리도 그런 얘길 하고 있었습니다. 파시니가 얘기하고 있었죠."

신부는 잔을 내려놓았다. 그는 뭔가 다른 것을 생각하고 있는 것 같았다.

"그들의 마음을 잘 압니다. 나도 그들과 같으니까요."

그가 말했다.

"신부님은 다르죠."

"아니요, 실제로는 그들과 비슷합니다."

"장교들이야말로 아무것도 모르지요."

"아는 사람들도 있어요. 섬세한 장교들은 우리들보다 더 전쟁을 끔찍해하고 혐오해요."

"대부분은 안 그래요."

"이건 교육이나 돈 때문이 아니에요. 뭔가 다른 게 있어요. 교육을 받고 돈이 충분히 있어도 파시니 같은 사람들은 장교가 되길 원치 않았을 겁니다. 나도 마찬가지고요."

"신부님은 장교급이에요. 나도 장교이고요."

"나는 진짜 장교는 아니잖아요. 중위님도 이탈리아인이 아니고 외국인이에요. 그래도 사병보다는 장교에 더 가깝지요."

"그 차이가 뭐죠?"

"그건 쉽게 말할 수 없지만, 전쟁을 하고 싶어 하는 사람들이 있습니다. 이 나라에는 그런 사람들이 많아요. 물론 전쟁을 하지 않았으면 하고 바라는 사람들도 있긴 하지만요."

"전자가 후자들로 하여금 전쟁을 하게 만드는 거죠."

"그렇습니다."

"나도 그 전자들을 돕고 있지요."

"중위님은 외국인이잖아요. 당신은 애국자예요."

"전쟁을 하지 않으려는 사람들은요? 그들이 전쟁을 멈추게 할 수 있을까요?"

"모르겠습니다."

그는 다시 창밖을 내다봤다. 나는 그의 표정을 살펴보면서 물었다.

"그들이 전쟁을 멈추게 한 적이 있나요?"

"그들은 전쟁을 중단시킬 만큼 조직화되어 있지 않습니다. 그리고 간신히 조직이 갖춰진다고 해도 그들의 지도자가 배신할 겁니다."

"그럼 희망이 없는 건가요?"

"영 없는 건 아닙니다. 그렇지만 나도 가끔은 희망을 품을 수 없게 될 때가 있습니다. 희망을 버리지 않으려 애쓰지만 그게 힘들 때가 있네요."

"어쩌면 전쟁이 곧 끝날 수도 있을 거예요."

"나도 그러길 바랍니다."

"그러면 신부님은 무얼 할 건가요?"

"가능하다면 고향 아브루치로 돌아가고 싶습니다."

그의 어두웠던 얼굴이 갑자기 행복해 보였다.

"아브루치를 사랑하나요?"

"네, 아주 많이 사랑합니다."

"그러면 그곳으로 돌아가셔야죠."

"그러면 무척 행복할 겁니다. 그곳에 살면서 하느님을 사랑하고, 그분을 섬길 수 있다면 말이지요."

"사람들의 존경도 받고요."

내가 말했다.

"그래요, 존경도 받으면서. 못할 것도 없지 않습니까?"

"그럼요. 신부님은 존경받을 만해요."

"그건 중요치 않아요. 아무튼 내 고향에서는 다들 하느님을 사랑해야 한다고 알고 있어요. 그건 웃음거리가 아니에요."

"알고 있어요."

그는 나를 쳐다보며 웃음을 지었다.

"그렇지만 당신은 하느님을 사랑하지 않죠?"

"그렇습니다."

"그분을 전혀 사랑하지 않는 겁니까?"

그가 물었다.

"밤이면 가끔 그분이 두렵긴 합니다."

"그분을 사랑해야 해요."

"전 무엇도 사랑하지 않아요."

"그렇지만 사랑해야 합니다. 당신이 저녁마다 내게 했던 말들, 그건 사랑이 아닙니다. 열정과 욕정일 뿐이지요. 사랑을 하면 그 사랑을 위해 뭔가 하고 싶어집니다. 그것을 위해 희생하고 싶어지고, 봉사하고 싶어집니다."

그가 말했다.

"나는 사랑이라는 건 하지 않아요."

"사랑하게 될 겁니다. 그렇게 되리라 믿어요. 그러면 당신은 행복해질 겁니다."

"난 행복합니다. 지금까지도 늘 행복했고요."

"그건 다른 겁니다. 그 사랑을 하지 않으면 그게 무엇인지 알 수 없어요."

"그래요. 그 사랑을 하게 되면 신부님께 말씀드릴게요."

내가 말했다.

"너무 오래 있었네요. 말도 너무 많이 했고요."

그는 진심으로 걱정했다.

"아니에요. 조금 더 있다가 가세요. 여자를 사랑하는 것은 어떻습니까? 내가 어떤 여자를 진심으로 사랑한다면 그런 희생과 봉사를 하고 싶어질까요?"

"그건 모르겠습니다. 여자를 사랑해 본 적이 없어서."

"어머니는요?"

"물론, 어머니는 사랑했지요."

"당신은 하느님을 늘 사랑했습니까?"

"아주 어렸을 때부터 줄곧."

"그래요. 아무튼 신부님은 훌륭한 청년입니다."

나는 뭐라고 말해야 할지 몰라서 이렇게 말했다.

"나는 청년에 불과한데, 당신은 신부님이라고 부르지요."

"그건 예의니까요."

신부가 웃음을 지으며 희망 섞인 어조로 말했다.

"이제 정말 가봐야겠어요. 나에게 뭐 부탁할 거 없으세요?"

"없습니다. 그냥 대화하는 것 말고는."

"식당에 모이는 사람들에게 당신 안부 전해 줄게요."

"좋은 선물 많이 주셔서 감사합니다."

"별거 아니에요."

"또 와주세요."

"그럴게요. 잘 있어요."

그가 내 손등을 가볍게 두드렸다.

"안녕(Ciaou)."

내가 이탈리아 사투리로 말했다.

"안녕."

그도 따라 말했다.

방은 어두웠다. 침대 머리맡에 앉아 있던 당번병이 일어나서 신부와 함께 나갔다. 나는 신부가 정말 좋았고, 언젠가 그가 아브루치로 돌아가기를 진심으로 바랐다. 식당에서 그는 피곤한 생활을 하면서도 씩씩하게 견뎌냈다. 난 그가 자기 고향에 있다면 어떻게 지낼지를 생각해 보았다.

카프라코타의 마을 아래 강가에는 송어가 뛰논다고 언젠가 그가 말한 적이 있었다. 그 마을에서는 밤에 피리를 부는 것이 금지되어 있다고도 했다. 젊은 남자가 연인에게 세레나데를 불러 줄 때도 피리만큼은 안 된다고 했다. 왜냐고 물었더니, 아가씨가 밤중에 피리 소리를 듣는 건 좋지 않기 때문이라고 했다. 그곳에서는 농부들이 낯선 사람을 만나면 '선생님(Don)'이라 부르고 모자를 벗고서 인사한다고 한다. 그의 아버지는 사냥을 즐기고 농부들의 집에 들러 자주 식사를 하는데, 농부들은 언제나 손님 대접을 극진히 한단다. 외국인이 사냥을 하려면 전에 체포된 적이 없었다는 증명서를 제출해야 한다. 그란사소디탈리아(Gran Sasso d'Italia, 이탈리아 중부 아브루치 지역에 있는 석회암 산지)에는 곰이 있지만 거기까지는 거리가 무척 멀다. 라퀼라(L'Aquila)는 아주 멋진 마을이다. 여름밤은 시원하고, 아브루치의 봄은 이탈리아에서 가장 아름답다. 하지만 정말 좋은 것은 밤나무 숲 사이로 사냥을 나가는 가을이다. 새들은 포도 열매를 먹어서 살이 통통하다. 신부는 어디를 가든 점심을 싸들고 갈 필요가 없다. 농부들의 집에서 그들과 함께 식사를 하면 그들은 늘 귀한 손님으로 대접하고 영광으로 생각하기 때문이다.

　잠시 후 나는 잠이 들었다.

## 12

 병실은 기다란 방으로 오른쪽에 창문이 달려 있고 맨 끝 쪽에
는 치료실로 통하는 문이 달려 있다. 내 침상이 놓여 있는 쪽
은 창을 마주 보고 있었고, 창문들 쪽 침상에서는 벽이 보였다.
왼쪽으로 누우면 치료실 문이 보였고, 또 다른 끝에 있는 문으로
는 사람들이 드나들었다.

 누군가의 임종이 가까워지면 그 사람의 침상 주변에 장막이
둘러쳐져 그 모습을 볼 수 없었다. 장막 아래로 의사와 남자
간호사들의 신발과 각반이 보이고, 마지막 순간에 속삭이는 소
리도 나지막하게 들려왔다. 그리고 나면 신부가 장막 뒤에서 나
오고, 이어서 남자 간호사들이 죽은 사람의 얼굴을 담요로 덮어
서 복도로 데리고 나갔다. 그런 다음 누군가가 또 와서 장막을
말아서 가져갔다.

 그날 아침 병실 담당 소령이 나에게 다음 날 여행을 할 수
있겠느냐고 물었다. 나는 할 수 있다고 대답했다. 그러면 아침
일찍 나를 후송하겠다고 했다. 소령은 너무 더워지기 전에 길을

떠나는 것이 더 나을 거라고 했다.

사람들이 나를 침대에서 들어 올려 치료실로 옮겨갈 때 창밖을 통해 정원에 새로 생긴 무덤들을 볼 수 있었다. 한 병사가 정원으로 난 문밖에 앉아서 십자가를 만들고, 거기에다 묻힌 사람들의 이름, 계급, 소속 연대 등을 페인트로 적어 넣고 있었다. 그는 병실에서 심부름도 해주고, 여가 시간에는 오스트리아군 소총용 빈 탄약통으로 라이터를 만들어서 내게 주기도 하던 병사였다.

의사들은 매우 친절했고 능력이 뛰어나 보였다. 그들은 더 좋은 엑스레이 시설이 있고 수술 후에 물리치료를 받을 수 있는 밀라노로 나를 보내고 싶어 했다. 나도 밀라노로 가고 싶었다. 병원은 부상병들을 가능한 한 멀리 후방으로 보내려고 했다. 공격이 시작되면 새로운 부상자들을 받아야 했으므로 병상이 필요하기 때문이기도 했다.

야전 병원을 떠나기 전날 밤 리날디가 식당의 소령과 함께 나를 보러 왔다. 그들은 내가 설립된 지 얼마 안 된 밀라노의 미국 병원으로 가게 된다고 말해 주었다. 일부 미국 앰뷸런스 부대가 밀라노로 파견될 예정인데, 그 병원에서 앰뷸런스 부대와 이탈리아에서 복무하는 미국인들을 보살피게 된다는 것이다.

적십자사에는 미국인들이 많이 있었다. 미국은 독일에 선전 포고를 했지만 오스트리아를 상대로는 아직 하지 않았다. 이탈리아 사람들은 미국이 오스트리아에도 곧 선전 포고를 할 거라고 확신했고, 적십자사든 뭐든 미국인들이 참전한다는 소식에 들떠 있었다. 그들은 윌슨 대통령이 오스트리아에 선전 포고를 할 것 같으냐고 물었다. 나는 단지 시간문제일 뿐이라고 대답했다. 미국이 오스트리아에 대해 뭐가 불만인지는 잘 알지 못했지만 독일에 선전 포고를 했다면 오스트리아에도 그렇게 하는 것이 순리라는 생각이 들었다.

터키에 대해서도 선전 포고를 할 것인지 물었다. 나는 그럴 것 같지 않다고 대답하며, 터키는 미국인들의 새(our national bird (國鳥) : 칠면조(turkey)와 터키가 동음이의어인 것을 이용한 농담)이기 때문이라고 했다. 그들이 농담을 잘 알아듣지 못하고 어리둥절해했지만, 나는 이탈리아어로 제대로 표현할 수가 없었다. 할 수 없이 터키에도 선전 포고를 할 거라고 고쳐 말했다. 그럼 불가리아는? 우리는 브랜디를 여러 잔 마신 뒤여서, 나는 불가리아뿐 아니라 일본에도 선전 포고를 할 거라고 말했다. 그러자 그들은 '일본은 영국의 동맹국인데?'라고 의아해했다. 그래서 나는 '빌어먹을 영국인들은 믿을 수 없고, 일본은 하와이를 원한다.'고 말했다. 하와이가 어디에 있나? 태평양 한가운데 있다. 일본은 왜 하와이를 원하지? 계속되는 질문에 나는 '정말로 원하는 것이 아니고, 순전히 소문일 뿐이다.'라고 말했다. 음주와 가무를 좋아하는 일본인들은 체구가 작고 흥미로운 민족이다. '프랑스인들과 비슷하군.'하고 소령이 말했다. '우리는 프랑스에게서 니스(Nice, 이탈리아에서 가까운 지중해에 면해 있는 프랑스 최대의 휴양도시)와 사부아(Savoie, 이탈리아와 국경을 이루는 프랑스 남동부 지방에 있는 주)를 되찾을 거야. 그리고 코르시카(Corsica, 이탈리아 사르데냐 섬 북쪽에 위치한 지중해에서 네 번째로 큰 프랑스의 섬)와 아드리아해(Adria海, 이탈리아 반도와 발칸 반도 사이에 있는 지중해 북부의 좁고 긴 바다) 연안도 모두 점령할 거야.'라고 리날디가 말했다. '이탈리아는 로마의 영광을 다시 찾을 거라고.'라고 소령이 말했다. '난 로마를 좋아하지 않아요. 무덥고 벼룩이 많아서 싫어요.'라고 내가 말했다. '로마를 좋아하지 않는다고?' 소령이 반문했다. 내가 '아니에요. 난 로마를 사랑해요. 로마는 모든 나라의 어머니거든요. 테베레 강물을 마시며 자란 로물루스(Romulus, 로마를 건국한 전설적인 왕)를 영원히 기억할 거예요. 난 로마가 좋아요. 모두들 로마로 갑시다!'라고 말했다.

그러자 소령이 '오늘 밤 로마로 가서 다시는 돌아오지 말자고! 로마는 아름다운 도시야.'라고 말했다. '모든 나라의 어머니요, 아버지.'라고 내가 말하자, '로마는 여성이야. 아버지는 될 수 없어.'라고 리날디가 말했다. 내가 '그러면 누가 아버지지? 성령?'이라고 하자, 리날디가 '신성 모욕하지 말게.'라고 말했다. 내가 '신성 모욕이 아니라 알고 싶어서 물은 거지.'라고 하자, 리날디가 '자네 취했네, 애송이.'라고 말했다. 내가 '누가 날 취하게 했지?'라고 말하자, 소령이 '내가 취하게 했지. 자네를 사랑해서, 그리고 미국이 참전했기 때문에 취하게 만들었지.'라고 말했다. 내가 '꼭지가 돌도록 완전히 취했어요.'라고 하자, 리날디가 '자네는 내일 아침 떠나는 거야, 애송이.'라고 말했다. 내가 '로마로!'라고 말하자, 소령이 '아니, 밀라노로! 밀라노로 가는 거야. 수정궁으로, 코바로, 캄파리로, 비피로, 갤러리아로 가는 거야. 자넨 운이 좋은 친구야.'라고 말했다. '그란 이탈리아에 가서 조지에게 돈을 빌려야지.'라고 내가 말하자, 리날디가 '라스칼라(La Scala, 이탈리아의 대표적인 가극장)에 갈 거지? 라스칼라엔 꼭 가야 해.'라고 말했다. '매일 밤 가야지.'라고 내가 말하자, '매일 밤 가기에는 돈이 부족할걸. 입장료가 매우 비싸거든.'이라고 소령이 말했다.

'할아버지 이름으로 일람불 환어음(一覽拂 換어음, 지급인에게 제시하면 즉시 지급되는 환어음)을 끊을 거예요.'라고 내가 말했다. 무슨 어음? 내가 '일람불 환어음. 할아버지가 그 어음 액수만큼 지불하던가 아니면 내가 감옥에 가는 거죠. 은행에 있는 커닝엄 씨가 그것을 담당해요. 나는 일람불 환어음으로 살거든요. 이탈리아를 구하기 위해 죽음을 마다 않는 애국자 손자를 할아버지가 감옥에 보내겠어요?'라고 말하자, 리날디가 '미국인 가리발디 만세!'라고 외치듯이 말했다. 이어서 내가 '일람불 환어음 만세.'라고 말하자, 소령이 '조용히 해. 이미 여러 차례 조용히 해달라는 요청을 받았어. 페데리코, 정말 내일 가는 거야?'라고 말했다. 그러자 리날디가 '미국 병원으로 간다고 말씀드렸잖아요. 아름다운 간호사들이 있는 곳으로요.'라고 말했고, 소령이 '알아, 알아. 야전 병원의 수염 난 간호병들 말고. 미국 병원으로 간다는 거 나도 알아.'라고 응수했다. 그 말에 내가 '턱수염이 무슨 문제야. 수염을 기르고 싶다면 길러야지. 소령님은 왜 턱수염을 기르지 않죠?'라고 말하자, 소령은 '방독면하고 안 어울려.'라고 말했다. 내가 '아니에요, 어울려요. 방독면은 모든 것을 다 덮으니까요. 나는 방독면 안에다 오바이트까지 했다고요.'라고 말하자, 리날디가 '너무 큰 소리로 말하지 마, 애송이. 자네가 전선에서 뛰었다는 것을 우리는 모두 알고 있어. 멋진 애송이, 자네가 가 버리면 난 어떻게 살지?'라고 말했다. 그러자 소령이 리날디의 말을 멈추게 하려는 듯 '우린 이제 가야 해. 너무 감상적으로 되어 가는군.' 이라고 말했다.

그러나 리날디는 소령의 말에 아랑곳하지 않고 '이봐, 깜짝 놀랄 소식이 있어. 자네의 그 영국 여자 말이야. 자네도 알지? 자네가 매일 밤 만나러 갔던 그 영국 여자 말이야. 그 여자도 밀라노로 간대. 미국 병원에서 근무하려고 다른 간호사와 함께 간다는 거야. 그 병원은 미국에서 간호사들을 아직 못 데려왔거든. 그 여자가 속한 부서의 책임자와 얘기를 나눴었는데, 여기 전선에 여자들이 너무 많아서 일부를 후방으로 보낸대. 이 소식, 어떤가? 애송이, 좋지? 그렇지? 큰 도시로 가면 자네를 안아줄 영국 여자도 있으니 말이야. 나도 부상이나 당할까?' 라고 말했다. 리날디의 말에 '자네도 곧 그렇게 될 거야.' 라고 내가 대꾸했다. 그러자 소령이 '이제 가자고! 술 마시고 시끄럽게 떠들면서 페데리코를 너무 괴롭혔어.' 라고 말했다. '가지 마세요.' 라고 내가 말하자, 리날디가 '이제 가야 해. 안녕, 행운을 빌겠네. 애송이, 빨리 돌아와야 해.' 라고 말하며 내 뺨에 입을 맞췄다. 리날디는 뺨에 입을 맞추고 나서 '자네한테서 리솔 소독제 냄새가 나. 안녕, 애송이.' 라고 말했다. '안녕히 가세요.' 라고 내가 인사를 하자, 소령이 '잘 있어. 여러 가지로 고마웠네.' 라고 말하며 내 어깨를 가볍게 두드렸다. 그러고 나서 두 사람은 발꿈치를 들고 살금살금 병실 밖으로 나갔다. 꽤 취해 있던 나는 이내 잠이 들었다.

그다음 날 아침, 우리는 밀라노를 향해 떠났고 48시간 후에 도착했다. 매우 힘든 여행이었다. 열차는 메스트레에 도착하기 전에 대피 선로에서 한참을 정차해 있었다. 그동안 아이들이 다가와서 열차 안을 들여다보았다. 어린 소년에게 코냑 한 병을 사오라고 심부름을 시켰는데, 소년이 돌아와서는 그라파밖에 없다고 했다. 나는 그거라도 사오라고 했고, 그라파를 사온 소년에게 잔돈을 모두 주었다. 나는 옆자리에 앉은 남자와 술을 마시고 나서 잔뜩 취해 곯아떨어졌다. 비첸차(Vicenza, 이탈리아 북부 비첸차 주의 주도)를 지난 후 잠에서 깨었는데, 속이 메슥거려 열차 바닥에 토하고 말았다. 건너편에 있는 남자가 이미 바닥에 여러 번 토를 했기 때문에 큰 문제가 되지는 않았다. 잠시 후 갈증을 참을 수 없어서 베로나(Verona, 이탈리아 북부 베네토 주에 있는 도시. 베네치아 서쪽 지역)의 외곽 정거장에서 열차 옆을 왔다 갔다 하는 병사를 불러 마실 물을 부탁했다. 병사가 마실 물을 가져다줬다. 나는 술에 취해 있는 조르제티를 깨워 그에게 물을 건넸다. 그는 자기 어깨에 물을 부어달라고 말하더니 또다시 잠이 들었다. 물을 가져다준 병사는 내가 주는 잔돈을 받지 않으려 했고 오히려 과즙이 풍부한 오렌지를 건네주었다. 나는 오렌지의 즙을 빨아먹고 찌꺼기는 뱉어냈다. 조금 전에 오렌지를 준 병사가 밖에서 화물차 옆을 왔다 갔다 하는 것이 보였다.

잠시 후 열차가 덜컹거리더니 출발했다.

## 13

아침 일찍 밀라노에 도착했다. 우리는 화물 야적장에 내려섰다. 나를 앰뷸런스에 태워 미국 병원으로 옮겨갔다. 들것에 누워 앰뷸런스에 타고 있었기 때문에 시내 어디를 지나고 있는지는 알 수 없었다. 하지만 들것이 앰뷸런스에서 내려질 때 시장과 문을 열어놓은 술집이 눈에 들어왔다. 술집에서는 한 여자가 청소를 하고 있었다. 사람들이 거리에 물을 뿌리자 이른 아침의 냄새가 물씬 풍겼다. 들것 운반병들은 들것을 내려놓고 안으로 들어가더니 수위와 함께 나왔다. 회색 콧수염을 기른 수위는 도어맨 모자를 쓴 채 셔츠 소매를 걷어붙였다. 들것이 엘리베이터 안으로 들어가지 못했기 때문에 그들은 나를 들것에서 내린 다음 안아서 부축하여 엘리베이터로 올라가는 것이 나을지, 아니면 들것에 누힌 채 계단으로 올라가는 것이 나을지를 의논했다. 나는 그들이 하는 말을 듣고 있었다. 그들은 엘리베이터로 옮기기로 결정하고, 들것에서 나를 들어 올렸다.

"조심해서, 살살 다뤄주게."

내가 말했다.

엘리베이터 안은 무척 비좁았다. 다리가 구부러지는 바람에 통증이 엄청났다.

"다리 좀 펼 수 있게 해줘."

내가 말했다.

"그럴 수가 없습니다. 중위님, 공간이 없습니다."

나를 안고 있는 운반병이 대답했다. 나는 그의 목에 팔을 두르고 있었다. 그의 입김이 내 얼굴에 닿자 마늘과 레드 와인이 섞인 금속성 냄새가 확 풍겼다.

"움직이지 마세요."

또 다른 운반병이 말했다.

"누가 움직였다고 그래?"

"움직이지 마시라고요."

내 다리를 잡고 있는 운반병이 대꾸했다.

엘리베이터 문이 닫히고, 이어서 철창이 내려오자 수위가 4층 버튼을 눌렀다. 수위는 걱정스러운 표정이었다. 엘리베이터가 천천히 올라갔다.

"무거운가?"

마늘 냄새를 풍기는 사람에게 내가 물었다.

"이 정도는 아무것도 아닙니다."

그가 말했다. 그는 땀범벅이 된 얼굴로 끙끙거리는 소리를 냈다. 천천히 올라가던 엘리베이터가 멈췄다. 내 다리를 들고 있는 남자가 문을 열고 밖으로 나가자 발코니였다. 놋쇠 손잡이가 달린 문들이 여럿 있었다. 내 다리를 들고 있는 남자가 초인종을 눌렀다. 문 안쪽에서 벨소리가 울렸으나 아무도 나오지 않았다. 그때 수위가 계단으로 걸어서 올라왔다.

"사람들이 어디에 있는 거요?"

들것 운반병이 물었다.

"모르겠네요. 그들은 아래층에서 자니까……."

수위가 말했다.

"누구든 데려오게."

수위가 초인종을 누르고 문을 두드렸다. 그러고 나서 문을 열고 안으로 들어가더니 안경을 쓴 중년 부인을 데리고 나왔다. 간호사 제복 차림이었는데, 머리카락이 온통 헝클어져 있었다.

"무슨 말인지 몰라요. 이탈리아어는 알아듣지 못해요."

그녀가 말했다.

"내가 영어를 할 줄 압니다. 이 사람들은 내가 입원할 병실을 찾는 거예요."

내가 말했다.

"준비된 병실이 없어요. 환자가 오는 줄 몰랐어요."

그녀는 희끗희끗한 머리카락을 쓸어 올리더니 근시안 특유의 눈길로 나를 살폈다.

"어떤 방이라도 좋으니, 내가 들어가서 누울 수 있는 방이 있으면 저 사람들에게 알려주세요."

"글쎄요……. 환자가 오는 줄 몰랐어요. 그냥 아무 방에나 들일 수는 없잖아요."

"아무 방이라도 괜찮습니다."

내가 말했다. 그리고 수위에게 이탈리아어로 "빈방을 찾아보게."라고 부탁했다.

"전부 비어 있습니다. 중위님이 첫 번째 환자시네요."

수위가 말했다. 그는 모자를 손에 든 채 중년의 간호사를 쳐다 봤다.

"제발 아무 방에나 들어가게 해줘요."

다리가 계속 접힌 채로 있어서 통증이 뼛속까지 치고 들어왔다. 수위가 문안으로 들어가자 머리가 희끗한 간호사도 그를 따라 갔다. 수위가 금방 되돌아와서 말했다.

"저를 따라오세요."

운반병들은 긴 복도를 지나 블라인드가 쳐진 방으로 나를 옮겼다. 새 가구 냄새가 났다. 침대 하나, 거울이 달린 큰 옷장이 하나 있었다. 그들은 나를 침대에 눕혔다.

"침대 시트를 깔아드릴 수가 없네요. 시트가 장 속에 들어 있는데 잠겨 있어서요."

간호사가 말했다.

나는 그녀에게 아무 말도 하지 않고, 수위에게 말했다.

"내 주머니에 돈이 있어. 단추가 잠겨 있는 호주머니에."

수위가 돈을 꺼냈다. 들것 운반병 두 명은 모자를 벗어든 채 침대 곁에 서 있었다.

"저들에게 5리라씩 주고, 자네도 5리라를 챙기게. 그리고 다른 쪽 주머니에 서류가 있으니, 그걸 간호사에게 주게."

들것 운반병들은 경례를 하며 고맙다고 인사했다.

"잘 가게. 여러 가지로 고마웠소."

내가 말했다. 그들은 다시 한 번 인사를 하고는 나갔다.

"이 서류들에 내 증상과 그간 치료받은 과정이 기록되어 있습니다."

내가 간호사에게 말했다.

그 여자는 서류를 집어 들더니 안경 너머로 들여다봤다. 석장의 서류가 접혀 있었다.

"어떻게 해야 할지 모르겠어요. 이탈리아어를 읽지 못하니까요. 그리고 의사의 지시 없이는 아무것도 할 수 없어요."

그녀는 울먹이듯 말하고서 서류를 앞치마 주머니에 넣었다.

"미국인이세요?"

울음 섞인 목소리로 그녀가 물었다.

"그래요. 서류들은 침대 옆 테이블 위에 놔두세요."

방 안은 어두침침하고 서늘했다. 침대에 누웠을 때 맞은편으로 큰 거울이 보였지만 그 거울에 무엇이 비치는지는 알 수 없었다. 수위는 침대 곁에 서 있었다. 그는 얼굴이 멀끔하게 생겼고 아주 친절했다.

"이제 가보게."

수위에게 말한 다음 간호사 쪽을 보면서 말했다.

"당신도요. 그런데 이름이 뭐예요?"

"워커."

"워커 부인, 가셔도 됩니다. 나는 잠을 좀 자야겠습니다."

이제 방에는 나 혼자였다. 서늘했고 병원 냄새도 나지 않았다. 매트리스는 견고하고 편안했다. 움직임 없이 숨소리도 거의 내지 않고 가만히 있자, 통증이 줄어드는 것 같으면서 기분이 좋아졌다. 잠시 후 목이 말라서 침대 옆의 초인종 줄을 찾아내 잡아당겼지만 아무도 오지 않았다. 나는 곯아떨어졌다.

잠에서 깼을 때 주변을 둘러보았다. 덧창 사이로 햇빛이 쏟아져 들어왔다. 커다란 옷장, 텅 빈 벽, 의자 두 개가 보였다. 내 다리는 더러운 붕대가 감긴 채 침대 밖으로 삐져나와 있었다. 다리가 움직이지 않도록 조심했다. 목이 말라서 손을 뻗어 초인종을 눌렀다. 문이 열리는 소리가 나더니 간호사가 들어왔다. 젊고 아름다운 여자였다.

"안녕하세요."

내가 먼저 인사를 했다. 그녀도 인사를 하면서 침대 곁으로 다가왔다.

"안녕하세요. 의사 선생님과 연락이 안 됐어요. 코모 호수에 가셨대요. 아무도 환자가 이송될 거라고 생각 못했어요. 그런데 어디가 편찮으신 거죠?"

"부상을 당했어요. 다리하고 발에 부상을 입었고, 머리도 좀 다쳤습니다."

"성함이 어떻게 되나요?"

"헨리. 프레더릭 헨리입니다."

"몸을 닦아드릴게요. 의사 선생님이 오실 때까지는 부상 부위에 어떤 처치도 할 수 없어요."

"혹시 미스 바클리가 이곳에 있습니까?"

"아니요. 그런 이름을 가진 사람은 여기 없어요."

"내가 이곳에 도착했을 때 울먹이던 분은 누굽니까?"

간호사가 웃으며 대답했다.

"워커 부인이세요. 야간 당직을 서서 지금은 자고 있어요. 누가 올 거라고는 생각도 못 했거든요."

이야기를 나누면서 그녀는 내 옷을 벗겼다. 붕대만 남기고 옷을 다 벗기고는 아주 부드럽게 살살 몸을 닦아줬다. 몸을 닦고 나니 기분이 훨씬 나아졌다. 머리에도 붕대가 감겨 있었지만, 붕대 가장자리를 따라 말끔하게 닦아냈다.

"어디서 부상을 당하셨어요?"

"이손초 강(Isonzo, 이탈리아 동부에 있는 강. 현 슬로베니아의 소차 강)에서요. 플라바 북쪽이죠."

"어디쯤에 있어요?"

"고리치아 북부에 있습니다."

그 어떤 지명도 그녀에겐 아무런 의미가 없는 것 같았다.

"통증이 심한가요?"

"아니요. 지금은 그리 심하지 않습니다."

그녀는 내 입안에 체온계를 집어넣었다.

"이탈리아인들은 체온계를 겨드랑이 밑에 꽂던데요."

내가 말했다.

"말하지 마세요."

그녀는 체온계를 꺼내서 숫자를 읽고는 체온계를 흔들었다.

"몇 도죠?"

"환자에겐 알려드리지 않아요."

"어떤 상태인지 말해 줘요."

"거의 정상이에요."

"열은 없어요. 하지만 다리에 낡은 쇳조각이 가득 들어 있어요."

"무슨 말씀이세요?"

"박격포 파편이나 낡은 나사못, 침대 스프링 따위가 가득 박혀 있단 말입니다."

그녀는 고개를 저으며 미소 지었다.

"몸속에 이물질이 있으면 염증이 생겨 열이 났을 거예요."

"맞아요. 어떨지 두고 봅시다."

내가 말했다.

그녀는 병실에서 나가더니 아침에 만났던 중년의 간호사와 함께 되돌아왔다. 두 사람은 내가 침대에 누워 있는 채로 침상 정리를 했다. 나로서는 새로운 경험이었는데, 매우 능숙한 솜씨였다.

"이곳 책임자가 누구입니까?"

"미스 반 캄펀이에요."

"근무하는 간호사는 몇 명입니까?"

"저희 둘뿐이에요."

"더 오지 않나요?"

"몇 명 더 올 거예요."

"언제 오나요?"

"모르겠어요. 환자치고는 질문이 많으시네요."

"난 환자가 아닙니다. 부상 군인이죠."

내가 말했다.

침상 정리가 끝난 뒤 나는 깨끗하고 뽀송뽀송한 시트를 하나는 깔고 하나는 덮고 누웠다. 워커 부인이 나가서 파자마 윗도리를 가져와 입혀줬다. 나는 청결하고 제대로 된 옷을 갖춰 입은 것 같은 기분이 들었다.

"두 분은 정말 친절하시군요."

게이지라는 이름의 간호사가 쿡쿡 웃었다.

"물 좀 마실 수 있습니까?"

내가 부탁했다.

"물론이죠. 아침 식사도 해야 해요."

"아침 생각은 없어요. 덧창 좀 열어주시겠습니까?"

병실 안이 침침했었는데 덧창을 여니 밝은 햇빛이 들어왔다. 나는 발코니 쪽을 내다봤다. 발코니 너머로 기와지붕과 굴뚝이, 그리고 기와지붕 위로 흰 구름과 새파란 하늘이 보였다.

"다른 간호사들이 언제 오는지 모르십니까?"

"왜요? 저희가 제대로 돌봐드리지 못하나요?"

"아주 잘해 주시고 있습니다."

"환자용 변기 사용해 보실래요?"

"한번 해볼게요."

두 사람이 볼일을 보도록 나를 일으켜 세웠지만 아무 소용이 없었다. 나는 다시 침대에 누워 열린 창문으로 발코니 쪽을 내다 봤다.

"의사는 언제 옵니까?"

"오셔야 오시나 보다 해요. 코모 호수에 전화를 해두었어요."

"다른 의사는 없습니까?"

"이 병원 전담 의사는 그분이에요."

게이지 양이 물주전지의 컵을 가져왔다. 내가 물을 서 잔 마시자, 그들은 병실에서 나갔다. 나는 잠시 창밖을 내다보다 다시 잠이 들었다. 그 후 점심을 먹었고, 오후에는 간호부장인 반 캄펜이 나를 보러 왔다. 그녀는 나를 못마땅해 하는 것 같았고, 나도 그녀가 마음에 들지 않았다. 몸집이 자그마한 그녀는 무엇이든 수상쩍어 하는 듯한 태도를 보였으며, 자신의 능력에 비해 현재의 지위가 너무 낮다고 여기는지 필요 이상으로 거드름을 피웠다. 그녀는 나에게 이런저런 질문을 많이 했는데, 내가 이탈리아 군대에서 복무하는 것을 창피한 일이라고 생각하는 것 같았다.

"식사 때 와인을 마셔도 됩니까?"

내가 물었다.

"의사 처방이 있을 때만 가능합니다."

"그럼 의사가 돌아올 때까지 안 되는 겁니까?"

"절대로 안 됩니다."

"의사가 오는 건 맞습니까?"

"코모 호수로 그분께 전화 넣어놨습니다."

그녀가 나가자, 게이지 양이 다시 들어왔다.

"반 캄펜에게 왜 무례하게 구셨어요?"

그녀는 뭔가를 능숙하게 처치한 다음 이렇게 물었다.

"무례하게 굴려던 건 아니었습니다. 무척 뻣뻣하더군요."

"오히려 당신이 오만하고 무례했다고 그러던데요."

"난 그러지 않았어요. 그런데 의사도 없는데 무슨 병원이라는 건지······."

"오실 거예요. 코모 호수로 전화해 놨대요."

"그 사람은 거기서 뭘 하는 건가요? 혹시 수영이라도?"

"아니에요, 그곳에도 진료소가 있어요."

"왜 다른 의사를 두지 않는 거죠?"

"쉿! 조용, 조용! 얌전하게 기다리면 곧 오실 거예요."

나는 사람을 보내 수위를 불렀다. 그에게 와인 가게에서 친자노(Cinzano, 스파클링 와인) 한 병과 키안티(Chianti, 레드 와인. 이탈리아 3대 와인 중 하나) 한 병, 그리고 석간신문을 사다달라고 이탈리아어로 부탁했다. 그는 밖으로 나가더니 와인 병을 신문으로 둘둘 감아가지고 돌아와서 풀었다. 나는 그에게 와인과 베르무트의 코르크 마개를 딴 다음 침대 아래에 넣어달라고 했다. 그러고는 혼자 침대에 누워 한참 동안 신문을 읽었다. 신문은 전선의 상황과 함께 전사한 장교들의 명단과 그들에게 수여된 훈장에 대해 전하고 있었다. 나는 손을 뻗어 친자노 병을 꺼내서 배 위에 똑바로 세워 올려놓은 다음 그 옆에다 차가운 유리컵을 두고서 조금씩 따라 마셨다. 술을 마시는 내내 병을 배 위에 올려놓았더니 배 위에 술병 밑바닥의 동그란 자국이 생겼다. 나는 창밖의 지붕들 너머로 어두워져 가는 광경을 지켜보았다. 제비들이 원을 그리며 날고 있었고, 쏙독새가 지붕 위에서 유유히 떠다녔다. 그런 광경을 바라보며 친자노를 홀짝거리고 있는데, 게이지 양이 에그노그(eggnog, 달걀·우유·설탕을 섞은 것에 브랜디나 럼 등을 첨가한 음료)가 담긴 컵을 가지고 들어왔다. 나는 순간적으로 베르무트 병을 반대편 침대 밑에 감췄다.

"반 캄펜이 여기에 셰리(sherry, 스페인의 지방 특산 와인 중 하나)를 좀 넣어주셨어요. 그분께 까칠하게 굴지 마세요. 그분은 나이가 있으시잖아요. 그리고 이 병원의 책임자시고요. 워커 부인은 너무 나이가 많으셔서 그분께 아무런 도움이 되지 못해요."

그녀가 말했다.

"좋은 분이시군요. 깊이 감사드립니다."

내가 말했다.

"저녁 식사를 금방 갖다드릴게요."

"괜찮아요. 배가 고프질 않습니다."

내가 말했다.

게이지 양이 쟁반에 든 음식을 침대 머리맡의 탁자에 놓자, 나는 고맙다는 인사를 하고 조금 먹었다. 창밖은 어둠에 묻히고, 탐조등에서 쏘아 올린 불빛이 하늘에서 어른거렸다. 그 광경을 잠시 바라보다 잠에 빠졌다. 깊이 잠들었다가 악몽을 꾸었는지 중간에 땀을 흘리며 딱 한 번 눈을 떴다. 꿈을 꾸지 않으려고 애쓰는 가운데 다시 잠이 들었다. 나는 동 트기 훨씬 전에 잠에서 깨어 수탉 우는 소리를 들었고, 날이 밝을 때까지 깨어 있었다. 그래서인지 몹시 피곤했다. 주위가 완전히 밝아졌을 때 나도 모르게 어느새 잠에 빠졌다.

# 14

잠에서 깨어나니 방 안에 밝은 햇살이 가득했다. 나는 전선으로 복귀한 것으로 착각하고 침대 바깥쪽까지 몸을 쭉 뻗어 기지개를 켰다. 다리에서 통증이 느껴져 내려다봤더니 여전히 지저분한 붕대가 감겨 있었다. 그제야 비로소 어디에 와 있는지를 깨달았다. 손을 뻗어 초인종 끈을 잡고서 버튼을 눌렀다. 벨소리가 복도를 따라 울리자 고무 밑창을 덧댄 신발을 신은 누군가가 복도를 걸어오는 소리가 들렸다. 게이지 양이었다. 밝은 햇살에서 보니 나이가 좀 들어 보였고 그렇게 예쁜 얼굴도 아니었다.

"잘 주무셨어요? 밤새 편하셨나요?"

그녀가 말했다.

"네, 감사합니다. 이발사를 불러줄 수 있나요?"

내가 말했다.

"밤에 들렀었는데 이걸 침대에 놔둔 채 잠이 드셨더군요."

그녀는 옷장 문을 열더니 베르무트 병을 집어 들었다. 바닥까지 드러나 빈 병이나 마찬가지였다.

"침대 밑에 있던 다른 술병도 옷장에 넣어두었어요. 왜 술잔을 갖다달라고 하지 않으셨어요?"

그녀가 말했다.

"못 마시게 할 줄 알았지요."

"같이 마실 수도 있었을 텐데요."

"좋은 분이시군요."

"혼자 드시는 건 좋지 않아요. 혼자서 드시면 안 돼요."

"잘 알았습니다."

"당신 친구라는 미스 바클리가 왔어요."

"정말입니까?"

"네, 그런데 전 그녀가 마음에 들지 않네요."

"좋아하게 될 겁니다. 정말 좋은 사람이거든요."

그녀는 고개를 저었다.

"좋은 분이겠죠. 이쪽으로 몸을 조금만 돌려주실래요? 됐어요. 아침 식사 전에 몸을 닦아드릴게요."

그녀는 수건과 비누, 그리고 따뜻한 물로 내 몸을 구석구석 닦아줬다.

"어깨를 들어봐요. 됐어요."

그녀가 말했다.

"식사하기 전에 이발사를 불러주실 수 있나요?"

"수위를 보내 불러오도록 할게요."

그녀는 나갔다가 다시 돌아왔다.

"부르러 갔어요."

그녀는 이렇게 말하고서 수건을 세숫대야에 담갔다.

이발사가 수위와 함께 들어왔다. 끝이 올라간 콧수염이 있는 50대 남자였다. 게이지 양은 나를 다 닦아준 다음 나갔고, 이발사는 내 얼굴에 비누거품을 묻힌 후 이발을 했다. 그는 과묵해서인지 말이 거의 없었다.

"상황이 어때요? 무슨 소식이라도 없나요?"

내가 물었다.

"무슨 소식 말입니까?"

"아무 소식이라도. 거리에는 아무 일 없나요?"

"전쟁 중입니다. 사방에 적들이 깔려 있지요."

그가 말했다. 나는 그를 올려다보았다.

"제발 움직이지 말아요. 나는 할 말이 없습니다."

그는 이렇게 말하고 나서 계속 면도를 했다.

"당신, 왜 그래요?"

내가 물었다.

"뭐가 말입니까? 전 이탈리아인입니다. 적군과는 말을 섞지 않습니다."

나는 그 말에 입을 다물고 말았다. 그가 미친 사람이라면 그의 면도기 밑에서 빨리 빠져나오는 것이 상책일 것이다. 나는 아무렇지 않은 척하려고 애쓰면서 그의 얼굴을 빤히 쳐다보았다.

그러자 그가 말했다.

"조심해요. 면도칼이 날카로워요."

면도가 끝나자, 나는 그에게 요금을 지불했다. 그리고 팁으로 반 리라를 주었더니, 그는 팁을 받지 않겠다고 했다.

"팁은 받지 않아요. 전선에는 나가지 않았지만, 나는 이탈리아인입니다."

"그래요? 알았으니 빨리 나가요!"

"그럼……."

그는 면도칼을 신문지에 둘둘 말아서 싼 다음, 침대 옆 테이블 위에 동전 다섯 개를 둔 채 나갔다.

나는 초인종을 눌렀다. 게이지 양이 들어왔다.

"수위 좀 불러주시겠어요?"

"알았어요."

수위가 들어왔다. 그는 애써 웃음을 참고 있었다.

"그 이발사, 미친 사람인가?"

"아닙니다, 중위님. 그가 착각을 한 겁니다. 제가 중위님을 오스트리아군 장교라고 말한 것으로 잘못 들었답니다."

"아, 그랬군."

"하하하! 그 사람 참 재미있네요. 중위님이 조금이라도 움직였으면, 그는 이렇게……."

수위는 웃음을 터뜨리더니, 집게손가락으로 자신의 목을 긋는 시늉을 해보였다.

"하하하! 제가 중위님이 오스트리아군이 아니라고 말했더니…… 하, 하, 하."

그는 터져 나오는 웃음을 참지 못해 거의 자지러졌다.

"하하! 그자가 내 목을 그었다면 더 재미있었을 텐데. 하하!"

내가 쓸쓸하게 웃으며 말했다.

"아닙니다, 아닙니다. 중위님, 아니에요. 그 친구는 오스트리아군을 몹시 무서워해요. 하하하!"

"하하, 이제 그만 가보세요."

내가 말했다. 그는 밖으로 나갔고, 나가고 나서도 복도에서 계속 웃음소리가 들렸다. 이어서 누군가가 복도를 따라 걸어오는 소리가 났다. 문 쪽을 쳐다봤다. 캐서린 바클리였다.

방으로 들어온 그녀는 침대 곁으로 다가왔다.

"안녕, 달링."

캐서린이 인사했다. 그녀는 젊고 발랄하고 매우 아름다웠다. 이렇게 아름다운 여자는 처음 보는 것 같았다.

"안녕."

나도 화답했다. 그녀를 보는 순간 나는 사랑에 빠지고 말았다. 내 안에 있는 모든 것들이 뒤집혀 버렸다. 그녀는 문 쪽을 뒤돌아본 다음 아무도 없다는 것을 확인하고는 침대 옆에 걸터앉아 몸을 굽혀 내게 입을 맞췄다. 나는 그녀를 거세게 끌어당기며 키스했다. 그녀의 심장 박동이 내 가슴으로 전해져 왔다.

"달링! 이렇게 여기에 오다니, 정말 믿어지지 않소."

"이곳에 오는 건 그리 힘들지 않았어요. 하지만 이곳에서 계속 근무하는 것은 어려울 거예요."

"안 돼요. 여기서 오래 있어야 해요. 그런데 당신 정말 멋져요."

나는 미칠 정도로 그녀가 좋았다. 그녀가 내 옆에 있다는 것이 믿기지 않아서 그녀를 꼭 끌어안았다.

"이러면 안 돼요. 아직 완쾌되지 않은 몸으로……."

"난 아주 좋소. 자, 이리 와요."

"아니에요, 아직은 완전하지 않아요."

"아니요, 괜찮소. 자, 어서요."

"정말로 나를 사랑해요?"

"진심으로 사랑하오. 내 마음속은 온통 당신뿐이오. 제발 이리 와요."

"우리의 가슴이 뛰는 걸 느껴 봐요."

"우리의 가슴 따위는 상관없소. 난 당신을 원해요. 당신 때문에 온몸이 불타고 있소."

"정말로 나를 사랑해요?"

"그런 소리는 그만하고, 이리 와요. 어서 제발. 캐서린!"

"알았어요. 하지만 아주 잠깐만요."

"좋아요. 저 문을 좀 닫아줘요."

내가 말했다.

"안 돼요. 이러면 안 돼요."

"그런 말은 그만하고, 제발 이리 와요."

캐서린은 침대 옆 의자에 앉았다. 아까 닫았던 문은 복도 쪽으로 열어놓았다. 격렬한 사랑의 순간이 지나가자, 나는 그 어느 때보다도 기분이 좋았다.

그녀가 물었다.

"내가 당신을 사랑한다는 걸 이제는 믿어요?"

"그렇소. 당신은 정말 사랑스러워요. 그리고 당신은 이곳에 계속 있어야 해요. 당신을 다른 곳으로 가도록 내버려둘 수는 없소. 내가 당신을 미칠 듯이 사랑하니까요."

"우린 아주 조심해야 해요. 좀 전의 행동은 미친 짓이었어요. 절대 해서는 안 되는 일이라고요."

"한밤중에는 괜찮을 거요."

"언제든 정말 조심해야 해요. 특히 다른 사람들 앞에서는 더욱 신중하게 행동해야 해요."

"그러겠소."

"반드시 그래야만 해요. 당신은 멋진 사람이에요. 당신, 정말 날 사랑하지요? 그렇죠?"

"다시는 그런 말 하지 말아요. 그런 말을 들으면 내가 어떤 기분인지 당신은 모를 거요. 정말 섭섭하다고요."

"조심할게요. 섭섭하게 하려는 게 아니에요. 이젠 정말 가볼게요. 달링, 쉬고 있어요."

"금방 와야 해요."

"상황 봐서 다시 올게요."

"안녕."

"안녕, 달링."

그녀가 내 병실에서 나갔다. 사실 나는 절대로 그녀와 사랑에 빠지고 싶지 않았다. 나는 그 누구도 사랑하고 싶지 않았다. 그러나 나는 사랑에 빠진 채 이렇게 밀라노 미국 병원의 침대에 누워 있다. 잠시 동안 온갖 생각들이 머리를 스쳐 지나갔다. 하지만 기분은 정말 좋았다. 그렇게 생각에 빠져 있을 때 발자국 소리가 들리더니 게이지 양이 병실로 들어왔다.

"의사 선생님이 오신대요. 코모 호수에서 전화가 왔어요."

그녀가 말했다.

"언제 도착하지요?"

"오늘 오후면 여기로 오실 겁니다."

## 15

아무 일 없이 오전이 지나갔다. 오후에 나타난 의사는 마른 체격에 몸집이 작고 조용한 사람인데 전쟁 때문인지 심란해 보였다. 그는 못마땅한 기색을 섬세하고 교묘하게 감추고서 내 넓적다리에서 작은 쇳조각들을 여러 개 빼냈다. 그는 '스노(snow)'인가 뭔가 하는 국부 마취제를 사용했다. 그것은 피부 조직을 하얀 눈처럼 얼어붙게 하여 탐침이나 외과용 메스 또는 핀셋으로 피부를 건드려도 통증을 느끼지 못하도록 하는 약제였다. 나는 마취된 부분이 어디인지 분명히 느낄 수 있었다. 어느 정도 시간이 흐르자 의사의 섬세한 솜씨가 다소 소진된 듯했다. 그는 엑스레이를 찍어보는 게 좋겠다고 말했다. 탐침으로 찾는데 한계가 있다는 것이었다.

나는 오스페달레 마조레(Ospedale Maggiore, 밀라노에 있는 마조레 종합 병원)에서 엑스레이를 찍었다. 엑스레이를 담당하는 의사는 다혈질이지만 유능하고 쾌활해 보였다. 어깨를 들어 올려서 찍도록 했는데, 그렇게 하면 환자도 기계를 통해 비치는 커다란 이물질들을 직접 볼 수 있었다. 필름 원판은 나중에 보내준다고 했다. 의사는 수첩에 내 이름과 소속 부대 그리고 느낀 점을 적어달라고 하면서, 사진 속 이물질들이 보기 흉하고 끔찍하다고 했다. 그러면서 '오스트리아군들은 개자식들입니다. 그놈들을 몇이나 죽였습니까?'라고 하기에, 나는 한 명도 죽이지 않았지만 그의 비위를 맞춰주고 싶어서 많이 죽였다고 대답했다. 게이지 양이 나를 따라왔는데, 의사는 게이지 양을 끌어안다시피 하면서 그녀에게 클레오파트라보다도 더 아름답다고 너스레를 떨었다. 의사가 '알아들었어요? 이집트 여왕이었던 클레오파트라. 하늘에 맹세코 절세미인이지.'라고 하기에, '맞아요.'라고 맞장구를 쳐줬다. 세상에나! 이집트 여왕이라니…….

우리는 앰뷸런스를 타고 미국 병원으로 돌아왔다. 그리고 한바탕 소란을 부린 끝에 힘겹게 나를 들어 올렸고, 나는 다시 2층 병실 침대에 드러누울 수 있었다. 엑스레이 사진 원판은 그날 오후에 도착했다. 오후에 반드시 보내주겠다고 하더니 약속을 지킨 것이다. 캐서린 바클리가 붉은색 봉투 속에 든 사진 원판을 가지고 병실로 왔다. 그녀가 원판을 들어 올려 불빛에 비추었고, 우리는 함께 그것을 바라보았다.

"이게 당신 오른쪽 다리예요."

그녀는 그렇게 말하고서 원판을 봉투에 다시 집어넣었다.

"이건 왼쪽 다리예요."

"그것들 치워 버리고 침대로 와요."

"그럴 수 없어요. 이것 보여주려고 잠깐 온 거예요."

그녀는 밖으로 나갔고, 나는 다시 침대에 누웠다. 오후 내내 무더웠고, 나는 누워 있는 것에 신물이 났다. 수위를 불러 구할 수 있는 신문은 모두 다 사오라고 시켰다.

수위가 돌아오기 전에 의사 셋이 병실로 들어왔다. 진료에 자신이 없는 의사들이 몰려다니면서 서로에게 도움을 청하는 경우가 많다는 것을 전부터 알고 있었다. 맹장 수술도 제대로 못하는 의사가 편도선 수술이 시원찮은 의사를 추천하는 식이었다. 이들은 그런 류의 의사였다.

"이분이 아까 말한 그 젊은 군인이오."

섬세한 손을 가진 이 병원의 전담 의사가 말했다.

"안녕하세요?"

턱수염을 기르고 큰 키에 몸이 마른 의사가 말했다. 엑스레이 사진이 담긴 붉은색 봉투를 들고 있는 세 번째 의사는 아무 말도 하지 않았다.

"붕대를 풀까요?"

턱수염을 기른 의사가 물었다.

"그러죠. 간호사, 붕대를 풀어요."

이 병원의 전담 의사가 게이지 양에게 말했다. 게이지 양이 붕대를 풀었다. 나는 다리를 내려다봤다. 야전 병원에 있을 때는 다리가 신선하지 않은 햄버거 스테이크 같았었다. 그러나 지금은 상처에 딱지가 앉아 있고, 부어오른 무릎에는 푸르죽죽한 멍이 들어 있었다. 장딴지도 홀쭉해졌지만 고름은 없었다.

"아주 깨끗하군. 아주 깨끗하고 좋아."

이 병원의 전담 의사가 말했다.

"음……"

턱수염을 기른 의사가 소리를 냈고, 세 번째 의사는 전담 의사 어깨 너머로 살펴보고 있었다.

"무릎을 움직여 보세요."

턱수염을 기른 의사가 말했다.

"움직일 수가 없습니다."

"관절을 시험해 볼까요?"

턱수염을 기른 의사가 물었다. 그의 군복 소매에는 세 개의 별과 그 옆에 줄이 하나 있었다. 그건 선임 대위의 휘장이었다.

"그렇게 합시다."

이 병원의 전담 의사가 말했다. 의사 둘이 내 오른쪽 다리를 들고서 아주 조심스럽게 구부렸다.

"아파요."

내가 말했다.

"네, 그럴 겁니다. 그래도 조금만 더 구부려 봐요."

"그만해요. 더 이상 구부려지지 않아요."

내가 내뱉듯이 말했다.

"관절 일부가 상했군. 엑스레이 원판을 다시 봐도 될까요?"

선임 대위가 허리를 쭉 펴면서 말하자, 세 번째 의사가 그에게 사진 원판 중 하나를 건넸다.

"이것 말고, 왼쪽 다리요."

선임 대위가 말했다.

"그게 왼쪽 다리입니다."

세 번째 의사가 말했다.

"그렇군요. 내가 다른 각도에서 보았네요."

선임 대위는 세 번째 의사에게 왼쪽 다리 사진 원판을 되돌려준 다음 다른 필름을 한동안 살펴보았다.

"여기 보이죠?"

선임 대위가 빛에 비쳐서 선명하게 보이는 둥그스름한 이물질 중 하나를 손으로 가리켰다. 세 명의 의사는 그 필름을 한동안 들여다보았다.

"한 가지만큼은 확실하네요. 시간이 좀 걸린다는 겁니다. 석 달, 아니 여섯 달쯤 걸릴지도 모르겠어요. 관절 활액이 재생성되려면⋯⋯."

턱수염을 기른 선임 대위가 말했다.

"맞습니다. 시간이 좀 걸리겠어요. 얇은 막이 다리 속의 이물질을 둘러싸기 전에는 무릎을 절개할 수 없습니다."

"맞는 말씀입니다."

"여섯 달 동안 뭘 한다고요?"

내가 물었다.

"무릎 절개를 안전하게 하려면 얇은 막이 이물질을 둘러싸기를 기다려야 하네. 그게 여섯 달쯤 걸릴 걸세."

"말도 안 돼요."

"다리를 잃고 싶다는 건가, 젊은이?"

"네."

내가 대답했다.

"뭐라고?"

"잘라 버리고 싶습니다. 갈고리를 달면 되니까요."

"무슨 말이오? 갈고리라니⋯⋯."

"농담하는 겁니다. 당연히 무릎을 온전하게 보존하고 싶겠죠. 이 환자는 아주 용감한 젊은이입니다. 은성 무공 훈장을 받을⋯⋯."

이 병원의 전담 의사가 내 등을 가볍게 두드리며 말했다. 그러자 선임 대위가 나에게 악수를 청한 다음 이렇게 말했다.

"축하하네. 이런 무릎을 수술하려면 적어도 6개월은 기다리는 것이 안전해. 지금으로서는 그렇게 말할 수밖에 없네. 물론 다른 의사의 소견을 들어도 되고."

"감사합니다. 선생님의 의견을 존중합니다."

내가 말했다.

"가야겠군. 쾌유를 비네."

선임 대위가 손목시계를 들여다보며 말했다.

"고맙습니다. 안녕히 가세요."

나는 선임 대위에게 인사를 한 후 세 번째 의사와 악수를 했다. 세 번째 의사는 바리니 대위라는 사람이었는데, 그는 나를 '엔리' 중위라고 불렀다.

곧 의사 셋이 모두 방에서 나갔다.

"게이지 양."

내가 부르자 그녀가 들어왔다.

"이 병원의 의사를 잠깐만 불러주세요."

잠시 후 이 병원의 전담 의사가 모자를 손에 든 채 들어와서 침대 옆에 섰다.

"날 보자고 했나요?"

"네. 수술을 받기 위해 여섯 달을 기다릴 순 없습니다. 여섯 달? 선생은 여섯 달씩이나 병상에 누워 있어 본 적 있으세요?"

"내내 침대에 누워만 있지는 않을 거예요. 먼저 상처를 햇볕에 쏘입니다. 그런 다음 목발을 사용할 수 있어요."

"아무리 그렇더라도 여섯 달이나 기다렸다가 수술을 한다니!"

"그게 가장 안전한 방법이에요. 이물질에 막이 형성되어야 하니까요. 그래야 관절 활액이 재생성되어 안전하게 무릎을 절개할 수 있어요."

"선생도 정말 그렇게 오래 기다려야 한다고 생각하십니까?"

"그래야 안전하다니까요."

"좀 전에 왔던 선임 대위는 어떤 사람입니까?"

"밀라노에서 아주 알아주는 외과 의사죠."

"선임 대위 맞죠?"

"그래요. 계급보다 실력이 더 뛰어난 외과 의사예요."

"난 엉터리 선임 대위에게 내 다리를 맡기고 싶지 않습니다. 정말로 실력이 뛰어나다면 벌써 소령이 됐을 겁니다. 선생, 난 선임 대위란 사람들이 어떤지 잘 알고 있어요."

"우수한 외과 의사예요. 난 그 어떤 외과 의사보다 그의 판단을 존중합니다."

"다른 외과 의사를 알아볼 수 있을까요?"

"원한다면 알아볼 수 있어요. 하지만 나라면 바렐라 박사의 의견을 따를 겁니다."

"선생이 다른 외과 의사에게 좀 와서 봐 달라고 부탁해 주실 수 있나요?"

"발렌티니에게 부탁해 보죠."

"그가 누군데요?"

"오스페달레 마조레 병원의 외과 의사입니다."

"좋습니다. 매우 감사합니다. 이해할지 모르겠지만, 나는 여섯 달이나 침대에 누워 있을 수가 없어요."

"마냥 침대에 누워 있지는 않는다니까요. 우선 일광 치료를 한 다음에 가벼운 운동을 할 거예요. 그리고 나서 상처 부위가 얇은 막으로 둘러싸이면 수술을 하게 되지요."

"하지만 여섯 달씩이나 기다릴 수가 없어요."

의사는 모자를 들고 있는 섬세한 손가락을 펴면서 살며시 미소를 지었다.

"하루라도 빨리 전선으로 돌아가고 싶으세요?"

"물론입니다."

"대단하군요. 당신은 참으로 훌륭한 젊은이에요."

그는 몸을 굽혀 내 이마에 살짝 입을 맞춘 다음 말했다.

"발렌티니를 부르러 사람을 보내겠습니다. 걱정하거나 흥분하지 마세요. 좀 느긋하게 기다리세요."

"한잔하시겠어요?"

내가 물었다.

"아닙니다. 전 술을 안 해요."

"딱 한 잔만 해요."

나는 수위에게 잔을 가져다달라고 부탁하기 위해 초인종을 울렸다.

"아니, 정말 안 합니다. 그리고 사람들이 기다리고 있어요."

"그럼 안녕히 가세요."

내가 인사를 했다.

"그럼 쉬세요."


두 시간 후에 발렌티니 박사가 병실로 들어왔다. 몹시 서두르는 성격이었고, 콧수염 끝이 뾰족뾰족 솟아 있었다. 그는 소령 계급을 달고 있었는데, 햇볕에 그을린 구릿빛 얼굴에는 웃음이 주름살이라도 되는 것처럼 깊게 배어 있었다.

"어쩌다 이런 꼴이 되었나?"

그는 이렇게 묻고 나서, 쉬지 않고 지껄여댔다.

"먼저 엑스레이 사진을 좀 보겠네. 그렇지, 그렇지. 자넨 염소 못지않게 튼튼하네. 그런데 저 예쁜 아가씨는 누군가? 자네 애인인가? 그럴 거 같았어. 아, 정말 빌어먹을 전쟁이지? 어떤가? 이렇게 하면 아픈가? 자넨 멋진 친구야. 새로 태어난 것보다 더 멀쩡하게 만들어주겠네. 아픈가? 당연히 아프겠지. 의사들이란 사람을 아프게 하는 재주가 있다네. 군의관들이 지금까지 당신에게 무슨 치료를 해주던가? 저 아가씬 이탈리아어를 모르나? 그럼 배워야지. 정말 미인이야. 내가 가르쳐 줄 수도 있는데. 차라리 내가 이 병원에 입원할까? 안 되겠지. 만약 아기를 낳으면 내가 전부 공짜로 해주겠네. 저 아가씨는 이게 무슨 말인지 알아듣고 있는 건가? 저 아가씨는 당신에게 튼튼한 아들을 낳아줄 거야. 자기를 꼭 닮은 금발로 말이야. 좋아, 그만하면 됐네. 정말 사랑스러운 아가씨야. 나와 저녁 식사를 할 수 있는지 물어봐 주겠나? 아니네. 자네에게서 그녀를 빼앗을 수는 없지. 됐네, 됐어. 아가씨, 다 됐어."

그는 내 어깨를 가볍게 토닥이며 말했다.

"내가 알고 싶은 건 다 알았네. 붕대는 풀게."

"한잔하시겠어요, 발렌티니 박사님?"

"한잔? 좋지. 열 잔이라도 괜찮네. 술은 어디에 있나?"

"옷장 속에요. 미스 바클리가 술병을 가져올 겁니다."

"건배! 당신을 위해 건배! 정말 사랑스러운 아가씨야. 나중에 이것보다 더 좋은 코냑을 가져와야겠군."

그는 콧수염을 쓸어내렸다.

"언제쯤 수술이 가능하다고 보십니까?"

"내일 아침. 그전에는 안 돼. 위를 비우고 깨끗이 씻어내야 하니까. 아래층에 가서 나이 든 간호사에게 필요한 것을 지시해 놓겠네. 잘 있게. 내일 만나세. 그것보다 좋은 코냑을 가져다줄게. 자네는 여기가 아주 편해 보이는군. 내일까지 잘 있게. 잠을 푹 자는 게 좋아. 내일 아침 일찍 만나세."

그는 뾰족한 콧수염을 바짝 세우고 구릿빛 얼굴에 웃음을 머금은 채 문 앞에서 손을 흔들었다. 소령인 그의 군복 소매에는 네모난 테두리가 있는데, 그 안에 별 하나가 새겨져 있었다.

## 16

그날 밤 발코니로 이어지는 문이 열려 있어서 박쥐 한 마리가 방으로 날아들어 왔고, 그 문을 통해 우리는 시가지의 지붕들 위에 내려앉은 어둠을 내다보고 있었다. 도시 전체에 퍼진 밤하늘의 희미한 빛을 제외하면 방 안은 온통 어두컴컴해서, 박쥐는 놀라지도 않고 병실 구석구석을 제멋대로 날아다녔다. 우리는 누운 채로 그 녀석을 쳐다봤는데, 우리가 꼼짝도 않고 가만히 누워 있었기 때문에 박쥐는 우리를 보지 못한 것 같았다. 박쥐가 다시 밖으로 나간 후에는 탐조등 불빛이 하늘을 가로질러 움직이다 사라졌고, 주위는 다시 어두워졌다.

한밤중에 미풍이 불어왔다. 이웃집 지붕에서 고사포 병사들이 잡담하는 소리가 병실까지 들려왔다. 날씨가 으스스해서 그들은 망토를 걸치고 있었다. 밤중에 누군가 올라올까봐 걱정이 됐지만 캐서린은 다들 잠들었다며 나를 안심시켰다. 우리는 함께 잠들었는데 깨어보니 그녀가 곁에 없었다. 그런데 복도를 걸어오는 소리가 들리고 이어서 문이 열리더니 그녀가 침대로 되돌아왔다. 아래층에 가보니 모두 잠들어 있어서 이제 둘이 같이 있어도 괜찮다고 했다. 반 캄펀 양의 방문에 귀를 대봤는데 그녀의 잠든 숨소리만 들렸다는 것이다. 캐서린이 크래커를 가져와서, 우리는 그것을 먹으며 베르무트를 약간 마셨다. 배가 많이 고팠지만, 캐서린은 지금 먹은 것들은 토를 해서라도 아침까지 속을 깨끗이 비워야 한다고 했다.

동틀 무렵에 나는 다시 잠이 들었는데, 눈을 떠보니 또다시 그녀가 보이지 않았다. 얼마 후에 그녀가 산뜻하고 아름다운 모습으로 침대 가장자리에 걸터앉았다. 내가 체온계를 입에 물고 있는 동안 해가 떠올랐다. 주변의 지붕 위에서 이슬 냄새가 퍼졌고, 옆집 지붕 위에서는 고사포 병사들이 마시는 커피 냄새도 풍겨 왔다.

"산책을 나갈 수 있으면 좋을 텐데. 휠체어가 있으면 당신을 밀어줄 수도 있고요."

캐서린이 말했다.

"내가 휠체어를 어떻게 타지?"

"간호사들이 도와주면 되지요."

"그러면 공원에 나가 아침을 먹을 수 있겠군."

나는 열린 문밖을 내다보았다.

"우리가 이제부터 해야 할 일은 일단 발렌티니 박사의 수술을 잘 받도록 준비하는 거예요."

그녀가 말했다.

"그 사람, 대단한 것 같아."

"난 당신만큼 그 사람을 좋아하는 건 아니지만, 아주 괜찮은 분인 것 같아요."

"침대로 와요. 캐서린, 제발."

"안 돼요. 이미 즐거운 밤을 보냈잖아요."

"오늘도 밤 근무할 수 있어요?"

"아마도. 하지만 당신이 나를 원하지 않을 거예요."

"아니, 원해요."

"그렇지 않을 거예요. 당신은 수술을 받아본 적이 없어서 그렇게 말하는 거예요. 수술 후에는 녹초가 되거든요."

"난 아무렇지 않을 거야."

"아플 거예요. 그러면 나한테 신경도 안 쓸 거고요."

"그러니까 지금 이리로 와요."

"안 돼요. 진료 차트도 작성해야 하고, 당신에게 수술 준비를 시켜야 돼요."

그녀가 말했다.

"당신은 날 진정으로 사랑하지 않는 거요? 그게 아니라면 가까이 좀 와요."

"정말 바보처럼 구시네요. 차트 상으로는 정상이에요. 체온도 정상이고요. 당신은 체온도 멋져요."

그녀가 내 입술에 키스를 했다.

"당신은 뭐든 멋지다고 하는군요."

"아니에요. 당신 체온이 멋진 거예요. 나는 당신 체온이 정말 자랑스러워요."

"우리 아이들도 건강한 체온을 유지하겠죠?"

"아니요. 아마도 형편없을 거예요."

"발렌티니 박사의 수술을 위해 당신은 뭘 준비하는 거죠?"

"별로 대단한 건 아니에요. 하지만 상당히 불쾌한 일이죠."

"그러면 당신이 하지 않으면 좋겠는데."

"아니에요. 다른 사람이 당신 몸에 손대는 게 싫어요. 바보 같죠? 다른 사람이 당신 몸에 손을 대면 미칠 듯이 화가 날 거예요."

"퍼거슨이라도?"

"퍼거슨은 특히 더 그래요. 게이지와 다른 간호사도……. 다른 간호사 이름이 뭐죠?"

"워커 부인을 말하는 건가요?"

"맞아요. 그런데 여기엔 간호사가 너무 많아요. 지금보다 환자가 더 많아야 해요. 안 그러면 우리를 다른 곳으로 보낼지도 몰라요. 지금 네 명이나 되니까요."

"아마 환자가 더 들어올 거예요. 그러면 간호사도 더 필요할 테고. 이곳은 꽤 큰 병원이잖소."

"환자가 더 들어오면 좋겠어요. 날 다른 병원으로 보내면 어쩌죠? 환자가 더 들어오지 않으면 다른 곳으로 보낼 텐데."

"그럼 나도 같이 가야죠."

"바보같이 구시긴. 당신은 아직 나가면 안 돼요. 그러니 빨리 회복하세요. 그러면 우리 둘이 어디든 갈 수 있을 거예요."

"그리고 나선 무얼 하죠?"

"아마 전쟁이 끝나겠죠. 전쟁이 끝없이 계속될 수는 없을 테니까요."

"나는 곧 나을 거예요. 발렌티니가 잘 고쳐줄 테니까요."

내가 말했다.

"멋진 콧수염 값을 하겠죠. 마취를 하게 되면 우리가 아닌 다른 것을 생각해야 해요. 마취가 되면 사람들은 이것저것 마구 지껄이게 되거든요."

"그럼 무슨 생각을 해야 하죠?"

"아무거나요. 우리 둘만 빼고 아무거나. 가족들을 생각해 보세요. 아니면 아무 여자라도."

"싫소."

"그러면 기도를 하세요. 굉장히 좋은 인상을 줄 거예요."

"난 아무 말도 하지 않을 거예요."

"그래요. 아무 말도 하지 않는 사람도 종종 있어요."

"난 말을 하지 않을 거예요."

"그래도 너무 큰소리치지 말아요. 허풍도 떨지 말고요. 당신처럼 사랑스러운 사람은 허풍이랑 안 어울리니까요."

"한마디도 하지 않을게요."

"장담하지 않아도 되는데, 지금도 허풍 떨고 있잖아요. 숨을 깊게 쉬라고 하면 기도문대로 기도를 하거나 시를 읊조리면 돼요. 그러면 좋은 인상을 줄 수 있고, 난 당신이 자랑스러울 거예요. 당신이 어떻게 하든 늘 당신이 자랑스럽지만요. 정상인 체온도 멋지고, 어린애처럼 베개를 껴안고 자는 것도 사랑스러워요. 그게 난 줄 알고 그런 거겠지만. 혹시 다른 여자를 생각한 건 아니죠? 예쁜 이탈리아 여자인가?"

"당신이죠."

"물론 나겠지요. 아, 당신을 사랑해요. 발렌티니 박사가 당신

다리를 완전하게 고쳐줄 거예요. 내가 수술을 지켜보지 않아도 된다니 정말 다행이에요."

"당신은 오늘 밤에도 근무하는 거죠?"

"그럼요. 하지만 수술 후라 당신은 아무 생각도 나지 않을 거예요."

"두고 보면 알겠지요."

"자, 달링. 이제 당신은 몸 안팎이 모두 깨끗해졌어요. 말해 보세요. 지금까지 사랑한 여자가 몇 명이나 되죠?"

"아무도 없었소."

"나도 사랑했던 여자가 아닌가요?"

"당신은 빼야죠."

"정말로 없었어요?"

"없었다니까요."

"몇 명하고…… 어떻게 말해야 하나…… 잠자리를 한 여자가 몇 명이나 되죠?"

"그런 여자 없소."

"거짓말."

"정말이에요."

"좋아요. 계속 그렇게 거짓말을 하세요. 그게 내가 원하는 거 니까요. 그 여자들은 어땠어요?"

"단 한 명하고도 같이 자본 적이 없다니까요."

"좋아요. 그 여자들은 매력적이었나요?"

"무슨 매력? 난 그런 거 몰라요."

"당신은 내 남자예요. 그건 틀림없는 사실이고, 당신은 다른 여자의 남자인 적이 없어요. 하지만 예전에 당신에게 여자들이 있었더라도 난 개의치 않아요. 그들이 두렵지도 않고요. 그래도 내게 그 여자들 이야긴 하지 말아요. 남자가 여자 있는 곳에 찾아가 잠자리를 하는 경우, 여자는 언제 돈 얘기를 꺼내나요?"

"난 모르오."

"물론 모르겠죠. 그런 여자도 남자에게 사랑한다고 말하나요? 말해 봐요, 알고 싶어요."

"남자가 원하면 말하겠지요."

"남자도 그 여자를 사랑한다고 말하나요? 말해 줘요. 중요한 거예요."

"그거야 남자 마음이지요. 그럴 생각이 있다면 그렇게 말하지 않을까요?"

"하지만 당신은 절대 그런 적 없지요? 정말로?"

"없어요."

"정말 없었단 말이지요? 진실을 말해 봐요."

"정말 없었소."

난 거짓말을 했다.

"당신은 안 했을 거예요. 당신이 그러지 않으리라는 거 알아요. 아, 사랑해요, 달링."

밖에서는 해가 지붕 위로 떠올랐고, 대성당의 첨탑이 햇살을 받아 반짝였다. 나는 몸을 구석구석 깨끗이 닦은 다음 의사가 오기를 기다렸다.

"그런 거예요? 여자는 남자가 원하는 것만 말하는 거예요?"

캐서린이 다시 물었다.

"늘 그런 건 아니겠지요."

"하지만 나는 그럴 거예요. 나는 당신이 원하는 것만 말하고, 당신이 원하는 것만 할 거예요. 그러면 당신이 다른 여자를 원하거나 생각하는 일은 없을 테니까요. 그렇죠?"

그녀는 매우 행복해하는 표정으로 나를 바라보면서 계속 말했다.

"나는 당신이 원하는 것만 하고, 원하는 것만 말할 거예요. 그러면 당신은 나만 사랑할 테니까요. 그렇죠?"

"그럼요."

"이제 수술 준비가 다 됐어요. 더 해줄 거 있나요?"

"침대로 다시 와요."

"좋아요. 갈게요."

"오, 달링! 달링, 달링!"

나는 혼자 중얼거리는 것처럼 말했다.

"봤죠? 당신이 원하는 건 뭐든지 하는 거."

그녀가 말했다.

"당신은 너무 사랑스러워요."

"난 아직 그건 좀 서툰 거 같아요."

"그래도 당신은 사랑스러워요."

"당신이 원하는 건 곧 내가 원하는 거니까요. 이제 나란 존재는 더 이상 없어요. 당신이 원하는 것만 있을 뿐이에요."

"당신은 정말 사랑스러워요."

"나도 꽤 괜찮지요? 안 그래요? 이제 다른 여자는 필요 없겠죠? 그렇죠?"

"그럼요."

"봤죠? 나도 꽤 잘하잖아요. 당신이 원하는 거라면 난 뭐든지 해요."

*17*

수술이 끝나고 마취에서 깨어나 보니 저세상에 가 있지는 않았
다. 가기는 어디로 가겠는가. 화학 약품으로 감각이 마비되고,
그저 숨이 막혔던 것뿐이다. 마취가 풀리니 술 취한 것과 비슷한
느낌이 들었다. 다만 토하려고 해도 담즙 외에는 나오는 것이
없고, 토하고 나서도 기분이 좋아지지 않는다는 것이 술에 취했
을 때와는 달랐다. 침대 끝에 모래주머니들이 보였다. 내 발을
칭칭 감은 석고 붕대 밖으로 튀어나온 파이프에 매달려 있었다.
잠시 후 게이지 양이 나타나 물었다.

"기분이 어때요?"

"괜찮습니다."

"그 박사님이 무릎 수술을 훌륭하게 해냈어요."

"시간은 얼마나 걸렸습니까?"

"두 시간 반 정도요."

"내가 헛소리는 안 했나요?"

"한마디도 하지 않았어요. 지금도 말하지 말아요. 조용히 안정

을 취해야 해요."

많이 메스꺼웠다. 캐서린의 말이 맞았다. 오늘 밤 근무를 누가 하든, 지금 같아선 아무 관심이 없었다.

병원엔 나 말고도 세 명의 환자가 더 들어왔다. 한 명은 적십자사 소속의 조지아 출신으로 말라리아에 걸린 마른 청년이었고, 다른 한 명은 뉴욕 출신으로 말라리아와 황달에 걸린 청년이었는데 역시 마른 체격에 착해 보이는 인상이었다. 또 다른 한 명은 유산탄과 고성능 폭탄 혼합탄의 뇌관 뚜껑을 기념품으로 가져가려고 나사를 돌려 빼내려다 부상을 당한 청년이었다. 그 유산탄은 산에 있는 오스트리아군이 사용하는 것인데, 뇌관 뚜껑은 폭발한 뒤에도 무엇이든 닿기만 하면 터지게 되어 있는 것이었다.

캐서린 바클리는 밤 근무를 자청하다시피 했기 때문에 간호사들 사이에서 인기가 좋았다. 말라리아에 걸린 미국 청년 둘이 그녀를 바쁘게 만들었지만, 뇌관 뚜껑을 빼내려던 청년은 우리와 꽤 친해졌고 꼭 필요한 일이 아니면 밤중에 초인종을 울리는 일이 거의 없었다.

그녀는 환자들을 돌보면서도 틈틈이 나와 함께 시간을 보내곤 했다. 나는 그녀를 깊이 사랑했고 그녀도 나를 사랑했다. 나는 주로 낮에 잠을 잤는데, 낮에 깨어 있는 시간에는 쪽지를 써서 퍼거슨 양을 통해 주고받았다. 퍼거슨은 좋은 여자였다. 그녀의 두 오빠 중 한 명이 52사단에 복무하고 있고 또 한 명의 오빠가 메소포타미아에 있다는 것, 그리고 캐서린 바클리에게 무척 잘해 준다는 것 외에 나는 그녀의 신상에 대해 아는 게 거의 없었다.

한번은 내가 그녀에게 이렇게 말했다.

"퍼기, 우리 결혼식에 와줄 거죠?"

"결혼 못 할 텐데요."

"할 겁니다."

"못 할 거예요."

"왜 못 한다는 겁니까?"

"결혼하기 전에 싸우게 될 테니까요."

"우린 절대 안 싸웁니다."

"아직은 모르지요."

"안 싸운다니까요."

"아니면 당신이 죽을 거예요. 싸우거나 전사하거나. 다들 그래요. 결혼은 못 해요."

나는 그녀의 손을 잡으려고 팔을 뻗었다.

"잡지 말아요. 나는 울지 않아요. 어쩌면 두 사람이 잘될 수도 있겠죠. 그래도 캐서린이 힘들지 않도록 조심해요. 만약 그런 일이 벌어지면 내가 가만있지 않을 거예요."

그녀가 말했다.

"그녀를 힘들게 하지 않을 겁니다."

"아무튼 조심해요. 두 사람이 잘되기를 바랄게요. 좋은 시간 보내면서."

"재미있게 지내고 있어요."

"싸우지도 말고, 그녀가 힘들어할 문제도 일으키지 말아요."

"안 그럴게요."

"그러니까 조심하라고요. 캐서린이 전쟁고아를 낳는 건 싫거든요."

"당신은 좋은 사람이에요, 퍼기."

"그렇지 않으니까 아부하려 들지 말아요. 다리는 좀 어때요?"

"괜찮습니다."

"머리는요?"

그녀가 손가락으로 내 머리의 정수리를 만져봤다. 마비된 발을 만지는 것 같은 느낌이었다.

"아무렇지도 않아요."

"크게 부딪히면 미칠 수도 있어요. 정말 아무렇지 않아요?"

"그래요."

"운이 좋군요. 쪽지는 다 썼나요? 아래층으로 갈 건데요."

"여기 있어요."

"당분간은 캐서린더러 밤 근무를 하지 말라고 해줘요. 몹시 피곤해 보여요."

"알았습니다. 그렇게 하겠습니다."

"내가 대신 해주겠다고 해도 캐서린이 싫다고 해요. 다른 간호사들은 캐서린이 밤 근무한다고 하면 좋아들 하면서 맡겨 버리지만. 당신이라면 캐서린을 좀 쉬게 할 수 있겠죠?"

"알았습니다."

"그리고 미스 반 캄펀은 당신이 오전 내내 자는 것에 대해 뭐라고 하더라고요."

"그랬겠죠."

"당분간은 캐서린이 밤에 쉴 수 있도록 해줘요."

"나도 그녀가 쉬길 바랍니다."

"속마음은 그렇지 않죠? 그래도 캐서린을 쉬게 해준다면 당신을 존경할 거예요."

"반드시 그렇게 할게요."

"못 믿겠는데요."

그녀가 쪽지를 들고 나가자 나는 초인종을 울렸다. 잠시 후 게이지 양이 들어왔다.

"무슨 일이세요?"

"얘기할 게 있어서요. 당분간 미스 바클리가 밤 근무를 쉬어야 할 것 같지 않나요? 무척 피곤해 보이던데요. 왜 바클리 양만 계속해서 밤 근무를 하는 거죠?"

게이지 양이 의아스럽다는 눈빛으로 나를 바라봤다.

"나는 당신들 친구예요. 나한테는 그렇게 돌려서 말하지 않아도 된다고요."

그녀가 말했다.

"무슨 말이에요?"

"엉뚱한 소리 하지 말아요. 그 얘기뿐이에요?"

"베르무트 한잔 할래요?"

"좋아요. 한잔만 마시고 곧바로 가봐야 해요."

그녀는 옷장에서 술병을 꺼내더니 잔은 하나만 가져왔다.

"잔은 당신이, 나는 병째 마시겠습니다."

내가 말했다.

"당신의 건강을 위하여!"

게이지 양이 건배를 했다.

"내가 오전 늦게까지 자는 것에 대해 반 캄펀 양이 뭐라고 하던가요?"

"잔소리를 하죠. 그녀는 당신을 특권층 환자라고 불러요."

"제기랄!"

"심술궂은 사람은 아니에요. 나이가 많고 괴팍한 것뿐이에요. 처음부터 당신을 좋아하지 않았잖아요."

게이지 양이 말했다.

"그래요. 날 좋아하지 않았죠."

"하지만 나는 당신을 좋아해요. 나는 당신 편이니까, 그 사실을 잊지 말아요."

"당신은 정말로 좋은 사람이에요."

"아니요. 당신이 누굴 좋아하는지 다 알고 있어요. 그래도 난 당신과 한편이에요. 다리는 좀 어때요?"

"괜찮아요."

"차가운 광천수를 가져다가 다리에 좀 부어드릴게요. 석고 붕대 안쪽이 가려울 거예요. 바깥쪽이 뜨거우니까요."

"당신은 정말 좋은 사람이에요."

"많이 가려운가요?"

"그냥저냥 견딜 만해요."

"석고 붕대에 매달린 모래주머니도 잘 고정시킬게요. 나는 당신 친구예요."

그녀가 몸을 숙이며 말했다.

"잘 알고 있어요."

"아니요. 당신은 몰라요. 하지만 언젠가는 알게 되겠죠."

캐서린 바클리는 사흘 동안 밤 근무를 하지 않았다. 그러고 나서 다시 되돌아왔다. 우리는 마치 각자 멀리 여행을 떠났다가 돌아와 다시 만난 것 같은 기분이었다.

## 18

그해 여름, 우리는 참으로 즐거운 시간을 보냈다. 외출할 수 있을 정도로 몸이 회복되자, 우리는 마차를 타고 공원으로 갔다. 그때 타고 갔던 마차와 느릿느릿한 말이 기억난다. 그리고 윤이 나게 닦은 실크해트를 쓴 마부의 등이 바로 앞쪽에서 높게 보였고, 내 곁에는 캐서린 바클리가 앉아 있었다. 서로의 손끝이 살짝 닿기만 해도 우린 흥분을 느꼈다. 그 후 내가 목발을 짚고 돌아다닐 수 있게 되자, 우리는 '비피'나 '그란 이탈리아' 같은 레스토랑을 찾아가 바깥 테라스에 놓인 테이블에서 식사를 하곤 했다. 웨이터들이 들락거리고, 사람들이 지나다니고, 촛불은 테이블보 위에 그림자를 드리웠다. '그란 이탈리아'가 가장 마음에 든다고 결론을 내린 뒤부터는 수석 웨이터인 조지가 우리를 위해 테이블 하나를 따로 남겨놓곤 했다. 그는 유능한 웨이터였다. 우리는 그에게 주문을 맡기고서, 식사가 나올 때까지 오가는 사람들과 해질녘의 갤러리아(galleria, 아치 형태의 유리 지붕으로 된 넓은 통로나 안뜰 또는 상점가)를 구경하면서 서로를 바라보곤 했다. 우리는 주로 얼음 통에 넣어 차가워진 '카프리' 화이트 와인을 마셨지만 가끔은 '프레사'나 '바르베라' 등의 와인이나 기타 달콤한 화이트 와인을 마시기도 했다. 전쟁 중이라 와인 담당 전문 웨이터는 따로 없었다. 내가 프레사 같은 와인에 대해 물어보면 조지는 부끄러운 듯 웃음을 짓곤 했다.

"딸기 맛이 나는 와인을 만드는 나라가 따로 있다고 생각하시는 건 아니겠죠?"

조지가 말했다.

"그렇게 생각하는 게 어때서요? 그럴듯한데요."

캐서린이 말했다.

"원하신다면, 한번 드셔 보세요. 하지만 중위님을 위해서는 '마르고' 와인 작은 병을 가져오겠습니다."

조지가 말했다.

"나도 이걸 마셔보겠네, 조지."

"중위님, 추천하지 않겠습니다. 딸기 향조차 나지 않습니다."

"날 수도 있죠. 실제로 딸기 맛이 난다면 근사할 거 같아요."

캐서린이 말했다.

"가져오겠습니다. 부인께서 맛보고 확인하시면, 제가 병을 도로 가져가겠습니다."

조지가 말했다.

그리 대단한 와인은 아니었다. 그의 말대로 딸기 향조차 나지 않았다. 우리는 다시 카프리 와인을 마셨다. 어느 날 저녁에는 돈이 모자라 난처했는데, 조지가 100리라를 빌려주었다.

"괜찮습니다, 중위님. 저는 이해합니다. 남자가 돈을 쓰다 보면 모자랄 때도 있죠. 중위님이나 부인께서 돈이 필요하시면 언제든 빌려드리겠습니다."

그가 말했다.

저녁 식사를 하고 나면 우리는 갤러리아를 산책했다. 또 다른 식당과 셔터 문이 내려진 상점들을 지나 걸어가다가 샌드위치를 파는 작은 가게 앞에서 걸음을 멈췄다. 그곳에서는 햄과 양상추를 곁들인 샌드위치와 손가락 길이만큼 작고 윤이 나는 롤빵으로 만든 안초비(anchovy, 지중해나 유럽 근해에서 나는 멸치류의 작은 물고기를 소금과 올리브유에 절여서 발효시킨 이탈리아식 젓갈) 샌드위치 등을 팔았다. 그것들을 사서 병원에 가져가 밤중에 출출할 때 먹곤 했다. 그런 다음 대성당 정문 앞 갤러리아 바깥쪽에서 지붕 없는 마차를 타고 병원으로 돌아왔다. 수위가 병원 현관으로 마중을 나와 목발 짚은 나를 도와주었다. 마부에게 삯을 치르고 나서 우리는 엘리베이터를 타고 위로 올라갔다. 캐서린은 간호사들이 기거하는 층에서 내렸고, 나는 계속 타고 올라가 목발을 짚고 복도를 지나 내 병실로 들어갔다. 옷을 벗자마자 바로 잠자리에 들기도 했지만, 때론 발코니로 나가서 의자 위에 다리를 올려놓은 채 지붕 위로 날아다니는 제비를 바라보면서 캐서린이 오기를 기다렸다. 그녀가 내 병실로 들어오면 마치 오랜 여행에서 되돌아온 것처럼 정말 반가웠다. 나는 목발을 짚고서 대야를 나르는 그녀와 함께 복도를 걷기도 했고, 병실 밖에서 기다리거나 그녀와 함께 방 안으로 들어가기도 했다. 그들이 우리에게 호의적인지 아닌지에 따라 병실로 들어가거나 밖에서 기다리거나 했다. 그녀가 할 일을 모두 마치면 우리는 내 병실의 발코니로 나가 앉았다. 그러고 난 후 내가 잠자리에 들고 모두가 잠들면, 그녀는 환자들이 자신을 호출할 일이 없다는 것을 확인하고서 내 침대로 왔다. 나는 그녀의 머리를 풀어주는 것을 좋아했다. 그녀는 허리를 굽혀 내게 키스를 해주는 것 말고는 침대에 가만히 앉아서 내가 하는 대로 내버려두었다. 내가 머리핀 하나를 빼서 시트 위에 두면 그녀의 머리칼이 부드럽게 흘러내렸다. 꼼짝 않고 앉아 있는 그녀를 바라보면서 나머지 핀 두 개를 빼면 그녀의 머리는 아래로 한꺼번에 쏟아져 내렸다. 그녀가 고개를 숙이면 우리 두 사람은 텐트 안이나 폭포 뒤에 있는 것처럼 머리카락의 장막에 갇혔다.

그녀의 윤기 나는 머릿결은 눈부시게 아름다웠다. 나는 종종 침대에 드러누운 채 열린 문으로 새어드는 빛 속에서 그녀가 머리를 틀어 올리는 모습을 지켜보곤 했다. 동트기 전에 눈부시게 반짝이는 호수의 물결처럼, 그녀의 머리카락은 한밤중에도 환상적으로 빛이 났다. 그녀는 얼굴과 몸매도 매우 아름다웠고 피부의 감촉도 매우 부드러웠다. 우리가 함께 침대에 나란히 누우면, 나는 손가락 끝으로 그녀의 뺨과 이마, 눈 밑, 턱, 목을 어루만지면서 "피아노 건반처럼 매끄러워."라고 말하곤 했다. 그러면 그녀는 내 턱을 쓰다듬으면서 "사포처럼 껄끄러워서 피아노 건반에는 안 어울려요."라고 말했다.

"거칠어요?"

"아뇨, 그냥 놀려본 거예요."

밤 시간은 정말 환상적이었다. 서로 몸이 닿기만 해도 우린 행복했다. 본격적으로 사랑을 나누는 시간 외에도 우리는 갖가지 방법으로 사랑을 확인했다. 다른 방에 떨어져 있을 때면 서로에게 자신에 대한 생각을 하게 하려고 애를 썼다. 이 방법이 종종 성공하곤 했는데, 아마도 우리 두 사람의 생각이 늘 같았기 때문일 것이다.

그녀가 미국 병원에 온 첫날을 우리는 결혼한 날이라고 생각했다. 날짜를 셀 때면 그날을 기준으로 몇 달이 지났는지를 헤아렸다. 나는 정식으로 결혼하고 싶었지만 캐서린이 거부했다. 만약 우리가 결혼식을 올린다면 당국은 병원에서 그녀를 내보낼 것이고, 또 혼인 신고 절차를 밟기만 해도 사람들이 그녀를 주시하면서 우리를 갈라놓을 거라는 것이었다. 결혼을 하려면 이탈리아 법을 따라야 했는데 그 절차가 굉장히 복잡했다. 우리 사이에 아기가 생길 수도 있어서 나는 정식으로 결혼식을 올리고 싶었으나 캐서린의 뜻을 따르기로 했다. 우리는 결혼한 것이나 다름없는 사이였고, 그런 복잡한 일들은 더 이상 문제가 되지 않았다. 어쩌면 결혼하지 않은 상태를 내심 즐기고 있었던 것 같기도 했다. 어느 날 저녁에 결혼 얘기를 했을 때 캐서린은 "달링, 우리가 정식으로 결혼하면 나를 내보낼 거예요."라고 말했었다.

"안 그럴 수도 있잖소."

"그럴 거예요. 날 집으로 돌려보낼 거고, 그러면 전쟁이 끝날 때까지 우리는 떨어져 있어야 해요."

"휴가 받아서 가면 되죠."

"휴가 정도로는 스코틀랜드까지 왔다가 이곳으로 되돌아올 수 없어요. 게다가 난 당신과 헤어지는 게 싫어요. 도대체 지금 결혼하는 게 무슨 의미가 있겠어요? 우리는 실제로 결혼한 사이나 마찬가지잖아요? 난 결혼식 따위는 관심 없어요."

"당신을 위해 결혼식을 하고 싶은 것뿐이오."

"나라는 사람은 이제 없어요. 내가 곧 당신이에요. 나를 당신과 따로 떼어서 생각하지 말아요."

"여자들은 결혼식을 원한다고 하던데요."

"그건 맞아요. 하지만 난 이미 당신과 결혼했잖아요. 내가 지금 좋은 아내 노릇을 하고 있는 거 아닌가요?"

"정말 사랑스러운 아내죠."

"나도 결혼을 기다렸던 때가 딱 한 번 있었다는 거, 알죠?"

"그 얘기는 듣고 싶지 않은데요."

"그러나 지금은 당신 말고는 그 누구도 사랑하지 않아요. 예전에 날 사랑했던 누군가가 있었다고 해서 그걸 신경 쓸 필요는 없어요."

"신경 쓰여요."

"당신은 모든 걸 가졌는데, 이미 죽은 사람을 질투해선 안 되죠."

"질투하는 거 아니에요. 그래도 그 이야긴 듣고 싶지 않아요."

"심술꾸러기, 달링. 난 당신이 많은 여자들을 상대했다는 걸 알지만, 전혀 상관하지 않잖아요."

"우리끼리 은밀하게 결혼식을 올릴 방법이 없을까요? 내게 무슨 일이 생기거나 당신이 임신하는 경우에 대비해서요."

"교회나 국가가 인정한 절차를 따르는 거 외에 다른 방법은 없어요. 우리는 이미 은밀하게 결혼했잖아요. 당신도 알겠지만, 나에게 종교가 있다면 이건 중대한 문제가 되겠지요. 하지만 난 종교가 없거든요.”

“내게 성 안토니오를 주었잖소.”

“그건 행운을 빌기 위한 거였죠. 누군가에게서 선물로 받은
거였어요.”

“그럼 아무것도 걱정되지 않는단 말이오?”

“혹시 다른 곳으로 보내져, 당신과 헤어지게 될까봐 걱정이에
요. 당신이 내 종교이고, 내가 가진 전부이니까요.”

“알았소. 하지만 당신이 원하면 언제든지 결혼할게요.”

“나를 반드시 법적인 아내로 삼아야 하는 것처럼 말하지 말아
요. 난 호적에 오른 거나 다름없는 정식 부인이니까. 당신이 이런
관계를 행복하고 자랑스럽게 여긴다면 부끄러울 게 없잖아요.
지금 행복하지 않아요?”

“하지만 당신이 나를 떠나 다른 사람에게 갈 수도 있잖소.”

“그런 일은 절대로 없어요. 온갖 끔찍한 일이 일어날 수도 있겠
지만, 그것만은 걱정하지 않아도 돼요.”

“걱정 안 해요. 난 지금 당신을 너무나 사랑해요. 하지만 당신
은 예전에 다른 사람을 사랑했잖소.”

“그런데 그 사람이 어떻게 됐죠?”

“죽었소.”

“네, 맞아요. 그 사람이 죽지 않았으면 당신을 만나지도 못했
을 거예요. 난 오로지 한 남자밖에 모르는 여자예요. 나에겐 결점
이 많지만, 부정한 여자는 아니에요. 너무 정숙해서 당신이 지겨
워할지도 몰라요.”

“니는 곧 전선으로 돌아가야 해요.”

"출발하게 될 때까지 그 생각은 하지 말아요. 알다시피 난 무척 행복해요. 달링, 우린 행복하고 즐거운 시간을 보내고 있잖아요. 난 오랫동안 행복을 잊고 살았고, 당신을 만났을 무렵에는 거의 미치기 일보 직전이었어요. 어쩌면 이미 미쳤었는지도 몰라요. 그런데 지금 우리는 행복하고 서로를 사랑해요. 그냥 행복하기만 하자고요. 당신, 행복하지 않아요? 당신이 싫어하는 일을 내가 한 적이 있나요? 당신을 기쁘게 하는 일에 내가 소홀한 적이 있나요? 당신을 위해 머리를 풀까요? 지금 당장 사랑을 나눌까요?"

"그렇소. 침대로 와요."

"알았어요. 먼저 환자들을 살펴보고 금방 올게요."

## 19

그해 여름은 그렇게 지나갔다. 너무 무더웠고, 신문에 승리했다는 소식이 자주 실렸다는 것 외엔 그 시절의 일들이 잘 기억나지 않는다.

나는 많이 건강해졌다. 다리의 상처도 회복이 빨라 목발을 짚기 시작한 지 얼마 되지 않아 목발은 던져 버리고 지팡이만 들고 걸을 수 있게 되었다. 그 후 오스페달레 마조레 병원에서 재활치료를 시작했다. 무릎을 구부릴 수 있도록 하기 위해 물리치료를 받고, 유리 상자 안에서 자외선을 쬐거나 마사지와 목욕을 하는 등이었다. 오후에 병원에 갔다가 치료가 끝나면 카페에 들러 술을 마시면서 신문을 읽었다. 나는 시내를 돌아다니지 않고 카페에서 곧장 병원으로 돌아왔다. 오로지 캐서린을 만나고 싶다는 생각뿐이었다. 그 외의 시간들은 무심히 흘려보냈다. 대개 오전에는 잠을 잤고, 오후엔 가끔 경마장에 갔다가 늦게야 물리치료를 받으러 갔다. 때때로 앵글로 아메리칸 클럽에 들러 창문 앞에 있는 가죽 쿠션 의자에 몸을 파묻고 있어 잡지를 읽었다. 내가 목발을 짚지 않고 걷게 되면서, 병원에서는 우리 둘이 함께 외출하는 것을 탐탁지 않아 했다. 여성 보호자도 없는데, 간호사 혼자서 도움이 필요하지 않은 환자와 동행하는 것이 부자연스럽다는 것이었다. 그래서 오후엔 함께 있는 시간이 줄어들었다. 그래도 퍼거슨이 동행하면 가끔 저녁을 먹으러 나갈 수 있었다. 캐서린이 많은 일을 맡아서 했기 때문에 반 캄펜은 우리 사이를 묵인해 주었다. 그녀는 캐서린이 아주 좋은 가문 출신이라고 생각하여, 편파적일 정도로 그녀를 감싸곤 했다. 좋은 집안 출신인 반 캄펜은 가문을 매우 중시하는 사람이었다. 병원이 무척 바쁘게 돌아가서 그녀는 늘 일에 파묻혀서 지냈다. 그해 여름은 유난히 무더웠다. 밀라노에 아는 사람들이 많았지만, 오후 치료가 끝나고 나면 나는 늘 미국 병원으로 돌아가고 싶은 마음이 간절했다. 전선에서 이탈리아군은 카르소(Carso)까지 진군했고, 플라바를 지나 쿠크(Kuk)까지 점령했다. 그리고 지금은 바인시차(Bainsizza) 고원 탈환을 앞두고 있었다. 하지만 서부 전선 상황은 그다지 좋지 않은 것 같았다. 전쟁은 장기전에 돌입할 듯싶었다. 미국도 참전 중이었으나, 부대를 파견하여 실전에 투입할 수 있을 만큼 훈련시키려면 적어도 일 년은 걸릴 거라는 생각이 들었다. 내년에는 전세(戰勢)가 악화될 수도 있고 반대로 유리하게 돌아갈 수도 있겠지만, 어쨌든 힘든 한 해가 될 것 같았다. 이탈리아군은 엄청나게 많은 인명을 소모하고 있었는데, 이런 식으로 언제까지 전쟁을 지속할 수 있을지 의문스러웠다. 바인시차 지방이나 산 가브리엘레를 모두 차지한다 해도 오스트리아까지는 여전히 많은 산들이 가로놓여 있었다. 나도 그런 산들을 전선에서 숱하게 봤다. 엄청나게 높은 산들이 그 너머에 있었다. 카르소에서는 진군하고 있었지만 저 아래 바닷가의 낮은 지대에는 늪과 습지가 많았다. 나폴레옹이었다면 평지에서 오스트리아군을 격파했을 거다. 나폴레옹이었다면 결코 산지에서 오스트리아군과 전투를 벌이지 않고, 적군이 평지로 내려오는 것을 기다렸다가 베로나 근처에서 전멸했을 것이다. 서부 전선에서는 여전히 우리든 적이든 상대방을 몰아붙이지 못했다. 어쩌면 전쟁은 일방적인 승리 없이 질질 끌다가 영원히 계속될지도 모른다. 그것은 또 다른 '백년전쟁(1337년부터 1453년까지 잉글랜드와 프랑스 사이에 벌어진 전쟁)'이 될 수도 있을 것이다. 나는 신문을 다시 선반에 얹어놓고서 클럽을 나왔다. 계단을 조심스럽게 내려가서 만초니 거리를 걸었다. 그랑 호텔 앞에서 마차에서 내리는 마이어스 노부부를 만났다. 그들 부부는 경마장에서 돌아오는 길이었다. 검은색 공단 옷을 잘 차려입은 그의 아내는 가슴이 컸다. 흰 콧수염을 기르고 있는 마이어스는 키가 작고 나이가 많았다. 그는 지팡이를 짚고서 발을 끌듯이 걸었다.

"안녕하세요? 잘 지냈죠?"

마이어스와 그의 아내가 나와 악수를 했다.

"부인, 경마는 어땠습니까?"

"좋았어요. 아주 즐거웠어요. 우승을 세 번이나 맞췄어요."

"선생님은 어떠셨어요?"

나는 마이어스에게 물었다.

"괜찮았소. 우승을 한 번 맞췄으니까."

"이 양반의 성적이 어땠는지 통 알 수가 없어요. 나에게 선혀 말을 하지 않거든요."

마이어스 부인이 말했다.

"난 늘 괜찮은 편이야. 자네도 경마장에 좀 나와야 할 텐데."

마이어스가 말했는데, 그의 태도는 매우 다정했다. 그런데 그는 기이하게도 말을 할 때 상대방을 아예 쳐다보지 않거나 상대방을 다른 사람으로 착각하고 있다는 느낌이 들게 했다.

"한번 나가지요."

내가 대답했다.

"한번 뵈러 병원에 갈게요. 제 아들들에게 가져다줄 것도 있고요. 병사들은 다 내 아들들이니까요. 정말 소중한 아들들이죠."

마이어스 부인이 말했다.

"오시면 다들 반가워할 겁니다."

"소중한 아들들. 당신도 마찬가지예요. 내 아들이죠."

"전 이만 가봐야겠습니다."

내가 말했다.

"소중한 아들들에게 안부 전해 줘요. 가져갈 것들이 많아요. 고급 마르살라(Marsala, 레드 와인)랑 케이크랑."

"안녕히 가세요. 오시면 엄청나게들 좋아할 겁니다."

내가 말했다.

"또 봐요. 갤러리아에 한번 들르게. 내 고정 테이블이 있는 식당 알지? 오후엔 늘 그곳에 있다네."

마이어스가 말했다.

나는 거리를 따라 올라갔다. 캐서린을 위해 뭔가를 사고 싶었다. 코바로 들어가 초콜릿 한 상자를 산 다음, 여직원이 포장을 하는 동안 나는 안쪽 바(bar)로 가보았다. 영국인 부부와 항공병 몇이 있었다. 혼자 마티니를 마시고 계산한 다음 바깥 판매대에서 초콜릿 상자를 받아들고 내 안식처인 병원을 향해 걸어갔다. 라스칼라 극장에서 거리 위쪽에 있는 작은 바까지 걸어가니 그 앞에 내가 아는 사람들 몇이 모여 있었다. 미국 영사관의 부영사, 성악 공부를 하는 남자 둘, 그리고 샌프란시스코 출신의 이탈리아인으로 현재 이탈리아군에서 복무하고 있는 에토레 모레티 등이었다. 나는 그들과 어울려 술을 마셨다. 성악가 중 한 사람은 랠프 시먼스였는데 엔리코 델크레도라는 예명으로 노래를 부르고 있었다. 그가 노래를 얼마나 잘하는지 알 수는 없었으나 항상 뭔가 큰 건수를 하나 터뜨릴 것처럼 행동하는 친구였다. 그는 뚱뚱한 몸에 건초열에 걸린 사람처럼 코와 입주변이 헐어 있었다. 피아첸차(Piacenza, 이탈리아 북부 피아첸차 주의 주도, 밀라노의 남동쪽)에서 노래를 부르다가 밀라노로 왔다고 했다. 그곳에 있을 때 '토스카'를 불렀는데 청중의 반응이 굉장했다고 했다.

"물론 자네는 내 노래를 들어본 적이 없겠지."

그가 말했다.

"여기서는 언제 부를 건가?"

"올가을에 라스칼라 극장에서 공연할 거야."

"청중들이 분명 야유를 하면서 의자를 던지겠지. 모데나(Modena, 이탈리아 북부 모데나 주의 주도, 볼로냐의 북서쪽)에서 청중들이 이 친구한테 의자를 던졌다는 얘기 들었지?"

에토레가 말했다.

"말도 안 되는 거짓말이야."

"손님들이 의자를 던졌다니까. 내가 현장에 있었고, 나도 의자를 여섯 개나 던졌다고."

에토레가 계속 말했다.

"쳇, 프리스코(Frisco, 샌프란시스코의 별칭) 출신 윕 주제에."

"이 친구, 이탈리아어 발음이 영 아니잖아. 그러니 가는 곳마다 사람들한테 의자 세례를 못 면하지."

에토레가 말했다.

"피아첸차 극장은 이탈리아 북부에서 노래하기가 가장 힘든 곳이네. 정말로 그곳은 노래하기 힘든 소극장이야."

다른 테너 성악가 말했다. 그의 이름은 에드거 손더스였는데, 에두아르도 조반니라는 예명으로 노래를 했다.

"나도 그곳에 가서 사람들이 의자 던지는 거 보고 싶은데. 자네는 이탈리아어로는 노래 못 하잖아."

에토레가 말했다.

"미친놈. 의자 던진다는 얘기밖에 할 줄 모르나봐."

에드거 손더스가 대꾸했다.

"내가 그것밖에 모른다고? 자네 둘이 노래 부를 때 청중들은 의자 던지는 것밖에 모르나까. 그런데도 미국에 돌아가면 라스칼라 극장에서 대성공을 거두었다고 떠벌리겠지. 라스칼라에서는 한 소절도 부르지 못했으면서."

에토레가 말했다.

"난 라스칼라에서 노래 부르기로 되어 있네. 10월에 '토스카'를 부를 예정이야."

시먼스가 말했다.

"우리가 가봐야 되겠군. 맥, 안 그래? 저 사람들을 보호해
줄 사람이 필요할 테니."

에토레가 부영사에게 말했다.

"어쩌면 미군이 출동해서 보호해 줄지도 몰라. 시먼스, 한잔
더 마시겠나? 손더스, 자네도?"

부영사가 말했다.

"좋지."

손더스가 대답했다.

"자네가 은성 무공 훈장을 받는다는 얘기 들었네. 어떤 표창
장을 받게 되나?"

에토레가 내게 말했다.

"잘 몰라. 받을지 안 받을지도 분명치 않고."

"받게 될 거야. 그러면 코바의 식당 여자들이 당신을 굉장한
인물로 생각할걸. 모두들 자네가 오스트리아군을 한 200명 정
도 사살했거나 단신으로 참호를 빼앗았다고 생각할 거야. 정말
이지 나는 훈장 타는 맛에 군 복무를 한다고."

"에토레, 훈장을 몇 개나 탔나?"

부영사가 물었다.

"모든 걸 다 받았지. 저런 친구들을 위해 전쟁을 하는 거잖아."

시먼스가 대신 대답했다.

"동성 훈장은 두 번, 은성 훈장은 세 번. 하지만 증서는 딱
한 장만 왔어."

에토레가 말했다.

"나머지는 어떻게 됐는데?"

시먼스가 물었다.

"공격 작전이 성공하지 못했어. 작전이 성공하지 못하면 모든 훈장이 보류되거든."

에토레가 대답했다.

"부상은 몇 번이나 당했지, 에토레?"

"심한 부상 세 번. 그래서 부상 휘장이 세 개야. 이거 보여?"

에토레가 소매를 돌려 보여줬다. 검은색 바탕에 은색 평행선 세 개가 그려진 휘장이 어깨에서 8인치쯤 내려온 소매에 꿰매어져 있었다.

"자네도 하나 받았지? 이걸 갖는다는 건 멋진 일이야. 훈장보다 이게 더 나을걸. 세 개쯤 받으면 대단한 거야. 병원에 석 달 동안 입원해야 하는 부상을 당해도 겨우 한 개밖에 못 타니까."

에토레가 나에게 말했다.

"부상당한 부위가 어딘가, 에토레?"

부영사가 물었다.

"여기야. 그리고 다리에도 있지. 각반을 찼기 때문에 지금은 보여줄 수 없지만. 또 한 군데는 발이야. 내 발에 죽은 뼈가 있는데, 지금도 악취가 심하게 나. 매일 아침마다 뼈 부스러기를 조금씩 빼내는데도 항상 고약한 냄새가 나지."

에토레는 소매를 걷어 올리더니, 움푹하게 파인 곳에 반질반질 하게 윤이 나는 붉은 흉터를 보여주며 말했다.

"뭐에 맞았는데?"

시먼스가 물었다.

"수류탄. 그 감자 으깨는 절구 공이처럼 생긴 놈이 내 발 한쪽을 온통 뭉개 버렸어. 자네도 감자 으깨는 절구 공이처럼 생긴 거, 그거 알지?"

그가 내 쪽으로 시선을 돌렸다.

"물론."

"난 그 망할 적병 놈이 그걸 던지는 걸 봤어. 그걸 맞고 쓰러졌지. 완전히 죽은 줄 알았는데, 그 절구 공이가 텅 비어 있더라고. 그 빌어먹을 적병 놈을 내가 소총으로 쏴서 죽였네. 내가 장교라는 걸 적병이 모르게 하려고 난 늘 소총을 가지고 다녔거든."

에토레가 말했다.

"그 적병 놈의 표정이 어땠나?"

시먼스가 물었다.

"그 자식이 갖고 있던 마지막 수류탄이었는데, 왜 그걸 던졌는지 지금도 모르겠어. 어쩌면 그놈은 그냥 한 번 던져보고 싶었던 것 같아. 진짜 전투를 본 것이 처음이겠지. 난 그 개자식을 정통으로 쐈고."

에토레가 말했다.

"당신이 쐈을 때 그 사람 표정이 어땠냐고?"

시먼스가 재차 물었다.

"젠장! 그걸 내가 어떻게 알아? 배때기를 쐈다니까. 대가리를 조준했다가 빗맞을까봐서."

에토레가 말했다.

"자네가 장교로 근무한 지 얼마나 되었지, 에토레?"

내가 물었다.

"2년. 이제 대위로 진급할 거야. 자네는 중위가 된 지 얼마나 됐지?"

"3년이 되어 가네."

"자네는 이탈리아어를 능숙하게 구사하지 못해 대위는 될 수 없을 거야. 말은 잘하지만 읽고 쓰는 것은 서툴잖아. 대위로 진급하려면 그에 맞는 교육을 받아야 해. 어째서 미군에 입대하지 않는 거지?"

에토레가 말했다.

"어쩌면 앞으로 들어갈 수도 있겠지."

"그럴 수 있다면 좋을 텐데. 그런데 맥, 대위는 봉급이 얼마나 되지?"

"정확히는 몰라. 대략 250달러 정도?"

"젠장! 250달러로 뭘 하지? 프레드, 당장에 미군에 입대하는 게 좋겠어. 나도 들어갈 수 있는지 알아봐 주고."

"그러지."

"이탈리아어를 쓴다면 1개 중대 정도는 지휘할 수 있어. 영어로 지휘하는 것도 쉽게 배울 수 있을 거고."

"자네 정도면 장군이 될 거야."

시먼스가 말했다.

"아니야. 장군이 되기에는 지식이 부족해. 장군이 되려면 아는 게 정말 많아야 하거든. 자네들은 전쟁이 별거 아니라고 생각하지? 하지만 그 머리로는 이류 하사관도 되지 못할걸."

"이류든 뭐든, 그럴 필요가 없으니 얼마나 다행인가."

시먼스가 대꾸했다.

"자네들 같은 놈팡이들까지 모조리 징집한다면 어쩔 수 없이 모두 군인 노릇을 해야 해. 이보게, 난 자네 둘을 우리 소대에 전입시켰으면 좋겠어. 맥, 자네도 말이야. 자네는 내 연락병을 하면 어떻겠나?"

"에토레, 대단해. 하지만 군국주의자 냄새가 풍기는군."

맥이 말했다.

"난 전쟁이 끝나기 전까지 대령이 될 거야."

에토레가 말했다.

"전사하지만 않으면……."

"전사는 안 해. 내가 이렇게 하는 거 봤지? 우리는 누구든 전사에 대해 언급하면 항상 별을 만져."

에토레는 군복 깃에 달린 별들을 엄지와 검지로 만지작거리며 말했다.

"이젠 가보자고, 시먼스."

손더스가 자리에서 일어서며 말했다.

"그러지."

"또 만나세. 나도 가봐야겠네."

내가 말했다. 술집 벽시계가 6시 5분 전을 가리키고 있었다.

"안녕, 에토레."

"안녕, 프레드. 자네가 은성 무공 훈장을 받게 된 거, 정말 잘됐어."

에토레가 말했다.

"받게 되는지 아닌지도 잘 모르는걸."

"받을 거야, 프레드. 그런 소문이 돌고 있으니까."

"글쎄. 에도레, 문젯거리는 피하는 게 좋아."

내가 말했다.

"걱정 마. 나는 술도 마시지 않고, 싸돌아다니지도 않아. 난 술꾼도 아니고, 사창가를 드나드는 사람도 아니거든. 내가 어떻게 처신해야 좋은지를 잘 알고 있다고."

"잘 지내게. 대위 진급을 할 거라니 잘됐네."

내가 말했다.

"난 승진을 기다릴 필요가 없어. 전공(戰功)을 세운 덕분에 자동 진급하게 되어 있으니까. 별 세 개에 엇갈린 칼 두 자루와 왕관 말이야. 그게 바로 나일세."

"행운을 비네."

"자네도 행운이 있기를. 언제 전선으로 복귀하나?"

"이제 곧 하게 되겠지."

"그래, 또 만나자고."

"안녕."

"안녕. 잘 가게나."

나는 병원으로 가는 지름길인 뒷길을 따라 걸어갔다. 에토레는 스물세 살이었다. 샌프란시스코에 사는 숙부 밑에서 자랐고, 토리노에 있는 아버지와 어머니를 보러 왔다가 선전 포고 소식을 듣고 입대했다. 여동생이 있는데, 여동생도 미국에서 숙부와 지내고 있다. 올해 사범학교를 졸업할 예정이라고 한다. 그는 지나치다 싶을 만큼 영웅 행세를 하는 바람에 만나는 사람들마다 지겨워했는데, 특히 캐서린은 질색을 했다.

"우리나라에도 영웅들은 있어요. 하지만 그 사람들은 자신이 한 일에 대해 그렇게 떠들지 않아요."

그녀가 말했다.

"나는 그가 거들먹거려도 크게 신경 쓰이지는 않아요."

"나도 그 사람이 지나칠 정도로 잘난 척하지 않고, 거만을 떨지 않는다면 신경 쓰지 않을 거예요."

"나도 똑같은 얘기를 들어주는 것이 지겹기는 해요."

"그렇게 말해 주니, 고마워요. 하지만 그러지 않아도 돼요. 당신은 전선에 있는 그의 모습을 상상하면서 능력 있는 사람이라고 생각할지도 모르잖아요. 하지만 난 그런 부류의 사람이 정말 싫어요."

"나도 알아요."

"알아줘서 정말 고마워요. 나도 그 사람을 좋아해 보려고 해봤지만, 그 사람은 잘 안 돼요. 생각만으로도 끔찍해요."

"오늘 오후에 만났는데, 대위로 진급한다고 하던데요."

"잘됐네요. 그러면 만족하겠죠."

캐서린이 말했다.

"내 계급이 좀 더 높아졌으면 하고 바라지는 않소?"

"아니요. 난 당신 계급이 고급 식당에 입장할 수 있을 정도면 충분해요."

"지금 내 계급이면 되는 거네요."

"당신 계급은 정말 멋져요. 그 이상 진급하지 않으면 좋겠어요. 계급이 올라가면 머리가 어떻게 되어 거만해질지 모르니까요. 당신이 잘난 척하지 않는 게 얼마나 좋은지 몰라요. 잘난 척하는 사람이었어도 당신과 결혼했겠지만. 우쭐대거나 잘난 척하지 않는 남편은 마음을 편안하게 해주죠."

우리는 발코니에 나가서 조용히 이야기를 나눴다. 달이 떠오를 때가 되었지만 안개가 자욱이 깔려서인지 달이 보이지 않았다. 잠시 후 보슬비가 뿌려서 우리는 방으로 들어왔다. 이윽고 안개가 비로 변하더니, 거세게 쏟아지는 소리가 지붕에서 우두둑 들려왔다. 나는 일어나서 문가에 비가 들이치지 않는지 살펴보았다. 비가 들이치지는 않아서 문을 열린 채로 놔두었다.

"그리고 또 누구를 만났어요?"

캐서린이 물었다.

"마이어스 부부."

"그 부부도 좀 이상하죠."

"남편은 본국에서 감옥에 갇힌 적이 있었나 봐요. 당국은 나가서 죽으라고 그를 석방해 준 것 같고요."

"그런데 밀라노에서 행복하게 살고 있는 거네요."

"얼마나 행복한지는 알 수 없지요."

"그렇긴 하지만, 감옥에서 나왔으니 행복하다고 할 수 있지 않나요?"

"부인이 여기 병원으로 뭘 가져오겠다고 하던데요."

"늘 좋은 것들을 가져오세요. 당신도 그 부인의 소중한 아들인가요?"

"아마 그럴걸요."

"당신들은 그 부인의 소중한 아들들이에요. 그분은 아들들만 좋아하죠. 저 빗소리 좀 들어봐요."

"엄청나게 쏟아지는군."

"당신은 늘 나를 사랑하죠?"

"그럼요."

"비가 쏟아진다고 해서 달라지는 건 아니죠?"

"물론이죠."

"안심이 돼요. 전 비가 무섭거든요."

"왜요?"

난 잠이 몰려왔다. 밖에서는 비가 줄기차게 내리고 있었다.

"모르겠어요. 달링, 난 비가 언제나 무서웠어요."

"난 비가 좋은데."

"빗속을 걷는 건 좋아요. 하지만 사랑하는 사람들에게 비는 방해가 되는 것 같아요."

"난 언제나 당신을 사랑할 거요."

"나도 당신을 비가 오나 눈이 오나 우박이 쏟아져도 — 또 뭐가 있더라? — 당신을 사랑할 거예요."

"모르겠소. 나 좀 졸린데……."

"자요, 달링. 비가 오나 눈이 오나 당신을 사랑하니까요."

"정말로 비를 무서워하는 건 아니지요?"

"당신과 함께 있을 땐 괜찮아요."

"비가 왜 무섭지요?"

"나도 몰라요."

"털어나 봐요."

"다그치지 말아요."

"말해 봐요."

"싫어요."

"말해 줘요."

"알았어요. 가끔 빗속에서 죽어 있는 내 모습을 보기 때문에 무서워요."

"말도 안 되는 소리……."

"그리고 때때론 빗속에서 죽어 있는 당신을 보기도 해요."

"그건 좀 가능성이 있는데요."

"달링, 그럴 가능성은 없어요. 내가 당신을 안전하게 지킬 거니까요. 내가 충분히 지켜줄 수 있어요. 그렇지만 스스로를 지킬 수 있는 사람은 없잖아요."

"이제 그만해요. 당신, 오늘 밤 왜 그래요? 누가 스코틀랜드 사람 아니라고 할까봐 그렇게 이상하게 구는 거예요? 우리가 함께할 수 있는 시간도 그리 많지 않은데요."

"아니에요. 난 스코틀랜드 사람이고, 이상하다는 건 인정해요. 그렇지만 그만둘게요. 모두 다 말도 안 되는 소리니까요."

"그래요, 말도 안 되는 소리들이에요."

"모두 말도 안 돼요. 모두 말도 안 되는 소리일 뿐이에요. 난 비가 무섭지 않아요. 난 비가 무섭지 않다고요. 비가 왜 무서워? 아, 하느님! 비가 무섭지 않게 해주세요."

그녀가 울었다. 내가 위로해 주자 울음을 그쳤지만, 밖에서는 여전히 비가 줄기차게 내리고 있었다.

## 20

　어느 날 오후 우리는 경마장에 갔다. 퍼거슨과 뇌관 뚜껑의 폭발로 눈에 부상을 입은 크로웰 로저스도 함께 갔다. 점심 식사를 마치고 여자들이 외출 준비를 하는 동안 나는 캐서린의 방 침대에 앉아서 경주마의 이전 성적과 경마 신문에 나온 예상들을 읽고 있었다. 머리에 붕대를 감고 있는 크로웰은 경마에는 별 관심이 없었지만 뭔가 할 일을 찾느라 끊임없이 경마 신문을 읽었고, 심심풀이로 모든 말의 경마 실적을 기록하여 파악하고 있었다. 그는 현재 있는 말들이 아주 형편없다고 했지만, 우리는 그런 말들이 출장하는 경마로 만족해야 했다. 노신사 마이어스는 크로웰을 좋아해서 그에게 정보를 알려주었다. 마이어스는 거의 모든 경마에서 이겼는데, 배당금이 줄어들기 때문에 남에게 정보 알려주는 것을 꺼려했다. 경마에는 부정이 많았다. 다른 나라의 경마장에서 출장 정지를 당한 기수들도 이탈리아에서는 출전이 가능했다. 마이어스의 정보가 믿을 만하기는 했지만 나는 그 사람에게 물어보는 게 싫었다. 이예 대꾸조차 하지 않는 때가 있었기 때문이다. 그는 정보를 알려주는 것을 꺼리면서도 어떤 이유에서인지 우리에게 알려줘야 한다는 의무감을 느끼는 듯했고, 크로웰에게는 호의적이었다. 크로웰은 두 눈을 다쳤는데 한쪽 눈이 더 심했다. 마이어스 역시 눈 때문에 고생한 적이 있어서 크로웰을 좋아하는 것이 아닌가 싶었다. 마이어스는 자신의 아내에게조차 어느 말에 걸었는지를 말해 주지 않았다. 마이어스의 아내는 따기도 하고 잃기도 했지만, 대부분의 경우 돈을 잃는 편이었다. 그녀는 돈을 따든 잃든 언제나 수다를 떨었다.

우리 넷은 지붕 없는 마차를 타고 산 시로(San Siro, 밀라노 근교의 장애물 경마장)를 향해 달렸다. 날씨가 무척 화창했다. 공원을 지나고 전찻길을 따라 시내를 빠져나왔다. 이어서 흙먼지가 이는 교외 길로 접어들었다. 나무가 무성하게 웃자란 넓은 정원, 철책이 둘러쳐진 별장, 물이 졸졸 흐르는 도랑, 잎사귀에 먼지를 뒤집어쓴 푸른 채소밭 따위를 지나쳤다. 들판 너머로 농가와 관개 수로를 갖춘 풍요로운 농장이 보였고, 북쪽에 있는 산맥도 시야에 들어왔다.

경마장으로 가는 마차들이 무척 많았다. 우리는 군복 차림이었기 때문에 정문을 지키는 사람이 입장권을 확인하지도 않고 들여보내 줬다. 마차에서 내려 경마 일정표를 구입한 다음, 장내를 가로질러 푹신한 잔디밭으로 된 경주로를 지나서 대기소로 갔다. 특별관람석은 오래된 나무 구조물이었는데, 그 관람석 밑으로 마권 판매소가 마구간 가까이까지 한 줄로 늘어서 있었다. 장내 담장을 따라 군인들이 무리지어 있었다. 특별관람석엔 많은 사람들이 운집해 있었고, 기수들은 관람석 뒤쪽 나무 밑에서 경주마들이 원을 그리며 걷도록 시키고 있었다.

관중들 중에는 낯익은 사람들도 많았다. 우리는 퍼거슨과 캐서린의 자리를 잡아주고 나서 말들을 지켜보았다.

말들은 고개를 숙인 채 한 마리씩 차례로 기수들을 따라 돌고 있었다. 그 가운데 자줏빛이 도는 검정말이 있었는데, 크로웰은 염색을 시킨 게 분명하다고 했다. 그 말을 찬찬히 살펴보니 그럴 수도 있겠다는 생각이 들었다. 그 말은 안장을 얹으라는 신호가 울리기 바로 직전에 끌려 나왔다. 기수의 팔에 적힌 번호를 보고 경마 일정표에서 그 말을 찾아봤더니 '자팔라크'라는 이름의 거세된 검정말이었다. 이번 경마는 1천 리라가 넘는 우승 상금을 타본 적이 없는 말들이 출장하는 경주였다. 캐서린도 그 말이 염색한 게 분명하다고 했다. 퍼거슨은 잘 모르겠다고 했다. 나는 좀 의심스럽다고만 생각했다. 우리는 모두 그 말에 걸기로 하고 100리라를 모았다. 배당률 할당표를 보니 이 말의 배당률은 1 : 35로, 서른다섯 배나 되었다.

크로웰이 마권을 사러 간 사이, 우리는 기수들이 다시 한 번 말을 달려보고 나서 나무 아래를 지나 경주로로 나갔다가 출발 지점으로 서서히 몰고 가는 광경을 지켜보았다.

우리는 경마를 보기 위해 일반관람석으로 올라갔다. 그 당시 산 시로에는 자동식 출발 장치가 없었기 때문에 출발 신호원이 모든 말들을 한 줄로 세웠다. 경주로에서 한참 떨어진 높은 곳에서 보니 다들 아주 자그마해 보였다.

신호원들이 긴 채찍을 철썩 하고 휘둘러 말들을 출발시켰다. 검정말이 선두를 달리며 우리 앞을 지나갔고, 빈환점에선 일찌감치 다른 말들을 따돌렸다. 나는 망원경으로 멀리서 달리고 있는 그 말을 관찰했다. 기수는 말이 질주하는 속도를 제어하려 애썼지만 여의치 않았다. 반환점을 돌아 직선 코스로 접어들었을 때 그 검정말은 15마신(馬身, 말의 코끝에서 궁둥이까지의 길이)이나 앞서 있었다. 검정말은 결승점을 지나고 나서도 힘이 남아도는지 반환점까지 그대로 달려갔다.

"멋져요! 우린 3천 리라 이상을 받을 거 같아요. 굉장한 말인가 봐요."

캐서린이 외치다시피 말했다.

"배당금을 주기 전에 말의 염색이나 번지지 않으면 좋겠군."

크로웰이 말했다.

"정말 멋진 말이에요. 마이어스 씨도 이 말에 걸었을까요?"

캐서린은 계속 감탄하며 말했다.

"우승한 말에 걸었습니까?"

내가 큰 소리로 마이어스 씨에게 묻자, 그는 고개를 끄덕였다.

"난 아니에요. 우리 아가들은 어디에 거셨나?"

마이어스 부인이 말했다.

"자팔라크요."

"정말? 서른다섯 배인데!"

"그 말의 색깔이 맘에 들었어요."

"난 아니에요. 너무 초라해 보였거든. 그 말에 걸지 말라는 말도 들었고요."

"배당률은 그리 높지 않을걸."

마이어스가 말했다.

"배당표에 35 : 1로 나와 있는데요."

내가 대답했다.

"그렇게까지 돌아가지는 못할 거요. 마지막 순간에 사람들이 그 말에 돈을 많이 걸었거든."

마이어스가 말했다.

"누가요?"

"캠프턴 일당이지. 두고 보면 알 거요. 두 배 이상은 안 될걸."

"그럼 3천 리라를 못 받겠네요. 이런 사기 경마는 싫어요."

캐서린이 말했다.

"우린 200리라를 받을 거야."

"겨우 그걸 받는다고요? 그걸 갖고 뭘 하겠어요? 3천 리라를 딴다고 생각했는데."

"사기에다 역겨워!"

퍼거슨이 말했다.

"정말 그래. 사기니까 우리가 그 말에 걸도록 그냥 내버려뒀겠지. 그래도 3천 리라를 땄다면 좋았을 텐데."

캐서린이 말했다.

"내려가서 한잔 마시고 얼마를 배당하는지 봅시다."

크로웰이 말했다. 우리는 번호를 게시해 놓은 곳으로 내려갔다. 배당금을 준다는 신호음이 울리자, 우승한 자팔라크 뒤에 '18.50'이라고 적혀 있었다. 10리라를 걸었을 때 두 배도 채 안 된다는 뜻이었다.

우리는 특별관람석 아래에 있는 바에 내려가 위스키소다를 한 잔씩 마셨다. 안면이 있는 이탈리아인 두 명과 부영사인 맥애

덤스도 만났다. 우리가 여자들에게 돌아가자 그들도 따라왔다. 이탈리아 사람들은 매너가 아주 좋았다. 우리가 다시 돈을 걸려고 내려가 있는 동안 맥애덤스와 캐서린이 이야기를 나눴다. 마이어스 씨는 마권 판매기 근처에 서 있었다.

"저분이 어디에 걸었는지 물어보게."

내가 크로웰에게 말했다.

"어디에 거셨나요, 마이어스 씨?"

크로웰이 묻자, 마이어스 씨는 경마 일정표를 꺼내 들고 연필로 5번을 가리켰다.

"우리도 거기에 걸어도 될까요?"

크로웰이 물었다.

"그러시게. 하지만 이 번호를 알려줬다고 내 마누라한테는 말하지 말게나."

"한잔하시겠습니까?"

내가 물었다.

"아니, 난 술을 안 마셔."

우리는 5번이 우승한다는 데 100리라를 걸고, 3등 안에 든다는 데 100리라를 걸었다. 그런 다음 다시 위스키소다를 마셨다. 나는 기분이 아주 좋았다. 우리는 이탈리아 사람 두 명을 더 만나 그들과 술을 마셨다. 그리고 그들과 함께 여자들 있는 곳으로 돌아갔다. 이 사람들도 좀 전에 만났던 이탈리아인들만큼이나 매너가 좋았다. 잠시 후에는 아무도 앉아 있을 수가 없었다. 나는 캐서린에게 마권을 건넸다.

"어떤 말이에요?"

"모르겠소. 마이어스 씨가 찍어 준 말이오."

"이름도 모른다는 말이에요?"

"모르오. 일정표를 보면 알겠지. 5번일걸."

"감동적일 정도로 남의 말을 잘 듣는군요."

그녀가 말했다.

5번이 우승은 했지만 배당금은 쥐꼬리만 했다. 마이어스 씨는 화를 냈다.

"20리라를 따기 위해 200리라를 걸다니! 10리라의 배당금이 12리라라는 것이 말이 돼? 아내는 20리라를 잃었고."

"당신이랑 같이 아래로 내려갈래요."

캐서린이 내게 말했다. 이탈리아 사람들도 모두 자리에서 일어났다. 우리는 아래로 내려가 말 대기소로 갔다.

"이런 거 좋아해요?"

캐서린이 물었다.

"응, 그런 거 같소."

"나도 괜찮아요. 그래도 사람들을 이렇게 많이 만나는 건 좀 힘드네요."

"그렇게 많은 것도 아닌데."

"그래요? 그래도 마이어스 씨 부부나, 부인과 딸을 데려온 은행원이니 하는 사람들은……."

"내 일람불 환어음을 현금으로 바꿔주는 사람이오."

"그렇군요. 그 사람이 안 해주면 다른 사람이 해주겠죠. 나중에 만난 네 남자는 정말 형편없는 사람들이던데요."

"그럼 우리는 이곳에 남아서 경주를 보죠."

"그게 좋겠네요. 그리고 우리 이번에는 이름도 들어본 적 없고 마이어스 씨도 걸지 않는 말에 한번 걸어 봐요."

"좋아요. 그렇게 하죠."

우리는 '라이트포미(나의 빛)'라는 말에 걸었는데, 그 말은 다섯 마리가 뛰는 경주에서 4등을 했다. 담장에 몸을 기대고서 말들이 발굽 소리를 요란하게 내며 질주하는 것을 지켜보았다. 저 멀리 산들이 보였고, 나무와 경기장 너머로 밀라노 시내가 눈에 들어왔다.

"기분이 훨씬 상쾌해지네요."

캐서린이 말했다. 말들이 땀으로 흠뻑 젖은 채 정문을 통과해 돌아오고 있었다. 기수들은 말들을 진정시키면서 타고 가다가 나무 밑에서 내렸다.

"한잔하실래요? 여기에서는 마시면서 경마를 구경할 수 있겠네요."

"내가 가져오겠소."

내가 말했다.

"보이들이 가져다 줄 거예요."

캐서린이 말했다. 그녀가 손을 들자 마구간 옆 파고다 바의 보이가 왔다. 우리는 철제로 된 둥근 테이블에 앉았다.

"우리 둘만 있는 게 더 낫지 않아요?"

"그럼요."

내가 말했다.

"사람들이 많이 모여 있을 땐 외로움이 느껴져요."

"이 자리는 좋지 않아요?"

내가 말했다.

"네, 정말 아름다운 경주로예요."

"근사하네요."

"당신 기분을 망칠 생각은 없어요. 언제든 당신이 원하면 저 위로 돌아갈게요."

"아니요. 여기서 우리끼리 마셔요. 그런 다음 더 아래로 내려가서 물웅덩이 장애물 경마를 구경하도록 해요."

내가 말했다.

"당신은 나에게 정말 잘해 주는군요."

그녀가 말했다. 얼마 동안 둘만의 시간을 가진 뒤에 우리는 다시 즐거운 마음으로 다른 사람들이 있는 곳으로 갔다. 그리고 멋진 시간을 보냈다.

21

9월이 되자 공기가 차가워지면서 밤이 되면 제법 서늘했다. 이어서 한낮에도 조금씩 쌀쌀해지더니 어느새 공원의 나뭇잎들에 단풍이 들기 시작했다. 우리는 여름이 다 간 것을 실감했다. 전선의 상황은 아주 불리하게 돌아가고 있었다. 아군은 산 가브리엘레를 점령하지 못했다. 바인시차 고원 전투는 끝났고, 9월 중순쯤이면 산 가브리엘레 전투도 끝날 예정이었다. 이탈리아군은 그곳을 점령할 수 없었다. 에토레는 전선으로 돌아갔다. 경마장의 말들은 로마로 옮겨가는 바람에 이제 경마도 열리지 않았다. 크로웰은 먼저 로마로 후송되었다가 미국으로 송환될 것이었다. 밀라노 시내에서는 반전 시위가 두 차례 벌어졌고, 토리노에서도 심각한 폭동이 일어났다. 클럽에서 만난 영국인 소령은 바인시차 고원 전투와 산 가브리엘레 전투에서 이탈리아군 15만 명이 목숨을 잃었고, 카르소 전투에서도 4만 명의 손실을 입었다고 말해주었다. 그는 같이 술을 마시는 내내 쉬지 않고 지껄여댔다. '이곳 남부 지역의 전투도 올해는 끝났다.'고 하면서, 이탈리아군이 감당하지 못할 시도를 했다고도 했다. 플랑드르 전선의 공격도 불리하게 돌아가고 있다면서, 올가을처럼 전사자가 많이 발생한다면 연합군은 일 년 뒤에 무너지고 말 거라고도 했다. 우리는 이미 지칠 대로 지쳐 있지만 그 사실을 모르는 한 우리는 괜찮다고도 했다. '실제로 우리 모두는 끝장났어. 중요한 건 그런 사실을 모르는 척하면서 외면하는 거지. 역설적이지만 자신들이 끝장났다는 것을 인정하지 않는 국가는 마침내 승리를 거둘지도 모르거든.' 소령이 잠시 말을 멈추었고, 우리는 한 잔 더 마셨다. '내가 어느 부대의 참모였냐고? 나는 누구의 참모도 아니야.' 그는 참모였지만 모든 게 헛소리라고 말했다. 클럽엔 우리만 남아 있었다. 우리는 큰 가죽 소파에 몸을 깊숙이 파묻고 앉았다. 무광택 가죽으로 만든 그의 장화는 말끔하게 닦여 있었다. 근사한 장화였다. 그는 모든 게 바보 같은 짓이라고 했다. '군 당국은 사단의 숫자나 병력의 관점에서만 생각하지. 사단이 어떠니 하면서 실랑이를 하다가 막상 사단 병력을 확보하면 전선에 내보내서 몰살시킨다고. 독일군은 승리를 거두었지. 그들은 틀림없이 제대로 된 군인이니까. 옛 훈족의 후예인 독일군은 강인한 전사거든. 하지만 끝장난 것은 그들도 마찬가지야. 우리 모두가 끝장났으니까.' 이렇게 말하는 소령에게 나는 러시아군에 대해 물었다. 소령은 러시아군도 진작 끝장났다고 했다. 그러면서 '그들이 끝장났다는 걸 자네도 곧 알게 될 거야. 뿐만 아니라 오스트리아군도 끝장났지. 독일군 몇 개 사단을 지원받는다면 전쟁을 계속할 수는 있겠지만.'이라고 말했다. 나는 '오스트리아군이 올가을에 공격해 올까요?'라고 물었다. 소령이 '물론이지.

이탈리아군도 끝장났네. 그 사실은 산천초목도 알고 있지. 훈족의 후예가 트렌티노를 돌파하고 비첸차의 철도를 차단하면 이탈리아군이 어디로 가겠나?'라고 말하기에, 나는 '1916년에도 그런 작전을 펼쳤지요.'라고 끼어들었다. 그러자 소령이 '그렇지만 독일군과 함께하지는 않았어.'라고 말했고, 나는 독일군도 있었다고 대꾸했다. 소령은 '하지만 그런 작전은 아마도 안 쓰겠지. 너무 단순하고 뻔하니까. 뭔가 복잡한 작전을 벌이면서 잘난 척하다가 독일군도 아주 끝장나 버릴 거야.'라고 자기 생각을 고집스럽게 말했다.

"이만 가봐야겠습니다."

내가 말했다. 병원으로 돌아가야 했다.

"잘 가게. 모든 행운이 함께하길 빌겠소!"

그가 쾌활하게 말했다. 그의 비관적인 세계관과 개인적인 쾌활함은 무척이나 대조적이었다.

나는 이발관에 들러 면도를 한 다음 내 안식처인 병원으로 돌아왔다. 내 다리는 이제 오래 서 있을 수도 있고 지팡이 없이도 잘 걸을 수 있을 만큼 회복되어 있었다. 사흘 전에 검사를 받으러 오스페달레 마조레 병원에 다녀왔다. 하지만 그 병원에서의 치료 과정이 끝나려면 받아야 할 처치가 몇 가지 더 있었다.

나는 절뚝거리지 않으려고 애쓰면서 이면 도로에서 걷는 연습을 했다. 어떤 노인이 아케이드 아래에서 얼굴 실루엣 뜨기를 하고 있었다. 나는 멈춰 서서 그 모습을 지켜보았다. 아가씨 둘이서 자세를 취하고 있었고, 그는 고개를 갸우뚱 기울인 채 그녀들을 바라보면서 아주 빠른 솜씨로 실루엣을 만들어 잘랐다. 아가씨들은 깔깔거리며 웃었다. 노인은 오려낸 얼굴 실루엣을 흰 종이에 붙이더니, 아가씨들에게 건네기 전에 내게 먼저 보여주었다.

"멋지죠? 중위님도 하나 만들어 드릴까요?"

노인이 말했다. 아가씨들은 자신들의 실루엣을 들여다보고 재미있다는 듯이 웃음을 터뜨리면서 멀어져 갔다. 예쁜 아가씨들이었다. 그중 한 명은 병원 건너편 와인 바에서 일하는 아가씨였다.

"좋아요. 한번 해보죠."

내가 말했다.

"모자를 벗으세요."

"아뇨, 쓴 채로 해줘요."

"그러면 멋지게 나오지 않을 텐데. 하긴 모자를 쓰는 것이 더 군인답기는 하겠네요."

노인은 밝게 말한 다음 가위로 검은 종이를 오려냈다. 두껍게 오려진 종이 두 장을 서로 떼어내더니 실루엣을 판지 위에 물로 붙여 내게 건넸다.

"얼마입니까?"

"됐습니다. 그냥 해드리는 겁니다."

그가 손사래를 쳤다.

"받으세요. 미안하잖아요."

나는 동전을 몇 개 꺼냈다.

"아닙니다. 실루엣은 그저 심심풀이로 만들어본 겁니다. 애인한테 주십시오."

"정말 감사합니다. 또 만나요."

"안녕히 가세요."

나는 병원으로 갔다. 편지가 몇 통 와 있었는데 공문서 한 통과 다른 것들도 있었다. 공문서는 요양 휴가를 3주 동안 가진 뒤에 전선으로 복귀하라는 내용이었다. 나는 주의 깊게 읽었다. 음, 그렇게 되었군. 요양 휴가는 치료 과정이 끝나는 10월 4일부터 시작되었다. 3주면 21일이다. 휴가를 마치고 돌아오면 10월 25일이 된다. 나는 외출하겠다고 병원 직원들에게 말한 다음 병원에서 좀 떨어진 식당으로 갔다. 저녁을 먹으면서 내게 온 편지와 〈코리에레 델라 세라(Corriere della Sera, 이탈리아 밀라노에서 발행되는 일간지)〉를 읽었다. 할아버지에게서 온 편지도 있었다. 가족들 소식과 애국적인 격려 말씀, 200달러의 송금 수표, 그리고 스크랩한 기사 몇 개가 들어 있었다. 고리치아 장교 식당에 있는 신부가 쓴 무덤덤한 편지 한 통, 프랑스군 비행 조종사가 된 친구의 편지도 한 통 있었다. 그는 어쩌다가 거친 무리들과 어울리게 되었는데, 그들과 잘 지내고 있다고 했다. 리날디가 보낸 짧은 편지도 있었다. 그는 내가 언제까지 밀라노에서 농땡이를 부릴 것인지, 새로운 소식은 없는지를 궁금해 했다. 그러면서 내게 레코드판 몇 개를 사오라며 목록을 동봉했다. 나는 식사를 하면서 작은 키안티(Chianti, 이탈리아 토스카나 지방 특산의 와인. 병을 밀짚으로 싸는 것이 특징) 와인 한 병을 마셨다. 그리고 나서 커피와 함께 코냑도 한 잔 했다. 신문을 다 읽고 나서 편지들은 호주머니에 집어넣고 신문은 팁과 함께 테이블 위에 놓고 나왔다. 병원으로 돌아와 내 병실에서 외출복을 벗고 잠옷으로 갈아입었다. 발코니로 통하는 문의 기튼을 내리고 침대에 앉아서, 마이어스 부인이 병원에 있는 군인 환자들을 위해 놓고 간 신문

더미에서 가져온 보스턴 신문을 읽었다. 아메리칸 리그 우승기는 시카고의 '화이트삭스'가 가져갔고, 뉴욕 '자이언츠'가 내셔널 리그의 선두를 지키고 있었다. 베이브 루스가 보스턴에서 투수로 뛰고 있었다. 신문의 논조는 지루했고, 기사는 온통 진부한 지역 사건을 다루었으며, 전쟁 뉴스는 모두 오래된 것들이었다. 미국 뉴스는 온통 신병 훈련소에 관한 것뿐이었다. 내가 그곳의 훈련병이 아닌 것이 천만다행이었다. 읽을 만한 거라고는 야구 기사밖에 없는데 정작 나는 야구 경기에 관심이 없었다. 여러 신문들이 한자리에 너절하게 모여 있어서 도무지 흥미를 느끼며 읽을 수가 없었다. 이미 시간이 지난 것들이었지만 그래도 나는 한참 동안 읽었다. 미국이 진짜 참전을 할 건지, 메이저 리그를 중단할 건지가 궁금했다. 십중팔구 메이저 리그를 중단하지는 못할 거다. 밀라노에서도 경마가 계속되고 있었지만 그것 때문에 전쟁 상황이 더 나빠지지는 않았으니까 문제 삼을 일도 아니었다. 프랑스에서는 경마를 금지시켰다. 자팔라크는 말도 프랑스에서 건너왔다.

캐서린은 9시부터 일하게 되어 있었다. 그녀가 야간 근무를 하러 왔을 때, 나는 복도를 지나가는 그녀의 발걸음 소리를 들었고, 한번은 홀을 지나가는 모습을 보기도 했다. 그녀는 여러 병실을 돌아다니고 나서야 마침내 나에게 왔다.

"늦었어요, 달링. 할 일이 많았어요. 좀 어때요?"

그녀가 말했다.

난 공문과 휴가에 대해 그녀에게 말해 줬다.

"잘됐군요. 어디로 가고 싶어요?"

그녀가 말했다.

"아무 데도. 난 그냥 여기 있고 싶소."

"바보 같은 소리. 갈 곳을 고르세요. 나도 따라갈게요."

"어떻게요? 그럴 수 있어요?"

"지금은 몰라요. 하지만 따라갈 거예요."

"당신, 정말 대단해요."

"그렇지 않아요. 잃을 것이 아무것도 없으면 인생은 살아나가 기가 그리 힘들지 않으니까요."

"무슨 뜻이에요?"

"아무 뜻도 없어요. 예전에 무척이나 크게 느껴지던 것들이 때로는 하찮게 보이기도 한다는 뜻이에요."

"그래도 인생은 만만치 않아요. 휴가내기가 어려울 거라고 생각했소."

"그렇지 않아요, 달링. 필요하다면 그만두지요, 뭐. 하지만 그렇게 되지는 않을 거예요."

"어디로 갈까요?"

"전 아무 데고 상관없어요. 당신이 원하는 곳이라면 어디든지. 또 아는 사람이 없는 곳이라면 어디든지."

"어딜 가든 상관없소?"

"네, 전 어디든 좋아요."

그녀는 뭔가 속상한 일이 있는 듯도 했고, 신경이 날카로워진 것 같기도 했다.

"캐서린, 무슨 일 있어요?"

"아무 일도요. 아무 일도 없어요."

"아니, 좀 이상해요."

"없어요. 정말이에요."

"뭔가 있어요. 말해 봐요. 내겐 말할 수 있잖소."

"아무것도 아니라니까요."

"어서 얘기해 봐요."

"말하고 싶지 않아요. 당신이 기분 나빠하거나 걱정이라도 할까봐서요."

"아니, 그렇지 않을 거요."

"정말이죠? 난 괜찮지만, 당신이 걱정할까봐 두려워요."

"당신이 괜찮다면 나도 괜찮아요."

"그래도 말 안 할래요."

"어서 얘기해 봐요."

"꼭 해야 돼요?"

"물론."

"아기가 생겼어요. 달링, 3개월쯤 됐어요. 걱정하는 것 아니죠? 그렇죠? 제발, 제발 걱정하지 말아요. 걱정하면 안 돼요."

"알았소."

"괜찮아요?"

"물론이죠."

"할 수 있는 건 다 해봤어요. 모든 방법을 다 써봤는데 소용없었어요."

"난 걱정 안 해요."

"어쩔 수가 없었어요. 달링, 하지만 난 괜찮아요. 당신도 걱정하거나 당황하면 안 돼요."

"당신이 걱정될 뿐이오."

"바로 그게 문제예요. 그런 걱정은 하지 말아요. 누구나 아이를 가질 수 있고, 누구나 임신을 해요. 그건 자연스러운 거예요."

"당신, 정말 대단해요."

"아니, 그렇지 않아요. 하지만 절대 걱정하지 말아요. 당신을 힘들게 하지 않도록 노력할게요. 달링, 지금 힘들게 했다는 거 알아요. 그래도 지금까진 착한 여자였잖아요? 당신은 줄곧 아무것도 몰랐죠?"

"그랬어요."

"앞으로도 그렇게 행동하면 돼요. 그냥 걱정 안 하면 되는 거예요. 하지만 당신이 걱정하는 게 보여요. 제발, 제발 그러지 말아요. 술 한잔할래요? 달링, 술이 당신 기분을 좋게 만든다는 거 알아요."

"아니, 지금도 기분 좋소. 당신은 정말 굉장해요."

"아니에요. 당신이 갈 곳을 정하면 당신과 함께 있을 수 있도록 모든 상황을 조절할게요. 10월이면 날씨가 정말 좋을 거예요. 우린 멋진 시간을 보낼 거고요. 당신이 전선으로 복귀하면 날마다 편지도 쓸 거예요."

"내가 귀대하면 당신은 어디에 있을 거요?"

"아직은 몰라요. 하지만 좋은 곳으로 가야죠. 그런 곳을 찾아볼게요."

우리는 한참 동안 조용히 앉아서 아무 말도 하지 않았다. 캐서린은 침대에 걸터앉아 있었고 나는 그녀를 바라보고 있었지만 둘 중 누구도 서로의 몸에 손을 대지 않았다. 누군가가 방에 불쑥 들어오는 바람에 어색하게 마주 앉은 사람들처럼 우리는 그렇게 멀어져 있었다. 그녀가 손을 내밀어 내 손을 잡았다.

"화나지 않았죠, 달링?"

"아니."

"덫에 걸린 것 같은 기분도 아니죠?"

"약간. 하지만 당신 때문은 아니요."

"내가 당신을 덫에 빠뜨렸다는 뜻이 아니에요. 그런 바보 같은 소리는 하지 말아요. 그저 막연하게 덫에 걸린 것 같은 기분이냐는 거죠."

"언제나 생물적 덫에 걸린 것 같은 기분이 들어요."

그녀는 손을 젓지도 않고 손을 빼지도 않았지만 그녀의 마음은 다른 생각을 하느라 아주 멀리 가 있는 듯했다.

"'언제나'라는 말은 듣기 좋은 말이 아니군요."

"미안하오."

"괜찮아요. 난 아기를 가져본 적도 없고, 누군가를 사랑해본 적도 없다는 것 알잖아요. 나는 당신이 원하는 사람이 되려고 노력해 왔는데 당신은 '언제나'라고 말하네요."

"내 혓바닥을 잘라 버리고 싶소."

내가 말했다.

"당신도 참! 내 말에 신경 쓸 거 없어요. 우린 예전과 같아요. 우리는 정말로 한 몸이니까 일부러 오해를 해서는 안 돼요."

그녀의 넋 나갔던 정신이 다시 제자리로 돌아온 것 같았다. 우리 둘은 다시 하나가 되었고, 어색한 분위기도 사라졌다.

"그러지 않을 거요."

"하지만 다들 그래요. 서로 사랑하다가 일부러 오해해서 싸우고, 갑자기 다른 사람들이 된 것처럼 서먹서먹해지지요."

"우린 안 그럴 거요."

"우린 그러면 안 돼요. 이 세상에서 우리 둘만 같은 편이고, 나머지는 모두 남이기 때문이죠. 우리 사이에 틈이 생기면 우리는 끝장이고, 세상은 우리를 마음대로 쥐고 흔들 거예요."

"그렇게는 못할 거요. 당신이 아주 용감하니까요. 용감한 사람에게는 아무 일도 일어나지 않아요."

내가 말했다.

"용감한 사람들도 죽긴 하지요."

"하지만 한 번뿐이요."

"무슨 소린지 모르겠어요. 누가 한 말이죠?"

"비겁한 자는 1천 번을 죽고, 용감한 자는 딱 한 번만 죽는다는 말?"

"네. 누가 그런 말을 했어요?"

"나도 모르겠소."

"그 말을 한 사람은 분명 비겁한 인간이었을 거예요. 그 사람은 겁쟁이에 대해서는 아는 게 많은데 용감한 사람에 대해서는 잘 모르는 것 같아요. 용감하고 총명한 사람이라면 2천 번은 죽을 거예요. 단지 그 무수한 죽음을 말하지 않을 뿐이지요."

그녀가 말했다.

"난 잘 모르겠소. 용감한 사람들 머릿속을 들여다보는 것은 쉽지 않을 테니까요."

"그래요, 바로 그런 식으로 용감한 사람은 머릿속 생각을 감추지요."

"당신은 그 방면의 권위자 같아요."

"맞아요, 달링. 난 그런 말을 들을 만해요."

"당신은 용감하오."

"아니에요. 그렇게 되고 싶은 것뿐이에요."

그녀가 말했다.

"나는 용감한 사람이 아니요. 난 내가 어떤 사람인지 잘 알거든. 오랜 시간을 전쟁터에서 보내다 보니 충분히 알게 되었지요. 난 타율이 2할 3푼이지만, 더 이상 나아질 것이 없다는 사실을 아는 야구 선수 같아요."

내가 말했다.

"타율이 2할 3푼인 야구 선수가 뭐예요? 근사한데요."

"아니요. 야구에서는 성적이 그저 그런 타자를 말하는 거요."

"그래도 타자는 타자잖아요."

그녀가 나를 살짝 치켜세웠다.

"우리 둘 다 너무 자만하는 거 아니오? 당신은 용감한 사람인 게 맞지만요."

내가 말했다.

"아니에요. 하지만 용감해지고 싶어요."

"우리 둘 다 용감하오. 난 술을 마시면 굉장히 용감해지죠."

"우린 대단한 사람들이에요."

캐서린이 말했다. 그녀는 옷장으로 가더니 코냑 병과 유리잔을 가져왔다.

"한잔하세요, 달링. 당신, 오늘 근사했어요."

그녀가 말했다.

"지금은 마시고 싶지 않은데요."

"한 잔만요."

"그러죠."

나는 코냑을 3분의 1 정도 따라 단숨에 마셔 버렸다.

"너무 많이 마시는군요. 브랜디가 영웅들의 술이라는 건 알지만, 과하게 마시지는 말아요."

그녀가 말했다.

"전쟁이 끝나면 우리 어디서 지낼까요?"

"아마도 노인이 되어 양로원에 가서 살겠죠. 지난 3년 동안 나는 어린아이처럼 전쟁이 크리스마스에 끝났으면 하고 기대했어요. 그런데 지금은 우리 아들이 소령이 될 때쯤에야 끝날지 모르겠다는 생각이 드네요."

그녀가 말했다.

"어쩌면 장군으로 진급해서 사령관이 될지도 모르죠."

"이 전쟁이 백년 전쟁이 된다면 우리 아들은 그 두 가지를 다 할 수 있겠군요."

"한잔 마시겠소?"

"아니요. 술을 마시면 당신은 기분이 좋아지지만, 나는 술을 마시면 어지러워요."

"브랜디를 마셔본 적이 없소?"

"없어요. 난 아주 구식 마누라이지요."

나는 손을 뻗어 바닥에 놓인 술병을 집어 들고서 한 잔을 더 따랐다.

"가서 당신 전우들을 한 번 살펴봐야겠어요. 내가 돌아올 때까지 신문이라도 보고 있어요."

캐서린이 말했다.

"꼭 가야 해요?"

"지금 갈까요, 나중에 갈까요?"

"좋소, 그럼 지금 다녀와요."

"잠시 후 올게요."

"그동안 난 신문이나 마저 읽을게요."

내가 말했다.

# 22

그날 밤 날씨가 추워지더니 다음 날엔 비가 내렸다. 오스페달레 마조레 병원에서 돌아오는 길에 비가 억수같이 쏟아져 미국 병원에 들어섰을 땐 흠뻑 젖어 있었다. 내 병실 발코니에도 비바람이 몰아쳐 유리문을 거세게 때렸다. 환자복으로 갈아입고 브랜디를 약간 마셨지만 술맛이 그리 좋지 않았다. 밤중에는 몸 상태가 몹시 불편했다. 다음 날 아침 식사를 하는데 속이 메스껍더니 구역질이 올라왔다.

"의심의 여지가 없네. 간호사, 눈 흰자위를 좀 봐요."

미국 병원 의사가 말했다.

게이지 양이 들여다봤다. 거울을 들어서 내게도 보여주었다. 눈의 흰자위가 노랬다. 황달이었다. 나는 황달로 2주간을 앓았다. 그래서 우린 요양 휴가를 함께 떠나지 못했다. 우리는 라고 마조레(Lago maggiore, 북부 이탈리아의 마조레 호수)에 있는 팔란차에 갈 계획을 세워놓았다. 단풍이 물드는 가을이면 그곳은 날씨가 좋고 풍경이 무척 아름다웠다. 산책로도 있고, 호수에서는 송어 낚시를 할 수도 있었다. 팔란차는 인구가 적어서 스트레사(Stresa, 이탈리아 북서부에 있는 도시)보다 지내기도 한결 좋을 것이었다. 스트레사는 밀라노에서 가기가 쉬워 사람들이 많이 몰려들어서, 그곳에 가면 항상 아는 사람들을 만났다. 팔란차에는 근사한 마을이 있고, 어부들이 사는 섬들까지 노를 젓는 배를 타고 갈 수도 있었다. 가장 큰 섬에는 식당도 있었다. 그러나 우리는 그곳에 가지 못했다.

황달로 침대에 누워 있던 어느 날 반 캄펀 양이 병실로 들어와서 옷장 문을 열더니 빈 병들을 찾아냈다. 내가 그전에 수위를 시켜 술병 한 무더기를 아래층으로 내려 보냈는데, 반 캄펀이 그 광경을 보고서 술이 더 남아 있으리라 생각하고 올라온 것이었다. 대부분이 베르무트 병이었고, 마르살라 병, 카프리 병, 비어 있는 키안티 병, 두서너 개의 코냑 병 등이 있었다. 수위가 베르무트가 들어 있던 큰 병과 짚으로 싼 키안티 병들을 밖으로 내갔기에, 마지막으로 치우려던 브랜디 병들이 남아 있었다. 반 캄펀은 이 브랜디 병들과 퀴멜(kümmel, 캐러웨이 열매를 알코올에 담가 당분을 가한 향미가 강한 무색의 술)이 담겨 있는 곰 모양의 병을 찾아냈다. 그녀는 특히 이 곰 모양의 술병을 보고서 벌컥 화를 냈다. 그녀가 그 병을 들어 올리자 엉덩이로 앉아서 앞발을 들어 올린 곰의 모습이 드러났다. 유리로 된 곰의 머리에는 코르크 마개가 박혀 있고 바닥엔 끈적끈적한 술이 좀 남아 있었다. 나는 웃음이 났다.

"퀴멜이에요. 최고급 퀴멜은 곰 모양 병으로 나오죠. 러시아산입니다."

내가 말했다.

"이것들은 다 브랜디 병이네요, 그렇죠?"

반 캄펜이 물었다.

"잘 보이지는 않지만, 아마 그럴 겁니다."

"얼마나 오랫동안 이렇게 마셨나요?"

"내가 직접 사다놓은 것들입니다. 이탈리아 장교들이 자주 찾아오는데 그분들에게 대접하려고요."

"중위님은 안 마셨나요?"

"나도 마셨죠."

"브랜디라니……. 빈 브랜디 병이 열한 개에다 곰처럼 생긴 술병까지……."

"퀴멜이에요."

"사람을 불러 치우도록 하죠. 술은 저 빈 병들이 전부인가요?"

"지금은요."

"이런 것도 모르고 황달에 걸린 중위님을 안됐다고 생각한 것이 어이없네요."

"걱정까지 하다니, 고맙군요."

"전선 복귀를 피하려 한다는 이유로 중위님을 비난할 수는 없겠지요. 하지만 알코올 중독으로 황달에 걸리는 것보다는 뭔가 더 괜찮은 방법이 있지 않았을까 싶네요."

"무슨 중독이라고요?"

"알코올 중독이요. 분명히 들으셨을 텐데요."

나는 아무 말도 하지 않았다.

"중위님이 뭔가 다른 도피 수단을 찾지 않는다면 황달이 낫는 대로 전선으로 복귀해야 할 것 같네요. 일부러 황달에 걸리고서 요양 휴가를 얻을 수는 없어요."

"그렇게 생각합니까?"

"네."

"황달에 걸려본 적 있나요, 미스 반 캄펀?"

"없어요. 하지만 그런 환자들은 많이 봤어요."

"환자들이 황달에 걸려 기뻐 날뛰는 걸 봤다는 말인가요?"

"전선 복귀보다는 나을 테니까요."

"미스 반 캄펀, 자신의 음낭을 걷어차서 불구가 되려고 하는 사람을 본 적 있나요?"

반 캄펀은 이 고약한 질문을 무시했다. 그녀로서는 그 질문을 무시하거나 그 방에서 나가야 했는데, 아직 나갈 준비가 되지 않은 모양이었다. 그녀는 오랫동안 나를 싫어했기 때문에 지금이야말로 그 증오심을 풀어 버릴 때라고 생각했는지도 모른다.

"전선 복귀를 피하려고 자해한 사람들을 많이 알고 있어요."

"내 질문은 그게 아니에요. 나도 스스로 부상을 자초한 사람들을 본 적 있어요. 내 질문은 음낭을 차서 불구가 되려고 한 사람을 아느냐는 겁니다. 그게 황달의 고통이랑 가장 비슷한데, 여자들이 이런 기분을 경험하는 경우는 거의 없을 테니까요. 그래서 황달에 걸려본 적이 있느냐고 물어본 겁니다. 미스 반 캄펀, 왜냐하면……."

반 캄펀은 말이 끝나기도 전에 방에서 나가 버렸다. 잠시 후 게이지 양이 병실로 들어왔다.

"반 캄펀에게 뭐라고 한 거예요? 화가 머리끝까지 났던데요."

"자해의 증세를 비교하고 있었어요. 그녀가 경험해 보지 못한 출산의 경험이 황달과 비슷한 느낌일 거라고 말하려던 참이었는데……."

"어리석은 짓을 했군요. 그녀는 보복하려고 단단히 벼르고 있을 거예요."

"이미 보복했어요. 휴가를 갖지 못하게 하고, 어쩌면 나를 군법정에 세우려 할지도 몰라요. 참으로 심술궂고 졸렬해요."

"처음부터 중위님을 싫어했지요. 그런데 이번엔 무슨 일로 그런 거예요?"

"내가 전선 복귀를 피하려고 일부러 술을 마셔서 황달에 걸렸다는 거예요."

"후훗! 중위님은 술을 입에도 대지 않았다고 증언해 드릴게요. 다른 사람들도 그렇게 증언하겠다고 나설 거예요."

게이지가 웃으며 말했다.

"하지만 술병들을 들켰어요."

"그러게 술병들 좀 치우라고 수백 번도 넘게 말씀드렸잖아요. 병들은 지금 어디에 있어요?"

"옷장 안에."

"여행 가방 있어요?"

"아니, 저 배낭에 넣어줘요."

게이지 양은 술병들을 배낭 안에 넣었다.

"수위에게 맡길게요."

게이지 양이 그렇게 말하고서 문 쪽으로 가려던 참이었다.

"잠깐!"

그때 반 캄펀이 갑자기 나타나 말했다.

"이 병들은 내가 증거품으로 가지고 가겠어."

반 캄펀은 수위를 대동하고 있었다.

"이것들을 옮겨주세요. 보고서를 작성할 때 군의관에게 보여 줄 거야."

반 캄펀이 말했다.

반 캄펀은 복도로 나갔다. 수위가 배낭을 들고 갔는데, 그도 안에 무엇이 들어 있는지 잘 알고 있었다.

휴가를 박탈당한 것 외엔 아무 일도 일어나지 않았다.

23

전선으로 복귀하는 날 밤, 토리노에서 들어오는 기차의 좌석 하나를 잡아달라고 수위를 밀라노 역으로 보냈다. 토리노에서 정비를 한 후 군용 열차로 편성되는 기차는 10시 30분쯤부터 밀라노 역에 머물다가 자정에 출발할 예정이었다. 군용 열차이므로 무료였으나 좌석을 잡으려면 미리 역에 나가 기차가 들어오기를 기다려야 했다. 수위는 양복점에서 일하다가 입대하여 기관총 사수로 복무하던 중 휴가를 나와 있던 친구 하나를 데려갔다. 둘이서 좌석 하나는 잡아놓을 수 있을 거라고 생각한 것이다. 그들에게 승강장 입장권 살 돈을 주고 내 짐도 함께 가져가게 했다. 큰 배낭 하나와 작은 잡낭 두 개였다.

오후 다섯 시쯤 작별 인사를 하고 병원에서 나왔다. 수위는 내 짐을 이미 수위실에 갖다 두었다. 나는 그에게 자정 조금 전까지 역으로 가겠다고 했다. 그의 아내는 나를 '선생님'이라고 부르면서 울었다. 그녀는 그렁그렁한 눈물을 닦고 악수를 하더니 다시 울었다. 그녀의 등을 부드럽게 토닥여주었더니 또다시 울었다. 그녀는 아주 작고 땅딸막한 체구에 행복한 표정을 지닌 여자로 내 옷가지를 수선해 주곤 했다. 머리가 하얗게 센 그녀가 울 때면 얼굴이 온통 주름투성이가 되었다.

나는 길모퉁이에 있는 와인 바 안에서 창밖을 내다보며 캐서린을 기다렸다. 밖은 어둡고 추운데다 안개까지 자욱했다. 나는 주문한 커피와 그라파 값을 계산한 후 창가에 비치는 불빛으로 거리를 지나가는 사람들을 살펴보았다. 잠시 후 캐서린의 모습이 보이자 나는 창문을 두드렸다. 그녀는 나를 보더니 미소를 지었다. 나는 자리에서 일어나 그녀를 맞았다. 그녀는 군청색 망토 차림에 부드러운 펠트 모자를 쓰고 있었다. 우리는 함께 걸었다. 인도를 따라 군데군데 들어선 와인 바를 지난 다음 시장 광장을 가로질러서 거리 위쪽으로 올라갔다. 이어서 아치 길을 통과하여 대성당 광장까지 걸었다. 전차 선로가 있었고 그 너머에 성당이 있었다. 성당은 안개에 젖어 희뿌옇게 보였다. 전차 선로를 건너가자 창문에 불을 밝힌 상점들이 즐비했고 갤러리아 입구가 보였다. 대성당 광장엔 안개가 자욱했다. 성당 앞으로 가까이 가니 석조 건물이 엄청나게 거대해 보였다. 바닥이며 벽면의 돌들은 축축하게 젖어 있었다.

"성당 안으로 들어가 보겠소?"

"아니요."

캐서린이 대답했다. 우리는 계속 걸었다. 우리는 돌 버팀벽 그림자 밑에 함께 서 있는 한 병사와 여자 곁을 지나쳤다. 그들은 버팀벽에 바싹 붙어 서 있었는데, 병사가 자신의 망토로 여자를 감싸고 있었다.

"우리 같은 사람들이군요."

내가 말했다.

"아무도 우리와 같지 않아요."

캐서린이 대꾸했다. 그리 행복하게 느껴지는 말투는 아니었다.

"저 사람들도 어디 아늑한 곳으로 가면 좋을 텐데."

"그래도 나아질 건 없을 거예요."

"글쎄, 누구든 갈 곳은 있어야지요."

"대성당이 있잖아요."

캐서린이 말했다. 우리는 대성당을 지나 광장 끝까지 가서 성당을 뒤돌아보았다. 안개 속에 묻힌 성당은 무척 아름다웠다. 우리는 가죽 제품을 취급하는 상점 앞에 잠시 서서 진열장을 들여다보았다. 승마용 장화, 배낭, 스카 장화가 진열되어 있었다. 전시된 제품인 만큼 물건들은 일정한 간격을 두고 놓여 있었다. 배낭은 가운데에, 승마 장화는 한쪽 끝에, 스카 장화는 반대쪽 끝에 떨어져 있었다. 검은색 가죽은 기름을 발라 길들인 안장처럼 색이 진하고 반들반들했다. 무광택 가죽에 기름칠을 한 제품들이 불빛 아래서 더욱 반짝거렸다.

"우리도 언제 스키를 한번 타러 가요."

"두 달 후면 뮈렌에서 스키장을 개장할 거예요."

"그럼 그곳으로 가요."

"좋아요."

그녀가 대답했다. 우리는 다른 진열장들을 지나쳐서 방향을 틀어 골목길로 접어들었다.

"이 길로는 와본 적이 없는 것 같아요."

"마조레 병원에 갈 때 다니던 길이오."

내가 말했다. 좁은 골목길이라 우리는 오른쪽에 바짝 붙어서 걸었다. 안개 속을 오고가는 사람들이 많았다. 거리에 즐비한 상점 진열장마다 불이 켜져 있었다. 우리는 치즈가 쌓여 있는 진열장을 구경했다. 조금 더 걷다가, 나는 무기 판매점 앞에서 걸음을 멈췄다.

"잠시 들어가 봐요. 총을 하나 사야 하오."

"어떤 총이요?"

"권총."

우리는 상점 안으로 들어갔다. 나는 빈 권총집이 달린 벨트를 풀어 카운터 위에 올려놓았다. 카운터 뒤에 두 명의 여점원이 있었는데, 그들은 몇 자루의 권총을 가져다 보여주었다.

"이 권총집의 규격과 맞아야 해요."

내가 권총집을 열면서 말했다. 회색 가죽으로 된 것이었는데 예전에 시내에서 차고 다니기 위해 구입했던 것이었다.

"괜찮은 권총이 있나요?"

캐서린이 나에게 물었다.

"거의 비슷비슷해요. 이거 한 번씩 쏴 봐도 되나요?"

나는 캐서린에게 답해 준 후 점원에게 물었다.

"쏠 장소가 마땅치 않아요. 하지만 물건은 아주 좋아요. 이 총이라면 틀림없을 거예요."

점원이 대답했다.

나는 총을 집어 들고 방아쇠를 당겨보았다. 스프링이 다소 빡빡했지만 느낌은 좋았다. 조준해서 다시 당겨보았다.

"중고품이에요. 사격 솜씨가 훌륭했던 장교가 쓰던 거였어요."
점원이 말했다.

"그 사람이 이 가게에서 샀나요?"

"그럼요."

"어떻게 다시 입수했지요?"

"그 사람 당번병한테 샀어요."

"어쩌면 내 총도 있을지 모르겠네요. 얼마입니까?"
내가 말했다.

"50리라요. 아주 싼 가격이지요."

"좋아요. 예비 탄창 두 개하고 실탄 한 상자도 주세요."
점원은 진열대 아래에서 그것들을 꺼냈다.

"혹시 대검은 필요하지 않으세요? 싸고 괜찮은 것이 있어요."
점원이 물었다.

"전선으로 가는 길입니다."
내가 말했다.

"아, 네. 그러면 대검은 필요 없으시겠네요."

나는 권총과 실탄 대금을 계산하고 탄창을 제자리에 채운 다음 권총을 빈 권총집 안에 넣었다. 그리고 예비 탄창에 나머지 탄환을 채워 권총집에 달린 가죽 주머니에 넣었다. 그리고서 다시 벨트를 채웠다. 권총이 벨트에 매달려 있다 보니 몹시 묵직하게 느껴졌다. 그래도 정규 권총을 소지하는 것이 더 낫다는 생각이 들었다. 탄환을 언제든 받을 수 있을 테니까.

"이제 완전 무장을 했네요. 잊지 말고 꼭 해야 할 일 중 하나였소. 병원으로 후송될 때 누가 내 총을 가져갔어요."

내가 말했다.

"총의 성능이 좋으면 좋겠어요."

캐서린이 말했다.

"더 필요한 건 없으세요?"

점원이 물었다.

"없는 것 같습니다."

"그 권총에 매는 끈도 있어요."

점원이 말했다.

"나도 봤어요."

점원은 다른 것도 더 팔고 싶어 했다.

"호루라기는 필요 없으세요?"

"필요 없습니다."

점원과 인사를 한 다음 우리는 상점에서 나왔다. 캐서린이 진열장을 들여다봤다. 점원이 밖을 내다보면서 우리에게 다시 한번 인사를 했다.

"나무에 박아 넣은 저 작은 거울들은 어디에 쓰는 거죠?"

"새들을 유혹하는 물건이에요. 들판에서 빙빙 돌리면 종달새들이 그걸 보고서 날아와요. 그러면 이탈리아인들은 엽총으로 쏘아 잡아요."

"영리한 사람들이네요. 미국에서는 종달새를 잡지 않지요?"

캐서린이 말했다.

"흔치는 않소."

우리는 도로를 건너서 반대편 보도를 걷기 시작했다.

"지금은 기분이 좋아졌어요. 아까 만나서 처음 걷기 시작했을 때는 아주 울적했거든요."

캐서린이 말했다.

"우린 함께 있으면 언제나 마음이 포근해지지요."

"우린 늘 함께할 거예요."

"그래요, 자정에 내가 떠난다는 것만 아니면……."

"그 생각은 하지 말아요, 달링."

우리는 거리 위쪽으로 걸어 올라갔다. 안개 때문에 불빛들이
노랗게 보였다.

"피곤하지 않아요?"

캐서린이 물었다.

"당신은 어떻소?"

"난 괜찮아요. 걷는 게 재미있어요."

"그래도 너무 오래 걷지는 말자고요."

"그래요."

우리는 불빛이 없는 골목길로 접어들었다. 나는 걸음을 멈추고
캐서린에게 키스했다. 키스를 하는 동안 그녀의 손이 내 어깨로
올라오는 것이 느껴졌다. 그녀가 내 망토를 끌어당겨 자신의 몸
을 감쌌고, 우리 두 사람은 하나의 망토에 싸였다. 우리는 골목
길의 한구석, 높은 담에 바짝 기대서 있었다.

"좀 근사한 곳으로 갑시다."

내가 말했다.

"좋아요."

캐서린이 대답했다. 우리는 골목길을 따라 운하 옆으로 난
넓은 대로까지 걸었다. 운하 건너편에는 벽돌담과 건물들이 늘어

서 있었다. 거리 앞쪽으로는 다리를 건너는 전차가 보였다.

"다리 앞에서 마차를 잡을 수 있을 거예요."

내가 말했다. 우리는 안개 낀 다리 위에서 마차를 기다렸다. 귀가하는 사람들을 가득 태운 전차가 여러 대 지나갔다. 마차가 한 대 왔는데 이미 누군가가 타고 있었다. 안개는 비로 변해 부슬부슬 내리기 시작했다.

"우리 걷거나 전차를 타요."

캐서린이 말했다.

"마차가 또 올 거요. 여기가 길목이거든요."

내가 말했다.

"저기 한 대 오네요."

그녀가 말했다.

마부가 말을 세우고 미터기에 달린 금속 표지판을 내렸다. 마차의 지붕은 덮여 있었는데도 마부의 겉옷엔 물방울이 묻어 있었다. 광택이 나는 그의 모자가 비에 젖어 번쩍거렸다. 우리는 뒷좌석에 앉았는데 마차 지붕이 덮여 있어서 어두웠다.

"마부에게 어디로 가자고 말했어요?"

"기차역으로. 역 건너편에 우리가 들어갈 수 있는 호텔이 있소."

"이대로 가도 돼요? 짐도 없이?"

"그렇소."

내가 말했다.

비가 내리는 골목길을 누비며 기차역에 도착할 때까지 상당한 시간이 걸렸다.

"저녁 안 먹어요? 배고플 것 같은데."

캐서린이 물었다.

"방에서 시켜 먹읍시다."

"갈아입을 것이 없어요. 잠옷도 없고요."

"하나 사도록 해요."

나는 이렇게 말하고 나서 마부를 불렀다.

"저기 비아 만초니로 쭉 갑시다."

마부는 고개를 끄덕이더니 다음 모퉁이에서 왼쪽으로 돌았다. 큰 도로로 나서자 캐서린은 상점을 찾기 위해 두리번거렸다.

"저기 상점이 있네요."

그녀가 말했다. 나는 마차를 멈추게 했고, 캐서린은 내려서 길을 건너 상점 안으로 들어갔다. 나는 마차 뒷좌석에 앉아서 그녀를 기다렸다. 비가 계속 내리고 있었다. 젖은 거리에서 빗물 냄새가 풍겨 왔고, 비를 맞은 말이 온몸에서 김을 모락모락 뿜어냈다. 그녀가 꾸러미를 하나 들고 돌아와 마차에 올랐다. 마차는 다시 달리기 시작했다.

"사치를 좀 부렸어요, 달링. 아주 좋은 잠옷이에요."

그녀가 말했다.

호텔에 도착하자 나는 캐서린에게 마차에서 기다리라고 하고서 안으로 들어가 지배인에게 방을 달라고 했다. 방은 많았다. 마차로 돌아와 마부에게 요금을 치른 다음 캐서린과 함께 안으로 들어갔다. 단추가 달린 제복을 입은 작은 소년이 짐을 옮겨줬다. 지배인은 엘리베이터로 가는 우리를 향해 고개 숙여 인사했다. 엘리베이터는 붉은 벨벳과 놋쇠 장식이 많이 사용되어 무척 화려했다. 지배인도 우리와 함께 엘리베이터에 올라탔다.

"식사는 방에서 하시겠습니까?"

"그래요. 메뉴 좀 올려다 주세요."

내가 말했다.

"뭔가 좀 더 특별한 것을 주문하시겠습니까? 사냥으로 잡은 새라든지 수플레(soufflé, 거품을 낸 달걀흰자에 치즈나 감자 등을 섞어 틀에 넣고 오븐에 넣어 구워낸 과자나 요리) 같은 것 말입니다."

엘리베이터는 덜컹거리는 소리를 내며 세 개의 층을 지나더니 철커덕 소리를 내며 멈춰 섰다.

"사냥한 새는 뭐가 있나요?"

"꿩과 도요새가 있습니다."

"도요새로 하지요."

내가 말했다. 우리는 복도를 걸어갔다. 낡은 카펫이 깔린 복도 양편에 방문이 많았다. 지배인이 어느 방 앞에서 걸음을 멈추더니 열쇠로 문을 열고서 말했다.

"여깁니다. 아주 아늑한 방입니다."

단추를 단 제복을 입은 소년이 방 한가운데 놓인 테이블 위에 짐을 올려놓았다. 지배인은 커튼을 열어젖혔다.

"밖엔 안개가 많이 끼었습니다."

지배인이 말했다. 붉은 벨벳으로 꾸민 방이었다. 거울이 여러 개 걸려 있었고, 의자 두 개와 새틴 커버가 씌워진 커다란 침대가 있었다. 욕실로 통하는 문도 보였다.

"메뉴를 올려 보내겠습니다."

지배인은 고개를 숙여 인사한 다음 나갔다.

나는 창가로 가서 밖을 내다봤다. 그리고는 두꺼운 벨벳 커튼을 쳤다. 캐서린은 침대에 걸터앉아 세공 유리로 만든 샹들리에를 올려다보고 있었다. 모자를 벗은 그녀의 머리카락이 불빛을 받아 반짝거렸다. 그녀는 거울을 보면서 머리를 가다듬었다. 나는 다른 세 개의 거울에 비친 그녀의 모습을 바라봤다. 그녀는 기분이 별로 좋아 보이지 않았다. 그녀가 망토를 침대에 뚝 떨어뜨렸다.

"왜 그러오, 달링?"

"내가 마치 창녀가 된 것 같아요. 이런 기분을 느낀 적은 한 번도 없었는데."

그녀가 말했다. 나는 창가로 가서 커튼을 조금 걷어 밖을 내다봤다. 이렇게 울적한 분위기가 되리라고는 상상도 하지 못했다.

"창녀라니, 무슨 말이요?"

"나도 알아요, 달링. 그런데 갑자기 그런 느낌이 들면서 기분이 가라앉네요."

그녀의 목소리는 매우 건조하고 팍팍했다.

"이곳은 우리가 묵을 수 있는 호텔 중 최고의 호텔이오."

이렇게 말하고서 나는 창밖을 내다봤다. 광장 건너편으로 기차역 불빛이 보였다. 거리에는 마차들이 지나가고 있었고, 공원의 나무들도 눈에 들어왔다. 호텔 불빛이 젖은 포장도로 위에 떨어져 반짝거렸다. 제기랄! 뜬금없이 창녀라니, 도대체 무슨 소리야? 지금 우리가 말싸움이나 할 때인가?

"이리로 와요. 이리 좀 와요. 다시 착한 여자가 될게요."

캐서린이 말했다. 건조함과 팍팍함이 사라진 말투였다. 나는 침대 쪽을 바라보았다. 그녀는 미소를 머금고 있었다.

나는 침대로 가서 그녀 옆에 앉아 키스를 했다.

"당신은 나의 착한 연인이오."

"난 정말 당신의 여자예요."

그녀가 말했다.

식사를 마치고 나자 기분이 좀 나아졌다. 잠시 후엔 더 쾌활해졌고, 이내 호텔 방이 우리 집인 것처럼 느껴졌다. 병원의 내 병실이 우리 집이었듯이 이 방도 우리 집이 되었다.

식사하는 동안 캐서린은 내 군복 상의를 어깨에 두르고 있었다. 우리는 배가 많이 고팠고 식사는 매우 훌륭했다. 카프리한 병과 생떼스테프(Saint-Estephe, 어두운 색의 탄닌이 많은 레드와인) 한 병을 마셨다. 대부분은 내가 마셨지만 캐서린도 조금 마신 덕분에 기분이 더 좋아진 것 같았다. 저녁으로는 수플레 포테이토와 퓌레 드 마롱(puree de marron, 밤을 삶아서 짓이겨 거른 걸쭉한 음식)을 곁들인 도요새 요리와 샐러드를 먹었고, 디저트로 자바이오네(zabaione, 달걀과 사탕 포도주 향료를 섞어 만든 푸딩)를 먹었다.

"아늑하고 좋은 방이에요. 밀라노에 있는 동안 계속 이 방에 머물렀다면 좋았을 텐데."

캐서린이 말했다.

"재밌는 방이에요. 그래도 아늑하긴 하네요."

"죄악이란 것도 멋지고 근사한 면이 있어요. 죄악을 찾아다니는 사람들도 나름의 취향이 있나 봐요. 붉은 벨벳 천은 정말 근사해요. 죄악과 정말 잘 어울려요. 거울들도 매력적이고요."

캐서린이 말했다.

"당신은 정말 사랑스러워요."

"아침에 이런 방에서 일어나면 어떤 기분일지 모르겠어요. 그래도 정말 근사한 방이에요."

나는 생떼스테프를 한 잔 더 따랐다.

"뭔가 죄를 짓는 일을 한번 해보면 어떨까 싶어요. 우리가 하는 모든 행동은 너무 착하고 단순해 보여요. 우리는 어떤 나쁜 짓도 저지를 수 없을 거예요."

캐서린이 말했다.

"당신은 정말 멋진 여자예요."

"난 단지 허기를 느낄 뿐이에요. 엄청난 허기를요."

"당신은 착하면서도 단순해요."

"착한 건 잘 모르겠고, 단순한 건 맞아요. 그걸 알아챈 사람은 당신밖에 없어요."

"당신을 처음 만났을 때 나는 어떻게 하면 카부르 호텔에 함께 갈 수 있을까, 또 그러면 기분이 어떨까를 생각하면서 오후 시간을 보냈어요."

"장난 그만 쳐요. 여기는 카부르 호텔이 아니잖아요?"

"아니요. 그곳에선 우리를 받아주지 않았을 거요."

"언젠가는 받아주겠지요. 우리 두 사람의 차이가 거기 있었네요, 달링. 난 당신을 처음 만났을 때 아무 생각도 없었거든요."

"전혀요?"

"아주 조금."

"당신은 정말 사랑스러워요."

나는 와인을 한 잔 더 따랐다.

"난 아주 단순한 여자예요."

"처음엔 그렇게 보이지 않았소. 좀 이상한 여자 같았거든요."

"약간 이상하긴 했지요. 머리가 돌거나 그런 건 아니었지만요. 그렇다고 내가 당신을 혼란스럽게 한 건 아니죠, 달링?"

"와인은 정말 위대해요. 나쁜 것들을 모두 잊게 만드니까요."

"좋은 것이긴 하죠. 하지만 우리 아버지는 술 때문에 아주 심한 통풍을 앓았어요."

"아버지가 계시오?"

"네, 통풍을 앓고 있어요. 당신이 우리 아버지를 만나야 한다는 부담감은 가지지 않아도 돼요. 그런데 당신은 아버지가 안 계세요?"

"의붓아버지가 있어요."

"내가 그분을 좋아하게 될까요?"

"만나지 않아도 괜찮아요."

"이렇게 즐거운 시간을 보내고 있으니, 다른 것엔 더 이상 흥미가 없어요. 당신하고 결혼해서 정말 행복해요."

웨이터가 들어와 그릇들을 가지고 나갔다. 우리는 잠시 동안 아무 말 없이 가만히 앉아서 빗소리를 들었다. 저 아래 거리에서는 자동차가 울리는 경적 소리가 들려왔다.

"그러나 내 등 뒤에서 들려오는, 날개 달린 시간의 마차가 서둘러 다가오는 소리를 듣는다(영국 시인 앤드루 마블(Andrew Marvell)의 '수줍어하는 그의 연인에게'라는 시의 한 구절)."

내가 중얼거렸다.

"그 시 알아요. 마블이 지은 시죠. 남자와 함께 살지 않으려

하는 여자에 관한 시예요."

캐서린이 말했다.

나는 머리가 매우 맑고 냉철해져 있었다. 그래서 난 현실에 대해 얘기하고 싶었다.

"아기는 어디에서 낳을 거요?"

"모르겠어요. 어디라도 가장 좋은 장소를 찾아야죠."

"어떻게 준비할 참이오?"

"최선을 다해야죠. 걱정하지 말아요, 달링. 전쟁이 끝나기 전에 아기를 서넛 더 낳게 될지도 모르니까요."

"이제 가야 할 시간이 거의 다 되었소."

"알아요. 당신이 원하면 지금이라도 나가요."

"아니요."

"걱정하지 말아요, 달링. 지금까지 기분이 괜찮은 것 같더니, 갑자기 걱정을 하는군요."

"걱정하지 않소. 얼마나 자주 편지할 거요?"

"매일 쓸 거예요. 당국이 편지를 검열하나요?"

"영어를 잘하는 사람이 거의 없어서 내용에 손을 대지는 못할 거요."

"그들이 알아보지 못하도록 쓸 거예요."

"하지만 너무 엉망으로 쓰지는 말아요."

"약간만 알아보기 힘들게 쓸게요."

"이제는 일어나야겠소."

"좋아요, 달링."

"이 좋은 집을 두고 떠나는 것이 싫소."

"나도 마찬가지에요."

"그래도 가야지요."

"맞아요. 우리는 보금자리에서 편안히 지내본 적이 없네요."

"언젠가 그런 날이 오겠지요."

"당신이 돌아올 때는 좋은 집을 구해 놓고 있을게요."

"어쩌면 금방 돌아올지도 몰라요."

"어쩌면 발에 가벼운 부상을 입을 수도 있고요."

"아니면 귓불 같은 곳이라도."

"아니에요. 당신 귓불은 그대로 두고 싶어요."

"그럼 발은 안 그렇고요?"

"발은 이미 부상당했으니까요."

"달링, 이젠 정말 가야 해요."

"그래요. 당신이 먼저 나가요."

## 24

우리는 엘리베이터를 타는 대신 계단으로 내려왔다. 계단에는 낡은 카펫이 깔려 있었다. 식사 요금은 객실로 저녁 식사가 올라왔을 때 이미 지불했다. 식사를 가져다준 웨이터가 문 옆 의자에 앉아 있었다. 그는 벌떡 일어나 고개 숙여 인사했다. 나는 그와 함께 옆방으로 들어가서 객실료를 계산했다. 지배인은 나를 친구로 기억한다면서 선불을 거부했었다. 그래도 그는 퇴근하면서 잊지 않고 웨이터를 방 밖에 대기시켜 놓았다. 방 값을 떼먹고 사라질까봐 걱정이 되었던 모양이다. 어쩌면 믿었던 친구에게 방 값을 떼인 적이 있었는지도 모르겠다. 전쟁 중엔 친구라고 나서는 자들이 한둘이 아니니까 말이다.

웨이터에게 마차를 불러달라고 부탁했다. 그는 내가 들고 있던 캐서린의 가방과 우산을 들고 나갔다. 창을 통해 그가 빗속에서 거리를 건너는 모습이 보였다. 우리는 현관 옆방에 서서 창밖을 내다보았다.

"몸은 좀 어떻소, 캐트?"

"졸려요."

"나는 허전하고 배가 고픈데요."

"먹을 건 좀 준비했어요?"

"잡낭에요."

마차가 오는 게 보였다. 마차가 멈췄고, 말이 빗속에서 고개를 숙이고 있었다. 웨이터가 내리더니 우산을 폈다. 그리고 호텔 쪽으로 걸어왔다. 우리는 현관에서 그를 만나 우산을 받아들고 차도에 댄 마차를 향해 젖은 보도를 따라 걸어갔다. 빗물이 도랑을 이뤄 흐르고 있었다.

"가방은 좌석에 두었습니다."

웨이터가 말했다. 그는 우리가 마차에 탈 때까지 우산을 받쳐주었다. 그에게 팁을 주었다.

"감사합니다. 좋은 여행 되십시오."

그가 말했다. 마부가 고삐를 들어 올리자 말이 움직이기 시작했다. 웨이터는 우산을 든 채 돌아서서 호텔 쪽으로 발걸음을 옮겼다. 마차는 거리를 달려 좌회전을 하더니 다시 우회전을 해 기차역 앞에 섰다. 헌병 두 명이 비를 피해 가로등 밑에 서 있었다. 가로등 불빛이 그들이 쓰고 있는 모자를 비췄다. 기차역의 불빛에 비친 빗줄기는 깨끗하고 투명했다. 기차역 대합실에서 짐꾼하나가 나왔다. 그의 어깨에 비가 떨어지고 있었다.

"아니요. 고맙지만 도움이 필요치 않아요."

내가 말했다.

그는 대합실의 아치 지붕 아래로 되돌아갔다. 나는 캐서린 쪽으로 얼굴을 돌렸다. 그녀의 얼굴은 마차 덮개가 드리운 그늘에 가려 있었다.

"이제 작별 인사를 해야겠네요."

"나도 계속 마차를 타고 가면 안 될까요?"

"안 돼요."

"잘 가요, 캐트."

"마부에게 병원 가는 길을 알려줄래요?"

"그래요."

내가 마부에게 갈 곳을 알려주자, 그가 고개를 끄덕였다.

"안녕. 당신 몸조심하고, 어린 캐서린도 잘 보살펴야 해요."
내가 말했다.

"안녕, 달링."

"안녕."

내가 빗속으로 걸음을 내딛자마자 마차가 출발했다. 캐서린이 몸을 밖으로 내밀어, 불빛 속에서 그녀의 얼굴을 볼 수 있었다. 그녀는 미소를 머금고 손을 흔들었다. 마차가 도로에 들어서자, 캐서린이 아치 지붕 쪽을 손가락으로 가리켰다. 나는 그곳을 돌아봤다. 헌병 둘과 아치 지붕 말고는 아무것도 없었다. 캐서린이 나에게 비를 피해 안으로 들어가라고 말한 것임을 깨달았다. 나는 안으로 들어서서 마차가 모퉁이를 돌아가는 것을 지켜보았다. 그리고 정거장을 빠져나와 기차가 있는 곳으로 향했다.

미국 병원의 수위가 플랫폼에서 나를 찾고 있었다. 나는 그를 따라 기차 안으로 들어갔다. 혼잡한 사람들 사이를 헤치고 통로를 지나 한 객실 문을 열고 들어갔다. 사람들로 꽉 찬 객실 한구석에 기관총 사수가 앉아 있었고, 내 배낭과 잡낭이 그의 머리

위 짐칸에 올려 있었다. 많은 사람들이 통로에 서 있었다. 수위와 함께 객실로 들어섰을 때 객실 내에 있는 사람들의 시선이 우리에게 쏠렸다. 기차 안의 좌석이 부족해서인지 모두의 시선에서 적의가 느껴졌다. 좌석을 맡아놓은 기관총 사수가 나를 앉히려고 일어섰다. 그때 누군가가 내 어깨를 쳐서 돌아봤다. 턱에 흉터가 길게 나 있고, 키가 무척 크면서 몸이 깡마른 포병 대위였다. 그는 복도에서 창을 통해 안을 살피고 있다가 들어온 것 같았다.

"무슨 일입니까?"

나는 몸을 돌려 그를 마주 보면서 물었다. 그는 나보다 키가 컸고, 모자 챙 그늘에 가려진 얼굴은 매우 수척해 보였다. 흉터는 생긴 지 얼마 안 되었는지 번쩍거렸다. 객실 안 사람들이 모두 나를 쳐다봤다.

"이러면 안 되지. 병사를 시켜 자리를 잡아놓게 하면 안 돼."

그가 말했다.

"하지만 이미 끝난 일입니다."

그가 마른침을 삼켰다. 나는 그의 목젖이 오르내리는 것을 보았다. 기관총 사수가 좌석 앞에 버티고 섰다. 다른 사람들이 유리창을 통해 들여다보며 구경했다. 객실 안에 있는 사람들 중 누구도 입을 열지 않았다.

"그렇게 할 권리가 없네. 나는 자네가 오기 두 시간 전부터 와서 기다렸거든."

"원하시는 게 뭡니까?"

"자리."

"저도 마찬가지입니다."

나는 그의 얼굴을 빤히 쳐다봤다. 객실 전체가 나를 배척하는 것을 느낄 수 있었다. 그들을 탓할 수는 없다. 대위의 말은 옳으니까. 그래도 나는 좌석이 필요했다. 하지만 그 누구도 나를 두둔하는 말을 하지 않았다.

제기랄! 이런 생각이 들었다.

"앉으시죠, 대위님."

내가 말했다. 기관총 사수가 자리를 비키자, 키가 큰 대위가 자리에 앉았다. 그는 나를 쳐다봤다. 기분 나빠하는 표정이었다. 그래도 그는 자리를 차지했다.

"짐을 꺼내게."

나는 기관총 사수에게 말했다. 우리는 통로로 나왔다. 기차가 만원이어서 자리에 앉을 수 없을 것이 뻔했다. 나는 수위와 기관총 사수에게 각각 10리라씩을 주었다. 그들은 통로를 지나 플랫폼으로 나가 창 안을 살펴봤다. 자리는 없었다.

"브레시아에서 사람들이 좀 내릴지도 모릅니다."

수위가 말했다.

"브레시아에서 사람들이 더 탈걸."

기관총 사수가 말했다.

그들은 작별 인사를 하고 악수를 나눈 뒤 떠났다. 둘 다 미안해하는 표정이었다. 기차가 출발할 때쯤엔 모두들 기차 통로에 서 있었다. 기차가 역을 빠져나갈 때 나는 정거장의 불빛과 역 구내를 바라보았다. 여전히 비가 내리고 있었고, 창문은 곧 비에 젖어 밖이 보이질 않았다. 얼마 후 나는 통로 바닥에 드러누워 잠을 잤다. 돈과 서류가 든 지갑을 셔츠와 바지 안으로 넣어서 속바지 안쪽에 두었다. 나는 밤새도록 잠을 잤다. 브레시아와 베로나에서 더 많은 사람들이 올라타서 잠시 눈을 떴지만 이내 다시 잠이 들었다. 잡낭 하나는 머리로 베고, 누가 짐을 건드리면 금방 반응할 수 있도록 다른 배낭을 팔로 끌어안고 있었다. 사람 들이 나를 밟지 않으려면 나를 넘어 다녀야 했다. 대부분의 사람 들이 통로 바닥에 쭉 누워 있었다. 몇몇 사람들은 창틀을 잡거나 문에 기댄 채 서 있었다. 그 기차는 언제나 만원이었다.

# 3부

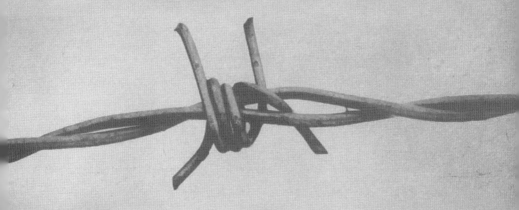

A Farewell
to Arms

# 25

이제 가을이라 나무들은 저마다 잎을 떨구고 길은 진창이었다. 나는 군용 트럭을 타고 우디네에서 고리치아로 갔다. 길에서 다른 군용 트럭들을 지나치며 시골 풍경을 바라보았다. 뽕나무 잎도 다 떨어졌고 들판은 갈색이었다. 겹겹이 서 있는 나무들에서 떨어진 낙엽들이 비에 젖은 채 길을 덮고 있었다. 인부들이 가로수 사이의 길에서 돌을 가져와 차바퀴로 파인 구덩이를 메우는 작업을 하고 있었다. 산허리를 감돌고 있는 안개 사이로 마을 풍경이 보였다. 강을 건너면서 보니 물이 불어나 있었다. 산간 지대에는 계속 비가 내렸다. 공장과 민가와 별장을 지나 시가지로 들어왔다. 이전보다 더 많은 집들이 포격으로 부서져 있었다. 좁은 거리에서 영국 적십자 앰뷸런스를 지나쳤다. 운전병은 햇볕에 거멓게 탄 여윈 얼굴에 모자를 쓰고 있었는데, 아는 얼굴은 아니었다. 차는 시장 관사 앞 큰 광장에서 멈췄다. 차에서 내리자 운전병이 내 배낭을 내려주었다. 나는 배낭을 둘러메고 잡낭 두 개는 양손에 든 채 숙소로 걸어갔다. 하지만 집에 돌아온 것 같은 기분은 들지 않았다.

나는 나무들 사이로 숙소를 바라보며 축축한 자갈길을 따라 걸어 내려왔다. 창문은 모두 닫혀 있었지만 문은 열려 있었다. 안으로 들어가니 지도와 타이프로 친 문서가 벽에 붙어 있는 휑한 방 테이블 앞에 소령이 앉아 있었다.

"어이! 그래, 몸은 어떤가?"

소령이 말했다. 그는 더 늙고 다소 무기력해 보였다.

"좋습니다. 이곳 일들은 어떻습니까?"

내가 말했다.

"다 끝났어. 배낭 내려놓고 앉게."

소령이 말했다. 배낭과 잡낭 두 개를 바닥에 내려놓고 모자를 벗어 배낭 위에 놓았다. 그런 다음 벽 가까이에 있는 의자 하나를 테이블 옆으로 가져다가 앉았다.

"최악의 여름이었지. 몸은 괜찮은 건가?"

소령이 말했다.

"네."

"훈장은 받았나?"

"네, 잘 받았습니다. 감사드립니다."

"어디 좀 보세."

나는 망토를 젖혀 그가 리본 두 개를 볼 수 있도록 했다.

"메달이 들어 있는 상자도 받았나?"

"아니요. 표창장만 받았습니다."

"상자는 나중에 올 걸세. 그건 시간이 좀 더 걸리더라고."

"저는 무슨 일을 맡아야 합니까?"

"차량은 전선에 나가 있네. 카포레토(Caporetto, 이손초 강 유역 북쪽)를 아는가? 북부 카포레토에 여섯 대가 있지."

"네."

내가 대답했다. 계곡에 종탑이 있는 작고 하얀 마을로 기억했다. 깨끗하고 작은 마을의 광장에는 근사한 분수가 있었다.

"앰뷸런스는 거기서 활동하고 있네. 지금 그곳에 부상자들이 많거든. 전투는 끝났고."

"다른 차들은 어디에 있나요?"

"두 대는 산간 지대에 가 있고, 넉 대는 아직 바인시차에 있네. 다른 두 분대는 카르소에서 제3군의 일을 돕고 있어."

"저는 뭘 하면 됩니까?"

"자네만 괜찮다면 바인시차로 가서 차량 넉 대를 맡아주게나. 지노가 그곳에 나간 지 오래되어 교대해 주어야 하거든. 자네 그곳에는 가본 적 없나?"

"없습니다."

"상황이 무척 좋지 않았네. 거기서 차량 석 대를 잃었어."

"그 얘긴 들었습니다."

"그렇군. 리날디가 써 보냈겠지."

"리날디는 어디에 있습니까?"

"이곳 병원에서 일하고 있네. 여름부터 아주 바쁘게 지내고 있지."

"그렇군요."

"사정이 아주 안 좋았어. 상황이 얼마나 나빴는지 자네는 믿지 못할 걸세. 난 가끔 자네가 운이 좋았다는 생각을 했네. 그때 부상당한 것 말이야."

소령이 말했다.

"저도 압니다."

"내년에는 더 나빠질 걸세. 어쩌면 적군이 지금 당장 공격을 해올지도 모르고. 적들은 곧 공세를 취하겠다고 떠들어대거든. 시기가 너무 늦어서 믿을 수 없긴 하지만 말이야. 강을 보았나?"

소령이 말했다.

"네, 강물이 많이 불었던데요."

"이제 장마가 시작되었으니 놈들이 공격해 올 것 같지는 않아. 얼마 안 있으면 눈도 내릴 거고. 자네 나라 사람들은 어떻게 되었나? 자네 말고도 미군들이 좀 올 것 같은가?"

"1천만 명의 군대가 훈련 중입니다."

"그중 일부를 보내주면 좋을 텐데. 하지만 프랑스군이 독차지하겠지. 우리 차례는 오지 않을 거야. 뭐 그래도 좋아. 오늘 밤은 여기서 묵고, 내일 승용차를 타고 가서 지노와 교대하도록 하게. 길을 아는 병사를 딸려 보내겠네. 지노가 그곳 사정을 상세히 말해 줄 걸세. 여전히 적들이 포격을 해오긴 하지만, 이젠 다 끝난 거나 마찬가지야. 자네도 바인시차에 한번 가보고 싶을 거야."

"물론입니다. 이렇게 소령님 곁으로 다시 돌아와 기쁩니다."

그는 미소를 지었다.

"그렇게 말해 주니 고맙군. 난 이 전쟁에 지쳤어. 만약 내가 자네처럼 후송되었다면 복귀하지 않았을지도 몰라."

"그렇게 사정이 좋지 않은가요?"

"그렇다네. 지금도 좋지 않은데 더 나빠지고 있어. 어서 가서 씻고, 자네 친구인 리날디를 만나보게."

나는 짐을 들고 소령의 방에서 나와 위층으로 올라갔다. 리날디는 방에 없었지만, 그의 물건들은 거기 그대로 있었다. 침대에 걸터앉아 각반을 풀고 오른쪽 군화를 벗은 다음 침대에 벌렁 드러누웠다. 피곤했고 오른쪽 발이 무척 아팠다. 한쪽 신발만 벗은 채 침대에 누워 있는 꼴이 한심해 보여서 나는 일어나 앉아 나머지 신발 끈을 풀고 신발을 벗어서 바닥에 던졌다. 그리고 다시 담요 위로 드러누웠다. 창문이 닫혀 있어서 방 안 공기가 답답했지만 너무 지친 터라 일어나서 창문을 여는 것도 귀찮았다. 내 물건들은 방 한구석에 그대로 놓여 있었다. 밖이 어두워지기 시작했다. 나는 침대에 누워 캐서린을 생각하면서 리날디를 기다렸다. 앞으로는 밤에 잠들기 전 외에는 캐서린 생각을 하지 않겠다고 결심했지만, 지금은 너무 피곤한데다 달리 할 일이 없었기 때문에 그녀를 생각했다. 캐서린 생각에 한참 몰두하고 있는데 리날디가 방 안으로 들어왔다. 리날디는 예전 그대로였으나, 조금 마른 것 같기도 했다.

"와, 애송이."

그가 입을 열었다. 나는 침대에서 일어나 앉았다. 그가 다가와 곁에 앉으면서 한 팔로 나를 껴안았다.

"착한 애송이."

그가 내 등을 찰싹 때리기에 나는 그의 두 팔을 잡았다.

"애송이, 무릎 좀 보자고."

그가 말했다.

"바지를 벗어야 할 텐데."

"바지를 벗어, 애송이. 여기서는 다들 친구 아닌가. 어떻게 처치했는지 보고 싶어서 그래."

나는 일어나 속바지를 벗고 무릎 붕대를 풀기 시작했다. 리날디는 바닥에 주저앉아서 내 무릎을 앞뒤로 가만가만 움직여 보았다. 흉터를 손가락으로 만져보더니 양쪽 엄지손가락으로 무릎 뼈를 꾹꾹 눌러보고, 무릎을 부드럽게 흔들어보았다.

"이게 자네가 받은 접합 수술인가?"

"그래."

"자네를 돌려보내다니 너무 심한데. 접합을 보다 완벽하게 마무리해야 하는데."

"전보단 훨씬 나아졌어. 나무판자처럼 뻣뻣했었거든."

리날디는 내 무릎을 좀 더 구부렸다. 그의 두 손을 유심히 보았다. 섬세한 외과 의사 손답게 매끈했다. 그의 정수리가 눈에 들어왔는데, 좌우로 부드럽게 넘어간 머리카락에 윤기가 흘렀다. 그가 내 무릎을 심하게 구부렸다.

"아야!"

입에서 신음 소리가 흘러나왔다.

"물리치료를 더 받았어야 해."

리날디가 말했다.

"예전보다는 낫다니까."

"알고 있어. 애송이, 이 문제에 대해선 내가 자네보다 더 잘 알잖나."

그는 일어나서 침대에 걸터앉으며 말했다.

"무릎 수술 자체는 아주 잘됐어."

무릎 검사를 마친 그가 말을 이었다.

"자, 이제는 거기에서 있었던 일들을 모두 다 털어놓게."

"말할 게 없는데. 조용히 지냈거든."

"결혼한 남자가 아내한테 하는 소리 같은데. 그래, 무슨 일이 있었나?"

"아무 일도 없었어. 자네야말로 어떻게 지냈나?"

"이놈의 전쟁이 나를 죽이고 있어. 전쟁의 무게 때문에 아주 우울해."

리날디가 말했다. 그는 두 손을 겹쳐 무릎 위에 놓았다.

"놀라운걸."

"왜 나는 인간적인 감정을 가지면 안 되나?"

"안 되지. 자네 얼굴을 보니 잘 지냈군. 어서 털어놔 봐."

"여름부터 가을까지 내내 수술만 했어. 줄곧 일만 했지. 모든 사람들의 일을 도맡아 했지. 힘든 일들은 다 나한테 미루더군. 정말이야, 애송이. 나는 아주 훌륭한 외과 의사가 될 것 같아."

"더 잘됐는걸."

"난 아무 생각이 없어. 정말이지 난 생각을 하지 않는다네. 오로지 수술을 할 뿐이야."

"잘됐군."

"애송이, 하지만 다 끝났네. 지금은 수술을 하지 않지만 기분이 좋지 않아. 정말이지 끔찍한 전쟁이야. 애송이, 자넨 내 말을 믿지? 이제 날 좀 즐겁게 해주게. 축음기 음반은 가져왔나?"

"그럼."

종이로 싼 음반들은 내 배낭 안 마분지 상자 속에 들어 있었다. 나는 너무 피곤해서 그것을 꺼내기도 힘들었다.

"몸이 안 좋은가, 애송이?"

"몸도 마음도 엉망이야."

"이 전쟁은 정말 끔찍해. 자, 우리 둘 다 취해서 기분 좀 내자고. 진탕 취하면 기분이 좋아질 거야."

"황달에 걸렸어. 술 마시면 안 돼."

"애송이, 그런데 어떻게 복귀한 거야? 몹시 안 좋은 상태로 왔군. 이 전쟁이 정말 끔찍하다고 내가 말했지. 도대체 왜 전쟁을 하는 건지."

"한잔하세. 취하고 싶지는 않지만 한잔 마시자고."

리날디는 방을 가로질러 세면대로 가더니 잔 두 개와 코냑 한 병을 가져왔다.

"이건 오스트리아산 코냑이야. 별 일곱 개짜리야. 산 가브리엘레에서 건진 건 이거밖에 없었지."

그가 말했다.

"자네도 거기 있었나?"

"아니, 난 아무 데도 안 갔어. 내내 여기서 수술만 하고 있었다니까. 애송이, 이게 자네가 양치질할 때 쓰던 컵일세. 자네를 잊지 않으려고 내가 줄곧 가지고 있었지."

"자네가 이 닦는 걸 잊지 않기 위해서였겠지."

"아니야, 내 것도 있어. 아침마다 욕지거리를 해대거나, 아스피린을 삼키면서 창녀들을 저주하거나, 이빨에서 빌라 로사를 벗겨내려고 애쓰던 자네를 생각나게 해줘서 갖고 있던 거라네. 이 컵을 볼 때마다 칫솔로 양심을 깨끗하게 씻어내려고 하던 자네

모습이 떠올랐지. 내게 키스해 주고, 자네 상황이 심각하지 않다고 말해 주게."

그가 침대로 다가서면서 말했다.

"자네한텐 절대 키스 안 해. 원숭이한테 어떻게 키스를 하나?"

"나도 자네가 훌륭한 앵글로 색슨족이라는 거 알아. 나도 안다고. 자네가 후회를 한다는 것도 알지. 앵글로 색슨이 칫솔질로 매춘의 찝찝함을 씻어 버릴 때까지 기다리며 구경해 주겠네."

"잔에 코냑이나 따르지."

우리는 잔을 부딪치고 술을 마셨다. 리날디가 나를 비웃었다.

"자네를 취하게 한 다음 앵글로 색슨 간(肝)을 빼내고 좋은 이탈리아 간을 집어넣어, 자넬 다시 사나이로 만들어 주겠네."

나는 코냑을 좀 더 마시려고 잔을 들었다. 밖은 이제 어두웠다. 코냑 잔을 든 채로 창가로 가서 창문을 열었다. 비는 그쳤다. 밖은 더 추워졌고 나무들 사이에 안개가 내려앉았다.

"창밖으로 코냑을 버리지 말게. 마실 수 없으면 나한테 주게."

리날디가 말했다.

"쓸데없는 소리 말고, 자네 술이나 마시게."

내가 말했다. 리날디를 다시 만나 기뻤다. 지난 2년간 그는 쉬지 않고 내게 지분거렸는데 난 그게 늘 좋았다. 우리는 서로를 아주 잘 이해했다.

"결혼했나?"

그가 침대에서 물었다. 나는 창문 옆 벽에 기대어 서 있었다.

"아직."

"사랑에 빠졌나?"

"응."

"그 영국 여자?"

"그래."

"가여운 애송이. 그 여자가 자네한테 잘해 줘?"

"물론이지."

"내 말은 그녀가 침대에서 잘해 주냐고?"

"입 닥쳐."

"그러지. 내가 얼마나 배려심이 많은 남자인지 자네는 알잖아. 그런데 그녀는 침대에서……."

"리닌, 제발 좀 그만해. 내 친구가 되고 싶다면, 입 좀 다물어."

"애송이, 자네 친구가 되고 싶은 게 아니라 우린 이미 친구야."

"그러면 그만해."

"그러지 뭐."

나는 침대로 다가가 리날디 옆에 앉았다. 그는 잔을 들고서 바닥을 내려다보았다.

"내 마음 알지, 리닌?"

"아, 그럼. 나는 살면서 내내 신성한 일들을 봐왔어. 자네하고 있을 때에는 그런 일이 별로 없었지만, 자네에게도 분명 그런 면이 있을 거야."

"자넨 그런 게 없나?"

"없어."

"전혀?"

"그렇다니까."

"자네 어머니나 누이에 대해서도?"

"자네 누이동생에 대해서도."

리날디가 재빨리 받아쳤다. 우리는 함께 웃었다.

"도인이 나타나셨군."

"내가 질투를 느끼나 봐."

"아니, 그럴 리 없지."

"그런 의미가 아니라 뭔가 다른 거야. 결혼한 친구들 있나?"

"응."

"난 없네. 서로 사랑하는 부부라면 내 친구가 되지 못해."

"왜?"

"날 좋아하지 않거든."

"어째서?"

"난 뱀이거든. 난 이성이라는 뱀이야."

"혼동하고 있군. 사과가 이성이야."

"아니야, 뱀이야."

그는 쾌활해져 있었다.

"자넨 생각을 깊이 하지 않을 때가 더 좋아."

내가 말했다.

"자넬 사랑하네, 애송이. 자넨 내가 위대한 이탈리아 사상가가 되려고만 하면 김을 뺀단 말이야. 하지만 난 말할 수 없는 것들을 무수히 알고 있다네. 자네보다 더 많은 것을 알고 있지."

"그래, 그렇지."

"하지만 자네의 인생이 더 재미있긴 할 거야. 후회는 좀 되겠지만 그래도 더 멋진 시간을 보내게 될 거라고."

"그렇게 생각하지 않네."

"아니, 그럴 거야. 내 말은 진실이야. 난 이제 일을 할 때만 행복하거든."

그가 다시 바닥을 내려다봤다.

"자넨 그런 감정을 극복할 수 있을 거야."

"아냐. 난 딱 두 가지 — 술과 섹스를 뜻함. — 만 좋은 걸. 그중 하나는 내 일에 방해가 되는 거고, 나머지 하나는 30분 아니면 15분 안에 끝나 버리지. 어쩌면 더 짧을 수도 있고."

"가끔은 훨씬 더 짧을 때도 있지."

"시간 기록은 더 나아질 수도 있어. 애송이, 자넨 잘 몰라. 어쨌든 내겐 이 두 가지와 일이 있을 뿐이야."

"다른 것들도 얻게 될 거야."

"천만에! 우리는 결코 다른 가능성을 얻지 못해. 우리는 우리가 가진 모든 것을 태어날 때 이미 가지고 태어나니까. 결코 그 이상을 배우지 못하지. 새로운 것을 익히지 못하거든. 우리 모두는 완제품으로 출발하는 거야. 자네는 라틴 혈통이 아닌 걸 고마워해야 해."

"라틴 혈통이란 건 없어. 라틴식 사고방식이 있을 뿐이지. 자네는 자기 결점에 강한 자부심을 갖고 있는 것 같아."

리날디가 고개를 쳐들고 웃었다.

"이젠 그만하지. 애송이, 생각을 너무 많이 했더니 피곤해. 식사 시간이 거의 다 됐군. 자네가 복귀하여 기쁘네. 자넨 내 가장 좋은 친구이자 전우야."

방에 들어올 때부터 그는 이미 피곤해 보였다.

"전우들은 언제 저녁을 먹나?"

내가 물었다.

"곧. 우리는 자네 간을 위해 좀 더 마시게 될 거야."

"성 바오로처럼."

"인용이 정확하지 못하군. 그건 와인과 위장이야. '그대의 위장을 위해 와인을 조금 마실지어다.' 이렇게 되는 거지."

"술병에 뭐가 들었든, 자네가 말하는 그 무엇을 위해."

"자네의 애인을 위해."

리날디가 잔을 들어 올리며 말했다.

"좋아."

"그녀에 대해 더러운 말은 절대 하지 않겠네."

"너무 애쓰지 마."

그는 코냑을 단번에 들이켰다.

"나는 순수한 사람이야. 나도 자네와 비슷하다네, 애송이. 나도 영국 여자를 사귈 거야. 사실은 내가 자네 여자를 먼저 알았는데 나보다 키가 좀 크더라고. 키 큰 여자는 누이로 모셔라!"

그가 인용문을 읽듯이 말했다.

"자넨 아름답고 순수한 영혼의 소유자야."

내가 말했다.

"그렇지. 그래서 사람들이 나를 '리날도 푸리시모(Rinaldo Purissimo : 가장 순수한 리날도)'라고 부르는 거야."

"그럴 리가. '리날도 스포르치시모(Rinaldo Sporchissimo : 가장 방탕한 리날도)' 겠지."

"애송이, 내 영혼이 아직 순수한 때 내려가서 식사를 하자고."

나는 세수를 하고, 머리를 빗은 다음 계단을 내려갔다. 리날디는 약간 취한 상태였다. 식당은 아직 식사 준비가 덜 되어 있었다.

"가서 술을 가져올게."

리날디가 말했다. 그는 계단을 올라갔다. 나는 식탁에 앉았다. 그가 술병을 가지고 돌아와서 큰 잔에 반씩 부었다.

"너무 많아."라고 말하면서 나는 잔을 들어 식탁 위에 놓인 등불에 비추어 봤다.

"뱃속에는 많지 않아. 술은 참 기묘한 물건이지. 속을 완전히 태워주거든. 이보다 자네에게 더 나쁜 건 없을걸."

"좋아."

"날마다 자기를 파괴하는 거야. 위장을 망치고, 손을 떨리게 하고. 돌팔이 외과 의사에겐 제격이지."

리날디가 말했다.

"자네가 권하는 처방인가?"

"진심으로. 난 이 방법 말고 다른 건 사용하지 않아. 쭉 마시게. 애송이, 아플 걸 각오하는 거야."

나는 반쯤 마셨다. 홀에서 당번병이 외치는 소리가 들려왔다.

"수프! 수프가 준비됐습니다."

소령이 들어와서 우리에게 고개를 끄덕여 보이고서 자리에 앉았다. 식탁에 앉은 그의 몸집이 매우 왜소해 보였다.

"다들 온 건가?"

소령이 물었다. 당번병은 수프 그릇을 내려놓고 국자로 떠서 접시에 가득 담았다.

"이게 전부입니다. 신부가 오지 않으면 말입니다. 페데리코가 온 걸 알면 나타날 텐데요."

리날디가 말했다.

"어디 있는데요?"

내가 물었다.

"307 부대에 가 있어."

소령이 말했다. 그는 열심히 수프를 먹고 나서 끝이 올라간 회색 콧수염을 조심스럽게 닦은 다음 입가를 훔쳤다.

"곧 올 거야. 307에 전화해서 자네가 왔다는 전갈을 신부한테 남겼거든."

"떠들썩하던 식당이 그립군요."

내가 말했다.

"그래, 지금은 너무 조용하지."

소령이 말했다.

"이젠 내가 한번 떠들어볼까."

리날디가 말했다.

"엔리코, 와인 좀 마시게나."

소령이 말했다. 그는 내 잔을 가득 채워주었다. 스파게티가 나오자 모두들 그걸 먹느라 손이 바빴다. 스파게티를 거의 다 먹었을 때 신부가 들어왔다. 그는 여전히 작은 몸집에다 얼굴이 가무잡잡하고 단단한 모습이었다. 나는 일어나서 그와 악수를 했다. 그가 내 어깨에 손을 얹으며 말했다.

"소식 듣자마자 달려왔습니다."

"앉으시오. 늦었군."

소령이 말했다.

"안녕, 신부님."

리날디가 영어로 인사를 했다. 예전에 신부를 놀려 먹던 대위에게서 이런 말투를 배운 것이다.

"안녕하세요, 리날디."

신부가 리날디에게 대답했다. 당번병이 신부에게 수프를 가져다주었지만 신부는 스파게티부터 먹겠다고 했다.

"건강은 좀 어떻습니까?"

신부가 내게 물었다.

"좋습니다. 그동안 어떻게 지내셨나요?"

내가 말했다.

"와인 좀 드시죠, 신부님. '그대의 위장을 위해 와인을 조금 마실지어다.' 이건 아시다시피 성 바오로의 말씀입니다."

리날디가 말했다.

"네, 압니다."

신부가 공손하게 말했다. 리날디가 신부의 잔을 가득 채웠다.

"그 성 바오로……. 문제가 참 많았던 분 아닙니까. 온갖 골칫거리를 만들어낸 장본인이거든."

리날디가 계속 지껄이자, 신부가 나를 보면서 미소를 지었다. 이젠 신부도 그런 놀림에 꿈쩍하지 않는다는 걸 알 수 있었다.

"그 성 바오로란 사람 말이야……. 주정뱅이에다 오입쟁이인데, 한창때가 지난 다음에야 그런 짓거리가 옳지 못하다고 했거든. 자기는 할 짓 다 했으면서, 아직 한창때인 우리에게 그런 고약한 율법을 만들어 뒤집어씌운 거란 말일세. 안 그런가, 페데리코?"

리날디의 말에 소령이 웃음을 지었다. 이제 우리는 쇠고기 스튜를 먹었다.

"난 날이 저물면 절대로 거룩한 성인에 대한 얘긴 안 해."

내가 말했다. 신부가 스튜를 먹다가 고개를 들고서 내게 미소를 보냈다.

"저 녀석, 신부님한테 넘어갔군. 예전에 신부님을 골려대던 그 착한 친구들은 다 어디로 간 거야? 카발칸티는 어디 있나? 브룬디는? 체사레는? 우리 편도 없이 나 혼자서 신부님을 놀려야 하는 거야?"

리날디가 말했다.

"이분은 훌륭한 신부님이야."

소령이 말했다.

"이분은 훌륭한 신부님이죠. 그래도 신부님은 신부님이니까요. 난 말이에요, 식당 분위기를 예전처럼 떠들썩하게 만들려고 하는 중입니다. 페데리코를 즐겁게 해주려고요. 신부님은 지옥에나 가세요!"

리날디가 말했다.

소령은 리날디가 술에 취했다는 걸 눈치 챈 듯했다. 그의 야윈 얼굴이 창백했다. 유난히 흰 이마 때문에 머리카락이 더욱 검게 보였다.

"좋습니다, 리날도. 좋아요."

신부가 친근하게 대답했다.

"지옥에나 가라고! 망할 놈의 전쟁이고 뭐고 간에 다 짊어지고 지옥으로 꺼지라고."

리날디는 의자에 풀썩 주저앉았다.

"스트레스를 너무 많이 받아서 지쳐 버린 거야."

소령이 내게 말했다. 그는 고기를 다 먹고서 빵조각으로 고기 국물을 훑어 먹었다.

"상관없어. 망할 놈의 짓거리는 모두 다 지옥으로 보내 버려."

리날디는 식탁을 노려보며 말했다. 그는 창백한 얼굴에 초점 풀린 눈빛으로 도전하듯 주위를 둘러보았다.

"그래. 망할 놈의 짓거리는 다 지옥으로 보내자고."

내가 맞장구를 치듯 말했다.

"아니, 아니. 자넨 못 해. 자넨 못 한다고. 자넨 못 한다니까. 자넨 메마르고 텅 빈 인간이야. 그것 말고는 아무것도 없지. 정말이지 아무것도 없어. 도대체 뭐가 있단 말이야. 제기랄! 난 알거든. 내가 언제 이 일을 그만둘지 말이야."

리날디의 말을 듣고 있던 신부는 고개를 저었다. 당번병은 스튜 접시를 내갔다.

"왜 고기를 먹는 거요? 오늘이 금요일이라는 것도 몰라요?"

리날디가 신부 쪽으로 몸을 돌리며 말했다.

"오늘은 목요일입니다."

신부가 대답했다.

"거짓말 마요. 금요일이에요. 그런데 우리는 지금 주님의 살을 먹고 있는 거요. 하느님의 살인데 말이야. 난 알아. 이건 죽은 오스트리아인의 시체거든. 당신은 지금 그걸 먹고 있는 거라고."

"하얀 살코기는 장교의 살이고."

내가 구닥다리 농담을 마무리했다.

리날디가 웃었다. 그리고는 또 잔을 채웠다.

"나는 상관 말게. 정신이 살짝 돈 거뿐이니까."

리날디가 말했다.

"휴가를 좀 가져야 할 텐데."

신부가 말했다.

소령이 신부를 향해 고개를 흔들어 보였다. 리날디는 신부를 바라보았다.

"내가 휴가를 가져야 한다는 거요?"

소령이 신부를 향해 고개를 저었다. 리날디는 신부를 계속 바라보고 있었다.

"원한다면요. 싫으면 마는 거고."

신부가 말했다.

"지옥으로 꺼지라고. 누구나 날 쫓아내려 한단 말이야. 매일 밤 날 쫓아낼 궁리를 하지만, 나는 그들과 맞서 싸우지. 내가 그것에 걸렸다고 해서 뭐? 남들도 다 걸렸는데. 온 세상이 다 걸려 있어."

그는 짐짓 강연자의 태도를 지으며 계속해서 말했다.

"처음엔 작은 뾰루지가 나지. 그리고 나선 어깨 사이에 발진이 난 걸 보게 돼. 그러고 나면 아무 징후도 나타나지 않아. 우리는 그저 수은만 하늘처럼 믿을 뿐이지."

"아니면 살바르산(매독 약)을."

소령이 조용한 어조로 끼어들었다.

"그것도 일종의 수은 제품이죠."

리날디가 말했다. 그는 무척 의기양양했다.

"이 두 가지에 대해서는 내가 좀 알지. 선하신 신부님, 신부님은 그건 절대 안 걸릴 겁니다. 우리 애송이는 걸릴 수도 있지. 이건 산업 재해야. 이건 일종의 직업병이라고."

당번병이 과자와 커피를 들여왔다. 디저트는 걸쭉한 소스를 곁들인 검은 빵 푸딩 같은 거였다. 램프에서 연기가 피어올라 검은 연기가 유리 기둥 안에서 위로 바짝 올라오고 있었다.

"양초를 두 자루 가져오고, 램프는 치우게."

소령이 말했다. 불이 켜진 양초 두 자루를 각각 접시에 받쳐서 당번병이 들고 왔다. 램프를 가지고 나가면서 입으로 불어 불을 껐다. 리날디는 이제 조용했다. 좀 진정된 것 같았다. 우리는 좀 더 대화를 나눴고, 커피를 마신 후 모두 복도로 나갔다.

"자네는 신부님과 이야기하고 싶겠지. 나는 시내로 가야겠네. 잘 자요, 신부님."

리날디가 말했다.

"당신도요, 리날도."

신부가 인사했다.

"프레디, 이따 보자고."

리날디가 말했다.

"그래. 일찍 들어오게."

내가 말했다. 리날디는 얼굴을 찡그리더니 문밖으로 나갔다. 소령은 우리와 함께 서 있다가 말했다.

"과로를 해서 아주 피곤할 거야. 게다가 매독에 걸렸다고 생각하는 거 같네. 나는 아니라고 생각하지만 정말 걸렸을 수도 있지. 자기 스스로 치료를 하고 있는 중이야. 잘 가게, 엔리코. 자넨 새벽에 응급 구호소로 떠날 거지?"

"네."

"그럼 잘 가게. 행운을 비네. 페두치가 자네를 깨워 같이 갈 걸세."

"안녕히 계십시오, 소령님."

"잘 가게. 오스트리아군이 공격할 거라고 말들을 하지만 내 생각은 그렇지 않아. 그러지 않기를 바라는 거지. 어쨌든 이곳에 공격은 없을 거야. 전선에 나가 있는 지노가 모든 걸 얘기해 줄 걸세. 요즘엔 전화도 잘 터져."

"주기적으로 전화 드리겠습니다."

"그렇게 해주게. 잘 가게. 리날다가 브랜디를 너무 많이 마시지 않도록 보살펴주고."

"네, 그러겠습니다."

"잘 자요, 신부님."

"안녕히 주무십시오, 소령님."

소령은 자기 집무실로 들어갔다.

# 26

 

나는 문가로 다가가 밖을 내다봤다. 비는 그쳤지만 안개가 잔뜩 끼어 있었다.

"위층으로 올라갈까요?"

내가 신부에게 물었다.

"잠깐밖에 못 있어요."

"올라가시죠."

우리는 계단을 올라 내 방으로 갔다. 나는 리날디의 침대에 드러누웠다. 신부는 당번병이 펴놓은 내 간이침대에 걸터앉았다. 방은 어두침침했다.

"그런데…… 몸은 정말 괜찮은 겁니까?"

신부가 입을 열었다.

"괜찮아요. 오늘 밤은 좀 고단한 것뿐이에요."

"나도 고단해요. 특별한 이유도 없이."

"전쟁은 어떤 상황인가요?"

"조만간 끝날 거 같습니다. 왜인지는 모르겠지만 그런 느낌이 들어요."

"어떤 느낌인데요?"

"좀 전에 소령님의 태도를 보았지요? 유순하지 않던가요? 요즘엔 많은 사람들이 그래요."

"저도 그렇게 느꼈어요."

"지난여름은 정말 끔찍했습니다."

신부가 말했다. 그는 내가 후송되었을 때보다 스스로에 대해 더 확신을 갖게 된 것 같았다.

"이곳에 있으면서 전쟁이 어떤지 경험하지 않은 사람은 얼마나 지독했는지 믿기 힘들 겁니다. 많은 사람들이 전쟁이 뭔지를 이번 여름에 제대로 실감했어요. 결코 전쟁을 올바르게 인식하지 못할 것 같던 장교들마저 지금은 실상을 알게 된 것 같습니다."

"앞으로 어떻게 될까요?"

나는 손으로 담요를 톡톡 쳤다.

"잘 모르겠어요. 하지만 오래가지 않을 거예요."

"무슨 일이 벌어질까요?"

"그들은 전쟁을 그만둘 겁니다."

"어느 쪽이요?"

"양쪽이 다."

"정말 그랬으면 좋겠어요."

"그러리라 믿지 않나요?"

"양편이 동시에 전쟁을 멈출 거라고는 생각하지 않아요."

"그러지는 않겠지요. 그렇게 굉장한 건 기대할 수도 없지요. 그래도 사람들 안에서 일어나는 변화를 보면 전쟁이 지속될 것 같지는 않아요."

"이번 여름 전투에서는 어느 쪽이 이긴 거죠?"

"아무도. 승자는 없어요."

"오스트리아군이 이겼군요. 산 가브리엘레 점령을 막았잖아요. 그들이 이긴 거네요. 그들은 전쟁을 그만두지 않을 거예요."

"하지만 그들도 우리가 느끼는 것을 똑같이 느낀다면 멈출 수도 있어요. 그들도 우리와 똑같은 일들을 겪었거든요."

"이기고 있는 싸움을 그만두는 사람은 없어요."

"나를 낙담시키는 말이군요."

"내 생각을 말한 것뿐이에요."

"그럼 전쟁이 지속될 거라 생각하세요? 아무런 변화도 일어나지 않을까요?"

"모르겠습니다. 단지 오스트리아군이 승리했다면 전쟁을 그만두지 않을 거라는 생각입니다. 사람들은 패배했을 때만 크리스천이 되잖아요."

"오스트리아인도 크리스천이에요. 보스니아 사람들만 빼고."

"형식적 의미의 크리스천을 말하는 게 아닙니다. '우리 주님'을 닮은 삶을 말하는 거죠."

그는 아무 말도 하지 않았다.

"우리가 패배했기 때문에 모두들 유순해진 거죠. 만약 베드로가 겟세마네(Gethsemane) 동산에서 예수님을 구해냈다면 '우리 주님'은 어떻게 되셨을까요?"

"달라지지 않았을 겁니다."

"난 그렇게 생각하지 않아요."

"나를 낙담하게 만드네요. 저는 획기적인 일이 일어날 거라고 믿으면서 기도하고 있습니다. 그게 아주 가까워졌다고 느껴요."

"뭔가가 일어나겠군요. 하지만 그런 일은 우리한테만 일어날 거예요. 그들도 우리와 같은 생각이라면 좋겠지만, 그들은 우릴 이겼으니까 달리 생각할 겁니다."

"많은 병사들이 늘 이런 걸 느껴 왔어요. 패배했기 때문에 그런 게 아니에요."

"그들은 처음부터 패배해 있었던 겁니다. 농사짓던 사람들을 잡아다가 입대시킬 때부터 이미 패배자예요. 그래서 농부들이 지혜가 있는 거예요. 처음부터 패배하고 들어가기 때문이지요. 농부에게 권력을 주고 지켜보세요. 그들이 얼마나 현명한지 알게 될 겁니다."

신부는 아무 말도 하지 않고 생각에 잠겼다.

"나도 무척 울적합니다. 그래서 이런 문제들은 별로 생각하고 싶지 않아요. 아예 생각이란 걸 하지 않죠. 그러다가 일단 말을 시작하면 아무 생각 없이 머릿속에서 떠오르는 대로 지껄이곤 하죠."

내가 말했다.

"나는 지금껏 무엇인가를 기대해 왔습니다."

"패전을요?"

"아니, 그 이상의 것을요."

"그 이상의 것은 없어요. 승리 외에는. 어쩌면 그게 더 나쁜 것일지도 모르지만요."

"나는 오랫동안 승리를 희망했지요."

"나도 마찬가지예요."

"그런데 이제는 뭐가 뭔지 모르겠습니다."

"이거 아니면 저거일 수밖에 없죠."

"이젠 승리에 대한 신념도 없어요."

"나도 그래요. 하지만 패배를 믿지도 않아요. 비록 그게 더 나을지는 몰라도."

"그럼 무얼 믿습니까?"

"잠이요. 잠드는 거요."

내가 대답했다. 그가 일어섰다.

"너무 오래 있어서 미안합니다. 하지만 당신과 얘기하는 게 좋습니다."

"나도 신부님과 다시 대화하게 되어 정말 즐거웠습니다. 방금 잠을 믿는다고 한 것은 그냥 별 뜻 없이 한 얘기예요. 다른 뜻이 있는 건 아닙니다."

우리는 자리에서 일어나 어둠 속에서 악수를 했다.

"요즘 나는 307 부대에서 지내고 있어요."

신부가 말했다.

"나는 내일 아침 일찍 응급 구호소로 갑니다."

"돌아오거든 또 만납시다."

"산책이라도 하면서 이야기를 나누죠."

나는 그를 따라 방문까지 갔다.

"아래층까지 내려오지 말아요. 돌아와서 정말 좋습니다. 당신에겐 그다지 즐거운 일이 아니겠지만."

그가 내 어깨에 손을 얹고서 말했다.

"난 아무렇지 않습니다. 잘 들어가세요."

내가 말했다.

"잘 자요. 차우(Ciao, 안녕 : 친구나 가까운 사이에 사용)!"

"신부님도요!"

내가 말했다. 나는 죽을 것처럼 졸렸다.

## 27

리날디가 들어왔을 때 난 잠에서 깨어 있었지만, 그가 말을 걸어오지 않아서 그대로 계속 잤다. 날이 밝기 전에 일어나 옷을 챙겨 입고 출발했다. 내가 나올 때 리날디는 깨지 않았다.

예전엔 바인시차를 볼 일이 없었다. 내가 부상당했던 이손초 강의 그 지점을 지나 오스트리아 군대가 진지를 구축했던 산등성이를 오르자 이상한 기분이 들었다. 가파른 도로가 새로 생기고 트럭들이 많이 다녔다. 그곳을 지나자 도로가 평평해졌고 안개 속으로 숲과 가파른 언덕이 보였다. 아군이 신속하게 점령하여 숲은 파괴되지 않았다. 언덕으로 엄호되지 않는 도로 양편과 노면은 매트로 가려져 있었다. 도로는 폐허가 된 마을까지 닿아 있었고, 전선은 그 너머 높은 곳에 있었다. 주변에는 대포들이 많았다. 집들이 크게 파괴되었지만 그 외의 것들은 잘 정돈되었고 사방에 표지판이 세워져 있었다. 우리는 지노가 있는 곳을 찾아 냈다. 그는 우리에게 커피를 가져다주었다. 나는 그와 함께 다니 면서 여러 사람들을 만나고 응급 구호소들을 둘러보았다. 지노의 얘기에 따르면 영국 앰뷸런스들은 바인시차에서 훨씬 더 내려간 라브네에서 활동하고 있었다. 지노는 영국군에 대해 매우 탄복하고 있었다. 여전히 상당한 양의 포탄이 떨어지고 있지만 부상자는 많지 않다고 말했다. 장마가 시작되면 환자가 더 많아질 거라는 얘기도 했다. 오스트리아군이 공격해 올 거라는 말이 나돌기도 하지만 그는 그 말을 믿지 않았다. 아군이 공격할 것이라는 얘기도 있지만 새로운 증원군을 보내지 않았으니 그것 역시 끝난 얘기라고 했다. 산속은 먹을 것이 부족하고 변변찮아서 그는 고리치아로 나가 제대로 된 음식을 마음껏 먹어보았으면 좋겠다고 말했다. 지노는 어제 저녁에 뭘 먹었느냐고도 물었다. 내가 뭘 먹었는지를 말해 줬더니 그는 근사하다면서 부러워했다. 그는 특히 디저트에 감탄했다. 나는 자세하게 설명하지 않고 '돌체(dolce, 달콤한 것)'라고만 했다. 그것은 빵으로 만든 평범한 푸딩일 뿐인데, 지노는 그것보다 훨씬 더 정성스럽게 만들어진 달콤한 케이크를 상상하는 것 같았다.

지노는 자신의 다음 임지가 어디인지 아느냐고 물었다. 나는 잘 모르지만 다른 앰뷸런스들이 카포레토에 있다는 얘기를 들었다고 대답했다. 그는 그곳으로 가기를 바라고 있었다. 카포레토는 아주 아늑한 곳이고, 그 건너편에 솟아 있는 높은 산들이 참 좋다고 했다. 지노는 꽤 괜찮은 청년이었다. 모두들 그를 좋아하는 것 같았다. 그는 산 가브리엘레 전투와 실패로 돌아간 롬 공격이야말로 생지옥이었다고 말했다. 오스트리아군은 우리 위쪽에 있는 테르노바 능선의 숲속에 엄청나게 많은 야포를 설치하여 밤마다 맹렬하게 도로를 포격한다고 했다. 그의 신경을 특히 자극한 것은 해군의 함포 사격이었다. 수평탄도라서 나도 그 사격을 바로 알아볼 수 있을 거라고 했다. 포격이 개시되는 순간 대기를 찢는 것 같은 포성이 거의 동시에 터져 나온다고 했다. 적군은 으레 두 대의 포를 거의 동시에 연속적으로 쏘아대는데, 한 발을 먼저 쏘고 연이어 두 번째 것을 발사한다고 했다. 폭발과 함께 흩어지는 파편은 어마어마하다고 했다. 그는 파편 하나를 나에게 보여줬는데, 매끄러우면서 들쭉날쭉한 1피트 길이의 금속 조각이었다. 배빗 메탈(babbit metal : 주석, 안티몬, 납, 구리의 합금) 같아 보였다.

"그리 위력적이라고는 생각하지 않아요. 그래도 무서웠지요. 곧바로 나를 향해 날아오는 것 같은 소리가 나거든요. 쾅 하는 소리가 들리자마자 대기를 찢는 소리와 함께 그냥 터져 버려요. 무서워 죽겠는데 부상당하지 않는 게 무슨 소용이 있겠어요?"

지노가 말했다.

그는 아군 진지의 반대편에는 크로아티아 사람들과 마자르 사람들이 있다고 했다. 우리 부대는 여전히 공격용 진지에서 버티고 있었는데, 오스트리아군이 공격해 올 경우 이렇다 할 철조망도 없고 후퇴할 만한 적절한 장소도 없었다. 고원 지대에서 조금 내려가면 방어 진지를 구축하기 좋은 나지막한 산악 지대가 있긴 하지만, 실제적인 방어용 시설은 전혀 갖춰져 있지 않았다. 어쨌든 바인시차에 대한 느낌이 어떠냐고 지노가 물었다. 나는 이곳이 좀 더 평평한 고원 지대일 거라고 예상했으며, 이렇게 울퉁불퉁한 줄은 몰랐다고 말했다.

"알토 피아노(alto piano, 높은 고원)예요. 그냥 피아노는 아니라는 거죠."

지노가 말했다.

우리는 그가 머무는 숙소의 지하실로 돌아왔다. 나는 작은 산들이 연속된 봉우리보다는 꼭대기가 평평하면서 약간 깊은 곳도 있는 산등성이를 방어하는 편이 더 쉽고 실용적인 것 같다고 말했다. 아울러 평지보다 산간 지대에서 공격하는 것이 덜 힘들다고도 주장했다.

"그거야 산 나름이지요. 산 가브리엘레를 보십시오."

지노가 말했다.

"그렇지. 하지만 그들이 곤경을 겪었던 곳은 평평한 산꼭대기였거든. 정상까지는 쉽게 올라갔지만 말이야."

내가 말했다.

"그렇게 쉽지도 않았어요."

"그래. 그래도 산 가브리엘레는 특별한 경우였지. 산이라기보다는 요새였으니까. 오스트리아군이 그곳을 몇 년 동안 요새화했거든."

나는 전략적인 관점에서 기동전(機動戰 : 부대의 기동력, 화력, 지형 따위를 이용하여 진지를 옮겨 가면서 벌이는 전투)에 대해 말한 것이었다. 기동성이 좋은 부대는 쉽게 그 지대를 우회할 수 있기 때문에 산간 지대에 전선을 유지한다 해도 산간 지대의 이점이 별 도움이 되지 않는다는 뜻이었다. 부대의 기동성은 인간의 힘으로 얼마든지 확보할 수 있지만 산은 원천적으로 기동성이 좋지 않기 때문이다. 게다가 산에서 사격을 하면 늘 사정거리를 지나치게 멀리 잡게 된다. 또한 아군의 측면으로 우회적인 공격이 들어오면 산

꼭대기에는 정예 부대만 남게 된다. 나는 산악에서의 전투에 승산이 있다고 믿지 않는다면서, 이 문제에 대해 많이 생각해 보았다고 지누에게 말했다. 아군이 산 하나를 점령하면 적군은 다른 산을 뺏을 것이다. 하지만 정작 전투가 제대로 시작되면 모든 병사들은 산에서 내려와 평지에서 결판을 내야 한다.

"그렇다면 산간 지대가 국경 지역일 경우에는 어떻게 하죠?"

지누가 물었다.

나는 아직 그것까지는 생각해 보지 않았다고 답했고, 우리 둘은 함께 웃었다.

"그래도 예전에는 오스트리아군이 베로나 근처의 평지에서 호되게 당했지. 그들을 평지로 내려오게 놔두었다가 그곳에서 격파했거든."

내가 말했다.

"하지만 그들은 프랑스 군대였잖아요. 외국에서 싸우는 원정 군대는 군사적 문제점들을 거침없이 해결하니까요."

지노가 말했다.

"그래. 자기 나라라면 전투 지역을 그렇게 냉정하게 선정할 수 없지."

나도 그의 말에 동의했다.

"하지만 러시아 군대는 그렇게 했어요. 나폴레옹을 함정에 빠뜨리려고요."

"맞아. 하지만 그건 광활한 영토 덕분에 가능했을 거야. 만약 이탈리아에서 나폴레옹을 함정에 빠뜨리기 위해 후퇴를 한다면 브린디시(Brindisi, 이탈리아 남단에 있는 도시)까지 곧장 밀려갈 거야."

"끔찍한 곳이에요. 혹시 그곳에 가본 적 있으세요?"

"머문 적은 없어."

"나는 우리나라를 사랑하지만, 브린디시나 타란토(Taranto, 이탈리아 남동부에 있는 도시)를 사랑하지는 못하겠어요."

"바인시차는 사랑하나?"

"땅은 신성한 거예요. 그래도 감자가 더 많이 나면 좋겠어요. 우리가 이곳에 왔을 때 오스트리아인들이 심어놓은 감자밭을 발견했었거든요."

"식량이 많이 부족한가?"

"나는 한 번도 배부르게 먹어본 적이 없어요. 대식가인 탓도 있을 거예요. 식사는 중간 정도예요. 전선에 있는 부대들은 꽤 좋은 음식을 먹지만 후방의 지원 부대는 그렇지 못해요. 어딘가에서 새고 있는 것 같아요. 식량은 충분해야 하는데 말이죠."

"도그피시(dogfish, 1차 대전 중 식량을 훔쳐서 암시장에 팔아먹는 자들을 일컫는 은어)들이 식량을 다른 곳에 팔아먹는 모양이지."

"맞아요. 전방 부대에는 가능한 한 많이 보급하지만 후방 부대는 형편없어요. 오스트리아군이 심어놓은 감자를 먹거나 숲에서 딴 밤을 닥치는 대로 먹어요. 우리는 많이 먹는 사람들이라 좀 더 잘 먹어야 하는데 말이에요. 식량이 많이 있다고 알고 있는데, 병사들이 먹을 게 부족하다는 건 크게 잘못된 일이에요. 먹는 것이 병사들에게 어떤 영향을 미치는지 잘 알고 있지요?"

"그럼. 그렇게 해서는 결코 선생에 이길 수 없지."

"패전 얘기는 그만해요. 안 그래도 파다하게 나돌고 있으니까요. 올여름의 영광스러운 성과가 헛된 희생이 되진 말아야죠."

나는 아무 말도 하지 않았다. 신성하다느니, 영광스럽다느니, 희생을 했다느니 하는 공허한 표현을 들으면 나는 늘 당혹스럽다. 때때로 고함을 쳐야 들릴 정도로 소리가 거의 전달되지 않는 빗속에서 그런 단어들을 들었다. 전단 붙이는 사람들이 이미 오래된 포고문 위에 새롭게 덧붙인 포고문에서 그 단어들이나 표현을 읽은 적도 있었다. 하지만 나는 결코 신성한 것을 본 적이 없었고, 영광스럽다는 것에서 영광을 찾아볼 수 없었으며, 희생물로 바친 가축은 땅 속에 파묻는다는 것만 다를 뿐 시카고의 가축 수용소(도축을 위한 곳으로, 대부분 도살장과 함께 있다.)에 갇혀 있는 가축과 다를 바가 없었다. 도저히 귀로 들어 줄 수 없는 추상적인 단어들이 너무 많다. 그래서 땅의 이름만이 권위를 지닌다. 특정 숫자와 특정 날짜에 어떤 땅의 이름이 더해질 때만 말할 가치가 있고 의미를 부여할 수 있다. 영광, 명예, 용기, 신성과 같은 추상적인 단어들은 구체적인 마을 이름, 도로의 번호, 강 이름, 연대(聯隊) 번호, 날짜들 같은 구체적인 이름들 옆에서는 가당찮게 보인다. 지노는 애국자였다. 가끔 우리 사이를 갈라놓는 말을 할 때가 있지만, 그는 여전히 괜찮은 녀석이다. 그가 애국자답게 그런 추상적인 단어를 사용하는 것을 나는 이해했다. 그는 타고난 애국자이니까. 그는 페두치와 함께 차를 타고 고리치아로 떠났다.

그날은 하루 종일 폭풍우가 몰아쳤다. 바람이 비를 몰고 와 사방에 물이 고이고 진창이었다. 부서진 집들의 회칠한 벽은 비에 젖어 잿빛이었다. 비는 늦은 오후에 그쳤고, 나는 제2호 응급 구호소에서 운무가 가득한 산봉우리를 바라보았다. 또한 도로를 가려주는 짚단에서 뚝뚝 떨어지는 물방울과 을씨년스러운 시골의 가을 풍경도 보았다. 해는 떨어지기 전에 마지막으로 구름 사이로 모습을 드러내더니 능선 너머의 헐벗은 숲을 비췄다. 산마루 숲에는 오스트리아군의 대포가 많았지만 정작 발포되는 건 몇 대뿐이었다. 나는 전선 근처에 있는 파괴된 농가의 하늘에서 피어오른 둥그스름한 유산탄 연기를 지켜보았다. 가운데 부분에 누렇고 하얀 섬광이 번쩍이는 부드러운 연기 덩어리였다. 섬광이 번쩍인 다음에는 대기를 찢는 포성이 들리더니 연기 덩어리가 바람에 흩날렸다. 부서진 집들의 쓰레기 더미나 응급 구호소로 쓰이는 파괴된 집 옆의 도로에도 유산탄 쇠 파편들이 많았다. 그러나 그날 오후에는 구호소 부근에 포탄이 떨어지지 않았다. 우리는 두 대의 차에 부상자들을 나눠 싣고서 도로를 따라 달렸다. 길은 젖은 밀집 매트들로 가려져 있었는데, 저물어 가는 태양의 마지막 햇살이 매트 조각들 틈새로 스며들었다. 매트로 가려놓지 않은 산 뒤편 도로로 빠져나오기 전에 날이 저물었다. 우리는 텅 빈 도로를 내려가서 모퉁이를 돌아 탁 트인 곳으로 나왔다가 다시 밀집 매트가 만들어낸 아치형 사각 터널로 들어갔다. 그 터널을 빠져나오자 다시 비가 내리기 시작했다.

밤이 되자 바람이 세차게 불었고, 새벽 3시쯤 비가 억수로 쏟아지는 가운데 포격이 시작되었다. 크로아티아군이 산간 초원을 가로지르고 여기저기 산재한 숲을 통과하여 아군의 전선을 기습했다. 모두 비가 내리는 어둠 속에서 싸웠는데, 제2전선에 있던 이탈리아 병사들이 공포에 질려 있으면서도 필사적으로 반격하여 그들을 물리쳤다. 빗속에서 포탄과 로켓탄이 수없이 발사되었고, 기관총과 소총 소리가 전선 곳곳에서 요란하게 울려 퍼졌다. 시간이 조금 지나고 나서 적군이 다시 오지 않자 주위는 이전보다 더 조용해졌다. 바람이 불고 비가 오는 간간이 저 멀리 북쪽에서 엄청난 포격 소리가 들려왔다.

부상자들이 구호소로 들어오고 있었다. 몇 명은 들것에 실려서, 몇은 걸어서, 또 몇몇은 전장에 있던 병사들의 등에 업혀서 들어왔다. 모두들 비에 흠뻑 젖은 데다 하나같이 겁에 질려 있었다. 구호소 지하실에서 들것이 올라오는 대로 우리는 두 대의 앰뷸런스에 나누어 실었다. 두 번째 차량의 문을 닫아 잠글 때 얼굴에 떨어지던 비가 눈으로 바뀌기 시작했다. 눈송이가 비에 섞여 무겁고 빠르게 내려왔다.

날이 밝았을 때도 폭풍우는 여전했지만 눈은 멈춘 상태였다. 눈송이는 젖은 땅에 떨어지면서 곧 녹아 버렸고, 비가 다시 내렸다. 날이 밝은 후 적군이 또 한 차례의 공격을 가해 왔지만 성공하지 못했다. 또 공격이 있을지 몰라 하루 종일 기다렸지만 해가 질 때까지 아무 일도 없었다. 포탄은 오스트리아군이 집결한 기다란 능선의 삼림 지대 남쪽에서 날아왔었다. 추가 포격이 가해지리라 예상했지만 포탄은 떨어지지 않았다. 날이 어두워지자 마을 뒤 들판에서 아군의 대포들이 일제히 발사되었다. 포탄들이 공중을 날아가면서 내는 소리가 아군을 안심시켰다.

남쪽에서의 공격이 성공하지 못했다는 소식이 들려왔다. 그날 밤에는 적의 공격이 없었지만 북쪽 전선이 뚫렸다는 소식도 돌았다. 한밤중에 퇴각 준비를 하라는 전갈이 왔다. 구호소에 있는 대위가 내게 그 소식을 전했다. 여단 본부에서 들었다고 했다. 잠시 후 그는 전화를 하고 오더니 잘못 전달된 것이라고 하면서, 여단 본부에서는 무슨 일이 있더라도 바인시차를 사수하라고 명령했다고 했다. 나는 어디가 뚫렸는지를 물었다. 그는 오스트리아군이 아군 제27군단의 방어를 돌파하고 카포레토 쪽으로 진격 중이라고 했다. 북쪽에서 하루 종일 큰 전투가 벌어졌고, 아군이 뒤로 밀리고 있다고 대위가 설명했다. 여단 본부에서 들었다는 것이다.

"그 개자식들이 뚫렸다면 우린 죽었어."

그가 말했다.

"공격하는 선봉 부대가 독일군이랍니다."

군의관 하나가 말했다. 독일군이란 단어를 들으면 왠지 두려웠다. 독일군과는 전혀 엮이고 싶지 않았다.

"독일군 15사단이 투입되었답니다. 그들이 북쪽 전선을 돌파했다면 우리는 고립될 겁니다."

군의관이 말했다.

"여단 본부에서는 이 전선을 사수하라고 하네. 북쪽이 심각하게 돌파된 건 아니어서 마조레 산 산간 지대를 가로질러 전선을 확보할 수 있다는 거지."

"그런 얘기는 어디서 들은 겁니까?"

"사단 본부에서."

"우리가 퇴각할 거라는 말도 사단 본부에서 나왔는데."

"우리는 군단 사령부 소속입니다. 그렇지만 여기서는 대위님의 지시를 받습니다. 대위님이 퇴각을 지시하면 저는 당연히 따릅니다. 명령을 분명히 내려주십시오.”

내가 말했다.

“상부의 명령은 이곳을 사수하라는 거네. 자네는 우선 부상자들을 이곳에서 분류소로 옮겨주게.”

“분류소에서 야전 병원으로 옮기는 경우도 가끔 있습니다. 그런데 한 번도 후퇴해 본 적이 없어서……. 만약 퇴각한다면 부상자들을 어떻게 전원 후송시키죠?”

“전원 후송은 아니야. 옮길 수 있는 숫자만큼만 옮기고, 나머지는 남겨두고 가야지.”

“차량에는 뭘 싣고 갑니까?”

“병원 장비.”

“알았습니다.”

그다음 날 밤에 퇴각이 시작되었다. 독일군과 오스트리아군이 북쪽을 뚫고 산간 계곡으로 내려와 치비달레와 우디네로 공격해 오고 있다는 소식을 들었다. 아군의 퇴각은 질서 정연했지만 비에 젖어 축축하고 침울했다. 한밤중에 혼잡한 도로를 따라 천천히 걸으면서, 우리는 전선에서 물러나 비를 맞으며 행군하는 부대와 대포, 마차를 끄는 말들, 노새, 트럭 등을 지나쳤다. 진군할 때와 마찬가지로 혼란은 없었다.

그날 밤 우리는 고원에서 피해가 가장 적은 마을에 세워두었던 야전 병원들의 철수 작업을 도우면서 부상자들을 플라바 강둑으로 이송했다. 이튿날은 플라바에 있는 야전 병원과 분류소를 철수시키느라 하루 종일 빗속에서 짐을 옮겼다. 비는 줄기차게 내렸다. 바인시차 부대들은 10월의 비를 맞으며 고원에서 퇴각하여, 그해 봄에 큰 승리를 거뒀던 이손초 강을 건넜다. 그리고 그다음 날 한낮 무렵에 우리는 고리치아에 도착했다. 비는 이미 그쳤고 마을은 거의 비어 있었다. 우리가 거리에 들어섰을 때 군인들이 사병용 위안소에 있는 아가씨들을 트럭에 태우고 있었다. 일곱 명의 아가씨들은 모자와 외투 차림에 작은 옷가방을 들고 있었다. 그중 두 명은 울음을 터뜨렸고, 다른 한 명은 우리를 향해 추파를 던지다가 혀를 내밀어 위아래로 날름거렸다. 입술이 두툼하니 통통했고 눈이 검은 여자였다.

나는 차를 세우고 그쪽으로 다가가 포주에게 말을 걸었다. 장교용 위안소에 있는 아가씨들은 그날 아침 일찍 출발했다고 그녀가 말했다. 그들은 어디로 가는 거죠? 코넬리아노로 간다고 그녀가 대답했다. 트럭이 움직이기 시작했다. 통통한 입술을 가진 아가씨가 우리를 향해 다시 혀를 날름거렸다. 포주는 손을 흔들었다. 두 아가씨는 여전히 울고 있었다. 다른 아가씨들은 재미있다는 듯이 마을을 내다봤다. 나는 다시 차에 올라탔다.

"우리도 저 여자들과 함께 가면 재미있는 여행이 될 텐데 말입니다."

보넬로가 말했다.

"우리도 재미있는 여행을 할 걸세."

내가 말했다.

"끔찍한 여행이겠죠."

"내 말이 그 말이지."

내가 대꾸했다. 우리는 차도를 따라 숙소로 갔다.

"거친 녀석들이 트럭으로 기어올라 아가씨들을 덮치려고 하는 꼴을 보고 싶은데요."

"그 녀석들이 그럴 거라고 생각하나?"

"그럼요. 제2군에 있는 사병 중 저 포주를 모르면 간첩인걸요."

우리는 숙소까지 갔다.

"그들은 저 포주를 수녀원장이라고 불러요. 아가씨들은 새로 온 애들이지만 포주는 누구나 알지요. 아까 철수한 여자들은 퇴각 직전에 데려온 애들인가 봐요."

보넬로가 계속 말했다.

"아가씨들이 고생깨나 하겠는데."

"제 말이 그 말입니다. 나도 저애들이랑 공짜로 한번 해보면 좋겠다고 생각했으니까요. 저놈의 집에서는 너무 비싸게 받았거든요. 정부는 위안해 준다면서 우리를 벗겨먹는 거죠."

"차를 밖에 내놓고 정비공에게 살펴보라고 하게나. 엔진 오일도 갈고 기어도 점검하고. 차에 연료를 가득 채운 뒤에는 잠을 좀 자두게나."

내가 말했다.

"네, 중위님."

숙소는 비어 있었다. 리날디는 후방으로 철수하는 병원을 따라가고 없었다. 소령도 참모 차량에 병원 사람들을 태우고 떠나가 버렸다. 창문에 내게 남긴 메모가 한 장 붙어 있었다. 복도에 쌓여 있는 물품들을 차에 싣고 포르데노네(Pordenone, 이탈리아 북동부에 있는 도시)로 오라는 내용이었다. 정비공들도 이미 떠난 뒤였다. 나는 차고로 되돌아갔다. 그곳에 있는 동안 나머지 차량 두 대가 들어왔고, 운전병들이 차에서 내렸다. 비가 다시 오기 시작했다.

"난 너무…… 졸렸어요. 플라바에서 이곳까지 오는 동안 세 번이나 졸았다니까요. 중위님, 이제 뭘 하나요?"

피아니가 말했다.

"엔진 오일을 갈고 윤활유를 치고 연료를 가득 채운 다음에 차를 정문으로 몰고 나와. 그다음에는 선발대가 남긴 잡동사니들을 싣게나."

"그러고서 출발합니까?"

"아니, 그전에 세 시간쯤 잠을 자두어야 해."

"세상에, 잠을 잘 수 있다니 고맙습니다. 운전하면서 눈을 계속 뜨고 있을 수가 없었어요."

보넬로가 말했다.

"자네 차는 어떤가, 아이모?"

내가 말했다.

"상태가 괜찮습니다."

"작업복을 가져다주게. 엔진 오일 바꾸는 걸 도와줄 테니."

"아닙니다, 중위님. 그까짓 건 일도 아닌 걸요. 중위님은 가셔서 짐이나 꾸리십시오."

"내 짐은 다 싸놨어. 난 가서 선발대가 남긴 짐을 챙기고 나올 테니, 준비가 되는 대로 차를 정문 쪽으로 돌려놓게."

병사들이 차들을 숙소 정문 쪽으로 몰고 왔다. 우리는 복도에 쌓여 있는 병원 장비를 차에 실었다. 짐을 전부 실은 다음 차량 석 대를 비가 내리는 차도의 나무 밑에 죽 세워두고서 우리는 숙소 안으로 들어갔다.

"주방에 불을 피우고 옷가지들을 좀 말리게."

내가 말했다.

"옷이야 마르건 말건 상관없습니다. 잠을 먼저 자야겠어요."

피아니가 말했다.

"난 소령님 침대에서 잘게요. 늙은 양반이 머리를 굴리던 곳에서요."

보넬로가 말했다.

"난 어디서 자든 상관없어."

피아니가 말했다.

"여기에도 침대가 두 개 있네."

내가 문을 열었다.

"그 방에 뭐가 있는지도 전혀 몰랐네요."

보넬로가 말했다.

"이곳이 늙은 물고기 머리의 방이었군요."

피아니가 말했다.

"자네 둘이 여기서 자게나. 내가 깨워줄 테니."

내가 말했다.

"중위님이 늦게까지 주무시면 오스트리아군이 우리를 깨울 겁니다."

보넬로가 말했다.

"오래 자지 않을 걸세. 아이모는 어딨나?"

"주방에 갔습니다."

"이제 그만 자게나."

"그래야겠어요. 하루 종일 앉은 채 졸았거든요. 눈꺼풀이 자꾸 내려와서 고개를 계속 처박았어요."

피아니가 말했다.

"군화를 벗어. 늙은 물고기 머리의 침대니까 말이야."

보넬로가 말했다.

"물고기 머리 따위는 하나도 겁나지 않아."

피아니는 흙투성이의 군화를 신은 채 발을 쭉 뻗더니 팔베개를 하고서 침대에 누웠다. 나는 주방으로 갔다. 아이모는 난로에 불을 지피고서 물주전자를 올려놓았다.

"파스타 아시우타(pasta asciutta, 소스나 조미료가 곁들여진 조리된 파스타)를 만들 생각이었습니다. 깨고 나면 모두 배가 고플 테니까요."

그가 말했다.

"자넨 졸리지 않나, 바르톨로메오?"

"심하게 졸리지는 않습니다. 물이 끓기 시작하면 놔두고 자겠습니다. 불은 저절로 꺼질 테니까요."

"잠을 좀 자두는 게 좋을 걸세. 식사는 치즈하고 통조림 쇠고기를 먹으면 될 거야."

내가 말했다.

"이게 더 낫죠. 저 두 명의 무정부주의자들한테는 뜨뜻한 게 좋을 겁니다. 중위님은 들어가서 주무십시오."

그가 말했다.

"소령 방에 침대가 하나 있네."

"중위님께서 거기서 주무세요."

"아니야. 나는 전에 쓰던 방으로 갈게. 한잔하겠나, 바르톨로메오?"

"출발할 때 마실게요. 지금 마시면 아무 소용없습니다."

"세 시간 뒤에 자네가 깼는데도 내가 자네를 부르지 않거든 나를 깨우게나. 알겠지?"

"전 시계가 없는데요, 중위님."

"소령 방에 벽시계가 있다네."

"알았습니다."

식당에서 나온 나는 복도를 지나 대리석 층계를 올라갔다. 리날디와 내가 함께 쓰던 방으로 갔다. 밖에는 비가 내리고 있었다. 창가로 가서 밖을 내다봤다. 밖은 어두워지고 있었고 나무 밑에 석 대의 차량이 나란히 줄지어 있는 게 보였다. 비가 내려 나무에서 물이 떨어지고 있었다. 공기는 싸늘했고 나뭇가지에 빗방울이 대롱대롱 매달려 있었다. 나는 리날디의 침대에 누워 잠을 청했다.

출발하기 전에 우리는 주방에서 음식을 먹었다. 아이모가 양파와 통조림 고기를 다져서 만든 스파게티를 내놓았다. 우리는 식탁에 둘러앉아 숙소 지하실에 남겨져 있던 와인 두 병을 비웠다. 밖은 어두컴컴했고 여전히 비가 내리고 있었다. 피아니는 식탁에 앉아서도 무척 졸린 표정이었다.

"난 진군보다 퇴각이 좋아. 퇴각할 땐 바르베라(Barbera, 레드 와인)를 마시니까."

보넬로가 말했다.

"지금은 그걸 마시지만 내일은 빗물을 마실지도 몰라."

아이모가 대꾸했다.

"내일이면 우디네에 가 있겠지. 거기서 샴페인을 마시자고. 한 량들이 많은 곳이니까. 피아니, 일어나게. 우리는 내일 우디네에서 샴페인을 마시는 거야."

"잠은 깼습니다. 토마토소스는 찾질 못했나, 바르토?"

피아니가 자기 접시에 스파게티와 고기를 가득 담으며 말했다.

"없었어."

아이모가 말했다.

"우린 우디네에서 샴페인을 마시는 거야."

보넬로가 맑고 붉은 바르베라를 잔에 가득 따르며 말했다.

"어쩌면 우디네에 도착하기 전에 마실 수도 있겠지."

피아니가 말했다.

"많이 잡수셨습니까, 중위님?"

아이모가 나에게 물었다.

"실컷 먹었네. 병 좀 주게나, 바르톨로메오."

"한 사람 앞에 한 병씩 돌아가도록 차에 실어놓았습니다."

아이모가 말했다.

"잠은 잤는가?"

"잠이 그리 많지 않습니다. 아무튼 조금은 잤습니다."

"내일이면 왕의 침대에서 자게 될 걸세."

보넬로가 말했다. 그는 기분이 무척 좋은 듯했다.

"내일이면 우리가……."

피아니가 말했다.

"난 여왕과 함께 잘 거야."

보넬로가 끼어들었다. 그는 내가 그 농담을 어떻게 받아들이는지 살폈다.

"넌 사령관 마누라하고 자겠지."

피아니가 졸린 표정으로 대꾸했다.

"중위님, 이건 반역입니다. 사령관 운운하는 건 반역 아닙니까?"

보넬로가 말했다.

"닥치게나. 술 몇 잔 마시고 벌써부터 헛소리야?"

내가 말했다. 밖에서는 비가 세차게 내리고 있었다. 나는 손목시계를 들여다봤다. 9시 30분이었다.

"출발 시간이다."

나는 이렇게 말하면서 일어섰다.

"중위님은 누구 차를 타고 가시겠어요?"

보넬로가 물었다.

"아이모 차를 타겠네. 그 뒤에 자네 차가, 그리고 피아니가 뒤따르게. 코르몬스로 이어지는 길을 따라 출발한다."

"졸까봐 겁이 납니다."

피아니가 말했다.

"좋아. 그럼 내가 자네 차에 타지. 그다음은 보넬로, 그다음이 아이모."

"그게 최선의 방법입니다. 제가 너무 졸려서 누가 옆에 있어야 해요."

피아니가 말했다.

"내가 운전할 테니 그동안 눈 좀 붙이게나."

"아닙니다. 제가 졸고 있을 때 누군가가 흔들어주면 운전할 수 있습니다.”

“내가 흔들어주지. 바르토, 불을 *끄게.*”

“그냥 놔둬도 괜찮지 않을까요? 다시 쓸 일이 없을 테니까요.”

보넬로가 말했다.

“내 방에 작은 트렁크가 있어. 피아니, 그것 좀 가져다주지 않겠나?”

내가 말했다.

“그러죠. 보넬로, 가자.”

피아니가 보넬로와 함께 집 안으로 들어갔다. 그들이 층계를 올라가는 소리가 들렸다.

“좋은 곳이었어요. 이런 곳은 또 없을 겁니다. 그런데 우리는 어디로 후퇴하는 겁니까, 중위님?”

바르톨로메오 아이모가 중얼거리듯이 말하면서, 배낭에다 와인 두 병과 치즈 반 덩어리를 넣었다.

“탈리아멘토(Tagliamento) 강 너머 어디라고 하더군. 병원과 전투 부대는 포르데노네에 주둔하게 될 거야.”

“여기가 포르데노네보다 좋은 곳입니다.”

“난 포르데노네를 몰라. 그냥 지나쳐 간 적만 있었지.”

“별 볼일 없는 곳입니다.”

아이모가 말했다.

# 28

우리는 마을을 빠져나왔다. 큰 도로를 열 지어 지나가는 부대와 야포들뿐, 비에 젖고 어둠에 싸인 마을은 텅 비어 있었다. 다른 길로 가던 많은 트럭과 짐마차 몇 대도 모두 큰 도로로 몰려들었다. 피혁 공장을 지나 간선 도로로 들어서자 부대, 트럭, 짐마차, 야포들이 거대한 대열을 이루며 서서히 움직였다. 우리는 빗속에서 느리지만 꾸준하게 나아갔다. 우리가 탄 차의 라디에이터 뚜껑은 짐을 아주 높게 쌓아올리고 젖은 캔버스 천으로 덮은 트럭의 꽁무니에 거의 닿을 지경이었다. 갑자기 트럭이 멈추는 바람에 대열 전체가 정지했다. 트럭이 다시 움직이기 시작하자 우리도 조금 더 나아갔지만 얼마 가지 않아서 다시 멈췄다. 나는 차에서 내려 트럭과 마차와 말들의 젖은 목덜미 사이를 지나치며 앞으로 걸어갔다. 대열은 저 멀리 훨씬 앞에서부터 멈춰 있었다.

나는 도로에서 벗어나 발판을 딛고 도랑을 건너 반대편 들판을 따라 걸어갔다. 들판을 지나 앞으로 나아가니 비가 내리는 나무들 사이로 멈춰 선 대열이 보였다. 내가 걸어간 거리는 1마일쯤이었다. 대열은 전혀 움직이지 않았지만 정체된 차량 너머 저 앞쪽에서 보병 부대가 서서히 움직이고 있었다. 나는 차로 되돌아갔다. 멈춘 대열은 우디네까지 늘어섰을 지도 모른다. 피아니는 핸들에 기댄 채 잠들어 있었다. 그의 옆 좌석으로 올라 나도 잠이 들었다. 몇 시간이 지난 뒤, 앞 트럭이 기어를 넣는 소리가 들렸다. 나는 피아니를 깨워 출발했지만, 몇 야드 움직이다가 멈추고 다시 나아가기를 반복했다. 여전히 비가 내리고 있었다.

한밤중에 대열은 다시 정지하더니 전혀 움직이지 않았다. 나는 차에서 내려 아이모와 보넬로를 보러 뒤쪽으로 갔다. 보넬로는 공병 부사관 두 명을 태우고 있었다. 내가 다가가자 그들이 긴장하는 것 같았다.

"이들은 다리에 뭔가를 설치하라는 지시를 받고 남겨졌답니다. 소속 부대를 찾을 수 없다기에 태웠습니다."

보넬로가 말했다.

"중위님, 허가해 주십시오."

부사관들이 말했다.

"허가하네."

내가 말했다.

"중위님은 미국인이야. 누구든 태워주실 분이지."

보넬로가 말했다.

부사관 중 한 명이 웃음을 지어 보였다. 다른 부사관은 내가 북미나 남미 출신의 이탈리아인이냐고 보넬로에게 물었다.

"이탈리아인이 아니라니까. 영어를 쓰는 북아메리카인이야."

부사관들은 정중했지만 그 말을 믿지 않는 것 같았다. 나는 그들 곁을 떠나 아이모에게로 갔다. 그는 옆자리에 앳된 소녀 둘을 앉혀놓고 구석에 비스듬히 앉아 담배를 피우고 있었다.

"아이모, 아이모."

내가 부르자, 그가 나를 쳐다보며 웃었다.

"말 좀 해주세요, 중위님. 무슨 말을 하는지 알아듣질 못하겠어요."

그는 앳된 소녀의 허벅지에 손을 얹고서 친한 사이처럼 살을 꼬집는 시늉을 하며 말했다.

"이봐요! 중위님께 너희들 이름하고 여기서 뭘 하고 있었는지 말씀드려."

그가 말했다.

한 소녀가 나를 뚫어지게 쳐다봤다. 다른 소녀는 눈을 내리깔고 있었다. 나를 쳐다봤던 소녀가 사투리로 뭐라고 말했는데 한마디도 알아들을 수가 없었다. ― 이탈리아의 시골 사람들이 쓰는 사투리는 그 지역에서 100마일만 벗어나도 통하지 않는 경우가 많다. ― 통통하고 가무잡잡한 피부에 열여섯 살쯤 되어 보였다.

"소렐라(sorella, 여동생)?"

나는 또 다른 소녀를 손으로 가리켜 보이며 물었다.

앳된 소녀는 고개를 끄덕이면서 미소를 지었다.

"좋아."

내가 여자 아이의 무릎을 가볍게 쳤다. 내 손이 닿을 때마다 소녀의 몸이 뻣뻣해지는 걸 느꼈다. 여동생은 한 번도 고개를 들지 않았다. 여동생은 한 살 정도 더 어려 보였다. 아이모가 언니의 허벅지에 손을 얹자, 그 소녀는 얼른 그의 손을 밀쳤다. 그는 소녀를 보고 웃었다.

"좋은 사람."

그는 자신을 가리켰다.

"좋은 사람이야. 걱정하지 마."

이번엔 나를 가리켰다.

여자 아이는 아이모를 사나운 눈초리로 쳐다봤다. 두 소녀는 마치 두 마리의 들새 같았다.

"내가 싫다면서 뭣 때문에 이 차에 탄 거지? 내가 손짓을 하자마자 차에 올라탔어요."

아이모는 나에게 설명하면서 소녀 쪽으로 몸을 돌렸다.

"염려하지 마. 그런 짓을 당할 위험은 없어. 그런 짓을 할 만한 장소도 없고."

아이모는 다소 상스러운 표현을 써가면서 말했다. 소녀는 그 말을 알아들은 것 같은 표정을 지었지만, 우리로서는 그 이상을 알 수 없었다. 그러더니 매우 겁먹은 눈빛으로 아이모를 쳐다보더니 숄을 자신의 몸 쪽으로 단단하게 잡아당겼다.

"차가 만원이야. 그런 짓을 당할 위험은 없어. 그런 짓을 할 만한 장소도 없고."

아이모가 상스러운 말을 할 때마다 소녀는 긴장했다. 뻣뻣하게 굳은 채로 앉아 그를 쳐다보다가 울기 시작했다. 입술이 떨리는가 싶더니 통통한 뺨을 타고 눈물이 흘러내렸다. 동생은 시선을 내리깐 채로 언니의 손을 꼭 잡고 그대로 앉아 있었고, 사납게 굴던 언니는 소리 내어 흐느끼기 시작했다.

"겁먹은 모양이구나. 겁줄 생각은 없었는데."

아이모가 말했다.

아이모는 배낭을 열고 치즈를 꺼내더니 두 조각으로 잘랐다.

"자, 이거⋯⋯. 울지 마."

그가 말했다.

언니는 고개를 흔들면서 계속 울었지만, 동생은 치즈를 받아서 먹기 시작했다. 잠시 후 동생이 언니한테 다른 조각을 건넸고, 둘은 함께 치즈를 먹었다. 언니는 치즈를 먹으면서도 중간 중간 흐느꼈다.

"조금 지나면 괜찮아질 겁니다."

아이모는 이렇게 말하더니 갑자기 어떤 생각이 떠오른 모양이었다.

"너 숫처녀니?"

아이모는 자기 옆에 앉은 소녀에게 물었다. 소녀가 고개를 세차게 끄덕였다.

"이쪽도?"

이번엔 동생을 가리켰다. 두 소녀가 모두 고개를 끄덕였고, 언니는 사투리로 뭔가를 말하기 시작했다.

"그래, 괜찮아."

아이모가 말했다.

두 소녀는 기분이 한결 나아진 듯했다.

구석에 비스듬히 앉은 아이모와 두 소녀를 남겨두고 나는 피아니의 차로 돌아왔다. 차량 대열은 움직이지 않았지만 보병 부대들은 계속해서 지나갔다. 비는 여전히 줄기차게 내렸다. 부분적으로 비에 젖은 전선 때문에 차들이 고장 나서, 대열이 움직이다 멈추는 것이 아닐까 싶은 생각이 들었다. 어쩌면 사람이나 말이 꾸벅꾸벅 조는 게 더 큰 이유인지도 모를 일이다. 하지만 그것도 완벽한 이유는 되지 못한다. 모든 사람들이 깨어 있는 도시에서도 때때로 교통 체증이 발생하니까. 말과 자동차는 서로에게 도움이 되지 않고 방해가 될 뿐이다. 농부들의 짐마차도 도움이 안 되기는 마찬가지였다. 아이모와 함께 있는 소녀들도 마찬가지다. 후퇴 행렬은 소녀들이 있을 곳이 못됐다. 숫처녀들. 아마도 신앙심이 깊은가 보다. 전쟁이 아니라면 지금쯤은 우리 모두 잠자리에 들었을 것이다. 침대와 식탁. — 숙식, 또는 부부 생활을 뜻한다. — 나는 침대에서 판자처럼 뻣뻣하게 사지를 펴고 누우리라. 지금쯤 캐서린은 시트 하나를 아래에 깔고, 하나는 위에 덮고 자고 있지 않을는지. 캐서린은 몸을 어느 쪽으로 돌리고 자더라? 왼쪽? 오른쪽? 어쩌면 자고 있지 않을 수도 있다. 드러누워서 내 생각을 하고 있지 않을까? 불어라, 불어라, 너 서풍이여. — 셰익스피어의 희곡 『뜻대로 하세요』의 대사 '불어라, 불어라, 그대 겨울바람아.' — 그래, 바람이 분다. 비는 가랑비가 아니라 굵은 장대비였다. 밤새도록 비가 내렸다. 비가 오고 또 왔다. 보라, 내 사랑이 내 품에 안겨 있고 내가 다시 그녀와 함께 침대에 누워 있다면 얼마나 좋을까. 내 사랑 캐서린. 내 사랑 캐서린을 비처럼 내리게 하소서. 바람아, 불어라. 너의 넓은 품에 그녀를 안아 다시 내게 보내다오. 그래, 우리는 바람 안에 있어. 모든 사람들이 바람에 휩쓸려 있어. 조용히 내리는 비가 바람을 가라앉힐 수는 없지.

'잘 자오, 캐서린.' 나는 큰 소리로 외쳤다. '잘 자길 바라오. 달링, 그렇게 한쪽으로 누워서 불편하거든 다른 쪽으로 바꿔 누워 봐요.' 나는 계속해서 말했다. '찬물 좀 가져다줄게요. 조금 있으면 아침이고, 아침이 되면 지금보다 좋아질 거요. 당신을 이렇게 불편하게 해서 어떻게 하죠? 정말 미안해요. 달링, 잠을 청해 봐요.' 그녀는 내내 잠이 들어 있었다고 하면서 '당신, 잠꼬대를 하는군요. 괜찮아요.' 라고 말했다. '정말 거기 있소?' 라고 내가 묻자, '물론이죠. 여기 있어요. 난 아무 데도 안 가요. 이런 것들이 우리 사이를 어쩌지 못해요.' 라고 캐서린이 말했다. 내가 '당신은 정말 사랑스러워요. 밤에 가 버리는 거 아니죠, 그렇죠?' 라고 말하자, 그녀가 '물론, 안 가요. 저는 언제나 여기 있어요. 당신이 원하면 언제든 달려갈게요.' 라고 말했다.

"……대열이 다시 움직이기 시작하네요."

피아니가 말했다.

"내가 깜빡 졸았나 봐."

내가 말했다. 손목시계를 봤다. 새벽 3시였다. 나는 좌석 뒤에 놓아둔 바르베라 병을 집으려고 팔을 뻗었다.

"큰 소리로 잠꼬대를 하시던데요."

피아니가 말했다.

"영어로 꿈을 꾸었네."

내가 말했다.

빗줄기가 좀 잦아들었고, 우리는 앞으로 나아갔다. 하지만 날이 밝기 전에 대열은 다시 꼼짝달싹 못 하게 되었다. 날이 밝았을 때 우리는 조금 높은 지대에 올라와 있었다. 퇴각 도로는 저 앞쪽으로 훨씬 멀리까지 뻗어 있었다. 대열 사이를 빠져가는 보병 부대를 제외하면 모든 것들이 정지 상태였다. 대열이 다시 움직이기 시작했지만, 낮의 이동 속도로 보아 우디네까지 가려면 간선 도로에서 벗어나 그 마을을 가로지르는 이면 도로를 타는 편이 좋을 것 같았다.

밤중에는 시골길의 구석구석에서 많은 농부들이 대열에 끼어들었다. 가재도구 등을 실은 짐마차들도 보였는데, 매트리스 사이로 거울이 삐죽 삐져나와 있기도 했고 닭과 오리들이 짐마차에 매달려 있기도 했다. 우리 바로 앞에 가는 짐마차에는 씨 뿌리는 기계가 실려 있었다. 모두들 가장 값진 물건을 챙긴 것 같았다. 비를 피해서 짐마차에 웅크려 앉아 있는 부녀자들이 많았고, 될 수 있는 대로 마차에 바짝 붙어 따라가는 여자들도 있었다. 심지어는 개들까지 대열에 끼어 마차 옆에서 따라가고 있었다. 길은 질척질척했고, 양쪽 도랑은 물이 가득 차서 찰랑거렸다. 길가에 늘어선 나무들 너머 들판은 빗물에 흥건하게 젖어 있어서 건너갈 엄두가 나질 않았다. 나는 차에서 내려 마을을 가로지를 수 있는 샛길을 찾아보려 했다. 샛길은 많았지만 우리 목적지가 아닌 다른 곳으로 빠진다면 오히려 낭패일 터였다. 지금까지 간선 도로를 타고서 빠르게 지나쳐 온 데다 길들이 전부 다 비슷비슷해 보였기 때문에 일일이 기억할 수가 없었다. 대열을 뚫고 앞으로 나아가려면 샛길을 찾아내야만 한다. 어디에 오스트리아군이 있는지 또 상황이 어떻게 돌아가는지 알 수 없었지만, 비가 그치고 전투기가 날아와 대열에 폭격을 해대기 시작하면 모든 게 끝장일 것이 뻔했다. 몇 사람이 트럭을 버리고 도망치거나 말 몇 마리가 죽기라도 한다면 도로의 움직임이 마비 상태에 빠져 옴짝달싹 못할 것이다.

지금은 비가 그리 심하게 내리지 않아 날이 갤지도 모르겠다는 생각이 들었다. 길가를 따라 앞으로 가서 보니 양쪽으로 나무 울타리가 쳐진 들판 사이에 북쪽으로 난 작은 길 하나가 있었다. 차라리 그 길로 들어서서 가는 게 좋을 거란 생각이 들어 서둘러 차로 돌아갔다. 피아니에게 차를 돌리라고 말하고서 보넬로와 아이모에게도 알려주러 갔다.

"만약 저 길이 엉뚱한 곳으로 빠진다면 다시 돌아와서 대열에 끼어들면 돼."

내가 말했다.

"이 사람들은 어떻게 하죠?"

보넬로가 물었다. 부사관 두 명이 그의 옆자리에 앉아 있었다. 면도도 하지 못했지만 이른 아침인데도 군인다운 모습이었다.

"차를 밀 때 도움이 될 거야."

나는 그렇게 말한 다음 아이모에게 가서 마을을 가로질러 갈 거라고 말했다.

"숫처녀 자매는 어쩌죠?"

아이모가 물었다. 앳된 두 소녀는 잠이 들어 있었다.

"별 도움이 안 될 텐데. 차를 밀 수 있는 사람을 태워야 할 거야."

"그런 사람들은 뒷좌석에 태울 수 있어요. 차에 여유가 좀 있거든요."

"알았네. 자네 생각대로 해. 차를 밀 수 있도록 어깨가 떡 벌어진 녀석을 골라 태우게."

"저격병이 좋을 것 같은데요. 그 녀석들은 어깨가 아주 넓죠. 어깨 넓이를 재보고 뽑은 사람들이니까요. 중위님, 기분이 어떠십니까?"

아이모가 웃음을 지으며 말했다.

"좋아. 자네는 어떤가?"

"좋습니다. 그런데 배가 고프네요."

"길을 따라가다 보면 뭔가가 있을 걸세. 가다가 차를 세우고 뭘 좀 먹도록 하지."

"다리는 어떻습니까, 중위님?"

"괜찮네."

대답을 한 다음 자동차 발판에 올라서서 앞쪽을 바라보니 피아니의 차가 대열을 빠져나와 작은 샛길로 들어서고 있었다. 잎이 떨어진 나무 울타리 사이로 그의 차가 언뜻언뜻 보였다. 보넬로도 도로를 벗어나서 방향을 틀어 그 뒤를 따랐다. 피아니가 앞장서서 길을 헤치며 나아갔기 때문에 우리는 두 대의 앰뷸런스를 앞세우고 울타리 사이의 비좁은 길을 따라갈 수 있었다. 샛길은 농가로 이어졌다. 피아니와 보넬로가 농가 마당에 차를 세웠다. 나지막하고 기다란 집이었는데, 문 입구에 포도넝쿨 시렁이 있었다. 앞마당에 우물이 있어서, 피아니는 물을 길어 라디에이터에 채웠다. 저속 기어로 너무 오랫동안 달려온 탓에 냉각수가 아주 뜨거워져 김을 내뿜고 있었다. 농가에는 인적이 없었다. 나는 온 길을 돌아보았다. 농가가 평지보다 약간 높은 곳에 위치하고 있어서 그 일대가 잘 보였다. 도로도 보였고, 울타리가 쳐진 들판과 후퇴 대열이 지나가는 도로에 줄지어 있는 가로수들도 보였다. 두 명의 부사관은 집 안을 뒤지고 있었다. 앳된 두 소녀는 잠에서 깨어나 마당, 우물, 우물가에 있는 세 명의 운전병, 그리고 농가 앞에 서 있는 두 대의 앰뷸런스를 보고 있었다. 부사관 한 명이 벽시계를 들고 나왔다.

"제자리에 갖다 놓게."

내가 말하자, 그는 나를 힐끗 쳐다보더니 집 안으로 들어갔다가 빈손으로 다시 나왔다.

"자네 친구는 어디 있나?"

내가 물었다.

"화장실에 갔습니다."

그는 앰뷸런스에 올라 자리에 앉았다. 우리가 자기를 남겨두고 갈까봐 겁이 난 모양이었다.

"아침 식사를 하는 게 어떨까요, 중위님? 뭔가 먹을 게 있을 겁니다. 시간도 그리 오래 걸리지 않아요."

보넬로가 말했다.

"이 길에서 반대편으로 내려가면 어디든 나오겠지?"

"그럴 겁니다."

"좋아. 그럼 아침을 먹도록 하지."

피아니와 보넬로가 집 안으로 들어갔다.

"자, 내려라."

아이모가 앳된 소녀들한테 말하면서, 그들이 차에서 내리는 걸 도와주려고 손을 내밀었다. 두 소녀 중 언니가 고개를 저었다. 그들은 빈집 안으로 들어가려 하지 않았다. 우리의 뒷모습만 주시하고 있을 뿐이었다.

"까다로운 년들이야."

아이모가 중얼거렸다. 우리는 함께 농가로 들어갔다. 넓고 어두침침한 것이 폐가 같은 느낌이었다. 보넬로와 피아니는 부엌에 있었다.

"먹을 게 많지 않아요. 깨끗이 정리하고 떠났어요."

피아니가 말했다. 보넬로는 육중한 부엌 식탁 위에다 큰 치즈를 올려놓고 얇게 저미듯이 썰었다.

"치즈는 어디에 있었나?"

"지하실에요. 피아니가 사과랑 와인도 찾아냈습니다."

"그 정도면 아침 식사로는 훌륭하군."

피아니는 버드나무 잔가지를 엮어서 싸매놓은 커다란 와인 항아리의 코르크 마개를 뽑고 있었다. 항아리를 기울여 구리 냄비에 가득 따랐다.

"냄새는 괜찮은데요. 큰 잔 좀 찾아봐, 바르토."

피아니가 말했다. 그때 두 명의 부사관이 들어왔다.

"치즈 좀 드시게, 부사관님들."

보넬로가 말했다.

"저희는 빨리 가야 합니다."

한 부사관이 치즈를 먹고 나서 와인을 따르며 말했다.

"곧 출발할 거니까 염려 마."

보넬로가 말했다.

"군대는 든든하게 먹어야 움직이는 법이거든."

내가 말했다.

"뭐라고 하셨나요?"

부사관이 물었다.

"먹어두는 게 좋단 말이네."

"네, 하지만 시간이 없습니다."

"저 자식들은 이미 뭘 좀 먹은 것 같아요."

피아니가 이렇게 말하자, 두 부사관이 그를 쳐다봤다. 그들은 우리 일행에게 반감을 가지고 있는 것 같았다.

"이 부근의 길을 아십니까?"

한 부사관이 내게 물었다.

"아니."

내가 대답하자, 두 사람은 서로를 쳐다봤다.

"출발하는 게 좋겠습니다."

먼저 말을 꺼냈던 부사관이 말했다.

"이제 출발할 거야."

나는 이렇게 대답한 다음 와인 한 잔을 더 마셨다. 치즈와 사과를 먹고 나서인지 와인의 풍미가 더욱 좋게 느껴졌다.

"치즈는 가져가지."

나는 그렇게 말하면서 밖으로 나왔다. 그런데 보넬로가 큰 와인 항아리를 들고 나오는 것이 아닌가.

"그건 가져가기엔 너무 커."

내가 이렇게 말하자, 그는 아쉽다는 듯 항아리를 내려다봤다.

"제가 봐도 크긴 크군요. 와인을 채워줄 테니 수통들을 내봐."

보넬로가 수통에 와인을 콸콸 부어 넣자 와인이 흘러넘쳐 앞마당에 깔린 돌 위로 흘러내렸다. 그는 와인 항아리를 들어 문

바로 안쪽에 내려놓았다.

"여기에 두면 오스트리아 군바리 놈들이 와인을 찾으려고 문을 부수지 않아도 되겠지."

보넬로가 말했다.

"출발하세. 피아니와 내가 앞서 가겠네."

내가 말했다. 두 명의 부사관들은 벌써 보넬로 옆 좌석에 앉아서 출발하기를 기다리는 중이었다. 앳된 두 소녀는 치즈와 사과를 먹고 있었고, 아이모는 담배를 피웠다. 우리는 좁은 길로 내려가기 시작했다. 나는 뒤따라오는 두 대의 차와 농가를 뒤돌아봤다. 나지막하지만 깨끗하고 견고하게 잘 지어진 석조 집이었다. 우물가에 있는 쇠 시렁도 참으로 훌륭했다. 앞쪽으로 난 길은 매우 비좁고 질척질척했다. 길 양옆으로는 높은 산울타리가 쳐져 있었다. 뒤에서는 아이모와 보넬로가 모는 두 대의 차량이 바짝 붙어 따라오고 있었다.

# 29

정오쯤, 우디네에서 약 10킬로미터 정도 떨어진 지점에서 우리는 진창길에 처박혔다. 비는 오전 중에 그쳤다. 전투기 소리를 세 번이나 들었다. 그게 머리 위를 지나 왼쪽으로 멀리 날아가더니 간선 도로를 폭격하는 것 같은 소리가 들려왔다. 우리는 복잡한 이면 도로를 가까스로 헤쳐 나가다가 막다른 길로 접어들기도 했지만, 그럴 때마다 다시 되돌아 나와 다른 길을 찾아내서 우디네 가까이에 접근했다. 이번엔 아이모의 차가 우리 일행이 빠져나갈 수 있도록 막다른 길에서 돌아 나오다가 길가의 무른 땅에 빠지고 말았다. 바퀴가 헛돌면서 점점 무른 땅 속으로 파고 들어가더니 결국 기어가 흙에 닿고 말았다. 바퀴 앞쪽 땅을 파헤치고 체인이 물리도록 나뭇가지를 깔아놓은 다음 차량을 힘껏 밀어 단단한 길 위로 올라서게 하는 수밖에 없었다. 우리는 모두 도로에 내려서 차 주위를 둘러섰다. 두 명의 부사관은 차를 살펴보고 바퀴를 점검했다. 그러더니 한마디 말도 없이 길을 따라 내려갔다. 나는 그들을 뒤쫓아 가서 소리쳤다.

"이봐, 어디 가는 거야? 쓸 만한 나뭇가지를 꺾어 오게."

"저희는 가야 합니다."

한 부사관이 말했다.

"무슨 소리야? 어서 가서 나뭇가지를 꺾어 오란 말이야."

"우리는 가야 한다니까요."

아까 그 부사관이 다시 대답했다. 또 다른 부사관은 아무 말도 하지 않았다. 두 사람은 서둘러 걸으며 내 쪽은 아예 쳐다보지도 않았다.

"차로 돌아가서 나뭇가지를 꺾으라고! 명령이다."

내 말에 한 부사관이 돌아다보았다.

"가야 합니다. 시간이 좀 지나면 길이 차단될 겁니다. 중위님은 저희에게 명령할 수 없습니다. 저희의 상관이 아니니까요."

"명령이다! 나뭇가지를 꺾어 와."

내가 다시 명령했지만, 두 사람은 돌아서서 도로를 내려가기 시작했다.

"멈춰!"

내가 소리쳤다. 두 사람은 계속해서 양쪽 산울타리 사이의 진창길을 계속 걸었다.

"명령이다, 멈춰!"

내가 소리를 질렀다. 그들은 조금 더 빠르게 걸었다. 나는 권총집을 열고 권총을 꺼내 말이 많던 부사관을 겨냥하여 총을 쐈다. 총알은 빗나갔고, 두 사람은 뛰기 시작했다. 나는 세 발을 쏴서 한 명을 쓰러뜨렸다. 다른 부사관은 산울타리를 뚫고 들어가 시야에서 벗어났다. 그가 들판을 가로질러 뛰는 모습이 나타나자 산울타리 사이로 총을 발사했다. 찰칵 소리를 내면서 탄환이 떨어져 탄창을 깔아 끼웠다. 거리가 너무 멀어 두 번째 부사관을 쏘지 못했다. 그는 고개를 숙인 채 저 멀리 들판을 가로질러 뛰어갔다. 나는 빈 탄창을 다시 채워 넣기 시작했다. 보넬로가 다가왔다.

"제가 가서 녀석을 끝장내겠습니다."

그가 말했다. 나는 보넬로에게 권총을 건넸고, 그는 공병 부사관이 머리를 박고 뻗어 있는 도로 건너편으로 걸어갔다. 그러더니 몸을 숙이고서 권총을 그의 머리에 대고 방아쇠를 당겼다. 권총은 발사되지 않았다.

"공이치기를 당겨야 해."

내가 말했다. 보넬로는 공이치기를 당기고 난 다음 두 번 쏘았다. 그리고 나서 부사관의 다리를 잡고 길가로 끌어당겨 산울타리 옆에 내던졌다. 그는 돌아와서 내게 권총을 돌려주었다.

"개자식 같으니라고! 제가 쏘는 거 보셨죠, 중위님?"

보넬로는 욕설을 내뱉고 나서 부사관 쪽을 바라보며 말했다.

"나뭇가지를 빨리 꺾어 와야 해. 또 한 놈은 맞기나 한 건가?"

내가 말했다.

"아닌 것 같습니다. 너무 멀어서 총으로 맞히긴 힘들어요."

아이모가 말했다.

"더러운 쓰레기 같은 놈."

피아니가 말했다. 우리는 다 같이 나뭇가지와 잔가지들을 꺾어 왔다. 그리고 차에 있는 짐들을 모두 내렸고, 보넬로가 바퀴 안쪽 땅을 파냈다. 준비가 끝나자 아이모가 차에 시동을 걸었다.

바퀴는 나뭇가지와 진창을 튀기면서 헛돌았다. 보넬로와 나는 뼈마디에서 우두둑 소리가 날 정도로 차를 밀었다. 그래도 차는 꼼짝하지 않았다.

"아이모, 차를 앞뒤로 움직여 봐."

내가 말했다.

그가 기어를 후진으로 넣었다가 다시 전진으로 바꾸기를 반복했다. 그래도 아무 소용없었다. 바퀴는 점점 더 깊이 파고들 뿐이었다. 기어는 다시 중립 상태에 들어갔고, 바퀴는 이미 파놓은 구덩이 속에서 계속 헛돌기만 했다. 나는 일어섰다.

"밧줄로 당겨보지."

내가 말했다.

"소용없을 겁니다. 중위님, 똑바로 당겨지지 않을 거예요."

"그래도 한번 해보자고. 다른 방법으로 차를 뺄 수가 없잖아."

진창에 빠지지 않은 피아니와 보넬로의 차량도 좁은 길을 따라 간신히 움직일 수 있었다. 우리는 두 차에 밧줄을 걸어 묶은 다음 아이모의 차를 잡아당겼다. 바퀴는 옆으로만 조금씩 움직일 뿐 진창을 벗어나지는 못했다.

"안 되는데. 그만둬."

내가 소리쳤다.

피아니와 보넬로가 차에서 내려 되돌아왔다. 아이모도 내렸다. 두 소녀는 40야드쯤 떨어진 길가 돌담에 걸터앉아 있었다.

"어떻게 하실 겁니까, 중위님?"

보넬로가 말했다.

"땅을 다시 파서 나뭇가지로 한 번 더 해보자."

나는 그렇게 말하고 나서 도로를 내려다봤다. 이렇게 된 건 다 내 잘못이었다. 내가 이리로 오자고 했으니까. 이런저런 생각이 머리를 스쳐 지나갔다. 구름에 가려진 해는 이미 기울고 있었고, 부사관의 시체는 울타리 옆에 뒹굴고 있었다.

"부사관의 겉옷과 망토를 바퀴 아래에 깔아보자."

내가 말하자, 보넬로가 옷을 벗기러 갔다. 나는 나뭇가지를 꺾고, 아이모와 피아니는 앞바퀴 사이의 흙을 파냈다. 나는 죽은 부사관의 망토를 둘로 찢어서 진창에 빠진 바퀴 밑에 깔았다. 그리고서 바퀴가 걸리도록 나뭇가지를 쌓았다. 준비가 되자 아이모가 운전석으로 올라가서 시동을 걸었다. 하지만 바퀴는 계속 헛돌았다. 우리도 힘껏 밀었지만 아무런 소용이 없었다.

"제길! 아이모, 차에서 꺼내올 거 있나?"

내가 말했다.

아이모가 보넬로와 함께 차에 올라가 치즈와 와인 두 병, 그리고 자기 망토를 가지고 내렸다. 보넬로는 바퀴 뒤편에 앉아 부사관의 겉옷 주머니를 뒤지고 있었다.

"상의는 버려. 그런데 아이모의 차에 탄 숫처녀들은 어떡하지?"

내가 말했다.

"차 뒤에 태우면 돼요. 남은 길이 그리 멀지 않으니까요."

피아니가 말했다.

나는 앰뷸런스 뒷문을 열고 말했다.

"자, 어서 타라."

두 소녀가 차에 올라 구석에 앉았다. 그들은 조금 전에 있었던 총격 사건을 애써 모르는 척하는 것 같았다. 나는 도로를 돌아봤다. 죽은 부사관이 더러운 긴팔 속옷 차림으로 누워 있었다. 나는 피아니의 차를 타고 출발했다. 우리는 들판을 가로질러 갈 요량이었다. 도로가 들판으로 들어서자, 나는 차에서 내려 앞서 걸었다. 가로질러 가려면 반대편 쪽으로 도로가 있어야 하는데, 가로질러 갈 수가 없었다. 차가 지나가기엔 땅이 너무 물렀고 진흙투성이였다. 마침내 바퀴 중심축 부분까지 흙 속에 빠져 완전히 옴짝달싹할 수 없게 되자, 우리는 들판 한가운데에 차 두 대를 버리고 우디네를 향해 걷기 시작했다.

간선 도로로 이어지는 길에 접어들었을 때, 나는 두 소녀에게 길을 알려줬다.

"저리로 내려가. 가다보면 사람들을 만날 수 있을 거야."

두 소녀는 나를 물끄러미 쳐다봤다. 나는 지갑을 꺼내 10리라짜리 지폐를 한 장씩 줬다.

"저리로 내려가. 친구! 가족! 이런 사람들이 있을 거야."

나는 손가락으로 길을 가리키면서 말했다.

두 소녀는 내 말을 알아듣지 못했지만 돈을 손에 꼭 쥐고서 도로를 향해 걷기 시작했다. 내가 돈을 다시 빼앗을까봐 불안한 듯 힐끔힐끔 뒤를 돌아봤다. 나는 숄로 어깨를 꼭 감싼 채 가끔씩 뒤를 돌아보면서 걸어가고 있는 두 소녀를 지켜보았다. 운전병 셋이 웃고 있었다.

"제가 저쪽으로 가면 얼마나 주실 겁니까, 중위님?"

보넬로가 물었다.

"저 아이들 둘만 있는 것보다는 사람들 사이에 섞이는 편이 나을 거야. 대열을 따라잡을 수만 있다면 말이지.”

내가 말했다.

“200리라만 준다면, 난 곧장 방향을 돌려 오스트리아군에게 갈래.”

보넬로가 말했다.

“오스트리아군한테 돈을 뺏길걸.”

피아니가 말했다.

“아마 그동안 전쟁이 끝날 수도 있지.”

아이모가 말했다. 우리는 걸음을 재촉하며 길 위쪽으로 걸었다. 태양이 구름 사이로 막 나오려 하고 있었고, 길옆에는 뽕나무들이 있었다. 그 나무들 사이로 두 대의 대형 앰뷸런스가 들판에 처박혀 있는 모습이 보였다.

피아니가 뒤를 돌아보며 말했다.

“차를 빼려면 도로를 새로 만들어야겠군.”

“자전거라도 있으면 정말 좋을 텐데.”

보넬로가 투덜거렸다.

“미국에서도 자전거를 탑니까?”

아이모가 나에게 물었다.

“예전에는 많이들 탔지.”

“여기선 자전거가 굉장한 물건입니다. 대단한 귀중품이죠.”

아이모가 말했다.

“자전거라도 있었으면. 나는 걷는 건 딱 질색이야.”

보넬로가 말했다.

“포격 소리인가?”

내가 물었다. 멀리서 포격 소리가 들린 것 같았다.

"잘 모르겠는데요."

아이모가 대답하며, 귀를 기울여 들었다.

"그런 거 같은데."

내가 말했다.

"먼저 기병과 맞닥뜨리게 될 겁니다."

피아니가 말했다.

"저들은 기병이 없을걸."

"제발 없었으면! 기병 놈의 창에 찔려 죽고 싶지 않으니까."

보넬로가 말했다.

"중위님, 그 부사관은 제대로 쏘신 거죠?"

피아니가 확인하듯 말했다. 우리는 빠른 걸음으로 걸었다.

"내가 죽여 버렸어. 이번 전쟁에서 사람을 죽인 적이 없었는데. 하지만 늘 부사관을 죽이고 싶었지."

보넬로가 말했다.

"자넨 가만있는 놈을 죽였지. 자네가 쏠 때 그놈이 재빨리 도망치고 있지는 않았잖아."

피아니가 말했다.

"상관 마. 아무튼 평생 잊지 못할 사건이야. 내가 그 부사관 개자식을 죽였어."

"고해성사 볼 때 뭐라고 할 건가?"

아이모가 물었다.

"고해성사? '축복해 주세요, 신부님. 제가 부사관을 죽였습니다.' 라고 말하지."

보넬로의 말에 모두들 웃었다.

"저 친구는 무정부주의자랍니다. 성당에도 안 나가죠."

피아니가 보넬로를 가리키며 나에게 말했다.

"피아니도 무정부주의자예요."

보넬로가 응수했다.

"자네들 정말 무정부주의자인가?"

내가 물었다.

"아닙니다. 중위님, 저희는 사회주의자입니다. 저희는 이몰라 (Imola, 이탈리아 북중부에 있는 작은 마을) 출신이지요."

"중위님도 그곳에 가보셨습니까?"

"아니."

"정말 좋은 곳입니다, 중위님, 전쟁 끝나면 한번 오세요. 멋진 것들을 보여드리겠습니다."

"자네들 모두 사회주의자인가?"

"네, 모두요."

"좋은 마을인가?"

"멋진 곳이죠. 그런 마을은 못 보셨을 겁니다."

"어떻게 사회주의자들이 되었나?"

"모두가 사회주의자들입니다. 아닌 사람은 한 명도 없어요. 저희는 원래 사회주의자였으니까요."

"한번 오세요. 중위님도 사회주의자로 만들어 드릴게요."

길이 왼편으로 꺾이더니 돌담과 사과 과수원 너머로 작은 언덕이 있었다. 길이 오르막으로 바뀌고 나서는 대화가 그쳤다. 우리는 시간을 다투며 아주 빠른 걸음으로 다 함께 걸었다.

## 30

　잠시 후 우리는 강으로 통하는 길을 걷고 있었다. 다리로 이어지는 길 위에는 버려진 트럭과 마차들이 길게 줄지어 서 있었다. 사람은 보이지 않았다. 강물이 불어 있었고 다리는 중심부가 폭파되어 석조 아치가 물속으로 무너져 내렸다. 흙탕물이 그 위로 넘실거렸다. 우리는 건널 수 있는 곳을 찾기 위해 강둑 위로 올라갔다. 상류 쪽으로 가면 철도 다리를 통해 강을 건널 수도 있겠다는 생각이 들었다. 그곳으로 가는 길은 젖어서 진흙으로 질척거렸다. 병사들은 찾아볼 수 없었고, 버려진 트럭과 짐들만 눈앞에 가득했다. 강둑 주위에는 사람도 물건도 아예 보이지 않고, 있는 거라고는 젖은 나뭇가지와 진창이 된 바닥뿐이었다. 강둑을 따라 계속 올라가자 마침내 저 앞에 철도 다리가 나타났다.

　"아름다운 다리군."

　아이모가 말했다. 평소에는 바싹 말라 있는 강바닥 위에 세워진 기다랗고 밋밋한 철교였다.

　"저 다리를 폭파하기 전에 서둘러서 건너는 게 좋겠어."

내가 말했다.

"폭파할 놈들이 있을까요? 다들 달아났는데요."

피아니가 말했다.

"지뢰가 묻혀 있을 수도 있어요. 중위님이 먼저 건너세요."

보넬로의 말에 아이모가 대꾸했다.

"저 무정부주의자가 하는 말 좀 들어보소. 저 녀석을 먼저 건너게 하세요."

"아냐, 내가 먼저 가지. 사람 하나 지나간다고 지뢰가 터질 정도는 아닐 거야."

내가 말했다.

"봤지. 저렇게 생각하는 것이 머리가 있다는 거야. 자넨 왜 머리가 없는 건가? 이 무정부주의자야."

피아니가 말했다.

"내가 머리가 있으면 이런 데 오지도 않았겠지."

보넬로가 대꾸했다.

"제법 그럴듯한 말인데요, 중위님."

아이모가 말했다.

"정말 그럴듯하군."

나는 맞장구를 쳐줬다. 우리는 이제 다리에 가까이 와 있었다. 하늘엔 다시 구름이 잔뜩 끼었고 비도 조금씩 내리기 시작했다. 다리는 길고 견고해 보였다. 우리는 강둑 위로 기어 올라갔다.

"한 번에 한 사람씩 건너자고."

나는 이렇게 말하고 나서 다리를 건너기 시작했다. 침목과 레일을 관찰하면서 지뢰선이나 폭발물 흔적이 있나 살펴보았지만 아무것도 없었다. 침목의 연결 틈새 사이로 아래쪽 강에서 흙탕물이 빠르게 흘러가는 것이 보였다. 비 내리는 들판 저 앞쪽으로 역시 비에 잠겨 있는 우디네의 모습이 보였다. 나는 다리를 건넌 다음 뒤를 돌아봤다. 강 상류 쪽에 또 다른 다리가 하나 더 있었다. 내가 지켜보고 있을 때 누런 진흙 빛 자동차가 그 다리를 건넜다. 잠시 보이던 그 자동차는 다리 양옆의 난간이 높은 탓에 이내 시야에서 사라졌다. 그래도 운전병과 조수석에 앉은 사람, 그리고 뒷좌석에 앉은 두 사람이 보였다. 모두 독일군 철모를 쓰고 있었다. 다리를 건넌 차는 가로수와 도로 위에 버려진 차량들을 지나쳐 사라졌다. 나는 철교를 건너고 있는 아이모와 다른 두 병사에게 빨리 오라고 손짓을 했다. 그런 다음 다시 아래로 기어 내려가 철둑 옆에 웅크리고 앉았다. 내 뒤를 따라온 아이모가 옆으로 다가왔다.

"차를 보았나?"

내가 물었다.

"아니요, 중위님을 지켜보고 있느라⋯⋯."

"독일군 참모 차 한 대가 저기 상류쪽 다리를 건너갔어."

"참모 차요?"

"그래."

"맙소사!"

다른 운전병 둘도 건너왔다. 우리는 둑 뒤편 진창 속에 웅크리고 앉은 채로 철도 다리의 레일과 줄지어 늘어선 가로수, 웅덩이, 그리고 도로를 내다보았다.

"우리가 낙오되어 고립된 걸까요, 중위님?"

"잘 모르겠어. 독일군 참모 차가 저 길로 지나갔다는 것이 내가 아는 전부야."

"이상한 기분 안 드세요, 중위님? 머릿속에 묘한 생각이 떠오르지 않으세요?"

"허튼소리 말게, 보넬로."

"일단 한잔하는 게 어떨까요? 만약 우리가 고립된 거라면 술이나 한잔하는 편이 낫지 않나요?"

피아니는 이렇게 말하더니, 수통 마개를 풀어 빼냈다.

"보세요! 봐요!"

아이모가 길 쪽을 가리키며 말했다. 돌다리 난간 위를 따라 독일군 철모들이 움직이는 게 보였다. 그들은 몸을 앞쪽으로 숙인 채 마치 유령들처럼 미끄러지듯이 달리고 있었다. 다리를 빠져나오자 그들의 전신이 드러났다. 그들은 자전거 부대였다. 맨 앞에 있는 두 명의 병사 얼굴이 보였다. 불그스레하고 건강한 낯빛이었다. 철모가 앞이마와 옆얼굴까지 깊숙이 내려왔고, 소총은 자전거 몸체에 묶여 있었다. 수류탄은 손잡이 부분을 아래로 돌려 벨트에 고정시켜 놓았다. 그들은 비에 젖은 철모와 회색 군복 차림으로 앞쪽과 양옆을 두루 살피면서 질서정연하게 자전거를 타고 갔다. 맨 앞에는 둘, 그다음은 넷, 또 둘, 다음은 열 명 정도, 또 열 명 정도, 그리고 마지막으로 한 명이 뒤따라갔다. 그들은 모두 말이 없었다. 강물 소리 때문에 그들이 말하는 소리가 우리한테 들리지 않는 것일 수도 있다. 그들은 길 위쪽으로 사라졌다.

"하느님 맙소사!"

아이모가 신음하듯 말했다.

"독일군이잖아. 오스트리아군이 아니네."

피아니가 말했다.

"왜 저들을 막는 사람들이 없는 거지? 왜 저 다리를 폭파하지 않은 거지? 이 둑에는 왜 기관총을 설치하지 않았을까?"

내가 말했다.

"저희야 모르죠. 중위님이 명령을 내려주세요."

보넬로가 말했다.

나는 화가 치밀었다.

"젠장! 온통 미친 짓이야. 저 아래쪽 작은 다리는 폭파시키면서 간선 도로의 큰 다리는 내버려두다니. 모두들 어디로 간 거야? 적군을 막을 생각이 아예 없는 거야?"

"저흰 모른다니까요, 중위님. 저희에게 명령을 내려주세요."

보넬로가 되풀이해서 말했다. 나는 입을 다물었다. 그런 건 내 소관이 아니었다. 내 임무는 석 대의 앰뷸런스를 끌고 포르데노네에 도착하는 것이었다. 하지만 그 임무는 실패했다. 지금부터 내가 할 일은 포르데노네에 도착하는 것이다. 이러다가는 십중팔구 우디네까지도 가지 못할 거다. 제기랄! 못 가도 할 수 없다. 지금부터 할 일은 마음을 가라앉히고 사살당하거나 포로로 잡히지 않도록 하는 것이다.

"수통 열지 않았나?"

내가 피아니에게 물었다. 그는 내게 수통을 건넸다. 나는 한 모금 쭉 들이마셨다.

"출발하는 게 좋겠어. 서두를 필요는 없고. 뭐 좀 먹고 가지 않겠나?"

내가 말했다.

"이곳은 지체할 곳이 못 됩니다."

보넬로가 대답했다.

"좋아, 출발하지."

"이쪽 길로 따라갈까요? 저들 눈에 띄지 않게 말입니다."

"위로 올라가는 게 좋겠어. 적들이 아까는 저쪽 다리로 건너갔지만, 이 다리로 올지도 모르니까. 적들이 먼저 위쪽으로 가서 우리를 발견하면 안 돼."

우리는 철길을 따라 걸었다. 양옆으로 비에 젖은 들판이 펼쳐졌다. 들판 건너편으로 우디네의 언덕이 보였다. 언덕 위에 있는 성채의 지붕들은 포격으로 허물어졌지만 종탑과 시계탑은 여전히 남아 있었다. 들판에는 뽕나무가 많았다. 앞쪽으로 파괴된 선로가 나타났다. 침목들도 포격에 뜯겨 강둑 아래에 버려져 있었다.

"엎드려! 엎드려!"

아이모가 소리쳤다. 우리는 둑 옆으로 납작 엎드렸다. 또 다른 자전거 부대가 길을 따라 지나갔다. 나는 철둑 가장자리에서 고개를 내밀어 그들이 지나가는 모습을 바라보았다.

"우리를 봤는데도 그냥 지나가네요."

아이모가 말했다.

"위쪽에 있다간 죽겠는데요, 중위님."

보넬로가 말했다.

"우리를 쫓는 게 아니야. 뭔가 다른 걸 쫓고 있어. 저들이 갑작스레 나타나면 우린 더 위험해져."

내가 말했다.

"전 여기 말고 눈에 띄지 않는 길로 가고 싶어요."

보넬로가 말했다.

"좋을 대로 해. 우리는 선로를 따라 걷는다."

"벗어날 수 있을까요?"

아이모가 물었다.

"물론이지. 아직은 저들 숫자가 많지 않으니까. 어둠을 틈타 빠져나갈 수 있을 거야."

"그 참모 차의 임무는 무엇이었을까요?"

"알 수 없지."

내가 대답했다. 우리는 선로를 따라 계속 걸어갔다. 보넬로는 강둑의 진창길을 걷다가 지쳤는지 우리 쪽으로 올라왔다. 철로 가 이제 간선 도로에서 벗어나 남쪽으로 뻗어 나가, 우리는 도로 의 움직임을 살펴볼 수 없었다. 운하 위를 지나는 짧은 다리가 폭파되어 있었지만 우리는 남아 있는 부분들로 기어 올라가 그 다리를 건넜다. 그때 우리의 앞쪽에서 총성이 울렸다.

우리는 운하 건너편에 있는 철로 위로 올라섰다. 철로는 나지 막한 들판을 가로질러서 곧바로 마을 쪽으로 이어졌다. 우리 앞에 또 다른 철로가 뻗어 있는 것이 보였다. 북쪽은 우리가 아까 자전거 부대를 보았던 간선 도로였고, 남쪽은 양옆에 무성한 숲 을 거느린 협로였다. 나는 남쪽 길로 곧상 가서 마을을 우회하여 남하한 다음 캄포르미오 쪽으로 가다가 다시 간선 도로를 타고 탈리아멘토 강으로 가는 게 좋겠다고 생각했다. 우디네를 지나

샛길을 따라가면 아군이 후퇴하던 간선 도로를 피해 갈 수도 있을 거다. 들판을 가로지르는 샛길이 많으니까. 나는 철둑 아래로 내려갔다.

"따라와."

내가 말했다. 우리는 샛길로 빠져 마을의 남쪽으로 갈 생각이었다. 일행 모두가 철둑 아래로 내려갔을 때, 샛길에서 누군가가 우리를 향해 총을 한 발 쏘았다. 탄환이 철둑의 진창에 박혔다.

"도로 올라가!"

내가 소리쳤다. 그런 다음 나는 진창에 미끄러지면서 철둑 위로 뛰기 시작했다. 운전병들은 나보다 앞에서 힘차게 달렸다. 나도 있는 힘껏 철둑 위로 올라갔다. 무성한 덤불 속에서 총알 두 발이 더 날아왔다. 철로를 가로지르던 아이모가 비틀거리더니 얼굴을 바닥에 처박으며 쓰러졌다. 우리는 그를 반대편으로 끌고 내려가 반듯이 눕혔다.

"머리가 언덕 위쪽으로 가게 눕혀."

내가 말했다. 피아니가 그를 돌려 눕혔다. 그는 발을 아래로 하고 비탈진 철둑 진창에 누운 채 이따금씩 피를 토했다. 우리 셋은 빗속에서 웅크리고 앉아 그를 내려다봤다. 목덜미 아래쪽에 총을 맞았는데, 탄환이 위로 치밀고 올라와 오른쪽 눈 아래로 빠져나왔다. 내가 총구멍 두 군데를 틀어막는 동안 그가 죽었다. 피아니는 아이모의 머리를 내려 구급붕대로 얼굴을 닦아준 다음 그대로 두었다.

"이런 개자식들."

피아니가 웅얼거리듯이 말했다.

"독일군이 아니야. 저곳엔 독일군이 있을 수가 없어."

내가 말했다.

"이탈리아군이었어요. 이탈리아니(Italiani, 이탈리아인을 경멸스럽게 부르는 표현)!"

피아니는 '이탈리아니'라는 단어까지 쓰면서 울분을 토했지만, 보넬로는 아무 말이 없었다. 그는 아이모 옆에 앉아 있었지만, 아이모를 바라보진 않았다. 피아니는 철둑 아래로 굴러 떨어진 아이모의 군모를 집어 와서 그의 얼굴을 덮어주었다. 그러고는 수통을 꺼냈다.

"한 모금 마실래?"

피아니가 보넬로에게 수통을 건넸다.

"아니."

보넬로는 이렇게 대답하고 나서 나를 돌아보며 말했다.

"철로 위를 걸어가다가는 우리도 이런 일을 당할지 몰라요."

"그렇지 않아. 우리가 들판을 건너려고 했기 때문에 쏜 거야."

내 말에, 보넬로가 고개를 저으며 말했다.

"아이모는 죽었어요. 다음은 누구 차례죠? 중위님, 우리는 이제 어디로 가죠?"

"총을 쏜 건 이탈리아군이야. 독일군이 아니었어."

내가 되뇌었다.

"독일군이었다면 우리 모두를 죽였을 겁니다."

보넬로가 말했다.

"독일군보다 이탈리아군이 우리에겐 더 위험해. 안전한 곳에 있던 후방 부대는 뭐든 다 겁을 내니까. 반면에 독일군들은 자기

들의 목표물을 잘 알고 그것에만 집중하거든."

내가 말했다.

"논리적이시군요, 중위님."

보넬로가 말했다.

"이제 어디로 가죠?"

피아니가 물었다.

"어두워질 때까지 어딘가에 숨어 있다가 가는 게 좋겠어. 남쪽으로 곧장 간다면 무사할 텐데."

"아까 한 짓이 정당하다는 것을 증명하기 위해 저들은 또다시 총질을 할 겁니다. 나는 저들을 건드리고 싶지 않아요."

보넬로가 말했다.

"가능한 한 우디네 가까운 곳으로 접근하여 거기서 잠깐 숨어 있다가 어두워지면 앞으로 나아가자고."

"그럼 가지요."

보넬로가 말했다. 우리는 철둑 북쪽으로 내려갔다. 나는 뒤를 돌아봤다. 아이모는 철둑과 직각을 이루며 진창에 누워 있었다. 그는 몸집이 꽤 작아 보였다. 두 팔은 옆구리에 붙이고 각반으로 감싼 다리와 진흙투성이인 장화를 가지런히 모은 채 군모로 얼굴을 덮고 있었다. 누가 봐도 죽은 모습이었다. 비가 내리고 있었다. 나는 지금껏 여러 사람을 알아 왔으나, 그 누구 못지않게 그를 좋아했다. 내 주머니엔 그의 신분증명서가 있었다. 그의 가족에게 편지를 써야 할 것이다. 들판 건너편으로 농가 하나가 보였다. 농가 주변엔 나무들이 서 있었고, 뒤편에는 부속 건물들이 딸려 있었다. 2층에는 기둥을 세운 발코니가 있었다.

"조금 떨어져서 거리를 유지한 채 걷자고. 내가 앞장서지."

나는 이렇게 말한 다음 농가를 향해 걸어갔다. 마침 들판을 가로지르는 샛길이 나왔다.

들판을 가로질러 가면서 농가 주변의 숲이나 농가 안에서 누군가가 우리에게 총을 쏠지도 모른다는 생각이 들었다. 나는 농가를 뚫어져라 쳐다보며 그곳으로 다가갔다. 2층 발코니는 헛간으로 연결되었는데, 발코니 기둥들 사이로 건초가 삐죽 나와 있었다. 앞마당엔 돌이 깔려 있었고, 농가를 둘러싼 나무에선 빗방울이 떨어졌다. 바퀴 두 개짜리 큰 수레가 텅 비어 있었고, 손잡이는 위로 높이 쳐들린 채 비를 맞고 있었다. 나는 앞마당을 가로질러 발코니 처마 아래에 멈춰 섰다. 집 문이 열려 있어서 곧바로 안으로 들어갔다. 보넬로와 피아니가 뒤따라 들어왔다. 안은 어두웠다. 뒤돌아서 부엌으로 들어가니, 커다란 개방형 아궁이에 재가 남아 있었다. 잿더미 위에 냄비가 놓여 있었지만 내용물은 없었다. 부엌을 한번 둘러보았으나 먹을 것은 아무것도 보이지 않았다.

"저기 헛간에 가서 숨어 있는 게 좋겠어. 피아니, 뭐든지 먹을 것이 있으면 찾아서 헛간으로 가져오게."

내가 말했다.

"찾아보겠습니다."

피아니가 말했다.

"저도 찾아보겠습니다."

보넬로도 나섰다.

"좋아. 나는 올라가서 헛간을 살펴보겠네."

내가 말했다. 나는 아래층 마구간에서 위로 올라가는 돌계단을 찾아냈다. 비가 오는데도 마구간은 건조하고 공기가 상쾌했다. 피난 갈 때 데리고 갔는지 가축들은 한 마리도 없었다. 건초가 헛간의 반을 차지할 만큼 쌓여 있었다. 지붕에는 창문 두 개가 뚫려 있었는데, 하나는 판자로 막아놨고 나머지 하나는 북쪽으로 난 좁은 채광창이었다. 건초를 가축들에게 던져줄 때 쓰는 널빤지가 경사로를 만들며 비스듬히 세워져 있었다. 대들보가 서로 교차해서 바닥까지 내려와 있었는데, 건초 수레들을 들여와 저장용 건초를 위로 올리기 편하도록 만든 시설이었다. 지붕에서 빗소리가 들리고 건초 냄새가 구수하게 풍겼다. 아래로 내려가니 마구간에서 마른 말똥 냄새가 은은하게 올라왔다. 남쪽 창문을 막은 판자를 조금 뜯어내어 앞마당을 내려다보았다. 또 다른 창문으로는 북쪽 들판이 내다보였다. 뜻밖의 사태가 벌어지면 두 창문에서 지붕을 타고 뛰어내리거나, 계단을 이용할 수 없을 경우엔 건초 내리는 경사로를 타고 도망칠 수 있을 것 같았다. 그런가 하면 헛간이 커서 무슨 소리라도 들리면 건초 더미 사이에 숨는 것도 가능하여, 은신처로 적당한 것 같았다. 후방 부대 놈들이 우리에게 총을 쏘지만 않았으면 벌써 남쪽으로 빠져나갈 수 있었을 것이다. 그곳엔 독일군이 있을 리 없다. 독일군은 북쪽에서 침입하여 치비달레 도로를 따라 남쪽으로 내려가고 있다. 그들이 남쪽에서 이곳 북쪽으로 올라오는 일은 없을 것이다. 소속 부대로부터 고립되어 낙오한 우리에겐 독일군보다 이탈리아군이 훨씬 더 위험했다. 그들은 겁에 질려서 눈에 보이는 것마다 닥치는 대로 총을 쏴댔다. 지난밤에 후퇴하면서 우리는 많은 독일군들이 이탈리아군 군복을 입고서 북쪽에서 남쪽으로 퇴각하는 대열에 끼어 있다는 소문을 들었다. 하지만 나는 그런 얘기를 믿지 않았다. 전쟁 통에는 으레 그런 소문이 떠도는 법이다. 적은 늘 유언비어를 퍼뜨린다. 나는 우리 쪽에서 적을 교란시키기 위해 독일군 군복을 입고 저들의 부대에 침투한 적이 있다는 얘기는 들어본 적이 없다. 그런 사람을 본 적도 없다. 아마 그랬을 수도 있겠지만 어려운 일일 거다. 나는 독일군이 그런 짓을 했으리라고는 생각하지 않았다.

독일군은 그런 교란 작전을 벌일 필요가 없었다. 아군의 퇴각 규모가 워낙 큰 데다 도로가 부족하여 그 자체로도 혼란스러웠기 때문이다. 독일군은 말할 것도 없고, 그 누구도 그런 교란 명령을 내리지 않는다. 그런데도 이탈리아군은 우리를 독일군이라고 뒤집어씌우면서 쏴 죽이려고 하는 것이다. 그들은 이미 아이모를 쏴 죽였다. 건초 냄새가 구수했다. 건초 더미에 파묻혀 헛간에 누워 있으니 그동안의 모든 날들이 가뭇없이 사라져 버렸다. 옛날 어린 시절에 나는 헛간에 드러누워 친구들과 이야기를 나누고, 헛간 벽 높은 곳에 뚫린 세모꼴 구멍에 앉은 참새를 공기총으로 쏘곤 했다. 지금 그 헛간은 사라졌다. 어느 핸가 사람들이 솔송나무 숲을 마구 베어냈고, 그 결과 숲이 있는 자리에는 그루터기, 말라비틀어진 우듬지, 나뭇가지, 잡초만 남았다. 나는 과거의 그 헛간으로는 결코 되돌아가지 못할 것이다. 이제 뒤쪽으로, 그러니까 북쪽으로 돌아갈 수 없다. 만약 앞쪽으로, 그러니까 남쪽으로 나아가지 못한다면 무슨 일이 벌어질까? 밀라노로는 영영 돌아가지 못할 것이다. 만약 운이 좋아 밀라노로 돌아간다면 어떤 일이 일어날까?

그런 생각을 하고 있는데, 우디네가 있는 북쪽을 향해 발사하는 기관총 소리가 들려왔다. 포성은 없었다. 그것만으로도 고마운 일이다. 포격이 있다면 상황은 심각하다. 독일군이 도로 주변에 몇몇 부대를 배치한 게 틀림없다. 헛간의 희미한 빛 속에서 아래쪽을 내려다보니 바닥에 서 있는 피아니의 모습이 눈에 들어왔다. 그는 기다란 소시지와 뭔가 들어있는 항아리, 그리고 와인 두 병을 들고 있었다.

"올라오게. 사다리가 있어."

나는 이렇게 말을 하고 나서, 그가 물건을 가지고 올라올 수 있도록 도와줘야겠다는 생각이 들어 아래로 내려갔다. 건초 더미 속에 누워 있다가 일어서니 머리가 띵했다. 약간 선잠이 들었던 모양이다.

"보넬로는 어디 있나?"

내가 물었다.

"곧 말씀드리겠습니다."

피아니가 대답했다. 우리는 사다리를 타고 올라가, 건초 위에 먹을 것들을 내려놨다. 피아니는 코르크 따개가 달린 칼을 꺼내서 와인 병의 코르크를 뽑았다.

"밀랍으로 봉해 놨군요. 맛이 좋겠는데요."

그가 웃음을 지으며 말했다.

"보넬로는 어디 있나?"

내가 묻자, 피아니가 나를 빤히 바라보며 말했다.

"달아났습니다, 중위님. 차라리 포로가 되겠답니다."

나는 아무 말도 하지 않았다.

"총에 맞아 죽을지도 모른다며 벌벌 떨었어요."

나는 와인 병을 들고서 아무 말도 하지 않았다.

"아시다시피 우리는 이 전쟁이 옳다고 생각하지 않습니다, 중위님."

"자네는 왜 함께 가질 않았지?"

"중위님을 떠나고 싶지 않았습니다."

"보넬로는 어디로 간 거야?"

"저도 모릅니다, 중위님. 그냥 떠났습니다."

"알았네. 소시지 좀 잘라줘."

희미한 불빛 속에서 피아니가 나를 바라봤다.

"말씀드리면서 자르고 있었어요."

그가 말했다. 우리는 건초 더미에 앉아 소시지를 먹고 와인을 마셨다. 결혼식 때 쓰려고 아껴둔 와인이 틀림없는 듯했다. 무척 오래됐는지 색이 약간 변해 있었다.

"자네는 이 창으로 밖을 지켜보게나, 루이지. 나는 저쪽 창으로 지켜볼 테니."

내가 말했다.

우리는 각자 와인 병을 하나씩 들고 마셨다. 나는 와인 병을 들고서 건초 더미에 주저앉아 좁은 창문을 통해 비에 젖은 시골 풍경을 내다봤다. 무슨 특별한 광경을 보리라고 기대하진 않았지만 눈에 보이는 것이라곤 황량한 들판과 앙상한 뽕나무, 그리고 계속 내리고 있는 빗방울뿐이었다. 와인도 기분을 좋게 해주지는 못했다. 너무 오래 저장해 놓아서인지 술맛이 삭고 색깔과 풍미도 옅었다. 점점 어두워지는 바깥 풍경을 지켜봤다. 어둠은 이내 땅바닥까지 내려앉았다. 오늘은 비까지 내려서 칠흑같이 캄캄한 밤이 될 것이다. 너무 캄캄해져 더 이상 경계할 필요가 없게 되었을 때 나는 피아니에게로 갔다. 잠들어 있는 그를 깨우지 않고 한동안 그의 곁에 앉아 있었다. 몸집이 커다란 피아니는 씩씩거리면서 깊은 잠에 빠져 있었다. 얼마간 지난 후에 그를 깨워 함께 길을 떠났다.

그날 밤은 참으로 기이했다. 내가 무엇을 기대했었는지 기억이 나질 않는다. 죽음이나 어둠 속의 총격 또는 탈주를 예상했는지도 모른다. 그런데 아무 일도 일어나지 않았다. 독일군 1개 대대가 지나가는 동안 우리는 간선 도로 옆 도랑에 납작 엎드려 있다가, 그들이 다 지나간 후에 길을 건너 북쪽으로 갔다. 빗속에서 두 번씩이나 독일군과 매우 가까운 거리에서 마주칠 뻔했지만, 그들은 우리를 보지 못했다. 우리는 이탈리아군도 만나지 않고 마을을 지나 북쪽으로 올라간 다음 퇴각의 본류에 휩쓸려 들어가 탈리아멘토 강을 향해 밤새 걸었다. 그때까지 나는 퇴각병의 규모가 얼마나 거대한지 모르고 있었다. 그 고장 전체가 퇴각하는 군대와 함께 피난을 가고 있었다. 우리는 빠른 속도로 밤새 걸었는데 차를 타고 가는 것보다 시간이 덜 걸렸다. 나는 다리가 아프고 지쳤지만 걸음을 늦추지 않았다. 보넬로가 포로가 되기로 마음먹은 것은 어리석은 짓이었다. 총 맞아 죽는 게 두렵다니……. 그런 위험은 전혀 없었다. 우리는 특별한 사고 없이 아군과 적군을 피해 가며 걸어왔다. 아이모가 사살된 것을 제외하면 위험 따위는 결코 없었다. 철로 위를 걸어가면서 완전히 노출되었을 때도 우리를 위협하는 사람은 없었다. 아이모의 죽음은 아무 까닭도 없이 갑자기 들이닥친 사고였다. 나는 보넬로가 어디에 있을지 궁금했다.

"기분은 좀 어떠십니까, 중위님?"

피아니가 물었다. 우리는 군대와 차량이 뒤엉켜 혼란스러운 도로 가장자리를 따라 걸었다.

"괜찮아."

"이렇게 걷는 데 좀 지쳤습니다."

"하지만 지금은 걷는 수밖에 도리가 없어. 걱정 따윈 하지 마."

"보넬로는 어리석었어요."

"그래, 정말 바보짓을 했지."

"보넬로를 어떻게 하실 생각입니까, 중위님?"

"나도 모르겠어."

"전쟁이 계속되면 보넬로 가족들이 궁지에 몰릴 수도 있다는 거 아시잖아요."

"전쟁을 계속해선 안 돼요. 우리는 집으로 갈 거예요. 전쟁은 끝났어요."

한 병사가 끼어들었다.

"자, 다들 집으로 가자고."

"모두들 집으로 가는 거야."

"빨리 앞서 가시죠, 중위님."

피아니가 말했다. 그는 병사들 곁을 빨리 지나치고 싶어 했다.

"중위님? 누가 중위님이야? 장교들을 때려 눕혀라(A basso gli ufficiali)! 장교들을 때려 눕혀라!"

피아니가 내 팔을 잡으며 말했다.

"이제부터는 이름을 부르는 게 좋겠습니다. 저들이 문제를 일으킬지도 모르니까요. 저들은 이미 몇몇 장교들을 쏴 죽였대요."

우리는 걸음을 재촉하여 그들을 지나쳤다.

"보고서를 작성하겠지만, 그의 가족을 곤란하게 할 만한 내용은 쓰지 않을 거야."

나는 아까 하던 이야기를 마저 했다.

"전쟁이 끝나면 아무 상관없을 겁니다. 하지만 전쟁이 끝났다는 말을 믿을 수가 없어요. 전쟁이 끝나다니, 그런 좋은 일이 생길 리 없잖아요."

피아니가 말했다.

"곧 알게 되겠지."

내가 말했다.

"끝나지 않을 것 같아요. 다들 끝났다고 생각하지만 난 믿지 못하겠어요."

"평화 만세(Viva la Pace)! 우리는 집으로 돌아간다!"

한 병사가 소리쳤다.

"모두가 집으로 가는 거라면 좋을 텐데. 집으로 돌아가고 싶지 않으세요?"

피아니가 중얼거리듯이 말했다.

"가고 싶지."

"우린 절대 집에 가지 못할 거예요. 전쟁이 끝난 게 아니에요."

"집으로 돌아가자(Andiamo a casa)!"

한 병사가 외쳤다.

"총을 던져 버리는데요. 행군하면서 총을 풀어 던지고 아우성을 치고 있어요."

피아니가 말했다.

"총은 지니고 있어야 할 텐데."

"총을 버리면 전쟁터로 내몰지 않을 거라고 생각하나 봐요."

비가 내리는 어둠 속에서 길을 따라가는 동안, 나는 부대의 많은 병사들이 여전히 소총을 소지하고 있는 것을 보았다. 소총이 망토 위로 삐죽 나와 있었다.

"어느 여단 소속인가?"

한 장교가 큰 소리로 물었다.

"평화의 여단(Brigata di Pace)! 평화의 여단!"

누군가가 소리쳐 대답하자, 그 장교는 아무 말도 하지 않았다.

"뭐라고 했어? 장교가 뭐라고 했지?"

"장교 타도! 평화 만세(Viva la Pace)!"

"이리로 오세요."

피아니가 나를 불렀다. 우리는 차량들의 행렬 속에 버려진 두 대의 영국 앰뷸런스를 지나쳤다.

"고리치아에서 온 차들이에요. 잘 아는 차들이죠."

피아니가 말했다.

"우리보다 더 멀리까지 왔군."

"더 먼저 출발했거든요."

"운전병들은 어디 있을까?"

"이미도 앞쪽에 있을 겁니다."

"독일군들이 우디네 외곽에서 정지했을 텐데. 지금 이 사람들은 모두 강을 건너가겠지."

내가 말했다.

"그렇겠죠. 그래서 전쟁이 계속될 거라고 생각하는 겁니다."

피아니가 말했다.

"독일군은 계속 진격할 수도 있었어. 그런데 독일군이 왜 진군하지 않았는지 모르겠어."

내가 말했다.

"글쎄요. 저는 이런 종류의 전쟁에 대해 아는 게 없어요."

"수송 차량이 도착하기를 기다리는 것 같아."

"전 모르겠습니다."

피아니가 말했다. 그는 혼자 있게 되자 상당히 점잖아졌다. 다른 병사들과 함께 있을 땐 입이 몹시 거칠었는데.

"결혼했나, 루이지?"

"제가 결혼했다는 거 아시잖아요."

"그래서 포로로 잡히고 싶지 않았던 거군."

"그것도 이유 중 하나죠. 중위님은 결혼하셨어요?"

"아니."

"보넬로도 미혼이에요."

"결혼한 남자에 대해 뭘 아는 건 아니지만, 그래도 결혼한 남자들은 아내에게 돌아가고 싶을 거라는 생각이 드네."

내가 말했다. 아내 이야기를 하니 기분이 좋아졌다.

"그렇죠."

"발은 어떤가?"

"무지 아프네요."

동이 트기 전에 우리는 탈리아멘토 강둑에 이르렀다. 물이 불어 있는 강을 따라 다리 쪽으로 걸어갔다. 모든 사람들과 말들이 그리로 건너고 있었다.

"이 강에서 버텨줬어야만 했는데."

피아니가 말했다. 어둠 속에서도 물이 많이 불어 있는 것을 볼 수 있었다. 강물이 휘돌면서 굽이치고 있었고 강폭은 상당히 넓었다. 나무로 된 다리의 길이는 4분의 3마일쯤 되는 것 같았다. 평소라면 강물이 다리의 훨씬 아래쪽에서 자갈이 깔린 넓은 강바닥을 얕게 흘렀을 텐데, 지금은 판자 바닥 아래까지 차 있었다. 우리는 강둑을 따라 걸어가서 다리를 건너고 있는 군중들 틈으로 끼어들었다. 군중 사이에 끼여 탁한 강물이 흐르는 곳에서 불과 몇 피트밖에 떨어지지 않은 곳을 비를 맞으며 천천히 걸었다. 나는 바로 앞의 포병 탄약 상자를 따라 걸어가면서 다리 난간 너머로 강물을 내려다보았다. 제 속도로 걷지 못하고 군중에 떠밀려서 가다 보니 몹시 피곤했다. 다리를 건너간다는 즐거움 따위도 없었다. 날이 밝은 후 전투기가 이 다리를 폭격한다면 어떻게 될지 몹시 걱정스러웠다.

"피아니."

내가 피아니를 불렀다.

"여기 있습니다, 중위님."

그는 조금 앞쪽의 혼잡한 인파 틈에 끼여 있었다. 입을 여는 사람은 아무도 없었다. 너나 할 것 없이 빨리 다리를 건너려고 애쓰고 있었다. 오로지 그 생각뿐이었다. 다리 끝에 거의 다다르고 있었다. 다리 끝머리에서 장교 몇 명과 헌병이 양쪽에 서서 손전등을 비추고 있었다. 지평선을 배경으로 그들의 검은 윤곽이 보였다. 그들에게 가까이 다가가고 있을 때 장교가 대열에 섞인 한 남자를 손가락으로 가리켰다. 헌병이 대열 속으로 들어가더니 그 남자의 팔을 붙들고 나왔다. 그 남자를 도로 밖으로 끌고 갔다. 우리는 거의 그들 맞은편까지 왔다. 장교들은 대열 속의 사람들을 한 사람 한 사람 찬찬히 뜯어봤다. 가끔은 자기네들 끼리 뭐라고 말을 하면서 앞으로 걸어 나가 누군가의 얼굴을 손전등으로 비춰보기도 했다. 우리가 그들 앞에 이르기 직전, 그들이 누군가를 끌고 나왔다. 나는 그 남자를 봤다. 그는 중령이었다. 그들이 그 남자에게 불을 비출 때 그 남자 소매의 네모 테두리 안에 있는 별이 보였다. 머리는 희끗하고 작은 키에 뚱뚱했다. 헌병이 그 남자를 장교들이 서 있는 줄 뒤로 끌고 갔다. 우리가 그들 앞에 다 왔을 때 한두 사람이 나를 쳐다보는 것이 느껴졌다. 그러더니 그들 중 하나가 나를 가리키며 헌병에게 뭐라고 말을 했다. 그 헌병이 대열의 가장자리를 헤치고 나를 향해 오는 것이 보였고, 이내 내 목덜미를 잡는 것이 느껴졌다.

"뭐 하는 짓이야?"

나는 주먹으로 그의 얼굴을 쳤다. 모자를 쓴 얼굴엔 위로 뻗은 콧수염이 있었고, 그의 턱을 타고 피가 흘렀다. 또 다른 헌병이 대열을 헤치고 우리 쪽으로 달려왔다.

"뭐 하는 짓이냐고!"

내가 다시 소리쳤다. 그는 대답을 하지 않았다. 그는 나를 붙잡을 기회만 엿보고 있었다. 나는 권총을 꺼내기 위해 팔을 뒤춤으로 돌렸다.

"장교에게 손댈 수 없다는 걸 모르나?"

또 다른 헌병이 나를 뒤에서 붙잡고 내 팔을 위로 꺾어 올렸다. 어깨 접합 부분이 뒤틀렸다. 내가 몸을 돌리자 또 한 놈이 내 목을 잡았다. 나는 발로 그 녀석의 앞정강이를 걷어찬 다음 왼쪽 무릎으로 사타구니를 내질렀다.

"반항하면 쏴버려."

누군가가 명령하는 소리가 들렸다.

"도대체 무슨 짓이야?"

나는 소리를 지르려 했지만 목소리가 크게 나질 않았다. 그들이 나를 길가로 끌고 나왔다.

"반항하면 쏴도 좋아. 뒤로 끌고 와."

한 장교가 말했다.

"너는 누구냐?"

"곧 알게 돼."

"누구냐고?"

"야전 헌병이다."

또 다른 장교가 대답했다.

"어째서 네가 직접 나에게 옆으로 나오라 하지 않고, 이 비행기 놈들을 시켜서 붙잡는 거지?"

그들은 답을 하지 않았다. 답을 할 필요가 없었던 거다. 야전 헌병이기 때문이다.

"다른 놈들과 함께 뒤로 끌고 가."

처음 말했던 장교가 말했다.

"봤지? 저놈은 외국인 억양으로 이탈리아 말을 하고 있어."

"그건 너도 마찬가지잖아, 이 개자식아."

내가 말했다.

"다른 놈들과 함께 뒤로 끌고 가."

처음 말했던 장교가 다시 말했다. 그들은 나를 장교들이 서 있는 곳을 돌아 길 아래 강둑 옆의 들판, 여러 사람들이 모여 있는 곳으로 데려갔다. 우리가 그들 쪽으로 걸어갈 때 일제 사격 소리가 났다. 소총에서 나오는 불꽃이 보였고 총소리가 들렸다. 우리는 사람들이 모여 있는 곳으로 갔다. 네 명의 장교 앞에 군인 하나가 서 있고 헌병들이 양쪽을 지켰다. 한 무리의 사람들은 헌병들의 감시를 받으며 서 있었다. 심문하는 장교들 곁에 다른 네 사람이 소총을 짚고 서 있었는데, 그들은 차양 넓은 군모를 쓴 헌병들이었다. 나를 붙잡은 헌병 두 명이 심문을 받기 위해 기다리는 무리 속으로 나를 밀어 넣었다. 나는 장교들한테 심문받고 있는 남자를 쳐다보았다. 아까 대열에서 끌려나온 뚱뚱하고 머리가 희끗한 그 중령이었다. 심문하는 자들은 능률적이고 냉정하고 자기 절제를 할 줄 아는 자들이었다. 남들에게 총질만 했지 정작 자신은 총 맞을 일이 없는 이탈리아 군인 놈들이었다.

"소속 여단은?"

중령이 대답했다.

"연대는?"

중령이 그들에게 말해 줬다.

"왜 소속 연대에서 이탈했나?"

중령이 그들에게 대답했다.

"장교는 소속 부대와 함께해야 한다는 것을 모르나?"

중령은 알고 있었다.

심문은 그게 다였다. 다른 장교가 말했다.

"저 야만인들이 신성한 조국 땅을 짓밟도록 만든 게 바로 당신이나 당신 같은 군인들이라고."

"무슨 소리지?"

중령이 물었다.

"우리가 승리의 성과를 잃은 것은 당신 같은 반역자들이 저지른 행위 때문이라고."

"퇴각해 본 적 있나?"

중령이 물었다.

"이탈리아는 절대로 퇴각하지 않아."

모두들 비를 맞으면서 심문 내용을 듣고 있었다. 우리는 장교들 맞은편에 서 있었고, 체포된 중령은 우리 앞에서 약간 옆쪽으로 비켜난 곳에 서 있었다.

"나를 총살하려거든 더 이상 심문하지 말고 즉결 처분해. 그런 엉터리 심문은 집어치우란 말이다."

중령은 가슴에 성호를 그으며 말했다. 심문 장교들끼리 얘기를 주고받았다. 한 장교가 서류철에 뭔가를 적으면서 말했다.

"이자는 부대 이탈의 죄를 저질렀다. 총살할 것을 명령한다."

두 명의 헌병이 중령을 강둑으로 끌고 갔다. 그 늙은 군인은 군모도 쓰지 않은 채 비를 맞으면서 걸어갔다. 그의 양쪽에 헌병이 한 명씩 붙어 있었다. 그들이 그를 총살하는 장면은 보지 못했지만 총성이 들려왔다. 이제 그들은 다른 사람을 심문하고 있었다. 그 장교 역시 소속 부대를 이탈했다. 그에겐 변명할 기회도 주지 않았다. 그들이 서류에 적힌 선고문을 읽자 그가 울음을 터뜨렸다. 그리고 그를 총살하는 동안에 그들은 또 다른 사람을 심문했다. 앞서 심문받은 사람이 총살당하는 동안 다음 군인을 심문하는 식이었기 때문에 총살을 피할 수 있는 방법이 없었다. 나는 내 차례가 올 때까지 기다려야 할지 지금 도망을 쳐야 할지 갈피를 잡지 못하고 있었다. 내가 이탈리아 군복을 입은 독일군으로 간주되고 있는 것이 분명했다. 그들의 사고가 어떤 식으로 돌아가는지를 잘 알고 있었다. 그들에게 생각이라는 게 있고 그 생각이 제대로 돌아간다면 말이다. 그들은 나름의 독특한 사고에, 그것도 특이한 방식으로 돌아간다. 그들은 모두 젊었고, 자신들이 조국을 구하고 있는 것이라 생각하며 자랑스러워할 것이다. 허겁지겁 퇴각한 제2군은 탈리아멘토 강 남쪽에서 재편성 중이었다. 그래서 소속 부대를 이탈한 소령 이상의 장교들을 처형하고, 또한 이탈리아 군복을 입은 독일군 선동자들을 즉결 처분하고 있었다. 그들은 모두 철모를 쓰고 있었다. 우리 가운데 철모를 쓴 사람은 두 명뿐이었다. 헌병 중에도 몇몇이 철모를 쓰고 있었고, 다른 헌병들은 차양이 넓은 모자를 쓰고 있었다. 그 넓은 차양 때문에 그들은 '비행기'라고 불렀다. 우리는 빗속에 서 있었고, 한 번에 한 명씩 심문받고 처형당하기 위해 끌려 나갔다. 저들은 지금까지 심문당한 사람들을 모조리 사살했다. 심문관들은 자신들은 죽을 위험이 전혀 없는 상태에서 죽음을 선고하며 추상같은 정의감을 내보였고, 타인의 죽음에 대해서는 아름다울 정도로 초연한 태도를 취했다. 그들은 지금 야전 연대의 대령을 심문하고 있었다. 그동안 헌병들이 세 명의 장교를 더 붙잡아 우리 무리에 끼워 넣었다.

"그 사람 소속 연대는 어디였나?"

나는 헌병들을 살펴보았다. 그들은 새로 잡아온 장교들에게 한눈을 팔고 있었고, 나머지 사람들은 대령을 바라보고 있었다. 나는 두 사람 사이를 헤치고 나가 고개를 숙이고서 강을 향해 있는 힘껏 뛰었다. 강가에 이르자 재빨리 점프를 하여 물속으로 풍덩 뛰어들었다. 물이 아주 차가웠지만 나는 죽을힘을 다해 버텼다. 물살이 내 몸을 돌아 흐르는 것을 느끼면서, 다시는 물 밖으로 나올 수 없을지도 모른다는 생각이 들 때까지 참고 또 참았다. 몸이 떠오르면 순간적으로 숨을 한 번 쉬고는 다시 물속으로 들어갔다. 옷을 잔뜩 껴입고 군화까지 신은 터라 물속에 있는 것이 그리 어렵지 않았다. 두 번째로 떠올랐을 때, 내 앞에 통나무 하나가 떠 있는 것이 보여서 한 손으로 그걸 붙잡았다. 머리를 통나무 뒤에 숨긴 채 강둑 쪽은 아예 쳐다보지도 않았다. 내가 뛰기 시작했을 때도 총성이 들렸고, 머리를 처음 물 밖으로 내밀었을 때도 총성이 들렸다. 거의 물 위로 나왔다 싶을 때도 총성이 들렸다. 이제 총소리는 더 이상 들리지 않았고, 통나무 조각은 물결에 이리저리 흔들렸다. 나는 그것을 한 손으로 꽉 붙잡은 채 비로소 숨을 돌리며 강둑을 바라봤다. 강둑이 아주 빠르게 지나가는 것 같았다. 강물에는 나무 조각들이 많이 떠다녔다. 물은 너무 차가웠다. 잠시 후 강물 위에 떠 있는 섬처럼 솟은 잔가지 무더기를 지나쳤다. 나는 두 손으로 통나무를 단단히 잡고 매달려서 흐르는 강물에 몸을 맡겼다. 강둑은 이제 시야에서 사라졌다.

31

강물이 빠르게 흐르면 얼마 동안 물속에 있었는지 가늠하는 것이 쉽지 않다. 꽤 오랜 시간 있었던 것 같기도 하고 아주 짧은 시간인 것 같기도 하다. 강물은 무척 차가웠고, 물이 많이 불어나 있었다. 강 수위가 높아져 강둑에서 흘러들어온 수많은 잡동사니들이 지나갔다. 묵직한 통나무를 잡고 매달려 있었으니 운이 좋았다는 생각이 들었다. 나는 두 손으로 편하게 통나무를 잡고 턱을 나무 위에 올려놓은 채 얼음같이 찬 물속에 있었다. 손에 쥐가 날까 두려워서 어서 강기슭에 닿기만을 바랐다. 나는 긴 곡선을 그리며 강물을 따라 떠내려 왔다. 날이 밝기 시작하자 강가에 우거진 덤불숲이 보였다. 바로 앞이 덤불로 덮인 섬이어서 물살이 강가 쪽으로 휘었다. 군화와 군복을 벗고 강가로 헤엄쳐 갈까도 생각했지만 그렇게 하지 않기로 했다. 어떻게든 강둑으로 올라가야 한다는 생각뿐이었으나 맨발로 올라가면 곤란해질 것 같았기 때문이다. 무슨 수를 쓰든 메스트레(Mestre, 이탈리아 북부 베네치아 시의 북서부 지역)까지는 가야 했다.

강기슭이 가까이 다가왔다가 다시 멀어져 가고 다시 가까워지길 반복했다. 떠내려가는 속도가 좀 느려졌다. 강기슭이 코앞으로 가까워졌다. 버드나무 덤불의 잔가지까지 보일 정도였다. 통나무가 천천히 출렁이며 커브를 그리자 강기슭이 내 뒤에 놓였다. 소용돌이 안으로 들어온 것이다. 몸이 천천히 돌기 시작했다. 기슭이 다시 보이더니 아주 가까워졌다. 나는 한 손으로 통나무를 붙잡은 채 양발로 세게 물을 차 헤엄치면서 통나무를 강기슭 쪽으로 밀어보려고 했다. 하지만 조금도 가까이 가지 못했다. 소용돌이 밖으로 벗어나 하류로 밀려갈까봐 겁이 났다. 나는 다시 한 팔로만 매달린 채 두 다리로 통나무 옆을 감싸고는 기슭을 향해 힘차게 밀었다. 덤불이 눈앞까지 다가왔다. 그러나 가속을 붙여 온 힘을 다해 헤엄쳤음에도 불구하고 통나무가 물살에 휩쓸려 기슭에서 멀어졌다. 군화 때문에 가라앉을 수도 있겠다는 생각이 들기도 했지만, 그래도 물속에서 두 발을 계속 차며 강기슭 쪽으로 붙으려고 애를 썼다. 물결을 거슬러 나아가다가 잠시 고개를 드니, 기슭이 눈앞에 있었다. 나는 무거운 군화를 신은 채 양발로 물을 힘껏 차면서 계속 헤엄을 쳤고, 마침내 강기슭에 있는 버드나무 가지를 움켜잡을 수 있었다. 몸에 힘이 빠져 밖으로 나가지는 못했지만, 그래도 빠져죽을 위험에서는 벗어난 것 같아 마음이 놓였다. 온 힘을 다해 몸부림쳐서인지 허기가 확 밀려오는가 싶더니 배와 가슴에서 통증이 느껴졌다. 나는 나뭇가지를 붙잡고서 힘이 회복되기를 기다렸다. 잠시 후 통증이 잦아들자 버드나무 숲으로 몸을 끌어올려 팔로 덤불을 그러안았고, 두 손으로 가지를 단단히 쥐고서 숨을 몰아쉬었다.

이윽고 버드나무들 사이로 몸을 밀어 넣은 다음 둑으로 기어올랐다. 날이 어렴풋이 밝아오고 있었고, 사람은 아무도 보이지 않았다. 나는 강둑에 드러누운 채 강물 소리와 빗소리를 들었다.

잠시 후 일어나서 강둑을 따라 걷기 시작했다. 라티나사까지는 강을 건널 수 있는 다리가 없었다. 아마도 지금 내가 있는 곳은 산비토 맞은편이 아닐까 싶었다. 나는 이제 무엇을 해야 할지 생각하기 시작했다. 앞쪽에 강으로 흘러들어가는 도랑이 하나 있어서 그곳을 향해 갔다. 지금까지는 마주친 사람이 하나도 없었다. 도랑 가장자리에 있는 작은 덤불 옆에 앉아서 군화를 벗어 안에 들어 있는 물을 털어냈다. 상의를 벗어 안주머니에서 흠뻑 젖은 지갑과 서류와 돈을 빼낸 다음 옷을 비틀어 짰다. 이어서 바지를 벗어 짜고 셔츠와 속옷도 벗어 물을 짜냈다. 손으로 몸을 찰싹찰싹 때리고 문지른 다음 다시 옷을 입었다. 군모는 잃어버리고 없었다.

겉옷을 입기 전에 소매에 붙어 있는 헝겊으로 된 별을 떼어내어 돈과 함께 안주머니에 넣었다. 돈은 젖었지만 사용할 수 있을 것 같았다. 지폐를 세어보니 3천 리라가 조금 넘었다. 옷이 축축하고 끈적끈적해서 나는 양팔을 번갈아 가며 두드려서 혈액 순환이 잘 되도록 했다. 털로 짠 속옷을 입고 있었기 때문에 계속 몸을 움직이면 감기에 걸릴 염려는 없을 것 같았다. 권총은 다리 앞 도로에서 헌병들에게 빼앗긴 터라 권총집만 겉옷 안쪽에 숨겼다. 망토도 입지 않은 상태에서 비를 맞으니 몹시 추웠다. 나는 강둑을 걷기 시작했다. 시간이 좀 지나 한낮이었다. 주변은 비에 젖어 나지막하고 음산해 보였다. 들판도 텅 빈 채 젖어 있었다.

저 멀리 평원에 솟아오른 종루가 보였다. 나는 도로로 올라갔다. 앞쪽에서 분대 하나가 길을 따라 내려오는 것이 보였다. 나는 느릿느릿 걷다가 길옆으로 물러섰고, 그들은 내 옆으로 지나갔지만 아무도 나에게 신경 쓰지 않았다. 그들은 강 상류 쪽으로 올라가는 기관총 분대였다. 나는 길을 따라 계속 걸어갔다.

그날 나는 베네치아 평원을 횡단했다. 낮은 지대였는데 비가 내리자 훨씬 더 평탄해 보였다. 바다 쪽에는 소금기 많은 습지만 있을 뿐 길은 거의 없었다. 모든 도로가 강을 따라 바다로 이어지기 때문에 평원을 가로지르려면 운하 옆길을 따라가야만 했다. 나는 북에서 남으로 이 지역을 가로질렀다. 철로를 두 번 건너고 도로를 수없이 건너다보니, 늪지와 나란히 달리는 철로로 이어지는 작은 길의 끝이 나왔다. 베네치아를 출발하여 트리에스테까지 운행하는 간선 철로였는데, 높고 견고한 철둑에 견고한 바닥을 갖춘 복선 궤도였다. 선로를 따라 조금 내려간 곳에 간이 정거장이 있었는데, 보초들이 경계를 서고 있었다. 위쪽에는 늪으로 흐르는 냇물 위에 다리가 놓여 있었고, 그 다리도 보초가 지키고 있었다. 나는 들판을 가로질러 북쪽을 향해 가면서 기다란 열차가 이 철로로 지나가는 것을 보았다. 주변이 평탄한 평야라 멀리서도 볼 수 있었던 것이다. 기차는 포르토그루아로에서 오는 것 같았다. 나는 보초들을 살핀 다음, 철길과 나란하게 드러누워 철로 양쪽을 둘러보았다. 다리를 지키는 보초가 철로를 따라 내가 누워 있는 곳으로 몇 발짝 다가왔지만, 이내 돌아서서 다리 쪽으로 가 버렸다.

나는 심한 공복감을 느끼면서 계속 누운 채 열차가 오기를 기다렸다. 아까 보아둔 열차는 아주 길었고, 기관차가 매우 느리게 움직였다. 그런 속도라면 열차에 올라탈 수 있을 거라는 확신이 들었다. 기차가 오기를 기다리던 마음을 포기할 때쯤 기차한 대가 서서히 다가오는 것이 보였다. 정면으로 다가오는 기관차의 모습이 눈앞에서 서서히 커졌다. 나는 다리에 서 있는 보초쪽을 살폈다. 거리로는 가까운 곳에서 걷고 있었지만 다행히 철로 반대편이었다. 열차가 지날 때는 시야가 가려질 것이다. 나는 점점 가까워지는 기관차를 지켜봤다. 차량이 많이 달려 있어서인지 움직임이 매우 느렸다. 열차에도 경비병들이 탄다는 것을 알고있기에, 그들의 위치를 파악해 보려 했다. 그러나 시야 밖에 있어서 알아낼 수가 없었다. 이제 기관차는 내가 누워 있는 곳까지 거의 다다랐다. 평지였는데도 힘겨워하는 기차는 내가 있는 바로 앞까지 푹푹 연기를 내뿜으며 헐떡거렸다. 기관사가 지나치는 모습을 보고 나는 벌떡 일어나 차량들 옆으로 바짝 붙어 섰다. 혹여 다리의 보초가 본다 해도 철길에 서 있으면 그다지 의심받지 않을 것이다. 지붕 덮인 화물칸 몇 량이 지나갔다. 이어서 흔히 '곤돌라'라고 하는, 지붕 없이 캔버스 천만 덮은 낮은 화물 차량이 다가왔다. 나는 곤돌라가 거의 다 지나갈 때까지 서 있다가 뛰어올라 뒤쪽 손잡이를 잡고 차량에 매달렸다. 그런 다음 곧바로 곤돌라와 그 뒤에 연결된 키 높고 지붕 덮인 화물차 사이로 기어 들어갔다. 나를 본 사람은 아무도 없는 것 같았다. 나는 손잡이를 붙잡고 몸을 낮게 웅크린 채 발을 차량 연결기 위에 올려놓았다. 열차는 이제 다리 맞은편에 거의 다다랐다. 그때 보초병이 떠올랐다. 열차가 지나갈 때, 그는 나를 멍하니 바라봤다. 어린 병사였는데 지나치게 큰 철모를 쓰고 있었다. 내가 경멸의 눈길로 쏘아보자 그는 시선을 돌렸다. 내가 열차에서 뭔가 일을 하는 중이라고 생각하는 것 같았다.

기차가 다리를 건넜다. 보초병은 여전히 불안스러운 표정으로 지나가는 차량들을 지켜보고 있었다. 나는 몸을 구부려서 차량에 캔버스 천을 어떻게 묶어놓았는지 살펴보았다. 바닥의 고리 끝 부분에 밧줄로 묶여 있었다. 나는 칼을 꺼내서 끈을 자르고 팔을 그 아래로 밀어 넣었다. 비를 맞아 뻣뻣해진 캔버스 천 안쪽에 둔탁한 것이 불룩 튀어나와 있었다. 고개를 들어 앞쪽을 봤다. 앞 화물 차량에 경비병이 있었지만 그는 앞쪽만 보고 있었다. 나는 손잡이를 놓고서 캔버스 천 아래로 기어 들어갔다. 이마가 무언가에 세게 부딪혔다. 얼굴에 피가 흐르는 것이 느껴졌지만, 개의치 않고 안으로 기어 들어가서 납작하게 엎드렸다. 그리고는 몸을 돌려서 캔버스 천을 다시 묶었다.

나는 대포를 덮은 캔버스 천 안쪽으로 들어간 거였다. 깨끗한 기름과 윤활유 냄새가 났다. 나는 드러누운 채 캔버스 천을 때리는 빗소리와 철로를 달리면서 덜컹거리는 바퀴 소리를 들었고, 캔버스 천 사이로 새어 들어오는 희미한 빛으로 대포를 구경했다. 대포에도 캔버스 천이 덮여 있었다. 제3군에서 전방으로 보내는 것이 틀림없다는 생각이 들었다. 이마의 혹이 커다랗게 부풀어 올랐지만, 가만히 누워 있다 보니 피는 저절로 멎었다. 나는 상처 난 곳의 피딱지를 떼어냈다. 상처는 별것 아니었다. 갖고 있는 손수건이 없어서 캔버스에서 떨어지는 빗방울을 손가락으로 받아 피가 말라붙은 곳을 씻은 다음 웃옷 소매로 깨끗이 닦아냈

다. 의심스러운 꼴을 보이고 싶지 않았기 때문이다. 또한 메스트
레에 도착하면 저들이 대포의 상태를 점검할 테니까 그전에 화물
차에서 빠져나가야 했다. 그들에겐 대포가 부족했다. 그렇기에
대포에 대한 것은 잊어버리지도 잃어버리지도 않을 것이다. 나는
배가 고파 미칠 지경이었다.

## 32

 

지붕 없는 화물차 바닥, 캔버스 천 아래에서 대포를 옆에 두고 누워 있다 보니 온몸이 젖어 추운 데다 배가 너무나 고팠다. 결국 나는 몸을 뒤집어 배를 깔고서 양팔에 머리를 얹은 채 엎드렸다. 무릎이 뻣뻣했지만 그래도 꽤 만족스럽게 움직였다. 발렌티니 박사가 치료를 훌륭하게 해준 덕분이다. 퇴각하는 동안 걸어온 절반의 길과 헤엄쳐 벗어난 탈리아멘토 강의 일부 구간에서, 나는 그가 끼워준 무릎에 신세를 졌다. 이 무릎은 그가 만들어준 것으로, 그의 무릎이나 마찬가지였다. 다른 쪽 무릎만이 온전한 내 무릎이었다. 의사가 몸에 손을 대면 그것은 이미 자신의 몸이 아닌 것이다. 머리는 내 것이고, 배 속의 내장도 내 것이다. 내 몸은 무척 배가 고팠다. 속이 뒤집히는 것 같았다. 머리도 내 것이지만 생각할 것이 없으니 쓸모가 없었다. 단지 기억용이었지만, 그나마도 많이 기억하지 못했다.

캐서린이 떠올랐다. 하지만 그녀를 만날 수 있을지조차 불확실한 상황에서 그녀 생각을 하면 미쳐 버릴 것만 같아 생각하지 않기로 했다. 그러나 아주 조금만 상상해 보는 건 괜찮지 않을까……. 덜컹거리는 소리를 내며 천천히 달리는 열차를 타고서 캔버스 천 사이로 새어 들어오는 희미한 빛을 받으며, 캐서린과 함께 바닥에 누워 있다고 상상하기로 했다. 그녀와 너무 오래 헤어져 있었다. 생각하는 대신 상상만 하고 싶었으나 그러기에는 화물차 바닥이 너무 딱딱했다. 그뿐인가. 옷은 젖어 있고, 바닥은 조금씩 흔들렸다. 열차 안은 쓸쓸하고, 마음은 외로움에 사무쳤다. 상상 속에서 아내를 맞이하기에는 내 옷이 너무 축축했고, 지붕 없는 열차 바닥은 너무 딱딱하고 초라했다.

캔버스 천 아래에서 대포 옆에 있는 것이 기분 좋은 일이라고 해도, 지붕 없는 화물차 바닥이나 캔버스 천을 둘러쓴 대포나 바셀린을 바른 금속 냄새나 비가 새어 들어오는 화물차의 캔버스 천 같은 것들을 사랑할 수는 없지. 너는 여기에 함께 있다고 상상하는 것조차 미안한 사람을 사랑하고 있어. 너는 이제 아주 분명하고 냉정하게 — 아니, 냉정이 아니라 — 분명하고 공허하게 알 수 있어. 너는 한 나라의 군대가 퇴각하고 다른 나라의 군대가 전진하는 현장에 있으면서, 배를 깔고 엎드린 채 그 공허함을 목격했지. 마치 화재로 백화점의 물건을 모두 잃은 매장 책임자처럼 너는 석 대의 앰뷸런스와 세 명의 부하를 잃었어. 하지만 여기에는 보험 같은 것도 없어. 너는 낙오자가 된 거야. 너에게는 더 이상의 의무가 없어. 늘 써오던 사투리로 말한다는 이유로 백화점에 불이 난 후에 매장 책임자를 총살하려 한다면, 그는 어떻게 해야 할까? 아마 백화점이 문을 다시 열어도 매장 책임자는 그곳으로 돌아가지 않고 다른 일자리를 찾을 거야. 경찰이 그를 잡아가지 않는다면 말이야. 그래, 너는 바로 그 매장 책임자 같은 신세야.

이런 상상은 이제 그만두자. 헌병이 내 멱살을 잡았을 때 모든 의무감과 더불어 분노도 강물에 씻겨 사라졌다. 나는 겉모습에 그리 신경을 쓰는 성격이 아니지만 군복만큼은 정말이지 벗어 버리고 싶었다. 이미 군복의 별을 떼어냈다. 그러나 그건 편의상 그런 것이다. 이건 명예의 문제가 아니다. 나는 별에 악감정도 없다. 그들에게 반대하지도 않는다. 단지 그들과는 거래가 끝났을 뿐이다. 나는 그들 모두가 잘됐으면 하고 바랐다. 좋은 군인, 용감한 군인, 침착한 군인, 지각 있는 군인들이 있다. 그들은 별을 받을 만했다. 하지만 이제는 더 이상 내가 끼어들 자리가 아니다. 나는 이 빌어먹을 열차가 어서 빨리 메스트레에 도착하기만을 바랐다. 그곳에서 음식을 먹고 나면, 이런 생각 따윈 그만하지 않겠는가. 나는 정말로 생각을 멈추고 싶었다.

피아니는 내가 헌병에게 총살당했다고 보고할 것이다. 헌병들은 자기들이 총살시킨 사람의 호주머니를 뒤져서 서류를 압수했다. 내 서류는 결코 발견되지 않을 것이다. 나를 익사한 것으로 처리할지도 모른다. 나는 그들이 미국에 어떻게 보고할지 궁금했다. 부상으로 인한 전사나 그럴듯한 이유를 댈 것이다. 맙소사! 나는 엄청나게 배가 고팠다. 장교 식당의 신부는 어떻게 되었을까? 리날디는? 훨씬 먼 후방으로 가지 않았다면 포르데노네로 퇴각했을 거다. 이젠 그와는 결코 만날 수 없을 것이다. 그들 중 누구도 다시 보지 못하겠지. 그 생활은 끝났다. 리날디는 매독에 걸리지 않았을 거야. 어쨌든 제때 치료하면 그리 심각한 병은 아니라고 한다. 그래도 그는 걱정을 하겠지. 나도 그 병에 걸렸다면 걱정했을 것이다. 누구든 마찬가지 아니겠는가.

　난 생각이 많은 사람이 아니다. 생각하도록 만들어진 존재가 아니니까. 나는 먹는 걸 좋아하는 사람이다. 맙소사! 그렇다. 나는 먹고 마시고 캐서린과 함께 잠들고 싶다. 오늘 밤에. 아니, 그건 불가능하다. 그래도 내일 밤에는 좋은 음식을 먹고 깨끗한 침대 시트에서 잘 수 있겠지. 이제 그녀와 함께 가는 것이 아니라면 어디에도 가지 않을 거다. 그러려면 아주 신속하게 움직여야 한다. 캐서린도 나를 따라가고 싶어 할 것이다. 그녀는 그럴 것이다. 우리는 언제 떠나야 할까? 그것은 곰곰이 생각해 보아야 할 문제였다. 날이 어두워지고 있었다. 나는 누운 채 우리가 어디로 갈 것인지를 생각했다. 갈 곳은 많았다.

44

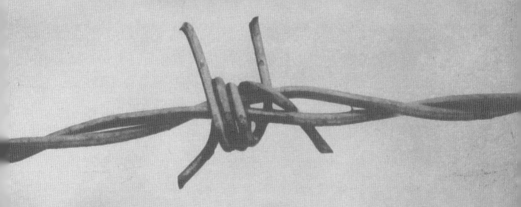

A Farewell
to Arms

## 33

동이 트기 전의 이른 새벽, 기차가 밀라노 역으로 들어가면서 속도를 늦추었을 때 나는 기차에서 뛰어내렸다. 선로를 건넌 다음 건물들 사이를 빠져나와 거리로 나섰다. 문을 연 와인 바가 있어서 커피를 마시러 들어갔다. 새벽 냄새, 먼지를 쓸어낸 마룻바닥, 커피 잔 안에 담긴 스푼, 와인 잔이 남긴 둥그런 자국 따위가 이른 아침의 분위기를 풍겼다. 주인은 바 뒤쪽에 있었고, 두 명의 병사가 테이블에 앉아 있었다. 나는 바에 서서 커피 한 잔과 빵 한 조각을 먹었다. 커피는 우유를 넣어서 색이 뿌옜다. 빵조각으로 우유 거품을 걷어냈다. 주인이 나를 빤히 쳐다봤다.

"그라파 한잔하시겠습니까?"

"아니요."

"내가 한잔 대접하겠소."

주인은 작은 잔에 그라파를 따라 내게 내밀면서 말했다.

"전선 상황은 어떻습니까?"

"모릅니다."

"저 사람들은 취했어요."

두 명의 병사를 가리키며 그가 말했다. 그 말은 믿을 만했다. 그들은 취한 것 같았다.

"얘기 좀 해주세요. 전선에서 무슨 일이 벌어지고 있습니까?"

주인이 말했다.

"모른다고 하지 않았습니까."

"저기 담 쪽에서 내려오는 걸 봤어요. 열차에서 내렸죠?"

"대규모 퇴각이 있었습니다."

"신문에서 읽었어요. 무슨 일이죠? 전쟁이 끝난 건가요?"

"그건 아닌 것 같습니다."

주인은 작은 그라파 병을 들어 잔을 채우며 말했다.

"어려운 일이 있다면 제가 도와줄 수 있습니다."

"어려운 일 없습니다."

"어려운 일이 있으면 여기서 지내도 돼요."

"어디에 있으라는 거죠?"

"이 건물 안에요. 많은 사람들이 머물고 있어요. 어려운 처지에 있는 사람들 말입니다."

"그런 사람들이 많은가요?"

"사람마다 어려움이 다르지요. 혹시 남아메리카분이신가요?"

"아니요."

"스페인어를 합니까?"

"조금요."

그는 카운터를 닦아냈다.

"출국하는 게 지금은 힘들지만 아예 불가능한 건 아닙니다."

"떠날 생각은 없습니다."

"원하는 만큼 이곳에 머물 수 있어요. 내가 어떤 사람인지 알게 될 겁니다."

"오늘 아침엔 가볼 데가 있어요. 하지만 주소를 기억해 두었다가 돌아오죠."

주인이 고개를 저으며 말했다.

"그렇게 말하는 사람은 돌아오지 않아요. 난 당신이 정말 어려운 처지라고 생각했어요."

"어려운 일은 없어요. 그래도 친구의 주소는 소중히 여깁니다."

나는 커피 값으로 10리라짜리 지폐를 카운터에 놓고 말했다.

"같이 그라파 한잔할까요?"

"난 괜찮습니다."

"한 잔만 들어요."

주인이 그라파 두 잔을 따르며 말했다.

"기억해 둬요. 이곳으로 와요. 잡혀가면 안 됩니다. 여기는 안전해요."

"알겠습니다."

"확실히 알았죠?"

"네."

"그럼 한 가지 알려줄게요. 그 상의를 입고 다니지 마세요."

그가 진지하게 말했다.

"왜요?"

"소매에서 별을 뜯어낸 자국이 아주 선명해요. 옷감 색깔과 다르니까요."

나는 아무 말도 하지 않았다.

"서류가 없으면 내가 만들어줄 수 있어요."

"무슨 서류요?"

"휴가 증명서."

"필요 없습니다. 갖고 있거든요."

"아, 네. 하지만 필요한 서류를 만들어줄 수 있어요."

"비용은 얼마나 듭니까?"

"서류 나름이지요. 값은 적당한 수준입니다."

"지금은 필요 없습니다."

내 말에 그가 어깨를 으쓱해 보여, 내가 덧붙여 말했다.

"난 괜찮아요."

내가 술집에서 나오려 할 때 그가 말했다.

"내가 당신 친구라는 거 잊지 마세요."

"기억하겠습니다."

"다시 봅시다."

"그러죠."


밖으로 나온 뒤 나는 헌병이 있는 기차역에서 가능한 한 멀찌 감치 떨어져 걸었다. 작은 공원 모퉁이에서 마차를 잡았다. 마부에게 병원 주소를 알려줬다. 병원에 도착해서 나는 수위의 숙소로 갔다. 그의 아내가 나를 포옹했고, 그는 내 손을 잡았다.

"안전하게 돌아오셨군요."

"그렇소."

"아침은 드셨어요?"

"그럼요."

"어떠세요, 중위님? 별일 없었어요?"

그의 아내가 물었다.

"그럼요."

"저희랑 아침 같이하세요."

"아니, 됐어요. 미스 바클리가 지금 이 병원에 있습니까?"

"미스 바클리요?"

"영국 간호사 말이요."

"중위님 애인이요?"

그의 아내가 내 팔을 가볍게 두드리며 웃었다.

"없습니다. 떠났어요."

수위가 말했다.

가슴이 쿵 하고 내려앉았다.

"확실해요? 키가 크고 금발인 영국 간호사 말이오?"

"확실합니다. 스트레사로 갔어요."

"언제 갔소?"

"이틀 전에 다른 영국 간호사랑 떠났어요."

"그랬군. 한 가지만 부탁하겠소. 아무한테도 날 봤다는 말은 하지 말아요. 아주 중요합니다."

"아무한테도 말하지 않겠습니다."

수위가 말했다. 그에게 10리라짜리 지폐를 주었다. 그는 돈을 뿌리치며 말했다.

"입 다물겠다고 약속합니다. 돈은 필요 없어요."

"중위님, 저희가 해드릴 일이 없을까요?"

그의 아내가 물었다.

"그것 말고는 없어요."

내가 말했다.

"저흰 입 다물고 있을 겁니다. 제가 해드릴 일이 있으면 말씀만 하세요."

수위가 말했다.

"그러죠. 잘 지내세요. 다시 봅시다."

내가 말했다.

그들은 문간에 서서 내 뒷모습을 지켜보았다.

나는 마차를 잡아타고 마부에게 시먼스의 집 주소를 알려주었다. 아는 사람인데, 성악 공부를 하고 있었다.

시먼스는 도심에서 멀리 떨어진 포르타 마젠타 부근에 살고 있었다. 내가 도착했을 때 그는 여전히 졸린 표정으로 침대에 누워 있었다.

"웬일인가? 무지 일찍 일어났군, 헨리."

그가 말했다.

"새벽 기차로 도착했네."

"이번 퇴각은 도대체 어떻게 된 거야? 전선에 있었나? 담배 태우려나? 테이블 위 상자 속에 있네."

벽 쪽으로 침대, 그 반대편에 피아노, 그리고 옷장과 테이블이 놓인 큰 방이었다. 시먼스는 베개를 대고 침대에 기대앉아 담배를 피웠다.

"심, 곤란한 상황에 빠졌어."

내가 말했다.

"나도 그래. 난 항상 곤란한 상황이지. 담배 태우지 않겠나?" 그가 말했다.

"아니. 스위스로 가려면 어떤 절차를 밟아야 되지?"

"자네가 가려고? 이탈리아 사람들이 자네를 이 나라에서 떠나도록 내버려두지 않을 텐데."

"그건 나도 알아. 하지만 스위스 쪽에서는? 그들은 어떤 조치를 취할 것 같나?"

"일정한 지역 내로 체류를 제한하겠지."

"나도 아네. 근데 절차가 어떻게 되느냐고?"

"별거 없어. 아주 간단해. 자네는 스위스 내에서 어디든 갈 수 있어. 단지 매번 그 지역 관청에 신고 같은 걸 해야 할 거야. 왜? 경찰에게 쫓기고 있나?"

"아직 확실하지 않아."

"말하기 싫으면 말하지 말게나. 하지만 그거 한번 들어보면 재미있겠는데. 이곳에서는 아무 일도 일어나지 않으니 말이야. 피아첸차에서 난 큰 실패를 보았네."

"정말 안됐군."

"그렇지, 정말 형편없었네. 노래는 잘 불렀는데. 여기 릴리코 극장에서 다시 한 번 불러볼 생각이야."

"거기 가서 자네 노래를 들으면 좋을 텐데."

"그거 고마운 말이군. 자네, 심한 곤경에 빠진 건 아니지?"

"잘 모르겠어."

"말하기 싫으면 말하지 말게나. 그런데 그 지랄 같은 전선에서 어떻게 빠져나왔나?"

"난 이제 전선과는 영원히 끝났어."

"잘했어. 자넨 지각이 있는 사람이라고 늘 생각해 왔네. 어쨌든 내가 뭐 도와줄 일이라도 있나?"

"자넨 무척 바쁘잖나?"

"조금도 바쁘지 않네, 내 친구 헨리. 조금도 바쁘지 않다고. 뭐든지 기꺼이 하겠네."

"자네가 나랑 체격이 비슷하지? 밖에 나가서 민간인 옷 한 벌을 좀 사다주겠나? 내 옷은 모두 로마에 있어서."

"그래, 자넨 로마에 살았었지? 그곳은 지저분하지. 어떻게 그런 곳에서 살았나?"

"건축가가 되고 싶었거든."

"거기서 무슨 건축을 공부한다는 거야? 옷은 사지 말게. 자네가 원하는 옷이라면 내가 줄 테니까. 자네 몸에 맞는 옷을 입혀 줄게. 아주 보기 좋게. 저쪽 탈의실로 들어가면 붙박이장이 있어. 뭐든지 꺼내 입어. 이 친구야, 무슨 옷을 사겠다고 그래?"

"사는 게 낫겠는데, 심."

"친구, 밖에 나가 옷을 사다주는 것보다 내 옷을 주는 게 더 쉬워. 여권은 있나? 여권 없이는 멀리 가지 못할 거야."

"응, 여권은 아직 있네."

"그럼 내 옷을 입어. 친구, 그런 다음 헬베티아(Helvetia, 스위스의 옛 지명)로 가는 거야."

"그렇게 간단한 문제가 아니야. 먼저 스트레사에 가봐야 해."

"친구, 보트를 저어서 건너가게나. 호수만 건너면 바로 스위스야. 내가 공연만 없으면 같이 갈 텐데. 그래도 언젠가는 갈 거야."

"가서 요들송을 배우게나."

"요들송도 언젠가는 배울 생각이야. 지금도 부를 수는 있어. 낯설긴 하지만."

"자넨 잘 부를 거야."

그는 담배를 피우면서 침대에 비스듬히 기댔다.

"너무 기대하지는 마. 하지만 못 부를 것도 없지. 노래가 무지 웃기거든. 그래도 부를 수는 있어. 노래 부르는 걸 좋아하니까. 한번 들어보게."

그는 큰 소리로 '아프리카나'를 부르기 시작했다. 목덜미가 부풀어 오르고 핏줄이 불거져 나왔다.

"난 노래를 할 수 있어. 사람들이 좋아하건 말건 간에."

그가 말했다.

나는 창밖을 내다보며 말했다.

"내려가서 마차를 보내고 올게."

"다녀와, 친구. 아침 식사를 하자고."

그는 침대에서 내려와 곧추 서서 숨을 깊게 쉬고는 허리 굽혀 펴기를 시작했다.

나는 아래층으로 내려가서 마부에게 마차 삯을 지불하고 보냈다.

# 34

민간인 복장을 하니 가장무도회에 가는 사람 같은 느낌이 들었다. 오랫동안 군복을 입어와서인지 사복이 영 어색했다. 바지는 헐렁했다. 스트레사로 가는 기차표는 밀라노에서 사두었다. 새 모자도 구입했다. 시먼스의 모자는 쓸 수 없었지만 양복은 그런 대로 괜찮았다. 옷에는 담배 냄새가 진하게 배어 있었다. 나는 기차의 객실에 앉아 창밖을 내다보았다. 새로 산 티가 나는 모자에 비해 옷은 매우 낡은 느낌이 들었다. 창밖으로 보이는 비에 젖은 롬바르디아(Lombardia, 북쪽은 알프스 산맥의 꼭대기와 계곡으로 이루어져 있고, 남쪽은 최대의 곡창 롬바르디아 평원이 펼쳐져 있다. 주도는 밀라노이다.)만큼이나 내 처지가 서글펐다. 기차 칸에는 나를 대수롭지 않게 생각하는 비행사들이 몇 있었는데, 나에게 그다지 신경 쓰지 않는 듯했다. 그들은 나를 똑바로 쳐다보지도 않았다. 이 나이에 민간인 복장을 하고 있는 내가 경멸스러운 모양이었다. 그렇다고 모욕을 당했다는 느낌은 들지 않았다. 예전 같았으면 욕을 하며 싸움을 걸었겠지만. 그들은 갈라라테

(Gallarate, 밀라노 북서부에 있는 도시)에서 내렸다. 나는 혼자 있게 되어 좋았다. 신문을 가지고 있었으나 전쟁 기사를 보고 싶지 않았다. 전쟁에 대한 건 다 잊어버릴 참이었다. 나는 혼자서 단독 평화 조약을 맺은 것이다. 지독히 외롭던 차에, 다행히 기차가 스트레사에 도착했다.

호텔에서 나온 짐꾼들이 역에 있겠거니 기대했었는데 그런 사람들은 보이지 않았다. 휴가철이 오래전에 끝난 터라 기차에서 내리는 손님을 맞으러 나오는 사람이 없는 듯했다. 가방을 들고 열차에서 내렸다. 시먼스의 가방이었는데, 셔츠 두 장만 들어 있어서 가볍게 들 수 있었다. 열차가 다시 출발할 때까지 비가 내리는 역사 지붕 아래 서 있었다. 그러다가 한 남자를 발견하고서 영업 중인 호텔이 있는지 아느냐고 물었다. '그란 호텔, 에데, 일 보로메'가 문을 열었고, 몇몇 작은 호텔들은 일 년 내내 영업을 한다고 했다. 나는 가방을 들고서 비를 맞으며 '일 보로메'를 향해 걷기 시작했다. 거리를 따라 마차가 오는 것이 보여 마부에게 손짓을 했다. 마차를 타고 호텔로 가는 게 좋을 듯싶었다. 큰 호텔의 마차 진입로에 도착하자, 수위가 우산을 들고 나와서 매우 친절하게 안내해 줬다.

좋은 방을 얻었다. 아주 크고 밝은 방으로 호수가 내려다보였다. 지금은 구름이 호수를 덮고 있지만, 햇빛이 비치면 아름다운 풍경일 것이다. 나는 아내를 기다리고 있는 중이라고 말했다. 방 안에는 사틴 침대보가 씌워진 커다란 더블베드, 이른바 레토 마트리모니알레(letto matrimoniale, 신혼부부용 침대)가 있는 화려한 호텔이었다. 긴 복도를 지나 넓은 계단을 내려간 다음 여러

방들을 지나쳐 스낵바로 갔다. 그곳의 바텐더는 안면이 있는 사람이었다. 나는 높은 스툴에 앉아서 소금을 친 아몬드와 감자 칩을 먹었다. 마티니가 시원하고 깨끗한 느낌이었다.

"민간인 옷을 입고 여기는 웬일이십니까?"

바텐더가 마티니를 두 잔째 얼음에 섞어준 다음 물었다.

"휴가 중이오. 병가를 얻었지."

"이 호텔에는 손님이 없습니다. 호텔 영업을 계속하는 이유를 모르겠습니다."

"그동안 낚시는 좀 했나?"

"괜찮은 놈들을 낚았죠. 이맘때 낚시를 하면 꽤 좋은 놈을 잡을 수 있습니다."

"내가 보낸 담배는 받았나?"

"네. 제가 보낸 카드는 받으셨습니까?"

나는 웃었다. 실은 그 담배를 구할 수 없었던 것이다. 그가 원한 건 미국산 궐련이었다. 그런데 친척들이 내게 보내는 것을 중단한 건지, 아니면 도중에 압수된 건지는 몰라도 아무튼 담배는 오지 않았다.

"다른 곳에서 다시 구해 볼게."

나는 이렇게 말한 다음 그에게 물었다.

"이 마을에서 영국 여자 두 명을 본 적 있나? 그저께 이곳으로 왔다고 하던데."

"호텔에는 없습니다."

"간호사들인데."

"아, 간호사 두 명 봤어요. 잠깐 기다리시면 어디 있는지 알아봐드릴게요."

"그중 한 명이 내 아내거든. 나는 아내를 만나러 왔네."

"나머지 한 명은 제 아내겠네요."

"농담 아니야."

"뚱딴지같은 제 농담을 용서하십시오. 몰라서 그랬어요."

그는 그렇게 말한 다음 밖으로 나가더니 잠시 동안 돌아오지 않았다. 나는 올리브와 소금을 친 아몬드와 감자 칩을 먹으면서, 카운터 안쪽 거울에 비친 사복 차림의 내 모습을 바라보았다. 잠시 후 바텐더가 돌아왔다.

"역 근처에 있는 작은 호텔에 묵고 있답니다."

그가 말했다.

"샌드위치 좀 먹을 수 있나?"

"가져오라고 연락하겠습니다. 아시겠지만 여긴 아무것도 없거든요. 지금은 손님이 없어서요."

"정말 손님이 전혀 없는 건가?"

"네, 몇 명뿐이에요."

샌드위치 세 쪽을 먹고 마티니를 두어 잔 더 마셨다. 그렇게 시원하고 깨끗한 걸 마셔본 적이 없었다. 나 자신이 품위 있는 문화인이 된 듯한 기분이 들었다. 그동안 레드 와인, 빵, 치즈, 형편없는 커피와 그라파를 너무 많이 먹었었다. 나는 산뜻한 마호가니 카운터와 놋쇠 장식과 거울을 앞에 둔 채 아무 생각 없이 높은 의자에 앉아 있었다. 바텐더가 나에게 몇 가지를 물었다.

"전쟁에 관한 얘기는 하지 말자고."

내가 말했다. 전쟁은 이제 먼 곳의 이야기다. 어쩌면 처음부터 없었던 건지도 모른다. 아무튼 이곳에는 전쟁이 없다. 그러다가 문득 나 혼자서 일방적으로 전쟁을 끝냈다는 사실을 깨달았다. 전쟁이 진정으로 끝난 것은 아니다. 무단결석한 학생이 된 기분이었다. 학교에 가지 않고서 지금쯤 교실에서 어떤 수업을 하고 있을까 하고 궁금해 하는 학생 같다고나 할까.

내가 호텔로 찾아갔을 때 캐서린과 헬렌 퍼거슨은 저녁 식사 중이었다. 복도에 선 채 나는 식탁에 앉아 있는 두 사람을 바라보았다. 캐서린은 내 쪽으로 등을 보이고 있었는데, 그녀의 머리와 뺨과 아름다운 목과 어깨선이 보였다. 퍼거슨은 뭔가를 말하고 있다가, 내가 들어가자 하던 말을 갑자기 멈췄다.

"세상에!"

퍼거슨이 말했다.

"안녕."

내가 인사를 했다.

"어머나, 당신이군요."

캐서린이 외쳤다. 그녀의 얼굴이 환하게 밝아졌다. 너무 놀라서 믿기지 않는다는 표정이었다. 나는 그녀에게 다가가 키스를 했다. 캐서린은 얼굴을 붉혔고, 나는 자리에 앉았다.

"정말 엉뚱하네요. 여긴 웬일이에요? 저녁은 먹었나요?"

퍼거슨이 말했다.

"아니요."

식사 시중을 드는 여자 급사가 들어오자, 내게도 식사를 갖다 달라고 했다. 캐서린은 계속 내 얼굴을 바라보았고, 그녀의 눈은 행복으로 빛났다.

"왜 사복 차림을 하고 있죠?"

퍼거슨이 물었다.

"정부 내각에 들어갔어요."

"뭔지 모르지만, 제대로 사고를 쳤군요."

"기분 좀 펴요, 퍼기. 좀 더 쾌활해지라고요."

"당신을 보면 쾌활해질 수가 없어요. 당신이 캐서린을 난처하게 만들었다는 걸 알고 있거든요. 그런데 당신을 앞에 두고 어떻게 쾌활해질 수가 있겠어요?"

캐서린은 미소를 지으며 식탁 밑으로 내 발을 살짝 건드렸다.

"아무도 날 난처하게 만들지 않았어, 퍼기. 내가 스스로 택한 것뿐이야."

"도저히 참을 수가 없군. 비열한 이탈리아인식 꼼수로 너를 망쳐놓았잖아. 미국인이 이탈리아인보다 더 교활해."

퍼거슨이 말했다.

"스코틀랜드 사람은 이렇게 도덕적이고?"

캐서린이 대꾸했다.

"그런 말이 아니잖아. 저 사람이 이탈리아인들처럼 비열하다는 거지."

"내가 비열해요, 퍼기?"

"네, 그래요. 비열한 것보다 더 나빠요. 당신은 뱀 같아요. 이탈리아 군복을 입고, 목에 망토를 두른 뱀."

"지금은 이탈리아 군복을 입고 있지 않은데요."

"그것도 당신이 비열하다는 또 다른 증거지요. 여름 내내 사랑을 나누고 아기를 갖게 해놓았으면서, 지금은 슬그머니 도망치려는 거잖아요."

나는 캐서린에게 미소를 지어 보였고, 그녀도 내게 웃어줬다.

"저이만 도망치는 게 아니라 나도 함께 도망치는 거야."

캐서린이 말했다.

"둘이 같은 부류구나. 난 네가 너무 창피해. 캐서린 바클리, 넌 부끄러움도 모르고 명예도 모르는 것 같아. 넌 저 사람 못지않게 비열해."

퍼거슨이 말했다.

"이제 그만해, 퍼기. 날 너무 나쁘게 말하지 마. 우리가 서로 좋아하는 걸 잘 알잖아."

캐서린이 말하면서 퍼거슨의 손을 가볍게 토닥거렸다.

"손 치워! 네가 부끄러움을 알았다면 사정이 달라졌을 거야. 아기를 가진 지 수개월이 지났는데도 넌 그걸 별것 아닌 것으로 여기는 것 같아. 게다가 자신을 유혹한 사람이 돌아왔는데 만면에 웃음을 지으며 좋아서 어쩔 줄 모르잖아. 넌 수치심도 없고, 자존심도 없어."

퍼거슨은 벌겋게 달아오른 얼굴로 화를 낸 다음 울기 시작했다. 그러자 캐서린이 다가가 그녀를 끌어안았다. 일어서서 퍼거슨을 위로하는 캐서린을 보면서, 나는 그녀의 몸이 그리 달라지지 않았다는 것을 알아챘다.

"내가 알 게 뭐야. 하지만 넌 창피한 줄도 모르고……."

퍼거슨이 흐느끼며 말했다.

"자, 그만해. 퍼기. 내가 부끄러워할게. 울지 마. 그만 울어, 퍼기."

캐서린이 퍼거슨을 위로했다.

"우는 게 아냐. 난 울지 않아. 다만 네가 처한 상황이 끔찍해서 슬퍼하는 거야."

퍼거슨은 계속 흐느끼더니, 나를 바라보며 내뱉었다.

"난 당신을 증오해요. 내가 당신을 증오하는 걸 캐서린도 막지 못할 거예요. 더럽고 비열한 미국식 이탈리아인!"

그녀는 울어서 눈과 코가 새빨갛게 되어 있었다.

캐서린이 내게 미소를 지어 보였다.

"날 껴안고 있으면서 저 사람한테 웃어주지 마."

"퍼기, 너무 심하게 말하지 마."

"나도 알아. 둘 다 나한테 신경 쓰지 마. 내가 너무 흥분한 거야. 침착하지 못한 거 나도 알아. 둘이 행복하게 살라고."

퍼거슨이 흐느꼈다.

"우린 행복해. 넌 좋은 친구야, 퍼기."

캐서린의 말에 퍼거슨이 다시 울었다.

"이런 식으로 행복하길 바라지 않아. 왜 결혼을 하지 않는 거야? 당신한테 다른 부인이 있는 건 아니죠?"

"없습니다."

내가 대답하자, 캐서린이 소리 내어 웃었다.

"웃을 일이 아니야. 총각인 척하는 유부남들은 얼마든지 있으니까."

퍼거슨이 말했다.

"우린 결혼할 거야, 퍼기. 너를 기쁘게 하기 위해서라도."

캐서린이 말했다.

"내가 기쁜 건 중요한 게 아니야. 너 자신이 당연히 결혼하고 싶어 해야지."

"우린 그동안 너무 바빴잖아."

"그래, 알아. 아기 만드느라 바빴지. 오늘 밤에도 저 사람을 따라갈 거지?"

다시 올 거라고 생각했는데, 그녀는 오히려 신랄해졌다.

"그럼. 저이가 원하면."

캐서린이 말했다.

"나는 어떻게 하고?"

"여기 혼자 있는 게 무서워?"

"응, 무서워."

"그럼 내가 함께 있을게."

"아니야, 저 사람을 따라가. 지금 당장. 두 사람 다 보기 싫어."

"그래도 저녁 식사는 마쳐야지."

"아니, 지금 당장 가."

"퍼기, 좀 진정해."

"지금 당장 가라고. 둘 다 가 버려."

"그럼 갈게요."

내가 말했다. 나는 퍼거슨이 지겨워졌다.

"너도 가고 싶잖아. 나 혼자 저녁을 먹게 되어도 아랑곳하지 않고. 나는 늘 이탈리아 호수들을 보고 싶어 했는데 결국은 이렇게 되는구나. 아아, 아아."

그녀는 흐느끼면서 캐서린을 바라보다 목이 메었다.

"저녁 식사를 마칠 때까지 기다릴게. 내가 이곳에 있기를 원한다면 널 혼자 두고 가지 않아. 정말이야, 퍼기."

캐서린이 말했다.

"아니, 아니. 네가 가면 좋겠어. 내가 괜히 억지를 부린 거야. 제발 신경 쓰지 마."

퍼거슨이 눈물을 닦았다.

식사 시중을 들던 급사가 울고불고하는 광경을 보고 당황스러워했다. 다음 순서의 음식을 내왔을 때 상황이 진정된 것을 보고 그때서야 다소 안도하는 듯했다.

그날 밤 우리는 호텔에 들었다. 객실 밖의 길고 텅 빈 복도, 문 앞에 나란히 놓인 구두 두 켤레, 두꺼운 카펫이 깔린 바닥, 창밖에서 내리는 비, 밝고 쾌적한 방 안, 그리고 불이 꺼지자 부드러운 시트와 안락한 침대까지 우리를 안온하게 품어주면서 한편으론 들뜨게 했다. 마치 집에 돌아온 것 같은 기분과 함께 더 이상 혼자가 아니라는 느낌에 마음이 평온해졌다. 한밤중에 깨어나도 그리워하던 사람이 날 떠나지 않고 그대로 옆에 있어 날 안도하게 했으며, 그 밖의 모든 것들은 왠지 비현실적으로 느껴졌다. 우린 피곤해지면 잠들고, 한쪽이 잠에서 깨면 다른 쪽도 함께 깨어서 외로울 틈이 없었다. 남자나 여자는 종종 혼자이고 싶어 할 때가 있는데, 서로 사랑하는 남녀는 상대방의 그런 기분에 서운해 하기 마련이다. 하지만 진정으로 말하건대, 우리 두 사람에게는 결코 그런 서운함이 없었다. 사람은 누군가와 함께 있거나 많은 사람들 속에 있으면서도 혼자라는 느낌을 가질 때가 있다. 나도 그런 감정을 느껴본 적이 있었다. 많은 여자들과 함께 있으면서도 혼자라는 느낌이 날 사로잡았었고, 그것이야말로 고독 중에서도 가장 쓸쓸한 고독이었다. 그러나 우린 함께 있으면 결코 외롭지 않았고 두려움도 전혀 느끼지 않았다. 나는 잘 알고 있었다. 밤과 낮은 결코 같지 않다는 것을. 밤과 낮은 모든 것들이 다르기에, 밤의 일을 낮에 설명하는 것은 불가능하다. 낮에는 그와 같은 일이 존재하지 않기 때문이다. 누군가를 사무치게 그리워하며 외로움에 지쳐 있는 사람들에게 밤은 무서운 시간일 수 있다. 그러나 캐서린과 함께 있는 동안에는 밤이라고 해서 무섭기는커녕 오히려 반갑고 즐거운 시간이 되었다. 누군가에게 강한 용기가 있으면 세상은 그를 제압하기 위해 죽이려 한다. 실제로 세상은 그렇게 한다. 세상은 지위 고하를 막론하고 용기 있는 사람을 때려 부순다. 그러면 부수고 깨어진 곳에서 세상의 많은 사람들이 강해진다. 아무리 부서지지 않으려고 발버둥 쳐도 세상은 용기 있는 사람을 죽인다. 세상은 아주 착한 사람, 아주 점잖은 사람, 아주 용감한 사람을 가리지 않고 닥치는 대로 죽인다. 혹여 이런 부류의 사람이 아니더라도 세상은 언젠가 용기 있는 그 사람을 반드시 죽일 것이다. 단지 그리 서두르지 않을 뿐이다.

아침에 눈을 떴을 때의 기억이 생생하다. 캐서린은 아직 잠들어 있었고, 햇살이 창을 통해 들어오고 있었다. 비는 그쳤고, 나는 침대에서 나와 방을 가로질러 창가로 갔다. 창 아래쪽에는 지금은 휑하지만 잘 정돈되어 있는 정원이 있었다. 그 외에 자갈길, 크고 작은 나무들, 호숫가의 돌담, 그리고 뒤쪽 산을 배경으로 햇살 아래서 반짝이는 호수가 눈에 들어왔다. 창가에 서서 밖을 내다보다가 고개를 돌렸더니, 어느새 잠에서 깨어난 캐서린이 나를 바라보고 있었다.

"잘 잤어요, 달링? 날씨가 정말 좋지요?"

그녀가 말했다.

"기분은 좀 어때요?"

"아주 좋아요. 정말 좋은 밤이었어요."

"아침 먹을까요?"

그녀가 좋다고 했다. 나도 배가 고팠다. 우린 창으로 들어오는 11월의 햇살을 받으면서 쟁반을 무릎 위에 얹고 침대에서 아침을 먹었다.

"신문은 안 읽어요? 병원에서는 늘 신문을 찾았잖아요."

"아니. 지금은 읽고 싶지 않아요."

"신문을 읽고 싶지 않을 정도로 상황이 나쁜 거예요?"

"그냥 내키지 않을 뿐이에요."

"나도 당신과 함께 전선에 있었더라면, 상황이 어떻게 돌아가는지 알았을 텐데."

"머릿속에서 상황이 잘 정리되면 말해 줄게요."

"군복을 벗고 있으면 체포당하지 않을까요?"

"아마 총살시키겠죠."

"그러면 여기에 있으면 안 되겠네요. 이 나라를 떠나요."

"나도 그 비슷한 생각을 했어요."

"우리 어서 떠나요, 달링. 어리석은 모험은 안 돼요. 메스트레에서 밀라노까지는 어떻게 왔어요?"

"열차를 타고 왔어요. 그땐 군복 차림이었지요."

"위험하지 않았나요?"

"그다지. 좀 오래된 이동 명령서를 갖고 있었는데, 메스트레에서 그 날짜를 조작했어요."

"달링, 여기서는 언제든 체포될 수 있어요. 난 그런 꼴 못 봐요. 체포되는 건 어리석은 일이에요. 당신이 잡혀가면 우린 어떻게 되죠?"

"그런 생각은 하지 마요. 그런 생각은 진저리나도록 했어요."

"저들이 당신을 잡으러 오면 당신은 어떻게 할 건가요?"

"쏴버릴 거요."

"말도 안 되는 소린 그만둬요. 이곳을 떠나기 전에는 당신은 호텔 밖으로 못 나가요."

"어디로 갈 건데요?"

"제발 그런 식으로 퉁명스럽게 말하지 말아요. 달링, 당신이 가자는 곳이면 어디든 갈 거예요. 떠날 곳을 당장 찾아봐요."

"스위스가 바로 호수 건너편이오. 그곳으로 갈 수 있을 거요."

"좋아요."

밖엔 구름이 끼어 있었고, 호수에는 어둠이 내려앉고 있었다.

"무슨 죄라도 지은 것처럼 살고 싶지는 않아요."

내가 입을 열었다.

"달링, 그러지 말아요. 이렇게 된 지 얼마 되지 않았잖아요. 우린 지금까지 죄인처럼 살지도 않았고, 앞으로도 좋은 시간을 보낼 수 있을 거예요."

"죄인이 된 기분이오. 탈영했거든요."

"달링, 정신 차리세요. 탈영한 게 아니에요. 그건 이탈리아 군대잖아요."

나는 웃었다.

"당신은 정말 좋은 사람이에요. 침대로 갑시다. 침대에서는 기분이 좋아져요."

잠시 후 캐서린이 말했다.

"이젠 죄인이라는 느낌 안 들죠?"

"그래요. 당신과 함께 있을 땐 괜찮아요."

내가 말했다.

"바보 같은 사람. 하지만 내가 돌봐드릴게요. 달링, 이젠 아침에도 메스꺼움을 안 느껴요. 입덧이 가셨다니, 정말 대단하지 않아요?"

"정말 대단해요."

"당신이 얼마나 훌륭한 아내를 두었는지 아직 모르는군요. 그래도 난 괜찮아요. 사람들이 당신을 체포하지 못할 곳으로 당신을 데려갈게요. 거기서 우린 행복한 시간을 보낼 수 있을 거예요."

"지금 당장 그곳으로 갑시다."

"그래요. 당신이 원하면 어디든, 언제든 따라갈 거예요."

"이제 다른 건 생각하지 맙시다."

"좋아요."

# 35

캐서린은 퍼거슨을 만나기 위해 호숫가를 걸어서 그 작은 호텔로 가고, 나는 스낵바에 앉아서 신문을 읽었다. 스낵바에 안락한 가죽 의자들이 몇 있어서 그중 하나에 앉아 바텐더가 들어올 때까지 신문을 읽었다. 이탈리아군은 탈리아멘토 강에서 버티지 못하고 피아베 강(Piave, 이탈리아 북동부를 흘러 아드리아 해로 유입된다.)까지 후퇴했다. 나는 피아베 강을 기억하고 있었다. 전선으로 이어지는 철도가 산도나 근처에서 그곳을 가로질러 갔다. 피아베 강은 상당히 깊고 흐름이 완만하며 강폭이 매우 협소했다. 강 아래쪽에는 모기가 서식하는 늪지대와 운하가 있고, 멋진 저택들도 몇 채 있었다. 전쟁이 일어나기 전에 나는 코르티나 담페초(Cortina d'Ampezzo, 이탈리아 북부에 있는 휴양 도시)로 가던 길에 언덕 사이의 강을 따라 몇 시간 동안 걸었던 적이 있었다. 상류에서는 송어 낚시를 할 수 있을 것 같았다. 물살이 빨랐고, 한참 동안 얕게 흐르다가는 바위 그늘 밑에서 깊은 물웅덩이를 이루었다. 도로는 카도레(Cadore, 이탈리아 북동부에 있는 작은 도시)에서 굽어지며 그 강을 벗어났다. 나는 상류에 주둔했던 이탈리아 군대가 어떻게 남쪽으로 퇴각했을지 궁금했다. 잠시 후 바텐더가 들어왔다.

"그레피 백작이 안부 물으시던데요."

그가 말했다.

"누구라고?"

"그레피 백작님이요. 예전에 여기 들렀을 때 만난 노인 분 기억 나지 않으세요?"

"아! 그분이 여기에 와 있단 말인가?"

"네, 조카딸을 데리고 와서 함께 계세요. 중위님이 오셨다고 말씀드렸더니, 당구 한판 했으면 하시던데요."

"지금 어디에 계시지?"

"산책 중이세요."

"건강은 어떠신가?"

"전보다 더 젊어 보이세요. 어제는 저녁 식사 전에 샴페인 칵테일을 석 잔이나 드셨어요."

"당구 솜씨는?"

"훌륭하죠. 제가 못 이겨요. 중위님이 여기 계시다고 하니까 아주 좋아하시던데요. 여긴 당구 상대가 없거든요."

그레피 백작은 아흔네 살이다. 메테르니히(Klemens, Fürst von Metternich, 1773~1859 : 나폴레옹을 격파한 유럽 국가들의 동맹 형성을 주도한 오리트리아의 외교관.) 시대의 사람으로, 백발에 콧수염을 기르고 사교술이 몸에 밴 품격 있는 노인이다. 오스트리아와 이탈리아 양국의 외교부에서 근무한 외교관이었는데, 그의 생일 파티는 해마다 밀라노 사교계의 큰 행사가 되곤 했다. 아마 100세까지는 너끈히 살 것 같다. 당구 솜씨는 94세라는 나이가 무색할 정도로 유연하면서도 깔끔하고 능란했다. 예전에 이곳에서 휴가를 보냈을 때 그를 만난 적이 있었다. 당구를 치면서 샴페인을 마셨는데, 좋은 습관이라는 생각이 들었었다. 그는 100점 중 내게 15점을 미리 주고서도 나를 이겼다.

"그분이 이곳에 계시다는 말을 왜 진작 안 한 건가?"

"깜빡했습니다."

"또 누가 여기 있지?"

"중위님이 아는 분은 없어요. 전부 해서 여섯 명뿐이에요."

"자네는 지금 할 일이 있나?"

"없습니다."

"낚시나 하러 가세."

"한 시간쯤 시간을 낼 수 있습니다."

"자, 어서 가자고. 낚시 도구를 가져오게."

바텐더가 겉옷을 걸친 다음 우리는 호숫가로 내려가 보트를 탔다. 우리는 호숫가를 따라 배를 저어 갔다. 내가 노를 젓고, 바텐더는 배의 뒤쪽에 앉아 미끼와 무거운 추를 단 낚싯줄을 던졌다. 바텐더는 낚싯줄을 잡고 있다가 가끔씩 앞으로 잡아당기곤 했다. 호수에서 바라보니 스트레사는 매우 황량해 보였다. 나뭇잎이 다 떨어진 가로수들이 줄지어 서 있고 큰 호텔들과 문이 닫힌 저택들이 있었다. 나는 배를 저어 이솔라 벨라(Isola Bella : '아름다운 섬'이라는 뜻)를 가로질러 암벽 쪽으로 가까이 갔다. 물길이 갑자기 가파르게 깊어지더니, 맑은 물속으로 비스듬히 기울어진 암벽이 나타났다. 우리는 이곳에서 다시 어부의 섬까지 저어 갔다. 태양이 구름 속에 숨어 있어서 물은 어둡고 잔잔하면서도 무척 차가웠다. 물고기가 뛰어올라 곳곳에 파문이 일었지만 입질은 느낄 수 없었다.

나는 어부의 섬 맞은편으로 보트를 저어 갔다. 보트 몇 대가 그곳에 정박해 있었고, 어부들은 그물을 정리하고 있었다.

"한잔할까요?"

"좋지."

내가 암석 방파제에 보트를 대자, 바텐더는 낚싯줄을 끌어들여서 보트 바닥 위에 내려놓고 미끼를 뱃전 모서리에 걸었다. 나는 내려서 보트를 묶었다. 우리는 작은 카페에 들어가 빈 나무 테이블에 앉아 베르무트를 시켰다.

"노 젓느라 지치셨죠? 돌아갈 때는 제가 저을게요."

바텐더가 말했다.

"난 노 젓는 거 좋아해."

"중위님이 낚싯줄을 잡으면 행운이 따를 수도 있잖아요."

"좋아, 자네가 노를 젓게."

"전쟁은 어떻게 돌아가고 있습니까?"

"엉망이지."

"저는 전쟁에 안 나가도 되겠죠? 나이가 너무 들었거든요, 그레피 백작님처럼."

"그래도 나가야 할지 몰라."

"내년이면 우리 나이 되는 사람까지 불러내겠죠. 하지만 안 갈 거예요."

"그럼 어떻게 하려고?"

"이 나라를 떠나야죠. 전쟁터에 나갈 생각이 없어요. 일찍이 아비시니아에서 전쟁에 나간 적이 있어요. 아주 힘들었죠. 중위님은 어쩌다 참전하셨죠?"

"나도 모르겠어. 정말 바보 같았지."

"베르무트 한 잔 더 하시겠어요?"

"좋아."

돌아오는 길엔 바텐더가 노를 저었다. 우리는 스트레사를 지날 때까지 호수를 훑고 올라가다가 기슭에서 그리 멀지 않은 곳까지 저어 내려왔다. 나는 어두운 11월의 어두운 호수와 텅 빈 기슭을 바라보았다. 바텐더가 노를 크게 저어 보트가 앞으로 밀려갈 때마다 낚싯줄이 출렁거렸다. 그러다가 낚싯줄이 갑자기 팽팽해지면서 휙 젖혀지기도 했다. 한 번 입질이 있어서 줄을 잡아당겼는데, 살아 있는 송어의 무게가 손바닥을 타고 올라오다가 낚싯줄이 다시 한 번 출렁거렸다. 녀석을 놓친 것이다.

"큰 놈 같았어요?"

"상당히."

"한번은 혼자 낚시를 하면서 줄을 이빨로 물고 있었는데, 어떤 녀석이 미끼를 문 거예요. 그 바람에 입이 통째로 날아가 버릴 뻔했지요."

"낚싯줄을 다리에 감고 있는 게 가장 좋아. 그러면 감촉을 느낄 수도 있고, 이빨이 날아갈 염려도 없으니까."

나는 호수에 손을 담갔다. 아주 차가웠다. 이제 우리는 호텔 맞은편까지 와 있었다.

"이제 들어가 봐야 합니다. 11시까지 근무하기로 되어 있어서 요. 그때까지가 칵테일 시간이죠."

바텐더가 말했다.

"알았네."

나는 낚싯줄을 끌어당겨 양끝에 새김자국이 있는 나무 막대에 감았다. 바텐더는 보트를 암벽 안쪽 움푹 들어간 곳에 넣고서 쇠사슬과 자물쇠로 묶었다.

"보트가 필요하면 언제든 말씀하세요."

바텐더가 말했다.

"고맙네."

우리는 호텔로 올라가 스낵바로 들어섰다. 나는 이른 아침부터 술을 더 마시고 싶지 않아 방으로 올라갔다. 하녀가 청소를 막 끝낸 참이었고, 캐서린은 아직 돌아오지 않았다. 나는 침대에 드러누워 아무 생각도 하지 않으려고 애썼다.

캐서린이 돌아오자 다시 기분이 괜찮아졌다. 퍼거슨이 아래층에 있다고 캐서린이 말했다. 같이 점심을 먹으려고 데려왔다는 것이다.

"당신이 신경 쓰지 않을 것 같아서요."

캐서린이 말했다.

"신경 안 써."

내가 말했다.

"무슨 문제 있어요, 달링?"

"모르겠소."

"난 알 것 같은데요. 당신은 해야 할 일이 없었던 거예요. 게다가 당신에게는 오직 나뿐인데, 내가 자리를 비웠으니……."

"그건 맞는 얘기요."

"미안해요, 달링. 갑자기 할 일이 없다는 게 얼마나 끔찍한 일인지 나도 잘 알아요."

"예전에 내 인생은 참으로 많은 것으로 가득 채워져 있었는데……. 이젠 당신이 나와 함께 있지 않으면 난 이 세상에 아무것도 가진 것이 없는 사람이 되어 버리오."

"앞으로는 늘 당신과 함께 있을게요. 겨우 두 시간 떨어져 있었는데……. 당신이 할 수 있는 일이 뭐 없을까요?"

"바텐더와 낚시를 갔었소."

"재미있었어요?"

"재미있었소."

"내가 옆에 없을 때는 내 생각을 하지 말아요."

"전선에서는 그렇게 했죠. 하지만 거기선 할 일이 있었잖소."

"할 일을 잃은 오셀로(Othello : 셰익스피어의 4대 비극 중 하나)네요."

캐서린이 나를 놀렸다.

"오셀로는 흑인이잖소. 게다가 난 질투도 하지 않아요. 다만 당신을 너무 사랑하다 보니 다른 것들이 모두 시시한 것뿐이오."

"당신은 착한 사람이니까 퍼거슨에게도 잘 대해 줄 거죠?"

"늘 잘 대해 주었소. 내게 악담할 때는 예외지만……."

"그녀에게 잘 대해 줘요. 우린 많은 걸 가졌는데, 그녀는 가진 게 아무것도 없잖아요."

"우리가 가진 것을 퍼거슨이 원할 것 같지 않은데요."

"당신은 헛똑똑이에요. 보기와 달리 아는 것은 별로네요."

"퍼거슨한테 잘 대해 줄게."

"그럴 줄 알았어요. 당신은 배려심이 많으니까."

"그녀가 식사 후에도 여기 있지는 않겠죠?"

"그럼요. 내가 보낼게요."

"그러고 나서 우린 방으로 올라옵시다."

"당연하죠. 내가 그것 말고 뭘 더 원하겠어요?"

우리는 퍼거슨과 함께 점심을 먹으려고 아래층으로 내려갔다. 퍼거슨은 호텔의 규모와 식당의 화려함에 감탄했고, 세 사람은 카프리 화이트 와인을 곁들여 맛있는 점심 식사를 했다. 우리가 한참 식사를 하고 있는 중에 식당에 들어온 그레피 백작이 우리를 보고 고개 숙여 인사를 했다. 내가 캐서린과 퍼거슨에게 백작에 대해 말해 주자, 퍼거슨은 깊은 인상을 받은 모양이었다. 호텔은 크고 웅장했지만 손님이 없는 탓에 텅 빈 느낌이었다. 하지만 음식과 와인 맛이 뛰어나 우리 모두를 기분 좋게 만들어줬다. 캐서린은 더할 나위 없이 행복해했다. 점심 식사를 한 후 퍼거슨은 자기가 묵고 있는 호텔로 돌아갔다. 점심을 먹었으니 좀 누워 있어야겠다고 그녀가 말했다.

오후 늦게 누군가가 방문을 두드렸다.

"누구세요?"

"그레피 백작께서 같이 당구를 치고 싶어 하시는데요."

나는 손목시계를 봤다. 시계를 풀어서 베개 밑에 놓아두었던 것이다.

"달링, 꼭 가야 해요?"

캐서린이 낮은 목소리로 말했다.

"그러는 편이 낫겠소."

캐서린에게 대답한 후 시계를 보니 4시 15분이었다.

"그레피 백작께 다섯 시까지 당구실로 가겠다고 전해 줘요."

나는 문밖을 향해 큰 소리로 말했다.

5시 15분 전에 캐서린에게 키스를 한 후 욕실로 들어가 옷을 갈아입었다. 타이를 매고 거울을 들여다보니 민간인 차림의 내 모습이 영 낯설었다. 셔츠와 양말을 좀 더 사두는 것을 잊지 말아야겠다.

"오래 걸려요? 내 머리빗 좀 집어주겠어요?"

캐서린이 침대 안에 누운 채로 물었다. 그녀의 모습이 너무나 사랑스러웠다. 나는 머리빗을 그녀에게 건네주고는, 그녀가 머리카락을 모두 한쪽으로 몰리도록 한 다음 머리를 빗어 내리는 모습을 한동안 지켜보았다. 밖은 어두웠고, 침대 머리 위 조명이 그녀의 머리카락과 목덜미와 어깨 위에 내리비쳤다. 그녀에게 다가가 키스를 한 다음, 빗을 들고 있는 그녀의 손을 살며시 잡고서 머리를 뒤로 젖혀 베개에 기대게 했다. 그리고는 그녀의 목과 어깨에 입을 맞췄다. 그녀가 너무 사랑스러워서 정신이 혼미해질 지경이었다.

"가고 싶지 않군요."

"나도 가지 않으면 좋겠어요."

"그럼 안 갈게."

"아니에요, 어서 가요. 잠깐 갔다가 돌아올 거잖아요."

"우리 저녁은 여기서 먹읍시다."

"좋아요. 어서 다녀와요."

그레피 백작은 이미 당구실에 와 있었다. 타구 연습을 하고 있는 그의 모습은 당구 테이블 위 조명 아래서 매우 쇠약해 보였다. 조명에서 조금 떨어진 카드놀이용 테이블 위에는 은으로 만든 얼음 통이 놓여 있었고, 얼음 위로 코르크 마개와 병목 두 개가 고개를 내밀고 있었다. 내가 테이블 쪽으로 다가가자, 그레피 백작이 허리를 펴고 내게 손을 내밀면서 말했다.

"자네가 이곳에 와 있다니, 나에겐 대단한 기쁨이오. 이렇게 당구도 함께 쳐준다고 하니 정말 고맙소."

"불러주셔서 감사합니다."

"몸은 괜찮소? 이손초 강에서 부상당했다는 말을 들었는데. 완전히 나았지요?"

"아주 좋습니다. 백작님께서도 그동안 안녕하셨는지요?"

"아, 나야 항상 좋지. 하지만 나이 드는 것은 어쩔 수가 없네. 여기저기서 나이 먹은 흔적이 나타나니 말이야."

"그럴 리가요."

"아니, 늙어가고 있소. 한 가지 흔적을 알려줄까요? 이제는 외국어보다 이탈리아어로 말하는 게 더 수월하다네. 아무리 노력을 해도 피곤할 땐 나도 모르게 이탈리아어가 술술 나오거든. 그게 바로 늙어간다는 흔적이 아닌가 싶소."

"이탈리아어로 말씀하세요. 저도 약간 피곤하니까요."

"아, 그렇지만 자넨 피곤할 때 영어로 말하는 게 더 쉬울 텐데."

"미국어입니다."

"그래, 미국어. 자넨 미국어로 말하게나. 반가운 언어거든."

"미국인을 만나기가 쉽지 않습니다."

"미국인이 그립겠구먼. 동포가 그립고, 특히 모국 여성은 더 그리운 법이지. 나도 그런 경험이 있네. 한판 하겠소? 아니, 너무 피곤한 거 아닌가?"

"그렇게 피곤하진 않습니다. 농담한 겁니다. 핸디캡을 얼마나 주시겠습니까?"

"그동안 많이 쳐봤나?"

"전혀 못 쳤습니다."

"전에 보니 꽤 잘 치던데. 100점에 10점을 주면 어떻겠나?"

"과대평가이십니다."

"그럼 15점?"

"그 정도면 적당하겠지만, 그래도 제가 질 것 같은데요."

"내기를 걸까? 자넨 내기를 좋아했던 것 같은데."

"그러는 게 좋겠습니다."

"좋소, 자네에게 18점을 주지. 그리고 1점당 1프랑일세."

그는 능숙하게 당구를 쳤다. 그 핸디캡을 받고도 50점이 될 때까지 난 겨우 4점을 앞섰을 뿐이었다. 그레피 백작은 벽에 있는 단추를 눌러 바텐더를 불렀다.

"한 병 따보게."

백작이 바텐더에게 주문한 후 나를 바라보며 말했다.

"자넨 자극제가 조금 필요한 것 같아."

얼음처럼 차갑고 쌉쌀한 와인의 맛이 아주 각별했다.

"이탈리아어로 말해도 별로 신경 쓰이지 않겠소? 이게 요즘 내 약점일세."

우리는 당구를 치는 사이사이 와인을 조금씩 마시며, 이탈리아어로 말을 주고받았다. 그렇지만 게임에 집중하느라 대화를 많이 나누지는 못했다. 이탈리아어로 이야기를 하면서 게임을 계속했다. 그레피 백작이 먼저 100점을 쳐서 게임이 끝났을 때, 나는 핸디캡을 받고도 겨우 94점이었다. 백작은 미소를 지으며 내 어깨를 가볍게 두드렸다.

"이제 남은 한 병을 마시면서, 전쟁 이야기 좀 들읍시다."

그는 내가 앉을 때까지 기다렸다.

"전쟁 말고 다른 얘기를 하면 어떻겠습니까?"

내가 말했다.

"전쟁 얘기를 하는 것이 싫구먼. 좋아요. 그래, 요즘은 무슨 책을 읽나?"

"아무것도 못 읽었습니다. 그래서인지 제가 따분한 사람이 된 것도 같고, 멍청이가 되어가는 것 같습니다."

"말도 안 되는 소리요. 그래도 독서는 해야지."

"전쟁 중에 어떤 책들이 나왔습니까?"

"바르뷔스(Henri Barbusse, 1873~1935 : 프랑스 소설가로 1차 세계 대전 때 프랑스 군인들의 생활을 직접 목격하고 작품을 썼다.)가 쓴 『포화(Le Feu, 1916년에 쓴 반전 소설로 콩쿠르 상 수상 작품)』라는 장편 소설이 있고, 웰스(Herbert George Wells, 1866~1946 : 영국 소설가, 문명비평가)의 『브리틀링 씨는 통찰한다(Mr. Britling, 1916년에 발표한 소설)』도 있소."

"아니, 그는 통찰하지 못했습니다."

"뭐라고요?"

"그는 통찰하지 못했다는 말씀입니다. 말씀하신 책들이 병원에 비치되어 있었습니다."

"그러면 그동안 독서를 좀 했겠구먼?"

"네. 하지만 그다지 괜찮은 건 없었습니다."

"난 '브리틀링 씨'가 영국 중간 계층의 영혼에 대해 아주 잘 분석한 좋은 연구라고 보네."

"전 영혼 같은 건 잘 모릅니다."

"저런! 하긴 영혼에 대해 아는 사람은 찾아보기 어렵지. 자넨 신자(信者)인가?"

"밤에만 신자가 됩니다."

그레피 백작은 웃으면서 와인 잔을 손가락으로 돌렸다.

"나이를 먹으면 신앙심이 더 깊어질 거라 생각했는데, 난 그게 잘 안 되더군. 상당히 애석한 일이지."

그가 말했다.

"돌아가신 후에도 살고 싶으십니까?"

나는 이렇게 불쑥 물어봤으나, 이내 바보 같은 이야기를 꺼냈다는 생각이 들었다. 하지만 그는 조금도 괘념치 않았다.

"현재의 삶을 어떻게 사느냐에 달렸겠지. 내가 보낸 삶은 아주 즐거웠소. 그래서인지 나는 영원히 살고 싶네."

그는 미소를 지으며 덧붙였다.

"이만하면 영원히 산 셈이지만."

우리는 두툼한 가죽 의자에 앉아 있었다. 얼음 통엔 샴페인이 담겨 있었고, 둘 사이의 테이블에는 술잔이 놓여 있었다.

"자네가 나만큼 오래 살다 보면 많은 것들이 이상하다는 걸 알게 될 걸세."

"백작님은 전혀 나이 드신 것 같지 않습니다."

"나이를 먹는 건 몸이야. 때론 분필이 뚝 하고 부러지듯 손가락이 바스러지지 않을까 생각하곤 하지. 그런데 정신은 전혀 나이를 먹지 않아. 더 지혜로워지지도 않고."

"백작님은 지혜로우십니다."

"아니, 그게 대단한 오류일세. 늙은이들은 지혜로워지는 게 아니라 보다 조심스러워지는 것뿐이야."

"아마 그런 것이 지혜겠지요."

"아주 매력 없는 지혜지. 자네는 삶에서 무엇이 가장 소중하다고 생각하나?"

"제가 사랑하는 사람입니다."

"그건 나도 같소. 그런데 그건 지혜가 아니네. 생명을 소중하게 생각하오?"

"네, 그렇습니다."

"나도 그렇소. 그게 내가 가진 전부니까. 그리고 생일 파티를 열려면 그게 있어야지. ……아마 자네가 나보다 더 지혜로울 거야. 생일 파티 같은 건 열지 않을 테니까."

백작은 말을 하고 나서 웃었다.

우리는 함께 와인을 마셨다.

"전쟁에 대해 어떻게 생각하십니까?"

내가 물었다.

"어리석은 짓이라고 생각하지."

"어느 쪽이 이길까요?"

"이탈리아."

"어째서요?"

"좀 더 젊은 나라니까."

"젊은 나라가 늘 전쟁에서 이깁니까?"

"한동안은 이길 가능성이 높지."

"그런 다음에는 어떻게 됩니까?"

"늙은 나라가 되는 거지."

"백작님은 자신이 지혜롭지 않다고 하셨잖아요."

"이보게, 이건 지혜가 아닐세. 냉소지."

"제겐 매우 지혜로운 말씀으로 들립니다."

"별로 그렇지도 않네. 정반대의 사례를 들 수도 있네만, 지금 이 말도 나쁘지는 않군. 우리가 샴페인을 다 마신 건가?"

"거의 다 마셨습니다."

"좀 더 마실까? 그러고 나서 옷을 갈아입어야겠군."

"지금은 그만 마시는 게 좋을 것 같습니다."

"자네도 그만 마시기를 바라는 거지?"

"네."

그러자 그는 자리에서 일어났다.

"자네에게 행운이 따르고 행복하길 빌겠네. 진정, 진정으로 행복하게나."

"감사합니다. 오래오래 건강하시길 바랍니다."

"고맙소. 난 이제 살만큼 살았지. 언젠가 자네의 신앙심이 깊어지면 내가 죽은 뒤에 날 위해 기도해 주게. 몇몇 친구들에게 같은 부탁을 했다네. 난 내 신앙이 깊어지길 기대했지만, 난 그렇지 못했네."

그가 짓는 미소가 왠지 서글퍼 보였다. 그러나 확실치는 않았다. 그는 너무 늙어서 얼굴에 주름살이 매우 많았다. 미소를 지어도 주름살이 많이 움직여서 명암의 구분조차 쉽지 않았다.

"저도 신앙심이 깊어질 수 있겠죠. 아무튼 백작님을 위해 기도하겠습니다."

내가 말했다.

"나는 늘 신앙심이 깊어지기를 기대했소. 우리 가족은 모두 독실한 신자로 죽었지. 하지만 내겐 그런 일이 일어나지 않았네."

"아직 너무 이르기 때문일 겁니다."

"어쩌면 너무 늦었을지도 모르지. 아마 너무 오래 살아서 신앙심을 먼저 떠나보낸 것 같소."

"제 신앙심은 밤에만 찾아옵니다."

"자넨 사랑에 단단히 빠져 있는 것 같아. 그게 종교적 감정이라는 걸 잊지 말게나."

"그렇게 생각하십니까?"

"물론이지. 함께 당구를 쳐주어 정말 고맙소."

그는 테이블을 향해 한 걸음 내디뎠다.

"저도 무척 즐거웠습니다."

"2층까지 같이 올라가세."

# 36

그날 밤에는 폭우가 몰아쳤다. 나는 창을 세차게 두드리는 빗소리에 잠에서 깨었다. 열린 창문으로 비가 들이쳤다. 누군가가 방문을 두드렸다. 나는 캐서린을 깨우지 않으려고 살그머니 일어나 문으로 다가갔다. 문을 열었더니 바텐더가 서 있었다. 그는 외투를 입고 젖은 모자를 손에 쥔 채였다.

"잠깐 얘기할 수 있을까요, 중위님?"

"무슨 일인데?"

"아주 심각한 일입니다."

나는 주변을 둘러보았다. 방은 어두웠다. 바닥에는 창가에서 새어 들어온 빗물이 흥건하게 고여 있었다.

"들어오게."

내가 말했다. 나는 그의 팔을 끌고 욕실로 들어갔다. 문을 잠그고서 불을 켰다. 욕조 가장자리에 걸터앉았다.

"무슨 일인가, 에밀리오? 자네에게 문제가 생겼나?"

"아닙니다. 중위님 때문에 왔습니다."

"나 때문에?"

"그들이 아침에 중위님을 체포하러 올 겁니다."

"그래?"

"그걸 말씀드리려고 왔습니다. 마을에 갔다가 카페에서 얘기하는 걸 들었습니다."

"그랬군."

그는 젖은 외투를 입고 젖은 모자를 손에 쥔 채 아무 말 없이 우두커니 서 있었다.

"왜 나를 체포하려는 거지?"

"전쟁과 관련된 일인 것 같습니다."

"자네는 그게 뭔지 아나?"

"모릅니다. 중위님이 예전에는 장교 군복을 입고 이곳에 왔는데, 지금은 사복을 입고 왔다는 걸 그들이 알고 있는 것 같았습니다. 최근의 대대적인 후퇴 이후에 그들은 누구든 닥치는 대로 체포해 갑니다."

난 잠시 생각했다.

"몇 시쯤 올 것 같나?"

"아침에요, 시간은 모릅니다."

"어떻게 해야 하지?"

그가 세면대 위에 모자를 놓았다. 흠뻑 젖어서 바닥에 계속 물이 떨어졌다.

"두려워할 게 전혀 없다면 체포를 당해도 별일은 안 생기겠죠. 하지만 체포라는 건 좋은 일이 아닙니다. 특히 요즘 같은 때엔."

"난 체포되긴 싫네."

"그럼 스위스로 가세요."

"어떻게?"

"제 보트를 타고서요."

"바람이 거세잖아."

"비바람은 그쳤어요. 물살이 거칠긴 하겠지만 괜찮을 겁니다."

"언제 가야 할까?"

"지금 당장이요. 아침 일찍 체포하러 올지도 몰라요."

"우리 짐은?"

"우선 짐을 싸세요. 부인도 깨워 옷을 차려입게 하시고요. 짐은 제가 가져다놓겠습니다."

"자네는 어디에 있을 건가?"

"여기서 기다리고 있겠습니다. 제가 복도에 있다가 누군가의 눈에 띄면 곤란해집니다."

나는 욕실 문을 살그머니 닫고 침실로 갔다. 캐서린이 깨어 있었다.

"무슨 일이에요, 달링?"

"걱정할 일은 아니오. 캐트, 지금 옷을 갈아입고 보트로 스위스에 가지 않겠소?"

"그러길 원하는 거죠?"

"아니, 내가 원하는 건 다시 침대로 가서 자는 거요."

"그런데 무슨 일이에요?"

"바텐더가 그러는데, 아침에 사람들이 날 잡으러 온대요."

"그 사람이 헛소리를 하는 건가요?"

"아니."

"달링, 그렇다면 어서 서둘러요. 빨리 출발할 수 있도록 나도 옷을 갈아입을게요."

그녀는 일어나서 침대 가장자리에 앉더니, 아직 잠이 덜 깬 것 같은 표정으로 물었다.

"바텐더는 욕실에 있어요?"

"그렇소."

"그럼 씻는 건 생략할게요. 달링, 다른 쪽을 보고 있을래요? 금방 갈아입을게요."

잠옷을 벗을 때 그녀의 하얀 등이 보였지만, 캐서린이 부탁한 대로 다른 쪽으로 시선을 돌렸다. 그녀는 배가 조금씩 불러오기 시작했는데, 그런 모습을 내게 보이고 싶어 하지 않았다. 창문을 때리는 빗소리를 들으며 나도 옷을 갈아입었다. 챙길 짐은 그리 많지 않았다.

"캐트, 내 가방에 공간이 많으니 넣을 것 있으면 넣어요."

"거의 다 꾸렸어요, 달링. 이건 바보 같은 질문인데, 바텐더가 왜 욕실에 있는 거예요?"

"쉿! 우리 짐을 들어주려고 기다리고 있는 거요."

"정말 좋은 분이네요."

"오랜 친구요. 파이프 담배를 보내줄 뻔한 적도 있었어요." 내가 말했다.

나는 열린 창문으로 어두운 밤 풍경을 내다보았다. 호수는 보이지 않았다. 어둠과 빗줄기만 보였는데, 그 속에서 바람은 조금 잠잠해진 것 같았다.

"달링, 준비 다 됐어요."

"알았어요."

캐서린의 말에 대답한 후 나는 욕실 문으로 갔다.

"에밀리오, 여기 가지고 갈 가방이 있네."

바텐더가 욕실에서 나와 가방 두 개를 받아들었다.

"도와주셔서 정말 감사해요."

캐서린이 말했다.

"별말씀을요, 부인. 저 자신이 귀찮은 일에 말려들지 않으려고 도와드리는 건데요, 뭐."

바텐더가 캐서린에게 대답한 후 나를 바라보았다.

"제가 가방을 종업원 전용 계단으로 들고 내려가 보트에 실어 놓겠습니다. 두 분은 산책하러 가듯이 정문으로 나가세요."

"이런 밤에 산책이라니요."

캐서린이 말했다.

"날씨가 정말 고약하죠."

"마침 우산이 있어서 다행이에요."

캐서린이 말했다.

우리는 복도를 따라 카펫이 두껍게 깔린 넓은 계단을 내려갔다. 계단 아래 문가에 놓인 책상 안쪽에 수위가 앉아 있었다. 그는 우리를 보고서 놀라는 표정이었다.

"외출하시는 건 아니시죠, 손님?"

그가 물었다.

"아, 나가는 중이오. 비 내리는 호수를 구경하려고요."

내가 말했다.

"우산은 있으세요?"

"아뇨. 이 외투는 방수라 괜찮소."

내가 말했다.

수위는 의심스러워하는 눈초리로 내 외투를 훑어보았다.

"우산을 갖다드리겠습니다."

그는 안으로 들어가더니 큰 우산 하나를 들고 나왔다.

"좀 큽니다만……."

수위가 우산을 건네기에, 나는 그에게 10리라를 주었다.

"아이고, 감사합니다. 정말 고맙습니다."

수위는 문을 열고서 잡아주었고, 우린 빗속으로 걸어 나갔다. 그가 캐서린을 향해 웃음을 짓자, 캐서린도 미소로 화답했다.

"거센 비바람 속에 오래 계시지 마세요. 선생님과 사모님 몸이 몽땅 젖을 겁니다."

수위가 말했다. 그는 보조 수위였는데 그가 하는 영어는 초보적인 단어만 사용하는 수준이었다.

"곧 돌아올 거요."

내가 말했다. 큰 우산을 쓰고 좁은 길을 내려와 비에 젖은 어두운 정원을 통과해 큰길로 나갔다. 큰길을 건너 호숫가의 격자 울타리 길로 접어들었다. 이제 바람은 호수 중앙 쪽을 향해 불고 있었다. 11월의 차갑고 축축한 바람이었다. 산간 지대에는 눈이 내리고 있을 터였다. 우리는 방파제를 따라 쇠사슬로 비스듬히 묶여 있는 보트들을 지나 바텐더의 보트가 있는 곳으로 갔다. 호수는 암벽이 비쳐 검푸르렀다. 나무들이 줄지어 있는 곳에서 바텐더가 불쑥 나타났다.

"가방들은 보트에 실었습니다."

그가 말했다.

"보트 삯을 치르고 싶은데."

내가 말했다.

"얼마나 가지고 계십니까?"

"그리 많지는 않아."

"돈은 나중에 보내주세요. 그렇게 해도 상관없습니다."

"얼마나?"

"좋을 대로 부쳐주세요."

"얼마면 되겠는지 말해 주게."

"무사히 도착하시면 500프랑을 보내주세요. 빠져나가는 데 성공하신다면 그 정도 액수는 괜찮겠지요?"

"좋아, 그렇게 하지."

"이건 샌드위치입니다."

그가 꾸러미 하나를 내게 건넸다.

"스낵바에 있는 걸 가져왔습니다. 거기 있는 걸 다 넣었습니다. 브랜디 한 병과 와인 한 병도요."

나는 그것을 받아 내 가방에 집어넣었다.

"이건 지금 값을 치르겠네."

"좋습니다. 50리라를 주십시오."

그에게 돈을 건넸다.

"브랜디는 좋은 겁니다. 부인께서 드셔도 될 겁니다. 부인께서는 보트에 오르시는 게 좋겠습니다."

바텐더는 암벽에 부딪혀 오르락내리락 출렁이는 보트를 붙잡았다. 나는 캐서린이 보트에 탈 수 있도록 도와주었다. 그녀는 뱃머리에 앉아서 망토로 몸을 감쌌다.

"어디로 가야 하는지는 아십니까?"

"호수 위쪽으로 가야겠지."

"거리가 어느 정도 되는지도 아십니까?"

"루이노를 지나서 어디겠지."

"루이노, 카네로, 카나비오, 트란차노를 지나야 합니다. 브리 사고(Brisago, 스위스 남부 지방)에 도착할 때까지는 스위스 땅이 아닙니다. 타마라 산도 지나가야 합니다."

"지금 몇 시죠?"

캐서린이 물었다.

"열한 시밖에 안 됐소."

내가 말했다.

"쉬지 않고 가시면 내일 아침 7시쯤 그곳에 도착하실 겁니다."

"그렇게 먼가?"

"35킬로미터입니다."

"어떻게 방향을 잡지? 이런 빗속에서는 나침반이 필요할 것 같은데……."

"필요 없습니다. 먼저 이솔라 벨라까지 노를 저어 가세요. 거기 서 마드레 섬(Isola Madre) 뒤쪽까지 바람을 타고 가면 됩니다. 바람 방향대로 가면 팔란차까지 가실 겁니다. 그쯤 가면 불빛이 보일 거구요. 그때 호수의 기슭 위쪽으로 올라가세요."

"바람 방향이 바뀔 수도 있잖나."

"안 그럴 겁니다. 앞으로 사흘 동안은 이 방향으로 안 바뀔 겁니다. 마타로네에서 곧바로 불어오는 바람이니까요. 물을 퍼낼 깡통도 하나 넣어두었습니다."

그가 말했다.

"보트 삯을 지금 얼마라도 주고 싶은데."

"아닙니다. 제가 모험을 좀 할 겁니다. 잘 빠져나가시고 주실
수 있는 만큼 주십시오."

"알았네."

"물에 빠지는 일은 없을 겁니다."

"그래야겠지."

"바람을 타고 호수 위쪽으로 올라가세요."

"그래."

나는 보트에 탔다.

"호텔 숙박비는 놓고 오셨나요?"

"그래, 봉투 안에 넣어서 방에 놔두었네."

"알았습니다. 행운을 빕니다, 중위님."

"잘 있게. 정말 고맙네."

"호수에 빠지시기라도 하면 고맙지 않으실 텐데요."

"저분이 뭐라고 하는 건가요?"

캐서린이 물었다.

"행운을 빈다고요."

"나도 행운을 빌어요. 정말 감사드려요."

캐서린이 말했다.

"준비되셨나요?"

"그래."

바텐더가 몸을 숙여 보트를 밀었다. 나는 노를 물속에 찔러

넣은 채 그를 향해 한 손을 흔들었다. 바텐더는 이 마당에 무슨 인사냐는 듯한 표정으로 손을 흔들었다.

나는 호텔 불빛이 보이지 않게 될 때까지 호수 한가운데로 노를 저어 나갔다. 물살이 상당히 거셌지만 우리는 등에 바람을 맞으며 앞으로 나아갔다.

# 37

어둠 속에서 얼굴에 바람을 맞으며 계속 노를 저었다. 비는 그쳤지만 가끔씩 바람에 섞여 쏟아지기도 했다. 주위는 무척 어두웠으며 바람도 몹시 차가웠다. 뱃머리에 앉아 있는 캐서린의 모습은 보였지만 양쪽 노 끝이 잠기는 수면은 보이질 않았다. 기다란 노에는 미끄럼 방지용 가죽도 덧대어 있지 않았다. 나는 노를 끌어당겨 위로 쳐들었다가 몸을 앞으로 기울여 수면을 찾아 다시 집어넣어 당기면서 최대한 편안하게 저었다. 바람이 순풍이어서 노를 수평으로 젓지는 않았다. 노를 오래 젓다 보면 손에 물집이 잡힐 터인데, 가능한 한 그 시간을 늦추고 싶었기 때문이다. 보트가 가벼워서 노를 젓는 것은 수월했다. 어두운 호수 가운데로 보트를 저어서 갔다. 보이지는 않았지만 조만간 팔란차 맞은편에 닿으리라 기대했다.

하지만 우리는 팔란차를 보지 못했다. 바람이 거세졌기 때문에 어둠 속에서 팔란차를 가리고 있던 갑(岬 : 바다 쪽으로, 부리 모양으로 뾰족하게 뻗은 육지)을 그냥 지나쳐서 마을의 불빛을 볼 수 없었던 것이다. 그러다가 호수 더 위쪽에 불빛이 나타나서 기슭으로 가까이 저어 갔다. 그런데 그곳은 인트라였다. 그러고 나서 한동안 불빛도 기슭도 나타나지 않았지만, 우리는 어둠 속에서 물결을 따라 꾸준히 노를 저어 위로 올라갔다. 가끔 보트가 파도에 밀리면 노가 허공을 가로지르기도 했다. 무척 힘들었지만, 그래도 계속해서 노를 저었다. 그러다가 갑자기 곁으로 비쭉 솟아나온 암벽에 부딪칠 뻔하기도 했고, 파도가 높이 솟구쳤다가 다시 뒤로 떨어지기도 했다. 나는 오른쪽 노를 힘껏 잡아당기고, 왼쪽 노로는 후진을 하여 호수 한가운데로 들어갔다. 비쭉 솟아나온 암벽은 이내 시야에서 사라졌다. 우리는 다시 호수 위쪽을 향해 노를 저어 갔다.

"지금 호수를 건너고 있소."

내가 캐서린에게 말했다.

"팔란차를 지나야 되는 거 아니었나요?"

"모르고 지나친 모양이에요."

"몸은 좀 어때요, 달링?"

"괜찮소."

"내가 잠시 동안 노를 저을까요?"

"아니요. 내가 계속할게요."

"퍼거슨이 아침에 호텔로 찾아왔다가, 우리가 떠난 걸 알게 되면 속상해 하겠죠?"

캐서린이 말했다.

"그런 건 걱정할 일도 아니에요. 그것보다는 날이 밝기 전에 세관 경비병들에게 들키지 않고 스위스 쪽 호수로 들어갈 수 있느냐가 더 큰 문제에요.”

내가 말했다.

“여기서 아주 먼가요?”

“한 30킬로미터쯤 될 거예요.”

나는 밤새 노를 저었다. 결국 손이 너무 아파서 노를 쥘 수조차 없을 정도였다. 몇 번이나 호수 기슭에 부딪힐 뻔도 했는데, 호수 한가운데에서 방향을 잃고 헤매다가 시간을 낭비할까봐 가장자리로 바짝 붙어 갔던 탓이다. 때론 너무 가까이 다가갔기 때문에 산을 등지고 늘어선 가로수와 도로도 볼 수 있었다. 비가 그친 다음 구름이 바람에 밀려가자 달빛이 구름 사이로 빛났다. 뒤를 돌아보니 카스타뇰라(Castagnola)의 길고 검은 갑, 흰 물결이 일렁이는 호수, 그 너머로 높은 만년설봉에 떠 있는 달이 보였다. 곧 구름이 다시 달을 가리고 산과 수면도 시야에서 사라졌지만, 그 이전보다 훨씬 더 밝아져서 우리는 호수 기슭을 살펴볼 수 있었다. 주위가 너무 환해서 팔란차 도로에 세관 경비병이 있다면 우리를 발견할 수도 있었을 것이다. 우리는 그런 상황을 피하기 위해 호수 한가운데로 노를 저어 갔다. 달이 다시 모습을 드러내자 산기슭으로 이어지는 호숫가에 있는 하얀 저택들이 보였고, 가로수 사이로 희끗거리는 흰 도로가 나타났다. 그러는 내내 나는 노를 저었다.

호수가 넓어지면서 맞은편 산기슭에서 몇 개의 불빛이 보였다. 내 짐작에 루이노인 것 같았다. 건너편의 산과 산 사이에 쐐기 모양의 협곡이 있는 것으로 보아 루이노가 틀림없었다. 그렇다면 상당한 시간을 번 셈이다. 나는 보트 안으로 노를 들여놓고 바닥에 드러누웠다. 오랜 시간 노를 젓다 보니 말할 수 없이 지쳤다. 팔과 어깨, 등이 쑤시고 손바닥이 쓰라렸다.

"내가 우산을 펴서 들고 있을게요. 바람을 이용하면 이게 돛이 돼요."

캐서린이 말했다.

"방향을 잡을 수 있겠소?"

"할 수 있을 것 같아요."

"이 노를 겨드랑이에 끼고 보트에 바짝 붙어서 키를 잡도록 해요. 우산은 내가 들어줄게요."

나는 보트의 뒤쪽으로 가서 그녀에게 노를 쥐는 요령을 가르쳐 주었다. 수위가 준 커다란 우산을 받아서 뱃머리를 마주 보고 앉아 우산을 폈다. 딸깍 소리를 내면서 펴졌다. 나는 손잡이를 보트의 좌석에 고정시키고 그 위에 걸터앉아 우산의 양쪽 끝을 힘주어 잡았다. 바람을 맞아 우산이 팽팽해졌고, 보트가 앞쪽으로 빨려가는 느낌이 들었다. 이내 힘차게 밀려가는가 싶더니 빠르게 나아갔다.

"신나게 나가네요."

캐서린이 말했다. 내 쪽에서 보이는 건 우산살밖에 없었다. 우산이 팽팽해져서, 마치 우산을 타고 달리는 듯한 기분이었다. 나는 두 다리로 버티면서 밀리지 않으려고 우산을 꽉 붙잡고 있었다. 그런데 갑자기 우산이 휘어지더니 살 하나가 꺾였고, 그 꺾이진 살이 내 이마를 쳤다. 나는 바람에 구부러진 우산 끝을 잡으려고 했지만 도리어 전체가 뒤틀리면서 안과 밖이 뒤집히고 말았다. 그러다 보니 뒤집히고 찢어진 우산의 손잡이를 타고 앉아 있는 꼴이 되고 말았다. 나는 좌석에 고정시킨 우산 손잡이를 풀어낸 다음 그것을 뱃머리에 두고 노를 다시 넘겨받기 위해 캐서린 쪽으로 갔다. 그녀는 웃고 있다가 내 손을 잡고서 계속 깔깔거렸다.

"왜 그래요?"

내가 노를 잡으며 물었다.

"우산을 붙들고 있는 당신 모습이 재미있어서요."

"좀 웃기긴 했을 거요."

"달링, 언짢아하지 말아요. 하지만 정말 재미있었어요. 몸집이 20피트는 되어 보이는데, 우산 양끝을 잡고 있는 모습이 너무 귀여워서요."

그녀는 숨이 넘어갈 것처럼 웃어댔다.

"내가 노를 젓겠소."

"잠시 쉬면서 한잔하세요. 정말 멋진 밤이잖아요. 게다가 우린 먼 길을 왔고요."

"보트가 파도의 골에 휘말리지 않도록 살펴야 해요."

"마실 것 좀 가져다줄게요. 좀 쉬어요, 달링."

양쪽 노의 움직임을 멈추고 우리는 바람의 힘으로만 앞으로 나아갔다. 캐서린이 가방을 열고 브랜디 병을 내게 건넸다. 주머니용 칼로 코르크를 딴 다음 길게 한 모금 마셨다. 부드러우면서도 독한 술이었다. 술기운이 돌자 온몸이 따뜻해지면서 기분이 좋았다.

"좋은 브랜디군."

내가 말했다. 달이 다시 구름에 가렸지만 호숫가는 잘 보였다. 저 앞으로 또 다른 갑 같은 것이 수면에 길게 뻗어 있었다.

"춥지 않소, 캐트?"

"아뇨, 아주 좋아요. 몸이 조금 뻣뻣하긴 하지만."

"물을 좀 퍼내면 발을 뻗을 수 있을 거요."

삐거덕거리는 노걸이 소리, 노가 물에 잠기는 소리, 그리고 보트의 후미 쪽 바닥을 깡통으로 긁으면서 물을 퍼내는 소리를 들으며 나는 다시 노를 젓기 시작했다.

"그 깡통 좀 주겠소? 물을 마셔야겠어요."

내가 말했다.

"너무 더러워요."

"괜찮소. 헹구면 돼요."

캐서린이 뱃전에서 깡통을 헹구는 소리가 들렸다. 그러더니 깡통에 물을 가득 담아 나에게 건네줬다. 브랜디를 마신 후라 목이 말랐다. 물은 얼음처럼 차가웠다. 너무 차가워서 이가 시릴 정도였다. 호수 기슭 쪽을 바라봤다. 우리는 기다란 갑에 더 가까워져 있었다. 앞쪽 만(灣)에서 불빛이 보였다.

"고맙소."

나는 이렇게 말하고는 깡통을 돌려줬다.

"별소리를 다하네요. 물은 아직 많으니 얼마든지 드세요."

캐서린이 말했다.

"뭘 좀 먹어야 되지 않겠소'?"

"아니에요. 좀 지나야 배가 고파질 거예요, 그때까지 참는 게 좋아요."

앞쪽에 기다란 갑처럼 보인 것은 육지가 길고 높게 뻗어 나온 돌출부였다. 돌아서 그곳을 지나가기 위해 나는 호수 가운데로 배를 몰았다. 이제 호수의 폭은 훨씬 더 좁아졌다. 달이 다시 모습을 드러냈다. 만약 주변에 세관 경비병이 있었다면 우리가 탄 거무스름한 보트를 볼 수 있었을 것이다.

"당신 괜찮소, 캐트?"

내가 물었다.

"괜찮아요. 여기가 어디예요?"

"확실하지는 않지만 13킬로미터 좀 못 되게 남은 것 같소."

"갈 길이 아직도 상당히 남았네요. 지금 죽을 지경 아니에요?"

"아니, 괜찮아요. 손이 좀 쓰라릴 뿐이에요."

우리는 호수 위쪽으로 계속 올라갔다. 오른쪽 기슭의 산들 사이로 갈라진 틈이 있었다. 낮은 호안선(湖岸線)을 이루며 평평하게 뻗은 저곳은 틀림없이 카노비오일 거라고 생각되었다. 지금부터가 세관 경비병과 마주칠 위험이 가장 큰 곳이기 때문에 멀찌감치 떨어져서 갔다. 멀리 앞쪽 왼편에는 둥근 모자를 쓴 것 같은 높은 산이 솟아 있었다. 나는 몹시 지쳐 있었고, 피곤이 밀려왔다. 남은 길이 그리 멀지는 않지만, 몸 상태가 좋지 않으니 상당히 많이 남은 것처럼 느껴졌다. 스위스 쪽 수역으로 들어가려면 저 산을 지나 적어도 8킬로미터는 더 올라가야 했다. 달은 이제 거의 이울고 있었다. 하지만 달이 지기 전에 하늘에 다시 구름이 끼어서 주위가 아주 어두워졌다. 나는 얼마간 노를 저어 호수 한가운데로 들어갔다. 노를 붙들고 앉아서 잠시 쉬고 있는데 바람이 불어와 뱃전에 세운 노의 깃을 때렸다.

"내가 잠시 저을게요."

캐서린이 말했다.

"당신이 젓지 않아도 돼요."

"무슨 말을 하는 거예요? 노를 젓는 것이 나한테도 좋을 거예요. 노를 저으면 몸이 좀 풀릴 테니까요."

"글쎄 당신까지 젓지 않아도 돼요, 캐트."

"그런 말이 어디 있어요. 살살 노를 젓는 것은 임신부에게도 필요한 운동이라니까요."

"그럼 부드럽게 살살 젓도록 해요. 내가 뒤쪽으로 갈 테니 당신은 앞쪽으로 와요. 두 손으로 뱃전을 잘 잡고 와야 해요."

나는 겉옷을 입고 깃을 세운 채 보트의 뒷머리에 앉아 캐서린이 노 젓는 모습을 지켜보았다. 꽤 잘 젓긴 했지만 노가 너무 길어서 불편할 것 같았다. 나는 가방을 열어 샌드위치 두 쪽을 먹고 브랜디도 한 모금 마셨다. 술을 마시니 기분이 한결 나아졌다. 그래서 한 모금 더 마셨다.

"피곤하면 말해요. 노가 당신 아랫배를 치지 않게 조심하고."

잠시 후에 내가 말했다.

"만약 그렇게 된다면…… 삶이 한결 단순해지겠지요."

노를 계속 저으면서 캐서린이 말했다.

나는 브랜디 한 잔을 더 마셨다.

"노를 저을 만해요?"

"네, 괜찮아요."

"그만두고 싶으면 말해요."

"그럴게요."

나는 브랜디 한 잔을 더 마신 다음, 뱃전을 붙잡고 앞으로 갔다.

"괜찮아요, 신나게 젓고 있어요."

"뒤쪽으로 가요. 나는 푹 쉬었소."

잠시 동안 브랜디 기운 덕인지 꾸준히 수월하게 노를 저었다. 그러다가 헛손질을 하기 시작했다. 브랜디를 마신 후에 너무 심하게 움직여서인지 기분 나쁜 신트림이 올라왔고, 노를 물속에 집어넣기만 할 뿐 힘차게 뒤로 밀어내지 못했다.

"물 좀 주겠소?"

내가 말했다.

"그래요."

캐서린이 대답했다.

동이 트기 전에 이슬비가 내리기 시작했다. 바람은 많이 불지 않았다. 바람이 잦아들었거나 아니면 호수의 만곡부(彎曲部, 활 모양으로 굽은 부분)를 따라 병풍처럼 자리 잡은 산자락에 막혀 불어오지 않는 것이었다. 동틀 무렵이 되었다는 것을 알고 나는 제대로 자리를 잡고 앉아 본격적으로 노를 저었다. 우리가 있는 곳이 어디인지는 몰랐지만 한시라도 빨리 스위스 쪽 호수로 들어가고 싶었다. 날이 환하게 밝아 올 때쯤 우리는 호수 기슭에 아주 가까이 다가가 있었다. 바위투성이 기슭과 나무들이 선명하게 보였다.

"무슨 소리죠?"

캐서린이 물었다. 나는 노에 기댄 채 귀를 기울였다. 호수를 달려오는 모터보트 소리였다. 나는 보트를 기슭에 바짝 대고서 소리를 죽이고 기다렸다. 칙칙대는 모터보트 소리가 점점 가까워 지더니, 우리가 타고 있는 보트의 뒤쪽에서 비를 맞으며 나타났다. 모터보트의 뒤쪽에 세관 경비병 네 명이 타고 있었다. 알피니 모자를 깊이 눌러쓰고 망토 깃을 세운 차림에 어깨에는 소총을 메고 있었다. 이른 시간이라 모두들 졸린 표정이었다. 나는 모자와 망토 깃에 달린 노란 알피니 마크를 확인했다. 모터보트는 칙칙 소리를 내며 나타났다가 이내 빗속으로 사라졌다.

나는 보트를 저어 다시 호수 한가운데로 나아갔다. 이렇게 국경 가까이까지 온 마당에 길가에 서 있는 보초에게 붙잡히고 싶지는 않았다. 호수의 기슭이 간신히 보이는 지점까지 나아간 다음, 호수 한가운데에서 비를 맞으며 45분 정도 노를 저었다. 모터보트 소리가 다시 한 번 들려왔지만, 움직이지 않고서 가만히 있으니 이내 사라졌다.

"우리가 스위스 쪽 호수에 들어온 것 같소, 캐트."

내가 말했다.

"정말요?"

"스위스 군대를 볼 때까지는 확신할 수 없지만, 그런 것 같소."

"혹은 스위스 해군을 볼 때까지."

"스위스 해군을 만나면 골치 아파져요. 조금 전에 지나간 모터보트가 스위스 해군이었을지도 몰라요."

"스위스에 도착한 거면 아침 식사를 근사하게 해요. 스위스의 롤빵이랑 버터와 잼이 훌륭하거든요."

이제 날이 훤히 밝았고, 가랑비가 내리고 있었다. 호수에는 여전히 뒤에서 바람이 불어왔다. 보트가 일으킨 파도의 흰 물결이 앞으로 밀리며 상류 쪽으로 올라갔다. 스위스 쪽 호수에 들어왔다는 확신이 들었다. 호숫가 근처의 숲 뒤에는 집들이 많았다. 거기에서 좀 더 올라간 곳에는 석조 저택들이 있었고, 언덕 위에는 빌라와 교회 등이 있었다. 경비병이 있나 해서 호수를 따라 감아도는 도로를 살폈으나 한 명도 눈에 띄지 않았다. 도로가 호수에 바짝 붙어 있다 보니 병사 하나가 도로 위 카페에서 나오는 모습까지 볼 수 있었다. 그는 회녹색 군복을 입고 독일군의 철모와 비슷한 헬멧을 쓰고 있었다. 건강해 보이는 얼굴에 칫솔처럼 뻣뻣한 콧수염을 기른 병사였다. 그가 우리를 바라보았다.

"저 사람한테 손을 흔들어줘요."

내가 캐서린에게 말했다. 그녀가 손을 흔들자, 병사는 어색하게 웃으면서 마주 손을 흔들었다. 나는 노를 느긋하게 저었다. 우리는 마을의 호안 도로를 지나가고 있었다.

"국경에서 훨씬 안쪽으로 들어온 것 같아요."

내가 말했다.

"그걸 확인했으면 좋겠어요, 달링. 국경에서 세관 경비병에게 떠밀려 이탈리아로 되돌아가고 싶지 않으니까요."

"국경은 저 멀리 뒤쪽에 있을 거고, 여긴 세관 도시인 브리사고인 것 같소."

"여기에도 이탈리아인들이 있지 않을까요? 세관 도시에는 두 나라 사람들이 다 있잖아요."

"전쟁 중에는 그렇지 않아요. 이탈리아인들이 국경을 넘게 내버려두지 않을 거요."

아늑하고 아름다운 작은 소도시였다. 방파제를 따라 범선 여러 대가 늘어서 있었고 시렁 위에는 그물이 펼쳐져 있었다. 11월의 비가 내리고 있었으나 그 와중에도 도시는 밝고 깨끗해 보였다.

"우리 내려서 아침 먹을까요?"

"그래요."

나는 왼쪽 노를 세게 잡아당겨 호숫가에 접근했다. 부두에 가까워졌을 때 노를 똑바로 잡고서 보트를 방파제와 나란히 댔다. 양쪽 노를 보트 안으로 거둬들인 다음 방파제의 쇠고리를 잡고 비에 젖은 돌 위로 내려섰다. 스위스 땅을 밟은 것이다. 나는 보트의 밧줄을 쇠고리에 매고 캐서린에게 손을 내밀었다.

"올라와요, 캐트. 기분이 좋아질 거예요."

"가방들은 어떻게 하죠?"

"보트에 둬요."

캐서린이 땅 위로 올라섰다. 우리는 함께 스위스 땅을 밟았다.

"정말 아름다운 나라예요."

그녀가 말했다.

"정말 근사하죠?"

"우리 아침 먹으러 가요."

"굉장히 멋지죠? 발아래 밟히는 땅의 감촉이 좋네요."

"몸이 너무 굳어서 난 별 느낌이 없어요. 그래도 정말 멋진 나라 같아요. 달링, 그 끔찍한 곳을 벗어나서 이곳에 도착했다는 게 실감 나요?"

"그럼요. 이런 기분은 정말로 처음이에요."

"저 집들 좀 봐요. 광장도 멋지지 않나요? 저기 아침 먹을 곳이 있네요."

"비도 좋지 않소? 이탈리아에선 이런 비가 내리지 않아요. 기분 좋은 비네요."

"우리가 마침내 이곳에 왔군요. 달링! 우리가 여기에 와 있다는 게 실감 나요?"

우리는 카페 안으로 들어가 깨끗한 나무 테이블에 앉았다. 우리는 정신을 차릴 수 없을 만큼 흥분해 있었다. 앞치마를 두른 아주 정결해 보이는 여자가 다가와 뭘 먹겠느냐고 물었다.

"롤빵이랑 잼이랑 커피를 주세요."

캐서린이 말했다.

"죄송합니다만 전쟁 중이어서 롤빵은 없습니다."

"그렇다면 식빵으로 주세요."

"토스트를 만들어 드릴 수 있습니다."

"그렇게 해주세요."

"달걀 프라이도 부탁합니다."

"신사 분께는 몇 개를 해드릴까요?"

"세 개요."

"달링, 네 개로 해요."

"달걀 네 개요."

주문을 받은 여자가 주방 안으로 들어갔다. 나는 캐서린에게 입을 맞추고 그녀의 손을 꼭 잡았다. 우리는 서로를 바라보다가 카페 안을 둘러봤다.

"달링, 달링. 정말 멋진 카페죠?"

"근사하네요."

"롤빵이 없어도 상관없어요. 밤새 롤빵을 생각했지만 그래도 상관없어요. 전혀 섭섭하지 않아요."

"우리는 얼마 안 있어 연행될지도 몰라요."

"걱정하지 말아요. 우선 아침 식사를 하고 나면 연행되는 것 따위는 신경도 안 쓰일 거예요. 그리고 그 사람들이 우리를 어떻게 할 수도 없잖아요. 우리는 신분이 확실한 영국인과 미국인이잖아요."

"여권 갖고 있소?"

"물론이죠. 이제 그 얘기는 그만해요. 일단 행복한 일만 생각하도록 해요."

"이보다 더 행복할 순 없을 거요."

깃털처럼 꼬리를 세운 살찐 회색 고양이 한 마리가 우리 테이블로 다가오더니, 내 다리 주변을 돌면서 몸을 부비며 가르랑거리는 소리를 냈다. 내가 손을 내려서 고양이를 쓰다듬자, 캐서린은 매우 행복해하는 얼굴로 미소를 지었다.

"커피가 나왔어요."

그녀가 말했다.

아침 식사가 끝난 뒤 우리는 연행되었다. 마을을 따라 잠시 산책을 한 후 가방을 가지러 부두로 내려갔는데, 병사 한 명이 보트를 지키고 서 있었다.

"당신네 보트입니까?"

"그렇습니다."

"어디서 오는 길입니까?"

"호수 저편에서요."

"그럼 함께 가주셔야겠습니다."

"가방은 어쩌고요?"

"가방은 가져오시죠."

내가 가방을 들고 캐서린은 내 옆에서 걸었다. 병사는 우리 뒤에서 걸어오다가 낡은 세관 건물로 들어갔다. 세관에서는 매우 마르고 군인답게 생긴 중위가 우리에게 질문을 했다.

"국적이 어딥니까?"

"미국과 영국입니다."

"여권 좀 볼까요?"

나는 내 여권을 그에게 건넸고, 캐서린은 핸드백에서 자기 여권을 꺼냈다.

중위는 한참 동안 두 여권을 살펴보았다.

"왜 이런 식으로 보트를 타고 스위스로 들어왔죠?"

"저는 운동선수입니다. 조정은 제가 즐기는 스포츠이구요. 기회가 있을 때마다 배를 탑니다."

내가 말했다.

"이곳에는 왜 오셨습니까?"

"겨울 스포츠를 즐기려고 왔습니다. 저희는 관광도 하고 겨울 스포츠를 즐길 생각입니다."

"이곳은 겨울 스포츠를 할 만한 곳이 아닙니다."

"알고 있습니다. 겨울 스포츠를 할 수 있는 곳으로 갈 겁니다."

"이탈리아에서는 뭘 하셨습니까?"

"건축을 공부했습니다. 여기 있는 사촌 누이는 그림을 공부하고 있고요."

"왜 이탈리아를 떠나셨죠?"

"겨울 스포츠를 즐기고 싶었다니까요. 전쟁 중에는 건축을 공부할 수 없거든요."

"여기서 잠시 기다리세요."

중위가 이렇게 말을 한 후 우리 여권을 가지고 건물 안으로 들어갔다.

"멋지게 넘겼어요, 달링. 계속해서 그렇게 밀어붙이세요. 겨울 스포츠를 하겠다고 말이에요."

캐서린이 말했다.

"달링, 미술에 대해 아는 게 좀 있소?"

"루벤스."

"덩치가 크고 뚱뚱하죠."

"티치아노."

"적갈색 머리카락을 지녔죠. 만테냐는 어때요?"

"어려운 건 묻지 마세요. 그 사람을 알긴 해요. 대부분의 그림이 몹시 비통하죠."

"매우 비통하죠. 못 자국들이 잔뜩 나오는 성화(聖畵)를 많이 그렸으니까."

"내가 꽤 괜찮은 아내라는 걸 알게 될 거예요. 당신 손님들과 예술을 논할 수 있을 테니까요."

"아까 그 남자가 오는군요."

내가 말했다.

마른 중위가 우리 여권을 들고서 세관 복도를 걸어왔다.

"당신들을 로카르노로 보내야 할 것 같습니다. 마차를 잡으면 병사가 동승하여 함께 갈 겁니다."

중위가 말했다.

"좋습니다. 보트는 어떻게 하죠?"

내가 말했다.

"보트는 압수되었습니다. 그 가방 안에는 뭐가 있나요?"

중위는 가방을 샅샅이 뒤져보고는 4분의 1 정도 남은 브랜디 병을 꺼냈다.

"함께 마실까요?"

내가 물었다.

"고맙지만 괜찮습니다. 돈은 얼마나 갖고 있습니까?"

중위가 허리를 펴며 물었다.

"2천5백 리라입니다."

이 말에 중위는 우리에게 호감을 느끼는 듯했다.

"사촌 분은 얼마나 갖고 있죠?"

캐서린은 1천2백 리라가 조금 넘는 돈을 갖고 있었다. 중위는 만족스러워하는 듯했고, 우릴 대하는 태도가 한결 누그러졌다.

"겨울 스포츠를 하고 싶으면 뱅겐이 제격입니다. 우리 아버지가 그곳에서 아주 좋은 호텔을 운영하고 있는데, 일 년 내내 문을 엽니다."

중위가 말했다.

"그거 잘됐네요. 호텔 이름을 알 수 있을까요?"

내가 말했다.

"명함에 적어드리죠."

그는 매우 공손하게 명함을 건넸다.

"병사가 로카르노로 모셔다 드릴 겁니다. 여권은 병사가 보관하고 있을 거예요. 이렇게 조치하는 것이 유감입니다만 필요한 절차여서 어쩔 수 없습니다. 로카르노에 가면 비자나 경찰 허가서를 내줄 겁니다."

그는 두 개의 여권을 병사에게 건넸고, 우리는 마차를 부르러 마을 쪽으로 가기 위해 가방을 챙겨 들었다.

"어이!"

중위가 병사를 불렀다. 독일 사투리로 그에게 뭐라고 말하자, 병사는 소총을 등에 메더니 우리 가방을 들었다.

"근사한 나라군요."

내가 캐서린에게 말했다.

"무척 실용적이에요."

"친절하게 처리해 주셔서 대단히 감사합니다."

내가 중위에게 인사를 하자, 그는 손을 내저으며 말했다.

"공무를 수행할 뿐입니다."

우리는 경비병을 따라 마을로 들어갔다.

잠시 후 마차를 잡아타고 로카르노를 향해 달리기 시작했다. 병사는 마부와 함께 앞자리에 앉았다. 로카르노에서도 큰 어려움은 없었다. 그들은 우리를 다시 조사했지만 여권과 돈을 가지고 있었기 때문에 태도가 정중했다.

나는 그들이 내 이야기를 단 한마디도 믿지 않는다는 것을 알고 있었다. 내가 생각해도 황당한 이야기였으니 말이다. 하지만 어차피 그건 요식 행위였다. 마치 법정에서 그러한 것처럼 그들은 합리적인 것을 원하는 것이 아니라 기술적인 절차에 부합한지 아닌지만 따졌다. 그리고 일단 부합되면 내용이야 어찌 되었든 그 절차를 준수하여 처리했다. 입국 이유가 무엇이든 우리가 합법적인 여권과 사용 가능한 돈을 갖고 있었기 때문에 그들은 우리에게 임시 비자를 내줬다. 하지만 이 비자는 언제든지 취소될 수 있었고, 새로운 곳에 갈 때마다 경찰서에 거주지를 보고해야만 했다.

"우리가 원하면 어디든 갈 수 있습니까?"

내가 물었다.

"그래요, 어디로 가길 원합니까?"

관리가 말했다.

"어디로 가고 싶소, 캐트?"

내가 캐서린에게 물었다.

"몽트뢰요."

"거긴 아주 좋은 곳입니다. 그곳이 마음에 드실 겁니다."

관리가 말했다.

"여기 로카르노도 좋은 곳입니다. 두 분도 이곳 로카르노를 무척 좋아할 겁니다. 아주 매력적인 곳이거든요."

다른 관리가 끼어들었다.

"우리는 겨울 스포츠를 할 수 있는 곳으로 가고 싶습니다."

"몽트뢰에서는 겨울 스포츠를 할 수 없어요."

내 말에 다른 관리가 말했다.

"미안하네만, 내가 몽트뢰 출신이야. 몽트뢰 오벌랜드 베르누아 철도 인근에서 겨울 스포츠를 즐길 수 있다는 건 누구나 알지.

그걸 아니라고 하면 안 되는 거지."

첫 번째 관리가 반박했다.

"그걸 부정하는 게 아냐. 몽트뢰에는 겨울 스포츠가 없다고 그냥 말한 것뿐이야."

"그 말이 무슨 말이냐고? 나는 그 말에 동의할 수 없어."

"내 말이 맞을걸."

"그 말이 뭔 말이냐고? 내가 루지(luge, 1인용 썰매)를 타고 몽트뢰 거리를 누볐다니까. 한 번도 아니고 여러 번씩. 루지는 틀림없는 겨울 스포츠야."

그러자 다른 관리가 내게로 고개를 돌리며 말했다.

"선생님이 생각하는 겨울 스포츠가 루지였습니까? 이곳 로카르노에서 머무는 게 아주 편할 겁니다. 건강에 좋은 기후에다 주변 경관도 아주 매력적이죠. 아주 마음에 들 겁니다."

"저분은 몽트뢰로 가고 싶다고 했어."

첫 번째 관리가 말했다.

"루지가 어떤 경기죠?"

내가 물었다.

"이것 봐, 저분은 루지에 대해 들어본 적도 없다고 하잖아."

또 다른 관리에게 이 말은 상당히 중요한 모양인지, 내가 질문을 하자 매우 기뻐하며 말했다.

"루지는 말이죠…… 터보건(toboggan, 나무를 재료로 하여 바닥을 편평하고 길게 만든 썰매) 썰매를 타는 겁니다."

첫 번째 관리가 말했다.

"아니에요, 그건 달라요. 터보건 썰매와 루지는 다릅니다. 터보건은 캐나다에서 얇은 판자로 만드는 거지만, 루지는 미끄럼쇠가 달린 보통 썰매예요. 뭐든 정확해야지."

또 다른 관리가 머리를 흔들며 말했다.

"우리가 터보건 썰매를 탈 수 있을까요?"

내가 물었다.

"물론 탈 수 있지요. 얼마든지 탈 수 있습니다. 아주 좋은 캐나다산 터보건을 몽트뢰에서 팔아요. 옥스 형제 상점에서 터보건을 판매하는데, 직접 수입한 거랍니다."

첫 번째 관리가 말했다.

또 다른 관리가 나에게로 고개를 돌리며 말했다.

"터보건을 타려면 말이죠, 특별한 활강 코스가 필요해요. 터보건을 타면서 몽트뢰 거리로 나갈 수는 없어요. 여기서는 어디에 머무시나요?"

"아직 모르겠습니다. 브리사고에서 방금 왔으니까요. 밖에서 마차가 기다리고 있습니다."

내가 말했다.

"몽트뢰로 가면 후회하지 않을 겁니다. 날씨가 쾌청하고 아름답다는 걸 알게 될 겁니다. 조금만 나가면 겨울 스포츠도 할 수 있고요."

첫 번째 관리가 말했다.

"진짜 겨울 스포츠를 즐기고 싶다면, 앵가딘이나 뮈렌으로 가는 게 좋습니다. 겨울 스포츠를 즐기러 몽트뢰로 간다는 건 말이 안 됩니다."

두 번째 관리가 말했다.

"몽트뢰 위쪽에 있는 레자방에서 온갖 겨울 스포츠를 즐길 수 있습니다."

몽트뢰를 옹호하던 첫 번째 관리가 또 다른 관리를 노려보며 말했다.

"여러분, 이제 가봐야겠습니다. 내 사촌이 몹시 피곤해 하는군요. 먼저 몽트뢰로 가보겠습니다."

내가 말했다.

"축하합니다."

첫 번째 관리가 내 손을 잡고 흔들며 말했다.

"로카르노를 떠나면 후회할 겁니다. 어쨌든 몽트뢰에 가면 경찰서에 가서 신고하세요."

또 다른 관리가 말했다.

"경찰서에 간다고 해도 불쾌한 일은 없을 겁니다. 주민들이 아주 예의바르고 친절하다는 것을 바로 알게 될 겁니다."

첫 번째 관리가 나를 안심시키듯 말했다.

"두 분 모두 감사합니다. 두 분 조언이 도움이 되었습니다."

내가 말했다.

"안녕히 계세요. 두 분께 감사드려요."

캐서린도 인사했다.

그들은 문까지 따라 나와 우리에게 인사를 했다. 로카르노에 머무르라고 권하던 관리의 태도는 약간 냉랭하게 느껴졌다.

우리는 계단을 내려와서 마차에 올라탔다.

"세상에, 달링. 좀 더 빨리 빠져나올 수는 없었나요?"

캐서린이 말했다. 관리 중 한 사람이 추천해 준 호텔 이름을 마부에게 일러주었다. 마부는 고삐를 쥐었다.

"저 병사를 잊고 있었네요."

캐서린이 말했다. 병사가 마차 옆에 서 있었다. 나는 그에게 10리라짜리 지폐를 주면서 말했다.

"스위스 화폐는 아직 준비를 못 했어요."

내가 말했다. 그는 고맙다고 경례를 하고서 떠났고, 마차는 호텔로 출발했다.

"어떻게 몽트뢰 생각을 했소? 그곳에 정말 가고 싶은 거요?"

내가 캐서린에게 물었다.

"가장 먼저 생각난 곳이었어요. 괜찮은 곳이에요. 산에서 갈 만한 곳도 찾을 수 있을 거예요."

그녀가 말했다.

"졸리오?"

"당장 곯아떨어질 것 같아요."

"한숨 푹 자요, 가여운 캐트. 길고 힘든 밤을 겪었잖소."

"그래도 재미있었어요. 특히 당신이 우산 돛을 들고 풍선 인간처럼 앉아 있었을 때요."

캐서린이 말했다.

"우리가 스위스 땅에 왔다는 게 실감 나오?"

"아니요. 잠에서 깨면 이게 현실이 아닐 것 같아 두려워요."

"나도 그렇소."

"꿈이 아니겠죠, 달링? 그렇죠, 달링? 지금 내가 당신을 배웅하기 위해 마차를 타고 기차역으로 가는 건 아니죠?"

"물론 아니오."

"그 얘기는 하지 말아야겠어요. 생각만 해도 무서워요. 어쩌면 우리가 그곳으로 가고 있는지도 몰라요."

"나도 정신이 몽롱해서 잘 모르겠소."

내가 말했다.

"손 좀 보여줘요."

내가 두 손을 내밀었다. 손바닥 살갗이 벗겨지고 물집이 잡혀서 쓰라렸다.

"옆구리에 구멍은 없어요."

내가 말했다.

"신성 모독하는 말은 하지 말아요."

손바닥 살갗이 벗겨지고 옆구리에 구멍이 났다는 말은 예수 그리스도의 수난을 암시하는 것이어서 그녀가 발끈한 것이다.

나는 몹시 피곤하고 머리가 멍했다. 스위스 땅에 도착했을 때의 들뜬 기분은 모두 사라지고 없었다. 마차가 거리를 따라 달리고 있었다.

"당신 두 손이 너무 안됐어요."

캐서린이 말했다.

"만지지 마요. 그런데 여기가 어딘지 모르겠군. 마부, 어디로 가는 거요?"

내가 말했다.

마부가 말을 세우며 말했다.

"메트로폴 호텔로 가는 길입니다. 그곳으로 가신다고 하지 않으셨나요?"

"그렇소, 그곳으로 갑시다. 다 잘되고 있어, 캐트."

내가 말했다.

"잘 되어 가고 있으니 너무 당황하지 말아요, 달링. 잠을 푹 자고 나면 내일은 머리도 맑아질 거예요."

"머리가 몽롱하네요. 오늘 일들은 꼭 희극 오페라 같아요. 배가 고파서 그런 건지도 몰라요."

"달링, 그냥 피곤한 거예요. 괜찮아질 거예요."

마차가 호텔 앞에 도착했다. 누군가가 나와서 우리 가방을 받아 들었다.

"이젠 기분이 좀 나아졌어요."

내가 말했다. 우리는 호텔로 통하는 포장도로 위에 내려섰다.

"괜찮아질 줄 알았어요. 당신은 그냥 피곤했던 것뿐이에요. 오랫동안 제대로 잠을 자지 못했잖아요."

"어쨌든 이곳에 도착했네요."

"네. 정말 이곳에 왔어요."

우리는 가방을 들어주는 보이를 따라 호텔로 들어갔다.

# 5부

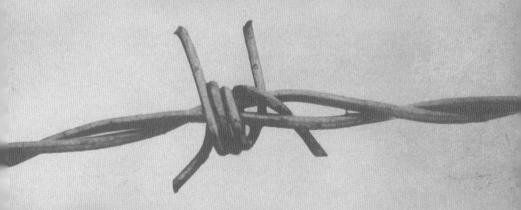

A Farewell
to Arms

# 38

그해 — 1917년 — 가을엔 첫눈이 매우 늦게 내렸다. 우리는 산등성이의 소나무 숲에 있는 갈색 목조 가옥인 산장에서 지냈다. 밤이면 서리가 내렸고, 아침이면 화장대 위에 놓아둔 두 개의 물그릇에 살얼음이 얼어 있기도 했다. 구팅겐 부인은 아침 일찍이 방으로 들어와서 창문을 닫고 키가 높은 옹기 난로에 불을 붙이기 시작했다. 소나무 장작이 탁탁 소리를 내며 불꽃을 튀기고 난로 안에서는 불길이 솟아올랐다. 구팅겐 부인은 장작더미와 뜨거운 물이 담긴 주전자를 우리 방에 들여놓았고, 방이 적당히 따뜻해지자 아침 식사를 가져다주었다. 우리는 침대에 앉은 채 아침을 먹으면서 창문을 통해 호수와 호수 건너 프랑스 쪽 산들을 바라보았다. 산꼭대기에는 눈이 덮여 있었고, 호수는 회색빛이 도는 푸른색으로 기분 좋게 빛났다.

산장 앞쪽으로 산으로 올라가는 도로가 있었다. 서리가 내려 울퉁불퉁한 바퀴 자국이 쇳덩어리처럼 딱딱했다. 도로는 숲을 통과해 산 둘레를 돌아가면서 목장까지 오르막으로 이어졌다.

숲 가장자리에 있는 목장의 헛간과 통나무집에서는 계곡이 건너다보였다. 깊은 계곡 바닥을 흐르는 물줄기는 호수로 흘러들어갔다. 바람이 불어올 때면 물결이 빠르게 흘러 돌에 부딪치는 소리가 들려왔다.

때때로 우리는 도로에서 벗어나 소나무 숲의 오솔길을 걸었는데 숲 바닥이 부드러워 산책하기에 아주 좋았다. 서리가 내려 도로가 단단해져도 여기 산속 길은 달랐다. 우리는 도로가 단단하게 되어도 크게 신경 쓰지 않았다. 장화 밑창과 뒤축에 징이 박혀 있고, 그 징이 얼어붙은 땅에 잘 들어박혀 미끄러지지 않았기 때문이다. 징이 박힌 장화를 신고 도로를 걸으면 기분이 좋고 상쾌했다. 하지만 숲속 오솔길을 걷는 것도 그에 못지않게 즐거웠다.

우리가 묵고 있는 산장 앞쪽에 있는 산은 호수 옆 작은 들판까지 가파른 경사를 이루고 있었다. 우리는 베란다에 앉아서 햇볕을 쬐며 산 옆으로 구불구불하게 내려오는 도로와 그 아래쪽으로 낮은 산의 측면에 펼쳐진 계단식 포도밭을 바라봤다. 겨울이라 포도나무는 모두 시들어 있었고 들판은 돌담으로 나뉘어져 있었다. 포도밭 아래에서 호숫가 옆 작은 들판까지는 마을의 집들이 늘어서 있었다. 호수에는 마치 낚시보트의 쌍돛처럼 두 그루의 나무가 비죽 솟아 있는 섬이 있었다. 호수 반대편의 산들은 가파르고 험준했다. 호수가 끝나는 곳에 두 산맥 사이에 끼인 론 계곡의 들판이 펼쳐져 있었다. 산맥이 가로지르는 계곡 위에는 당뒤미디 산이 높게 가로막고 있었다. 눈이 쌓인 당뒤미디 산은 계곡 위로 우뚝 솟아 있었지만 너무 멀리 있어서 계곡에 그림자를 드리우지는 못했다.

햇볕이 쨍쨍하게 난 날이면 우린 베란다에서 점심을 먹었고, 그렇지 못할 때는 2층 작은 방에서 식사를 했다. 나무 벽으로 되어 있는 그 방은 특별한 장식 없이 한구석에 커다란 난로가 놓여 있었다. 마을에서 책과 잡지 그리고 호일(Edmond Hoyle, 1672~1759 : 각종 카드놀이의 요령과 규칙을 집대성한 영국인)의 책을 한 권 사서 둘이 할 수 있는 카드놀이를 몇 가지 익히기도 했다. 난로가 있는 작은 방이 우리의 거실이었다. 편안한 의자 두 개와 책과 잡지를 얹어놓을 수 있는 탁자 하나가 있었다. 우리는 식사를 하고 나면 탁자에서 카드놀이를 했다. 구팅겐 씨 부부는 아래층에서 생활했다. 저녁때면 그들이 하는 대화 소리가 들리기도 했다. 그들 부부도 둘이 함께 있어 행복해하는 것 같았다. 구팅겐 씨는 과거에 어떤 호텔의 수석 웨이터였고 부인은 같은 호텔의 급사로 일했다고 한다. 부부는 열심히 돈을 모아 이 산장을 샀다고 했다. 그들 부부에게는 아들이 하나 있는데, 그 또한 수석 웨이터가 되기 위해 취리히에 있는 호텔에서 일을 배우는 중이라고 했다. 아래층 홀에서는 와인과 맥주를 팔았다. 저녁이면 때때로 도로에 짐마차를 세우고 와인을 마시기 위해 산장 앞 계단을 올라 들어오는 소리가 들리곤 했다.

거실 밖 복도엔 장작 통이 있었다. 나는 그 통에서 장작을 가져다가 난롯불이 꺼지지 않도록 꾸준히 불을 피웠다. 하지만 아주 늦게까지 잠자리에 들지 못하는 일은 없었다. 어둠 속에서 커다란 침실로 들어가면, 옷을 벗은 다음 창문을 열고서 밤하늘과 차가운 별과 창문 밑의 소나무들을 잠깐 바라보다가 재빨리 침대 안으로 들어갔다. 맑고 깨끗한 공기를 음미하면서 창밖으로 밤하늘이 보이는 침대에 누워 있으면 정말 행복했다. 우리는 잠을 잘 잤다. 내가 밤중에 깨어나는 경우는 단 한 가지 이유에서였다. 나는 캐서린이 깨지 않도록 깃털 이불을 살그머니 들추고 나와 볼일을 보았고, 그런 다음에는 얇은 이불의 가벼운 촉감을 새롭게 느끼면서 다시 잠이 들었다. 이제 전쟁은 다른 대학의 축구 경기처럼 아주 멀게만 느껴졌다. 하지만 아직 눈이 내리기 전이라 산간 지대에서는 여전히 전투가 계속되고 있다는 사실을 나는 신문을 통해 알고 있었다.

우리는 때때로 걸어서 몽트뢰까지 내려가곤 했다. 산을 내려가는 오솔길이 있었지만 가파르고 험했기 때문에 주로 도로를 이용했다. 들판에 난 딱딱하고 넓은 길을 걸어서 포도밭의 돌담 사이를 지나갔다. 그런 다음 길 양편에 즐비하게 들어선 집들 사이로 내려가면 세 개의 마을이 나왔다. 쉐르네, 퐁타니방, 그리고 이름이 기억나지 않는 또 다른 마을이었다. 우리는 길을 따라가다가 돌로 지은 네모반듯한 오래된 성을 지나갔다. 이 성은 계단식 포도나무 밭이 있는 산허리의 튀어나온 암벽 위에 서 있었다. 포도나무의 덩굴은 전부 지지대에 매달린 채 누렇게 말라붙어 있었다. 땅은 언제라도 눈을 받아들일 준비가 되어 있었고, 저 아래쪽 잔잔한 호수는 강철 같은 회색빛을 띠고 있었다. 성 밑으로 긴 비탈을 이루며 내려가는 도로를 오른쪽으로 꺾어 돈 다음, 자갈이 깔린 아주 가파른 길을 내려가면 몽트뢰까지 이어졌다.

몽트뢰에는 아는 사람이 하나도 없었다. 우리는 호숫가를 따라 산책하며 백조와 수많은 갈매기와 제비갈매기를 바라보았다. 우리가 다가가면 새들은 공중으로 날아올라 호수를 내려다 보면서 끼익 소리를 내며 울어댔다. 호수 한가운데에서는 몸집이 작고 거무스름한 논병아리 무리가 헤엄을 치며 꼬리 뒤로 기다란 파문을 남겼다.

우리는 시내로 내려가 중심가를 따라 걷다가 상점 진열장을 들여다봤다. 큰 호텔들은 문을 닫은 곳이 많았지만 상점들은 대부분 영업을 했고 우리를 반갑게 맞아주었다. 캐서린이 머리를 다듬을 수 있는 좋은 미용실도 한 군데 있었다. 미용실 여주인은 성격이 아주 밝고 명랑했는데, 우리가 몽트뢰에서 알고 지내는 유일한 사람이었다. 캐서린이 그곳에서 머리를 다듬는 동안 난 맥줏집에 들어가 뮌헨산 흑맥주를 마시면서 신문을 읽었다. 〈코리에르 델라 세라(Corriere della Sera, 이탈리아 일간지)〉와 파리에서 오는 영국 신문과 미국 신문을 읽었다. 신문은 모든 광고가 일절 금지되어 광고란이 온통 검게 색칠되어 있었는데, 이는 광고로 적군과 내통하는 걸 차단하기 위해서라고 생각되었다. 신문 기사는 읽어봐야 기분만 나빴다. 어디에서든 상황은 하나같이 나빠지고 있었다. 나는 구석 자리에 앉아 흑맥주를 따른 묵직한 잔을 앞에 놓고서 셀로판 포장지 속에 들어 있는 프레첼(pretzel, 독일 또는 알자스에서 유래된 잘 부서지고 윤이 나는 짭짤한 크래커)을 꺼냈다. 짭짤한 맛이 맥주 맛을 살려주는 기막힌 궁합을 음미하면서 온갖 재난에 관한 기사들을 읽었다. 올 시간이 지났는데도 캐서린이 오지 않아 신문을 선반에 올려놓고 맥주 값을 치른 다음 길 위쪽으로 그녀를 찾으러 갔다. 날은 춥고 음산하여 겨울 분위기를 제대로 풍겼고, 돌로 지은 집들이 차갑게 보였다. 캐서린은 그때까지 미용실에 있었다. 미용실 주인이 그녀의 머리에 파마를 해주고 있었다. 나는 작은 칸막이 좌석에 앉아 그 모습을 지켜봤다. 그러고 있자니 약간 흥분되는 것 같았다. 캐서린은 웃으면서 내게 말을 건넸다. 흥분해서인지 내 목소리가 약간 걸걸해졌다. 머리 집게가 경쾌한 금속음을 냈고, 세 개의 거울에 캐서린의 모습이 동시에 비쳤다. 미용실 안은 따뜻하고 편안했다. 여주인이 캐서린의 머리를 올려주자 캐서린은 거울을 보면서 머리핀을 빼거나 꼽으면서 머리 스타일을 매만졌다. 그리고는 자리에서 일어났다.

"오래 기다리게 해서 미안해요."

"아주 즐겁게 기다리시는 것 같던데요. 그렇죠, 선생님?"

여주인이 미소를 지으며 말했다.

"그렇습니다."

내가 대답했다.

우리는 거리로 나왔다. 겨울답게 날씨가 매서웠고, 바람도 몰아쳤다.

"달링, 당신을 정말 사랑하오."

내가 말했다.

"우리 좋은 시간을 보냈죠, 그렇지 않아요? 있잖아요, 우리 어디 가서 차 대신 맥주 마셔요. 우리 꼬맹이 캐서린에게 맥주가 좋대요. 아기가 너무 크지 않게 해준대요."

"꼬맹이 캐서린. 그 놀고먹는 녀석."

"지금까지는 아주 착하게 굴었어요. 말썽도 일으키지 않고요. 의사 선생님이 맥주는 내 몸에도 좋고 태아도 너무 크지 않게 해준다고 했어요."

"태아를 크지 못하게 했는데 사내 녀석이라면…… 그럼 경마 기수를 하면 되겠구려."

"이 아기를 낳으려면 결혼을 해야 할 거예요."

캐서린이 말했다. 우리는 맥줏집 구석 테이블에 앉았다. 밖은 어두워지고 있었다. 아직 이른 시간이었지만 어둑어둑해지면서 땅거미가 일찍 내렸다.

"지금 결혼합시다."

내가 말했다.

"안 돼요. 지금은 좀 곤란해요. 배부른 게 다 드러나잖아요. 이런 모습으로 사람들 앞에 서서 결혼식을 하는 건 싫어요."

"진작 결혼을 했으면 좋았을 텐데."

"그러게요. 그게 더 나을 뻔했어요. 앞으로 언제 결혼할 수 있게 될까요?"

"모르겠소."

"한 가지만은 확실해요. 이렇게 임신부의 모습으로는 결혼식을 올리지 않을 거라는 거."

"당신은 임신부처럼 보이지 않소."

"아니에요. 임신부처럼 보여요, 달링. 미용사가 첫아이냐고 묻던데요. 전 아니라고 거짓말을 했어요. 아들 둘, 딸 둘이 있다고."

"우리 언제 결혼할까요?"

"몸을 풀고 나면 언제든지요. 하객들이 우리를 보고 참 잘 어울린다고 감탄할 정도로 근사한 결혼식을 하자고요."

"당신은 걱정 안 되오?"

"달링, 왜 걱정을 해요? 지금까지 기분이 좋지 않았던 경우는 딱 한 번뿐이에요. 밀라노의 그 호텔에서 창녀가 된 기분이 들었을 때, 그때 한 번만 기분이 나빴어요. 그때도 한 7분 정도만 그런 느낌이었지요. 게다가 다른 이유에서가 아니라 그 방의 천박한 가구 때문에 그런 기분이 든 거였고요. 내가 당신에게 좋은 아내가 못 되었나요?"

"아니, 당신은 사랑스러운 아내요."

"그러면 너무 절차를 따지지 말아요, 달링. 몸을 풀고 나서 내 몸이 다시 날씬해지면 바로 결혼식을 올려요."

"좋소."

"맥주 한 잔 더 마셔도 될까요? 의사 선생님이 내 골반이 좁은 편이라서 꼬맹이 캐서린을 작게 만드는 게 좋대요."

"다른 말은 하지 않았소?"

나는 걱정이 되었다.

"없었어요. 혈압도 정상이래요, 달링. 혈압 칭찬을 많이 해주셨어요."

"당신의 좁은 골반에 대해 의사는 구체적으로 뭐라고 했소?"

"특별한 건 없었어요. 스키를 타면 안 된대요."

"그거야 당연히 그렇죠."

"전에 스키를 타본 적이 없다면 지금 배우기엔 너무 늦었대요. 하지만 넘어지지 않을 자신이 있으면 타도 좋대요."

"친절하고 농담을 잘하는 양반이군요."

"정말 친절한 분이에요. 아기 낳을 때 그분께 봐달라고 해야겠어요."

"결혼식을 올려야 할지 그 사람한테 물어봤소?"

"아니요. 결혼한 지 4년 됐다고 한 걸요. 내가 당신과 결혼하면 난 미국인이 되고, 미국 법에 따라 결혼하면 아기는 언제라도 미국 호적에 올릴 수 있다는 거, 알죠?"

"그런 건 어디서 어떻게 알았소?"

"도서관에서 뉴욕판 『세계 연감』을 보고 알게 되었어요."

"당신은 참으로 멋지고 대단해요."

"미국인이 되면 좋을 거예요. 달링, 우리 미국으로 가요. 나이아가라 폭포를 보고 싶어요."

"당신은 정말 멋진 여자요."

"보고 싶은 게 또 있었는데 기억이 안 나네요."

"시카고 가축 수용소?"

"아뇨, 생각이 안 나요."

"울워스 빌딩(Woolworth Building, 뉴욕에서 오래되고 가장 유명한 초고층 빌딩 중 하나)?"

"아뇨."

"그랜드캐니언(Grand Canyonm, 미국 서부 애리조나 주와 네바다 주에 걸쳐 있는 협곡, 국립공원)?"

"아뇨. 하지만 그곳도 가보고 싶긴 해요."

"뭘까?"

"아, 생각났어요. 금문교요! 그게 보고 싶어요. 금문교는 어디에 있죠?"

"샌프란시스코."

"그럼 거기로 가요. 샌프란시스코도 보고 싶으니까."

"좋아요, 그곳으로 가요."

"이제 산속 산장으로 올라가요. 괜찮죠? MOB(Montreux Oberland Bernois railway, 몽트뢰 고지대 전동 열차)를 탈 수 있을까요?"

"다섯 시 좀 넘어서 열차가 있소."

"그걸 타요."

"좋아요. 가기 전에 맥주 한 잔 더 마셔요."

맥줏집 밖으로 나와서 거리를 걷다가 기차역 계단을 오를 땐 날씨가 몹시 추웠다. 론 강의 계곡에서 차가운 바람이 불어왔다. 상점 진열장에는 불이 켜져 있었고, 우리는 가파른 돌계단을 올라 거리 위쪽으로 갔다. 그리고 계단을 또 올라 역에 도착했다. 전동 열차는 불을 환히 밝힌 채로 대기하고 있었다. 출발 시간을 알려주는 시계 문자반의 바늘이 5시 10분을 가리키고 있었다. 역 시계를 보니 5시 5분이었다. 기차에 올라타 밖을 내다보니 기관사와 차장이 역 앞 술집에서 나오는 것이 보였다. 우리는 자리에 앉아서 창문을 열었다. 전기 난방이라 전통차 안의 공기가 후텁지근했다. 열린 창문에서 시원한 바람이 들어왔다.

"피곤하오, 캐트?"

"아니요. 아주 상쾌해요."

"오래 걸리지는 않아요."

"난 열차 타는 걸 좋아해요. 내 걱정은 하지 말아요, 달링. 정말 기분이 좋아요."

크리스마스 사흘 전이 되어서야 눈이 내리기 시작했다. 아침에 일어나보니 눈이 내리고 있었다. 난로에는 불이 활활 타고 있었고, 우리는 침대에 누워서 눈 내리는 광경을 바라보았다. 구팅겐 부인이 아침 식사 쟁반을 치우고 난로에 장작을 더 넣었다. 꽤 심한 눈보라가 몰아쳤다. 눈이 한밤중부터 내리기 시작했다고 부인은 말했다. 창가로 다가가 밖을 내다봤지만 길 건너편이 보이질 않았다. 바람이 몰아치고 눈이 거칠게 휘날렸다. 나는 침대로 돌아와 캐서린과 나란히 누워 이야기를 나눴다.

"스키를 탈 수 있으면 좋을 텐데. 스키를 못 탄다니 한심해요." 캐서린이 말했다.

"봅슬레이를 빌려서 길에서 타봅시다. 자동차를 타는 것보다 몸에 나쁘지 않을 거요."

"너무 거칠게 미끄러지지 않을까요?"

"타보면 알겠죠."

"거친 운동이 아니면 좋겠어요."

"조금 있다가 눈 맞으면서 산책합시다."

"점심 전에요. 그러면 입맛이 날 거예요."

"난 항상 배가 고픈데요."

"나도 그래요."

우리는 눈 속으로 나갔지만 눈발이 심하게 몰아치고 곳곳에 눈이 쌓여 있어서 멀리 가지는 못했다. 내가 앞장서서 눈밭에 길을 만들며 기차역까지 갔는데, 역에 도착했을 때는 너무 멀리 왔다는 생각이 들었다. 바람에 휘날리는 눈 때문에 앞이 거의 보이지 않았다. 우리는 역 옆에 있는 작은 여인숙의 바에 들어가 빗자루로 서로의 옷에 묻은 눈을 털어주고는 긴 의자에 앉아 베르무트를 마셨다.

"대단한 눈보라네요."

여종업원이 말했다.

"그러게 말입니다."

"올해는 눈이 많이 늦었어요."

"그러게요."

"초콜릿 바를 먹어도 될까요? 점심때가 다 되었나? 난 계속 배가 고프네요."

캐서린이 말했다.

"어서 하나 먹어요."

내가 말했다.

"개암 열매가 들어 있는 걸로 하나 주세요."

캐서린이 주문을 했다.

"그거 아주 맛있어요. 저도 정말 좋아하는 거예요."

여종업원이 말했다.

"나는 베르무트를 한 잔 더 할게요."

내가 말했다.

여인숙 바에서 나와 다시 길을 거슬러 올라갈 때는 발자국이 찍히자마자 곧바로 눈에 파묻힐 정도였다. 우리가 눈길에 남긴 발자국들은 눈에 덮여 윤곽만 희미하게 보였다. 눈이 얼굴로 날려서 앞을 제대로 보기가 힘들었다. 우리는 산장에 도착하여 옷에 묻은 눈을 털어내고 점심을 먹으러 안으로 들어갔다. 구팅겐 씨가 점심을 내왔다.

"내일은 스키를 탈 수 있을 겁니다. 헨리 씨는 스키 탈 줄 아시나요?"

그가 말했다.

"아니요. 하지만 배우고 싶습니다."

"쉽게 배울 수 있을 겁니다. 크리스마스라 아들이 올 테니 그 애에게 배우도록 하세요."

"잘됐군요. 언제 오나요?"

"내일 밤에 온다는군요."

점심을 먹은 후, 작은 방 난로 옆에 앉아 창밖에서 내리는 눈을 내다보면서 캐서린이 말했다.

"혼자 어딘가로 여행 떠나고 싶지 않으세요? 그러면 남자들과 어울려 스키를 탈 수도 있잖아요."

"아니, 그런데 왜 그런 말을 하는 거요?"

"가끔은 나 말고 다른 사람들도 만나고 싶어 할 거라는 생각이 들어서요."

"당신은 다른 사람들을 만나고 싶소?"

"아니요."

"나도 마찬가지요."

"알아요. 난 임신을 했으니 다른 것을 하지 않더라도 불만이 없지만, 그래도 당신은 다르잖아요. 가만 생각해 보니, 난 바보같이 굴 때도 많고 말도 너무 많이 하는 것 같아요. 그래서 당신이 외출도 하고 그러면, 나한테 싫증을 느끼지 않을 거란 생각이 들어서요."

"내가 나다니길 바라오?"

"아니요, 같이 있는 것이 좋아요."

"나도 당신 곁에 있고 싶소."

"이리 와요. 당신 머리에 난 혹을 만져보고 싶어요. 혹이 제법 크네요."

그녀는 손가락으로 혹을 쓰다듬으며 계속 말했다.

"달링, 턱수염을 기르고 싶진 않으세요?"

"내가 턱수염을 기르면 좋겠소?"

"재미있을 것 같아요. 턱수염을 기른 모습을 보고 싶어요."

"좋아, 길러볼게요. 지금 당장 기르기 시작하겠소. 좋은 생각이오. 뭔가 할 일이 생긴 거니까."

"할 일이 없어서 걱정이었어요?"

"아니, 일이 없는 건 좋아요. 즐거운 생활을 할 수 있으니까요. 당신은 안 그렇소?"

"나도 그래요. 그런데 내 몸이 불어서 당신이 날 따분하게 생각할까봐 걱정이 돼요."

"아, 캐트. 내가 당신을 얼마나 좋아하는지 모르는군요."

"이렇게 배가 불러와도요?"

"당신이 어떤 모습이든, 당신 자체가 좋아요. 난 매우 행복하고, 이만하면 우린 잘 지내고 있는 것 아닌가요?"

"잘 지내고 있지만, 당신이 따분해할 수도 있잖아요."

"그렇지 않소. 때때로 전선이나 친구들이 궁금하긴 하지만, 그렇다고 따분하거나 걱정이 되는 건 아니요. 난 무엇이든 깊이 생각하지 않소."

"누가 생각나요?"

"리날디와 신부, 그리고 알고 지내던 많은 사람들. 그래도 오래 생각하지는 않아요. 전쟁은 생각하고 싶지 않거든요. 나로서는 전쟁이 끝난 셈이니까요."

"지금은 무슨 생각을 해요?"

"아무 생각도 안 해요."

"생각했잖아요, 말해 봐요."

"리날디가 정말 매독에 걸렸는지를 생각했소."

"그게 다예요?"

"그게 다요."

"그분 정말로 매독에 걸렸어요?"

"나도 몰라요."

"당신은 매독에 걸리지 않아서 다행이에요. 그런 종류의 병에 걸린 적 있었어요?"

"임질에 걸린 적이 있어요."

"그런 얘긴 듣고 싶지 않아요. 그 병에 걸리면 많이 아픈가요, 달링?"

"아주 많이."

"내가 대신 아팠더라면 좋았을걸."

"안 돼요, 그건 걸릴 게 못 돼요."

"차라리 그랬으면 좋겠어요. 그래야 당신이랑 같은 느낌을 가질 수 있잖아요. 당신이 알고 지내던 여자들도 만나보면 좋겠어요. 그러면 당신한테 그 여자들을 비웃거나 흉을 볼 수 있을 텐데."

"그거…… 그림이 볼만 하겠는데요."

"하지만 임질에 걸린 당신 모습은 그리 좋은 그림이 아니지요."

"나도 알아요. 이제 눈 내리는 풍경을 내다봅시다."

"당신을 조금 더 보고 있을래요. 달링, 머리 좀 길러보는 건 어때요?"

"얼마나 더요?"

"지금보다 조금만 더 길게."

"이만하면 긴 거 아닌가요?"

"아니요. 당신이 조금 더 기르고, 내가 조금 짧게 자르면 우리 둘은 같은 길이가 될 거예요. 단지 금발과 검은 머리라는 차이만 있을 뿐."

"난 당신이 머리를 짧게 자르는 거 싫어요."

"자르면 재미있을 거예요. 이 머리는 지겨워요. 밤에 잘 때 침대에서 얼마나 거추장스러운데요."

"나는 긴 머리가 좋아요."

"짧으면 좋지 않을 것 같아요?"

"그래도 괜찮겠지만 지금 있는 그대로가 좋아요."

"짧은 머리도 멋질 거예요. 그러면 우리 둘이 똑같아 보일 텐데. 달링, 내가 당신을 얼마나 소유하고 싶어 하는지 모르지요? 내가 당신 속으로 들어가 당신이 되었으면 좋겠어요."

"당신이 나잖아요. 우리는 하나고요."

"알아요. 우린 밤에 하나가 되니까요."

"당신과 함께하는 밤은 정말 아름다워요."

"우리 두 사람이 아예 다 섞여 버렸으면 좋겠어요. 당신이 내 곁을 떠나는 건 정말 싫거든요. 좀 전에 말했듯이, 원한다면 아무 데나 가도 돼요. 하지만 서둘러서 돌아와야 해요. 달링, 당신과 함께하지 않는다면 나는 결코 살아 있는 것 같지 않을 거예요."

"아무 데도 안 가요. 당신이 곁에 없으면 난 아무것도 할 수가 없어요. 나도 당신과 마찬가지로 죽은 목숨이 되고 말 거예요."

"나는 당신이 인생을 즐기길 원해요. 당신이 근사한 삶을 누리면 좋겠어요. 우리 두 사람이 함께 누리겠죠, 그렇죠?"

"나 말이오, 턱수염을 기르지 말까, 아니면 계속 기를까요?"

"계속 길러요. 재미있을 거예요. 새해가 되면 멋진 턱수염이 완성되겠죠."

"체스 한판 할까요?"

"그것보다 당신과 사랑을 나누는 게 더 좋아요."

"아니, 체스를 합시다."

"그럼 체스 끝나고 사랑해 줄 거죠?"

"그래요."

"좋아요."

나는 체스 판을 꺼내서 체스 말을 늘어놓았다. 밖에서는 여전히 눈이 세차게 내리고 있었다.

밤중에 한 번 눈이 떠졌는데 캐서린도 깨어 있었다. 창밖에는 달빛이 환했고, 창살 그림자가 침대에 드리웠다.

"깼어요, 달링?"

"응, 잠이 안 와요?"

"지금 막 깨어났어요. 당신을 처음 만났을 때 내가 정신 나간 여자같이 굴었던 걸 생각하고 있었어요. 기억나요?"

"약간 그랬었지요."

"다시는 그런 일이 없을 거예요. 지금 난 너무 행복해요. 당신은 '행복해.'라는 말을 참 듣기 좋게 해요. '행복해.'라고 한 번 말해 줘요."

"행복해."

"아, 당신은 정말 자상하고 사랑스러워요. 난 이젠 정신 나간 여자가 아니에요. 그냥 아주, 아주 행복한 여자예요."

"조금 더 자도록 해요."

"좋아요, 우리 둘이 동시에 잠드는 거예요."

"좋소."

그러나 우리는 동시에 잠들지 못했다. 나는 이런저런 생각을 하며 캐서린의 잠든 모습과 그녀 얼굴에 내리비치는 달빛을 지켜보면서 한참을 깨어 있었다. 그러다가 나도 모르게 잠이 들었다.

## 39

1월 중순이 되자 내 턱수염은 제법 자라 온전한 모습을 갖추어 갔다. 이제 완연한 겨울로 접어들어, 낮에는 날씨가 쾌청하지만 쌀쌀했고 밤이면 혹독하게 추워졌다. 우리는 다시 큰길로 나와 산책을 했다. 길에 쌓인 눈은 산에서 벌채된 통나무와 건초를 싣고 가는 썰매, 목재 썰매 등으로 눌리고 단단하게 다져져 몹시 미끄러웠다. 눈은 몽트뢰의 시내에 이르기까지 그 지방 전체를 뒤덮고 있었다. 호수 건너편 산들은 온통 하얀 옷을 입고 있었으며, 론 강 계곡의 평원도 눈으로 뒤덮여 하얀 이불을 펼쳐놓은 것 같았다. 우리는 산 뒤쪽을 돌아 뱅드랄리아즈까지 먼 길을 산책했다. 캐서린은 망토 차림에 징 박힌 장화를 신고 뾰족한 쇠가 박힌 지팡이를 들었다. 망토를 두르니 그리 배가 불러 보이지 않았다. 굳이 서두를 필요가 없었기 때문에 그녀가 피곤해 할 때마다 걸음을 멈추고 길가 통나무 위에 앉아서 쉬었다.

뱅드랄리아즈 숲에는 벌목꾼들이 술을 마시러 들르는 여인숙바가 있었다. 우리는 바에 들어가 난롯불에 몸을 녹인 다음 그곳에 앉아서 레몬과 향신료를 넣은 따뜻한 레드 와인을 마셨다. '글루바인(Gluhwein, 레드 와인을 주재료로 하는 칵테일)'이라고 불리는 술인데, 몸을 따뜻하게 해주고 축배를 들기에도 좋은 것이었다. 실내는 어둡고 연기가 자욱했다. 나중에 밖으로 나와 숨을 들이마시니 차가운 공기가 폐부를 날카롭게 뚫고 들어가 코가 먹먹해졌다. 뒤를 돌아보니 바의 창문에서는 불빛이 새어나오고, 벌목꾼의 말들은 추위를 떨치려고 발을 구르며 진저리를 치고 있었다. 말 콧잔등에 난 털에는 서리가 얼어 있었고 말이 내뿜는 숨결은 공기 중에 서리의 깃털을 만들었다. 우리가 머물고 있는 산장으로 올라가는 길은 반들반들하고 미끄러웠다. 특히 목재를 운반하는 용도로 쓰이는 도로의 갈림길까지는 말들 때문에 얼음이 오렌지색으로 변해 있었다. 그 구간을 지나자 깨끗한 눈으로 덮인 길이 숲속까지 이어졌다. 그날 저녁에 집으로 돌아오면서 우리는 두 번이나 여우를 봤다.

풍광이 빼어난 고장이라, 우리는 외출할 때마다 그 아름다움에 감탄하곤 했다.

"당신 턱수염, 정말 멋져요. 마치 나무꾼 수염 같아요. 아까 자그마한 금귀고리를 달고 있는 남자 봤어요?"

캐서린이 말했다.

"샤무아(chamois, 염소처럼 생긴 알프스 영양) 사냥꾼이오. 금귀고리를 하면 소리가 더 잘 들린다는 말이 있어요."

내가 말했다.

"정말요? 믿기 어려운데요. 샤무아 사냥꾼이라는 걸 자랑하려는 게 아닐까요? 이 근방에 정말로 샤무아가 있나요?"

"그럼요. 당드자망 건너편에요."

"여우를 봐서 재미있었어요."

"여우는 잘 때 몸을 따뜻하게 하려고 꼬리로 몸을 감싸고 잔대요."

"아늑한 느낌이 들 것 같은데요."

"나도 그런 꼬리가 있으면 좋겠다고 생각한 적이 있었는데, 인간에게 여우 같은 꼬리가 달리면 얼마나 웃길까요?"

"옷 입기가 아주 불편할 거예요."

"몸에 맞추어 옷을 입겠지요. 아니면 꼬리가 있거나 말거나 전혀 개의치 않는 지역에 살거나."

"지금 우리가 사는 곳이네요. 사람들을 전혀 만나지 않고 산다는 거, 정말 굉장하지 않아요? 달링, 당신도 아는 사람들 만나는 거 싫죠?"

"그렇죠."

"여기 잠깐 앉았다 갈까요? 좀 피곤해서요."

우리는 통나무 위에 바짝 붙어 앉았다. 앞쪽의 도로는 숲속으로 이어지는 완만한 내리막이었다.

"아기가 우리 사이를 방해하지 않겠죠? 이 꼬맹이 말이에요."

"그럼요. 그러려고 하면 그러지 못하게 해야지요."

"우리, 돈은 충분한가요?"

"충분해요. 은행에서 지난번에 일람불 환어음을 결제해 주었어요."

"이제 당신이 스위스에 있다는 걸 미국의 가족이 알았으니, 데려가려 하지 않을까요?"

"그럴 수도 있겠죠. 편지를 써야겠어요."

"아직 편지를 안 보냈어요?"

"그냥 일람불 환어음만 부탁했어요."

"무심한 사람 같으니라고. 내가 당신 가족이라면 섭섭할 것 같아요."

"곧 전보를 보낼 거예요."

"가족들 걱정은 전혀 안 해요?"

"예전에는 걱정을 했지요. 근데 말싸움을 하도 많이 하다 보니 애정이 닳아 없어졌어요."

"나는 그분들을 좋아할 것 같아요. 아마도 아주 많이 좋아할 거예요."

"가족 얘기는 그만합시다. 계속하면 걱정하게 되니까요."

잠시 후에 내가 말했다.

"충분히 쉬었으면 이제 그만 일어설까요?"

"그래요."

우리는 내리막길을 따라 계속 내려갔다. 날은 어두워졌고, 장화로 눈을 밟을 때마다 뽀드득거리는 소리가 났다. 밤중의 공기는 건조하고 차갑고 매우 깨끗했다.

"당신 턱수염이 마음에 들어요. 대성공이에요. 뻣뻣하고 거세 보이는데 만지면 부드럽고 기분이 좋아서 자꾸 만지고 싶어요."

캐서린이 말했다.

"턱수염이 없을 때보다 있는 게 낫소?"

"그런 거 같아요, 달링. 나는 꼬맹이 캐서린이 태어날 때까지는 머리를 자르지 않을 거예요. 지금은 몸이 너무 불어서 임신부티가 나지만, 꼬맹이가 태어나고 나서 다시 몸이 예전으로 돌아오면 그때 머리를 짧게 자를 거예요. 당신을 위해 새롭고 사뭇 다른 여자로 변신하는 거죠. 우리 둘이 같이 가서 머리를 자르든지 아니면 나 혼자 가서 자른 다음 당신을 깜짝 놀라게 하고 싶어요."

나는 아무 말도 하지 않았다.

"안 된다고 하지는 않을 거죠?"

"그럼요. 그렇게 자르면 참 재미있을 거 같소."

"아, 당신은 정말 배려심이 많아요. 달링, 나는 다시 예뻐 보일 거예요. 아주 날씬해져서 당신을 흥분시킬 거라고요. 그러면 당신은 또다시 나를 열렬하게 사랑해 줄 테니까요."

"무슨 소리요? 난 지금도 당신을 열렬히 사랑하오. 뭘 더 바라는 거요? 사랑으로 나를 아예 파멸시킬 셈이오?"

"그래요, 가늠할 수 없을 만큼 사랑해서 당신을 파멸시켜 버리고 싶어요."

"좋아요. 나도 그걸 원하니까."

내가 말했다.

# 40

우리는 멋진 나날을 보내고 있었다. 1월과 2월을 보내는 동안 겨울 날씨는 내내 쾌청했고, 우리는 매우 행복했다. 따뜻한 바람이 불고 눈이 녹기 시작하자 공기가 부드러워지면서 봄기운이 돌기 시작했다. 그러나 그것도 잠깐이었고, 매서운 추위가 어김없이 찾아오면서 다시 동장군이 위세를 떨쳤다. 3월이 되어서야 비로소 겨울이 처음으로 물러갔다. 밤에 비가 내리기 시작했다. 오전 내내 비가 오더니 진눈깨비로 변해 질척거렸고 산등성이는 칙칙한 모습이었다. 호수와 계곡 위에서 구름이 피어났다. 산 높은 곳에서는 계속해서 비가 내렸다. 캐서린은 무거운 덧신을 신고, 나는 구팅겐 씨의 고무장화를 빌려 신고서 둘이 우산 하나를 받쳐 들고 기차역까지 걸어갔다. 진창이 된 도로에서 흐르는 물이 가까스로 남아 있던 얼음덩어리를 씻어 내렸다. 우리는 점심 식사 전에 베르무트를 한잔하려고 진눈깨비를 뚫고서 기차역 부근의 맥줏집에 들렀다. 밖에서는 빗소리가 계속 들려왔다.

"시내로 집을 옮겨야 할 것 같지 않소?"

"당신 생각은 어때요?"

캐서린이 물었다.

"겨울이 끝나고 비가 계속 내리면 이곳 산속은 재미없을 것 같소. 우리 꼬맹이 캐서린이 나오려면 얼마나 남았죠?"

"한 달 정도. 어쩌면 한 달 조금 더 남았는지도 몰라요."

"몽트뢰로 내려가 지내면 어떨까요?"

"차라리 로잔은 어때요? 그곳에는 병원도 있잖아요."

"그것도 좋겠지요. 하지만 그곳은 너무 큰 도시라서……."

"큰 도시라도 산속에서처럼 단둘이 지낼 수 있지 않을까요? 로잔은 괜찮은 도시일 것 같아요."

"언제 갈까요?"

"아무 때나 상관없어요, 달링. 당신이 원하면 아무 때나 가요. 당신이 내키지 않으면 여기 그대로 있어도 좋고요."

"날씨가 어떻게 되는지 두고 봅시다."

사흘 동안 비가 내렸다. 이제 기차역 아래 산기슭에는 눈이 거의 다 녹았고, 길바닥에는 눈 녹은 흙탕물이 도랑을 이루며 흘러내렸다. 길이 너무 질고 질척거려서 밖에 나가는 것이 힘들었다. 비가 내린 지 사흘째 되던 날 아침, 우리는 시내로 나가서 지내기로 결정했다.

"괜찮습니다. 헨리 씨, 양해를 구하지 않으셔도 돼요. 날씨가 험한 계절에는 아무래도 다른 곳으로 가고 싶으시겠죠."

구팅겐 씨가 말했다.

"아무래도 아내 때문에 병원 가까운 곳이 좋을 것 같으시요."

내가 말했다.

"알겠습니다. 언젠가 또 오세요. 아기와 함께 말입니다."

"그럼요. 방이 비어 있다면."

"봄이 되어 날씨가 좋아지면 한번 오세요. 지금은 잠가놓은 큰 방을 아기와 유모가 쓰고, 선생님 부부는 호수가 내려다보이는 지금 방을 그대로 쓰면 되니까요."

"오게 되면 미리 편지를 보내겠습니다."

내가 말했다. 우리는 짐을 꾸린 다음 점심시간 후에 내려가는 MOB를 타고 그곳을 떠났다. 구팅겐 씨 부부는 진창길도 아랑곳하지 않고 우리 짐을 썰매에 실어 역까지 운반해 줬다. 그들은 비오는 기차역 옆에 서서 손을 흔들며 작별 인사를 했다.

"정말 좋은 분들이에요."

캐서린이 말했다.

"우리에게 아주 잘해 주셨지요."

우리는 몽트뢰에서 로잔행 기차를 탔다. 차창 밖으로 우리가 살던 곳을 찾아보았지만 구름에 가려 산이 보이질 않았다. 기차는 브베에서 멈췄다가 다시 출발했다. 한쪽으로는 호수를, 다른 쪽으로는 비에 젖은 갈색 들판과 나뭇잎이 떨어져 벌거벗은 민둥산과 집들을 지나쳤다. 우리는 로잔에 도착해서 중간 규모의 호텔에 머물렀다. 마차를 타고 거리를 지나 호텔 입구에 도착할 때까지 비는 계속 내렸다. 제복의 깃에 놋쇠 열쇠를 단 경비원부터 시작해서 엘리베이터, 바닥에 깔린 카펫, 반짝이는 부속품이 달린 흰색 세면기, 놋쇠 침대가 놓인 크고 안락한 침실 등 모든 것이 상당히 화려해 보였다. 산속 구팅겐 씨 부부의 산장에 머물렀던 직후라 더욱 그렇게 보이는 것 같았다. 객실 창을 통해 철책 담으로 둘러싸인 비에 젖은 정원이 내려다보였다. 경사가 가파른 거리 건너편 쪽으로 비슷한 담과 정원을 갖춘 호텔이 하나 더 있었다. 나는 정원 분수에 비가 떨어지는 광경을 바라보았다.

캐서린은 불이란 불은 다 켜놓고 짐을 풀기 시작했다. 나는 위스키소다를 주문한 다음 침대에 드러누워 기차역에서 산 신문을 읽었다. 1918년 3월이었다. 독일군이 프랑스 공습을 시작했다. 내가 위스키소다를 마시며 신문을 읽는 동안 캐서린이 짐을 풀면서 방 안을 돌아다녔다.

"내가 뭘 사야 하는지 알죠, 달링?"

캐서린이 말했다.

"뭔데요?"

"아기 옷이요. 산달이 다 됐는데 아기 옷을 준비하지 않고 있다니……. 아마 나 같은 사람도 없을 거예요."

"사면 되죠."

"알아요, 내가 할 일은 바로 그거예요. 필요한 게 뭔지 알아봐야겠어요."

"당연히 알고 있는 거 아닌가요? 당신은 간호사였잖아요."

"하지만 군 병원에서 아기를 만드는 군인은 거의 없잖아요."

"난 병원에서 아기를 만들었는데."

그녀가 내 농담에 짐짓 화를 내며 베개를 던지는 바람에 위스키소다가 쏟아졌다.

"한 잔 더 시켜드릴게요. 쏟아서 미안해요."

"많이 남지도 않았어요. 자, 침대로 와요."

"아니에요. 이 방을 그럴듯하게 꾸며야겠어요."

"어떻게요?"

"우리 집처럼."

"그리고 밖에는 연합군 깃발을 내걸고요?"

"아이고! 그만 비꼬고, 그 입 좀 다물어요."

"다시 말해 봐요."

"그 입 좀 다물라고요."

"욕을 아주 상냥하게 하는군요. 누구의 기분도 상하게 하고 싶지 않은 사람처럼."

"맞아요. 누구의 기분도 상하게 하고 싶지 않아요."

"이제 침대로 와요."

"좋아요. 난 이제 당신 옆에 있어도 별 재미가 없을 거예요, 달링. 꼭 커다란 밀가루 통 같잖아요?"

캐서린이 다가와 침대에 걸터앉으며 말했다.

"아니요, 그렇지 않소. 당신은 여전히 아름답고 멋져요."

"난 당신과 결혼한 볼품없는 여자일 뿐이에요."

"그렇지 않아요. 당신은 그 어느 때보다도 아름답소."

"내 배는 다시 쏙 들어갈 거예요, 달링."

"지금도 쏙 들어갔어요."

"에이, 거짓말. 당신 취했나 봐요."

"위스키소다 한 잔밖에 안 마셨는데요?"

"한 잔 더 올 거예요. 우리 저녁 식사도 여기서 할까요?"

"좋아요."

"그럼 외출하지 않을 거죠? 오늘 밤은 방에서 지내요."

"뜨겁게 사랑을 나누면서."

"나도 와인을 좀 마실래요. 몸에도 괜찮을 거예요. 어쩌면 우리가 좋아하는 카프리 화이트 와인이 있을지도 몰라요."

"있을 거예요. 이 정도 규모의 호텔에는 이탈리아 와인 정도는 갖춰져 있을 거예요."

웨이터가 문을 두드렸다. 얼음을 채운 위스키 잔과 작은 소다수 병을 쟁반에 받쳐왔다.

"고맙소. 거기 내려놓아요. 그리고 저녁 식사 2인분과 카프리 와인 두 병을 얼음 통에 넣어서 가져다주겠소?"

내가 말했다.

"수프 먼저 드시고 식사하실 건가요?"

웨이터가 물었다.

"캐트, 수프 먹을래요?"

"네."

"수프는 1인분만 가져와요."

"고맙습니다."

웨이터가 나가면서 문을 닫았다. 나는 다시 신문에 난 전쟁 기사를 읽었고, 얼음을 채운 위스키 잔에 소다수를 천천히 부었다. 앞으로는 위스키 잔에 얼음을 채우지 말고, 위스키 따로 얼음 따로 갖고 오라고 해야겠다. 그래야만 위스키 양이 얼마나 되는지 가늠하면서 소다수를 부을 수 있고, 또 위스키가 갑자기 밍밍해지는 일도 없을 테니 말이다. 아니, 그보다는 위스키 한 병을 사다놓고 얼음과 소다수만 가져다 달라고 해야겠다. 그게 더 좋은 방법일 것이다. 좋은 위스키는 사람의 기분을 매우 유쾌하게 만들어준다. 쓸쓸한 인생을 즐겁게 만들어주는 데 반드시 필요한 것 중 하나다.

"무슨 생각을 해요, 달링?"

"위스키에 대해서요."

"위스키의 어떤 점을요?"

"위스키가 인생을 즐겁게 만들어준다는 거요."

캐서린이 내게 얼굴을 찌푸려 보이며 말했다.

"됐네요."

우리는 그 호텔에 3주간 머물렀다. 괜찮은 호텔이었다. 식당은 으레 비어 있었지만 우리는 방에서 저녁 식사를 시켜 먹는 일이 많았다. 거리를 산책하거나 아프트식(式) 열차(Abt system railroad, 미끄러짐을 막으려고 레일 중간에 톱니바퀴를 이용해 오르게 하는 방식의 열차)를 타고 우시까지 가서 호숫가를 거닐었다. 날씨가 꽤 따뜻해져서 제법 봄 같았다. 산속 산장으로 되돌아갈까도 생각했지만 봄 날씨는 며칠만 계속되다가 다시 추운 겨울 날씨로 돌아갔다.

캐서린은 아기에게 필요한 물건들을 시내에서 구입했다. 나는 상가 안에 있는 체육관에 다니면서 운동 삼아 권투를 했다. 아침에 내가 체육관으로 나가면 캐서린은 늦게까지 침대에 누워 있었다. 봄처럼 따뜻한 날에는 권투 연습을 마친 다음 샤워를 하고 봄 냄새 가득한 거리를 산책했다. 그러다가 카페에 들러 사람들을 무심히 바라보면서 신문을 읽고 베르무트를 마시기도 했다. 아주 즐거운 시간이었다. 호텔로 돌아오면 캐서린과 함께 점심을 먹었다. 체육관의 권투 사범은 콧수염을 기른 사람으로, 동작이 정확하고 민첩했지만 공격을 당하면 어쩔 줄 몰라 하면서 한순간에 무너졌다. 체육관에 나가는 것도 즐거웠다. 체육관의 공기는 상쾌하고 실내는 밝았다. 나는 줄넘기를 하거나 섀도복싱(shadow-boxing : 권투에서 상대가 있다고 가정하고 공격과 방어, 풋워크 등의 동작을 혼자 연습하는 일)을 열심히 했다. 그런 다음에는 열린 창으로 들어온 햇빛을 받아 따뜻해진 바닥에 누워 복부 운동을 했고, 때로는 사범과 함께 연습 게임을 하다가 그에게 겁을 주기도 했다. 처음에는 거울 앞에서 섀도복싱을 할 수가 없었다. 턱수염을 기른 남자가 권투 동작을 취하는 모습이 너무 이상하게 보였기 때문이다. 하지만 결국에는 그것을 재미있게 여기게 되었다. 권투를 시작하면서 턱수염을 깎고 싶었지만 캐서린이 그렇게 하도록 허락하질 않았다.

때때로 캐서린과 함께 마차를 타고 시골길을 달렸다. 화창한 날에 마차 드라이브를 하는 것도 근사했다. 우리는 먹을 것을 가지고 가서 피크닉을 할 만한 장소를 두 군데나 발견했다. 캐서린은 이제 멀리까지 걷지를 못하기 때문에 나는 그녀와 함께 마차를 타고 시골길을 달리는 것이 더 좋았다. 날씨가 쾌청한 날이면 아주 멋진 시간을 보냈다. 지루했던 적은 단 한 번도 없었다. 아기가 태어날 날이 매우 임박했다는 것을 우리는 알고 있었다. 그래서인지 무언가가 우리를 재촉하는 듯한 느낌이 들었다. 우리는 함께 있는 시간을 소중하게 여기면서, 단 한순간이라도 헛되게 보내지 않으려고 애썼다.

# 41

　어느 날 새벽 3시쯤, 나는 캐서린이 침대에서 뒤척이는 소리에 눈을 떴다.

　"괜찮소, 캐트?"

　"진통이 좀 있어요, 달링."

　"규칙적으로요?"

　"아니요. 그렇게 규칙적이진 않아요."

　"진통이 주기적으로 오면 병원에 갑시다."

　나는 너무 졸려서 다시 잠들었다가 잠시 후 다시 깨어났다.

　"의사 선생님께 전화를 드리는 게 낫겠어요. 아무래도 산통인 것 같아요."

　캐서린이 말했다.

　의사에게 전화를 했다.

　"진통이 얼마나 자주 옵니까?"

　의사가 물었다.

　"진통이 몇 분마다 와, 캐트?"

"15분마다 오는 것 같아요."

"그러면 병원으로 가셔야 합니다. 나도 곧바로 옷을 갈아입고 가겠습니다."

나는 전화를 끊고 나서 택시를 부르기 위해 역 근처의 차고에 전화를 했다. 한참 동안 아무도 전화를 받지 않았다. 그러다가 마침내 한 남자와 통화가 되어 택시를 보내주겠다는 약속을 받았다. 캐서린은 옷을 입고 있었다. 가방은 병원에서 필요한 물건들과 아기 옷으로 가득했다. 복도로 나가서 엘리베이터를 올려달라고 벨을 눌렀지만 아무도 대답하지 않았다. 아래층으로 내려가 보니 야간 당직자 말고는 아무도 없었다. 내가 직접 엘리베이터를 작동시켜 가방을 먼저 싣고 캐서린을 태운 다음 아래층으로 내려갔다. 야간 당직자가 우리를 위해 문을 열어줬다. 우리는 차도로 내려가는 석조 계단에 앉아 택시를 기다렸다. 밤공기는 맑고 상쾌했으며, 하늘에는 별들이 총총했다. 캐서린은 매우 흥분한 상태였다.

"진통이 시작되어 너무 기뻐요. 이제 조금만 있으면 다 끝날 거예요."

"당신은 정말 용감해요."

"난 두렵지 않아요. 택시가 빨리 왔으면 좋겠는데."

도로를 올라오는 택시 소리가 들려오더니 곧 헤드라이트가 보였다. 택시가 진입로로 들어왔다. 나는 캐서린을 부축해서 택시 안에 앉히고 운전기사는 가방을 앞좌석에 실었다.

"병원으로 가주세요."

내가 말했다.

우리는 차도를 빠져나와 언덕을 오르기 시작했다. 병원에 도착하자 곧바로 안으로 들어갔다. 내가 가방을 들었다. 접수대에 앉아 있는 여직원이 캐서린의 이름과 나이, 주소, 친척, 종교 등을 묻고는 접수 대장에 적었다. 종교는 없다고 말하니까 종교 란에 가로로 줄을 그었다. 또한 그녀는 '캐서린 헨리'라고 이름을 말했다.

"입원실로 안내해 드리겠습니다."

여직원이 말했다. 우리는 엘리베이터를 타고 올라갔다. 여직원이 엘리베이터를 세웠고, 우리는 내려서 그녀를 따라 복도를 걸어 갔다. 캐서린은 내 팔을 꽉 붙잡았다.

"이 방입니다. 옷을 갈아입고 침대에 누우세요. 여기 이 잠옷을 입으시고요."

여직원이 말했다.

"내 잠옷을 갖고 왔는데요."

캐서린이 말했다.

"병원 잠옷을 입는 게 좋습니다."

여직원이 대답했다.

나는 밖으로 나가서 복도에 있는 의자에 앉았다.

"이제 들어오셔도 됩니다."

여직원이 문가에서 말했다. 캐서린은 사각으로 펑퍼짐한 것이 마치 무명 시트로 만든 듯한 잠옷을 입고 비좁은 침대 위에 누워 있었다. 그녀는 내게 웃음을 지어보였다.

"진통이 꽤 심해요."

캐서린이 말했다. 여직원은 팔을 들고 손목시계를 보면서 진통

주기를 재고 있었다.

"이번에는 정말 진통이 거셌어요."

캐서린이 말했다. 그녀의 얼굴에도 그 고통이 분명하게 드러나 있었다.

"의사 선생님은 어디 계시죠?"

내가 여직원에게 물었다.

"주무시고 계세요. 필요하면 올라오실 겁니다."

여직원이 대답했다.

"이제 부인에게 분만 전 조치를 취해야 합니다. 잠깐 밖에 나가 계셔주시겠어요?"

간호사가 말했다.

나는 복도로 나왔다. 복도에는 창문 두 개와 닫혀 있는 문들만 죽 늘어서 있을 뿐이었다. 병원 냄새가 심하게 났다. 의자에 앉아 바닥을 내려다보며 캐서린을 위해 기도했다.

"들어오셔도 돼요."

간호사가 말했다. 나는 방으로 들어갔다.

"달링."

캐서린이 나를 불렀다.

"어떻소?"

"이제는 진통이 꽤 자주 와요."

그녀는 얼굴을 잔뜩 찌푸렸다가 다시 미소를 지으며 말했다.

"진짜 큰 진통이었어요. 간호사님, 제 등 밑에 다시 손을 얹어주시겠어요?"

"도움이 된다면요."

간호사가 대답했다.

"달링, 당신은 밖으로 나가서 뭘 좀 먹어요. 간호사님 말이 이 상태가 꽤 오래 지속될지도 모른대요."

캐서린이 말했다.

"첫 출산은 으레 오래 끕니다."

간호사가 덧붙여 말했다.

"제발 나가서 뭘 좀 먹어요. 전 정말 괜찮아요."

캐서린이 말했다.

"잠깐만 더 있을게요."

내가 말했다.

진통이 꽤 규칙적으로 왔다가 가라앉았다. 캐서린은 몹시 흥분해 있었다. 그녀는 진통이 심한 것을 좋은 현상이라고 생각했다. 그러다가 진통이 누그러들면 실망하고 부끄러워했다.

"달링, 나가줘요. 당신이 있으면 신경 쓰여요."

그녀의 얼굴이 일그러졌다.

"이제 좀 괜찮아졌어요. 난 착한 아내가 되고 싶고 아기도 별 탈 없이 낳고 싶어요. 달링, 제발 나가서 요기라도 하고 와요. 당신이 곁에 없어도 섭섭해 하지 않을 테니까요. 그리고 간호사님이 이렇게 잘해 주잖아요."

"아침 식사를 느긋하게 하셔도 됩니다."

간호사가 말했다.

"그럼 다녀올게요. 달링, 잘 견디고 있어요."

내가 말했다.

"다녀와요. 내 몫까지 맛있게 먹어요."

캐서린이 말했다.

"아침을 먹을 만한 곳이 있나요?"

나는 간호사에게 물었다.

"요 앞에 있는 길을 따라 내려가면 광장에 카페가 있어요. 지금쯤이면 열렸을 거예요."

간호사가 대답했다.

날이 밝아오고 있었다. 나는 텅 빈 거리를 내려가 카페로 들어갔다. 창문에 불이 켜져 있었다. 안으로 들어가 아연 도금을 한 카운터 앞에 앉았다. 나이가 지긋한 주인이 화이트 와인 한 잔과 브리오슈(brioche : 버터와 달걀이 많이 들어가 고소하고 폭신한 맛이 나는 빵과 과자의 중간 형태)를 내왔다. 브리오슈는 어제 구운 것이었다. 그것을 와인에 적셔 먹고서 커피 한 잔을 마셨다.

"이 시간에 여긴 어쩐 일이십니까?"

주인이 물었다.

"아내가 아기를 낳으려고 입원했습니다."

"그렇군요. 행운을 빕니다."

"와인 한 잔 더 주세요."

주인이 와인 병을 들고 따는 중에 와인이 조금 넘쳐 아연 도금한 카운터 위로 살짝 흘렀다. 나는 두 번째 잔을 마신 다음 계산을 하고 밖으로 나왔다. 길가에는 가정집에서 내놓은 쓰레기통들이 미화원들을 기다리고 있었다. 개 한 마리가 쓰레기통에 코를 대고 냄새를 맡았다.

"뭘 먹으려고?"라고 물으면서, 나는 개에게 꺼내줄 거라도 있나 싶어 쓰레기통 안을 들여다봤다. 커피 찌꺼기와 먼지와 시든

꽃만 있을 뿐 아무것도 없었다.

"아무것도 없다, 멍멍아."라고 내가 말했다. 개는 알아들었는지, 길 건너편으로 달려갔다.

나는 병원으로 돌아와서 캐서린이 있는 층까지 계단으로 걸어 올라간 다음 복도를 따라 입원실로 갔다. 문을 두드렸으나 대답이 없었다. 문을 열었다. 방은 텅 비어 있었다. 캐서린의 가방은 의자에 놓인 그대로였고, 잠옷은 벽의 옷걸이에 걸려 있었다. 나는 밖으로 나와 복도를 따라가면서 사람을 찾았다. 그때 한 간호사가 눈에 띄었다.

"헨리 부인은 어디 있죠?"

"어떤 부인이 방금 분만실로 가던데요."

"어딘가요?"

"안내해 드릴게요."

그녀는 나를 복도 끝으로 데려갔다. 분만실 문은 반쯤 열려 있었다. 시트를 덮은 채 캐서린이 테이블 위에 누워 있는 것이 보였다. 테이블 한쪽에는 간호사가 있고, 실린더가 몇 개 놓여 있는 맞은편 쪽에는 의사가 있었다. 의사는 한 손으로 튜브에 붙어 있는 고무 마스크를 든 채였다.

"가운을 드릴 테니 입고 들어오세요. 이쪽으로요."

간호사가 말했다. 내가 하얀 가운을 입자, 간호사는 목덜미 쪽에 안전핀을 고정시켜 주었다.

"자, 이제 들어가셔도 돼요."

나는 그녀를 따라 분만실로 들어갔다.

"달링, 내가 해야 하는 일이 별로 없어요."

캐서린이 긴장된 목소리로 말했다.

"당신이 헨리 씨입니까?"

의사가 물었다.

"네, 선생님. 산모의 용태는 어떻습니까?"

"아주 좋습니다. 진통이 올 때 질소 가스를 주입하기 쉽도록 이리로 옮긴 겁니다."

의사가 대답했다.

"지금 주입해 주세요."

캐서린이 말했다. 의사는 고무 마스크를 그녀의 얼굴에 갖다 대고 다이얼을 돌렸다. 캐서린이 깊고 빠르게 숨을 쉬는 모습을 지켜봤다. 이윽고 그녀가 마스크를 치웠고, 의사는 작은 밸브를 잠갔다.

"이번엔 그렇게 심하지 않았어요. 방금 전에는 엄청 심했었는데. 선생님 덕분에 견딜 수 있었어요. 그렇죠, 선생님?"

그녀의 목소리가 이상했다. '선생님'이라고 부르는 부분에서 목소리가 이상하게 높아졌다.

의사가 웃어 보였다.

"다시 해주세요."

캐서린이 말했다. 그녀는 얼굴에 고무 마스크를 바짝 대고 숨을 가쁘게 쉬었다. 약간 신음하는 소리가 들렸다. 그러더니 마스크를 떼어내고 다시 미소를 지었다.

"이번에는 무척 심했어요. 엄청났어요. 하지만 걱정 말아요, 달링. 나가 있어도 돼요. 나가서 아침 식사를 제대로 해요."

그녀가 말했다.

"여기 있을게요."

내가 말했다.

우리가 병원에 도착한 것은 새벽 3시쯤이었다. 낮 12시가 되었는데도 캐서린은 여전히 분만실에서 진통을 겪고 있었다. 진통이 조금 누그러졌다. 그녀는 매우 피곤하고 지쳐 있었지만 그래도 쾌활했다.

"마음대로 안 되네요. 달링, 정말 미안해요. 아주 쉽게 끝낼 줄 알았는데…… 지금 또 왔어요."

그녀는 손을 뻗어 마스크를 쥐고 얼굴 위에 갖다 댔다. 의사가 다이얼을 움직이면서 그녀를 지켜봤다. 질소 가스 주입이 끝났다.

"대단한 건 아니었어요. 난 질소 가스에 반한 것 같아요. 정말 효과가 놀라워요."

캐서린이 말한 후 웃었다.

"집에도 하나 사다놓읍시다."

내가 말했다.

"또 왔어요."

캐서린이 또다시 급하게 말하자, 의사가 다이얼을 돌리고 시계를 들여다보았다.

"주기는 얼마나 됩니까?"

내가 물었다.

"약 일 분 정도네요."

"선생님, 점심은 안 드십니까?"

"조금 있다가 먹을 겁니다."

"선생님, 뭘 좀 잡수세요. 너무 오래 걸려서 정말 죄송해요. 남편이 질소 가스를 대줘도 되지 않을까요?"

캐서린이 말했다.

"괜찮으시다면 그렇게 하시죠. 다이얼은 2번까지 돌리세요."

의사가 말했다.

"알았습니다."

내가 말했다. 손잡이가 달린 다이얼 위에 숫자 표시가 되어 있었다.

"지금요!"

캐서린이 말했다. 그녀는 마스크를 자기 얼굴에 바짝 갖다 댔다. 나는 다이얼을 숫자 2에 맞춰 돌렸다. 캐서린이 마스크를 떼자 다이얼을 잠갔다. 뭐라도 할 수 있게 해준 의사에게 고마운 마음이 들었다.

"당신이 해낸 거예요, 달링?"

캐서린이 말하면서 내 손목을 가볍게 두드렸다.

"그래요."

"당신 정말 멋져요."

그녀는 가스에 약간 취한 것 같았다.

"옆방에서 식사를 하고 있겠습니다. 언제든지 부르세요."

의사가 말했다.

시간이 천천히 흘러갔다. 나는 의사가 식사를 한 다음 잠시 뒤에 드러누워서 담배 피우는 모습을 지켜보았다. 캐서린은 점점 지쳐 갔다.

"내가 아기를 잘 낳을 수 있을까요?"

그녀가 물었다.

"그럼요. 당신은 할 수 있어요."

"있는 힘껏 노력하고 있어요. 아랫배에 힘을 주어 밀어내는데도 이내 사라져 버려요. 또 왔어요. 가스를 주입해 줘요."

나는 오후 2시쯤 점심을 먹으려고 외출하여, 아침에 갔던 카페에 들어갔다. 카페에는 두서너 명의 손님이 커피와 키르슈(kirsch, 버찌를 증류한 브랜디)나 마르(marc, 포도를 증류한 브랜디) 잔을 놓고 테이블에 앉아 있었다. 나도 테이블에 앉았다.

"뭘 좀 먹을 수 있나요?"

내가 웨이터에게 물었다.

"점심시간은 지났습니다."

"아무 때나 먹을 수 있는 거 없나요?"

"사우어크라우트(Sauerkraut, 소금에 절인 발효 양배추)는 드실 수 있습니다."

"사우어크라우트하고 맥주 주세요."

"맥주는 작은 잔으로 드릴까요, 큰 잔으로 드릴까요?"

"작은 잔에, 약한 걸로 주세요."

웨이터는 뜨거운 와인에 담가 익힌 양배추 사이에 소시지를 채우고 그 위에 햄 조각을 얹은 사우어크라우트 한 접시를 내왔다. 나는 그것을 먹으며 맥주를 마셨다. 배가 몹시 고팠다. 카페 테이블에 앉아 있는 사람들을 둘러봤다. 한 테이블에서는 카드놀이가 한창이었다. 내 옆 테이블에 앉은 두 남자는 담배를 피우면서 이야기를 나누었다. 카페 안은 담배 연기가 자욱했다. 내가 아침을 먹었던 아연 도금된 카운터 뒤에는 지금 세 사람이 앉아 있었다. 나이 지긋한 주인과 앞치마를 두른 소년, 그리고 테이블에 나가는 음식을 하나하나 살펴보는 검은 옷차림의 통통한 여자. '통통한 저 여자는 애를 몇 명이나 낳았을까, 어떻게 낳았을까?' 하고, 나는 잠시 엉뚱한 생각을 했다.

사우어크라우트를 남김없이 먹고 나서 병원으로 되돌아갔다. 이제 거리는 말끔하게 청소되어 있었다. 밖에 내놓았던 쓰레기통들도 사라지고 없었다. 하늘에는 구름이 끼었지만 가끔씩 햇살이 구름을 뚫고 나왔다. 나는 엘리베이터를 타고 올라가서 복도를 지나 하얀 가운을 벗어놓았던 캐서린의 병실로 갔다. 가운을 입고 목덜미 부분을 안전핀으로 고정시켰다. 거울을 들여다보니 턱수염을 기른 가짜 의사 같아 보였다. 나는 복도를 지나 분만실로 갔다. 문이 닫혀 있어서 가볍게 두드렸다. 아무도 대답을 하지 않아 손잡이를 돌려 안으로 들어갔다. 의사가 캐서린 옆에 앉아 있었다. 간호사는 병실 한쪽 끝에서 뭔가를 하고 있었다.

"남편 분이 오셨군요."

의사가 캐서린에게 알려주었다.

"아, 달링. 의사 선생님은 정말 훌륭하세요. 놀라운 이야기도 해주시고, 진통이 너무 심할 때는 계속 가스를 주입하여 견뎌낼 수 있도록 도와주셨어요. 정말 훌륭한 분이에요. 선생님, 참 훌륭하세요."

캐서린이 아주 낯설고 이상한 목소리로 말했다.

"당신, 가스에 취했어요."

내가 말했다.

"나도 알아요. 그래도 그렇게 말하지 말아요. 가스요, 가스를 주입해 줘요. 가스…….”

캐서린은 말을 하다가, 마스크를 움켜쥔 채 가쁘게 숨을 쉬면서 헐떡였다. 인공호흡 장치에서 딸깍딸깍 소리가 났다. 잠시 후 캐서린이 길게 숨을 내쉬자, 의사가 왼손을 뻗어 마스크를 벗겼다.

“정말 대단한 진통이었어요.”

캐서린이 말했다. 목소리가 정말 이상했다.

“죽지는 않을 거예요, 달링. 죽을 고비는 넘겼어요. 당신도 기쁘죠?”

“다시는 그런 상태가 되지 말아야지요.”

“그럼요. 하지만 두렵지 않아요. 난 죽지 않아요, 달링.”

“그런 어리석은 짓을 하면 되나요? 남편을 두고 죽는다니, 말이 안 돼요.”

의사가 거들었다.

“아, 안 되죠. 죽지 않을 거예요. 죽고 싶지 않아요. 죽는 건 바보 같은 짓이에요. 또 시작이에요. 가스를 주입해 줘요.”

잠시 후 의사가 말했다.

“헨리 씨, 잠깐만 나가주시죠. 검사를 좀 해봐야겠어요.”

“선생님은 내 상태를 살피려는 거예요. 검사 끝나면 들어와요, 달링. 그래도 되죠, 선생님?”

캐서린이 말했다.

“그럼요. 들어오셔도 좋을 때 말씀드릴게요.”

의사가 말했다.

나는 문밖으로 나온 다음 복도를 따라서 캐서린이 아기를 낳은 후에 머물 방으로 갔다. 그곳 의자에 앉아 방을 둘러봤다. 점심 먹으러 갔을 때 사둔 신문을 코트 안에서 꺼내 읽었다. 해가 질 무렵이라 불을 켜고 신문을 읽었다. 잠시 후 읽던 신문을 내려놓고 불을 끈 다음 어두워져 가는 바깥 풍경을 내다보았다. 의사가 왜 나를 부르러 사람을 보내지 않는지 궁금했다. 내가 없는 게 더 나은지도 모르겠다. 내가 잠시 밖에 나가 있기를 바라는 것일 수도 있다. 손목시계를 봤다. 10분이 지나도 전갈이 없으면, 부르든 말든 가볼 생각이다.

아, 가엾고 안쓰러운 캐트. 이것이 우리가 사랑을 나눈 대가다. 이것이 덫의 결말이다. 이것이 서로 사랑하는 사람들이 얻는 결과다. 그래도 질소 가스가 있어서 얼마나 다행인가. 이런 마취제가 나오기 전에 사람들은 어떻게 견뎠을까? 일단 진통이 시작되면 물레방아를 돌리는 물처럼 계속해서 그 고통을 겪어야 한다. 캐서린은 임신 기간을 비교적 순조롭게 보냈다. 그리 나쁘지 않았다. 입덧도 거의 없었다. 거의 마지막까지도 심하게 괴로워한 적은 없었다. 그런데 지금은 고통이 그녀를 막다른 골목으로 몰아넣고 있다. 그 어떤 수단을 들이대도 고통으로부터 빠져나오지 못하고 있다. 젠장! 빌어먹을! 우리가 쉰 번의 결혼식을 올린다 해도 결과는 마찬가지였을 것이다. 만약 캐서린이 죽으면 어떻게 하지? 아니, 그녀는 죽지 않을 거다. 요즘 아기를 낳다가 죽는 일 따윈 거의 없으니까. 모든 남편들은 그렇게 생각한다. 그래, 하지만 그래도 그녀가 죽는다면? 아냐, 죽지 않을 거야. 그저 어려운 고비를 맞고 있는 것뿐이야. 첫아기 때는 으레 진통이 길어진다잖아. 그녀는 그냥 어려운 시간을 보내는 것뿐이야. 나중에 우리는 지나간 일들을 얘기하면서 이 순간이 얼마나 힘들었는지 회상할 거고, 캐서린은 지나고 보니 그리 힘든 것도 아니었다고 아무렇지 않은 듯 말하겠지. 그래도 캐서린이 죽는다면? 아냐, 그럴 리 없어. 그래. 하지만 그녀가 죽는다면? 아니, 그럴리 없다니까. 바보 같은 소리 좀 그만해. 그냥 힘든 고비가 온것뿐이야. 그녀가 이렇게 지옥 같은 고통을 겪는 건 자연의 이치라고. 초산 때는 질질 끌기 마련이라잖아. 그래, 하지만 죽는다면? 그럴 리 없다니까. 왜 죽겠어? 그녀가 죽어야 할 이유가 없잖아. 아기가 태어나려는 것일 뿐이야. 밀라노 미국 병원에서 한밤중에 나눈 사랑의 결과물로 아기가 태어나는 것뿐이라고. 이렇게 애를 먹고서 태어나더라도, 나는 녀석을 잘 보살펴주고 사랑을 쏟겠지. 그래도 그녀가 죽는다면? 그럴 리 없어. 그래도 죽는다면? 그럴 수 없다니까! 캐서린은 괜찮을 거야. 그래도 죽는다면? 안 죽는다고! 그래도 죽는다면? 이봐, 자넨 그때 어떻게 할거야? 만약 그녀가 죽는다면?

의사가 방으로 들어왔다.

"어떤가요, 선생님?"

"진전이 없어요."

"무슨 말씀이세요?"

"말씀드린 대롭니다. 검사를 했는데……. 그런 뒤에 죽 지켜봤습니다만 진전이 없네요."

그는 검사 결과를 상세히 설명했다.

"어떻게 해야 합니까?"

"두 가지 방법이 있습니다. 하나는 겸자 분만(鉗子分娩, 분만

집게로 태아의 머리를 집어 밖으로 끌어내는 인공 분만)인데, 아기에게 해로울 뿐 아니라 자궁의 살이 찢길 수도 있어서 아주 위험합니다. 그리고 다른 하나는 제왕절개수술입니다."

"제왕절개수술엔 어떤 위험이 있죠?"

만약 캐서린이 죽는다면!

"자연 분만보다 더 위험하진 않습니다."

"선생님이 직접 수술하십니까?"

"그럼요. 필요한 장비와 도와줄 사람들을 모으려면 한 시간쯤 걸릴 겁니다. 좀 더 빠를 수도 있고요."

"선생님 생각은 어떠십니까?"

"제왕절개를 권합니다. 만약 제 아내라면 제왕절개수술을 할 겁니다."

"수술 후유증은 어떻습니까?"

"없습니다. 수술 자국만 조금 남습니다."

"감염될 가능성은요?"

"겸자 분만만큼 높지 않습니다."

"지금 상태로 놔두고 아무 조치도 취하지 않는다면 어떻게 되나요?"

"결국은 뭔가 대책을 강구할 수밖에 없습니다. 부인께서는 이미 기력을 잃은 상태라 수술이 빠를수록 더 안전합니다."

"그럼 가능한 빨리 수술해 주십시오."

"그럼 가서 수술을 준비하라고 지시하겠습니다."

나는 분만실로 갔다. 캐서린은 불룩 나온 배를 시트로 덮은 채 분만대에 누워 있었다. 몹시 창백하고 지쳐 보였다. 간호사가 그녀의 곁에 있었다.

"수술하라고 선생님께 말씀하셨어요?"

캐서린이 물었다.

"그렇소."

"정말 잘했네요. 이제 한 시간이면 다 끝난대요. 난 완전히 지쳤어요. 몸이 산산이 부서지는 것 같아요. 가스를 주입해 줘요. 이제 효과가 없어요. 그래도……."

"심호흡을 해봐요."

"하고 있어요. 아, 가스도 소용없어요. 효과가 없어요!"

"새 실린더를 가져다줘요."

내가 간호사에게 말했다.

"이거 새 실린더예요."

"아, 난 바보 같아요, 달링. 이젠 가스도 소용이 없어요."

캐서린이 말했다. 그러다가 울먹이면서 말을 이었다.

"정말 아기를 낳고 싶었고, 어려움 없이 지나가고 싶었어요. 그런데 이젠 기운이 바닥나고 몸이 산산조각 났는데도 아무 효과가 없어요. 아, 달링. 전혀 듣지를 않아요. 이 진통만 멈춘다면 죽어도 좋을 것 같아요. 아, 제발! 달링, 이 고통을 좀 멈춰줘요. 또 시작돼요. 아, 아, 악!"

캐서린은 마스크를 쓴 채 흐느끼듯 숨을 가쁘게 몰아쉬었다.

"효과가 없어요. 듣지 않아요. 아무 효과도 없어요. 달링, 나한테 마음 쓰지 말아요. 제발 울지 말아요. 내 걱정은 하지 말아요. 그저 몸이 갈기갈기 찢긴 것뿐이에요. 가엾은 사람, 당신을 너무 사랑해요. 난 곧 좋아질 거예요. 이번에는 잘해 볼게요. 의사들이 어떻게 좀 해줄 수 없나요? 뭔가 조치를 취해 줄 수 없을까요?"

캐서린의 말에 내가 대꾸했다.

"효과가 있도록 해볼게요. 다이얼을 끝까지 돌려보겠소."

"지금 주입해 줘요."

나는 다이얼을 끝까지 돌렸다. 캐서린은 깊은 숨을 가쁘게 몰아쉬다가 마스크 쥔 손을 축 늘어뜨렸다. 나는 가스 주입을 멈추고 마스크를 벗겼다. 그녀는 아주 먼 길을 갔다가 다시 되돌아온 것처럼 의식을 회복했다.

"훌륭했어요, 달링. 아, 당신은 정말 내게 잘해 주는군요."

"용기를 내요. 계속해서 이렇게 주입할 수는 없소. 이러다가 당신을 죽일지도 몰라요."

"이젠 용기도 바닥났어요, 달링. 몸이 완전히 산산조각 났어요. 내가 부서졌다고요. 이젠 분명히 알겠어요."

"누구나 겪는 일이에요."

"끔찍해요. 고통은 사람을 완전히 부숴놓을 때까지 멈추질 않아요."

"한 시간이면 다 끝날 거요."

"그러면 정말 좋을 텐데. 달링, 난 죽고 싶지 않아요."

"죽긴 왜 죽어? 내가 약속하오."

"당신을 남겨두고 죽고 싶지 않아요. 하지만 너무 지쳐서 꼭 죽을 것만 같아요."

"쓸데없는 소리. 고통이 심하면 누구나 그렇게 느껴요."

"어떤 때는 이러다가 죽겠구나 하는 생각이 들어요."

"쓸데없는 소리. 고통이 심하면 누구나 그렇게 느껴요."

"계속 내가 죽겠구나 하는 생각이 들어요."

"죽지 않아요. 그럴 리가 없어요."

"하지만 죽으면 어떻게 하죠?"

"죽도록 내버려두지 않을 거요."

"빨리 가스를 주입해 줘요. 빨리요!"

캐서린은 숨넘어가는 소리로 계속 중얼거렸다.

"난 죽지 않을 거야. 이대로 죽을 수는 없어."

"당연한 말이오. 당신은 죽지 않소."

"내 옆에서 지켜줄 거죠?"

"수술 받는 건 지켜보고 싶지 않소."

"그래요. 보지 말고 그냥 거기 있어 줘요."

"물론이오. 계속 곁에 있을 거요."

"정말 고마워요. 지금, 가스를 주입해 줘요. 듣지를 않아요! 좀 더 세게 넣어줘요. 좀 더 세게!"

나는 다이얼을 3으로 돌렸다가 다시 4로 돌렸다. 의사가 돌아오면 좋겠는데……. 나는 2를 넘어가는 숫자가 무서웠다.


마침내 처음 보는 의사가 간호사 두 명과 함께 들어왔다. 그들은 캐서린을 바퀴 달린 들것 위로 들어 올리더니 복도로 나갔다. 들것은 복도를 급히 지나 엘리베이터 안으로 들어갔다. 엘리베이터 안에 있던 사람들은 공간을 만들기 위해 벽에 바짝 붙어 서야 했다. 엘리베이터가 위층으로 올라가고 문이 열리자 고무바퀴를 재빨리 굴려 복도를 지나 수술실로 향했다. 모자와 마스크를 쓰고 있어서 담당 의사가 누군지 알아볼 수 없었다. 또 다른 의사와 간호사들이 몇 명 더 있었다.

"뭔가 좀 해주세요. 어떻게 좀 해줘요. 아, 제발! 선생님, 아프지 않게, 효과가 나게 해주세요."

캐서린이 말했다.

의사 한 명이 그녀의 얼굴 위에 마스크를 씌웠다. 문에서 들여다보니 수술실은 밝고 작은 원형 극장 같았다.

"저쪽 문으로 들어가서 앉아 계세요."

간호사가 내게 말했다. 흰 테이블과 조명등이 내려다보이는 난간 뒤에 의자들이 있었다. 나는 캐서린을 바라보았다. 얼굴에 마스크를 쓴 채 지금은 조용했다. 그들은 들것을 앞으로 밀었다. 나는 얼굴을 돌리고 복도를 따라 걸었다. 두 명의 간호사가 서둘러서 수술 참관실 입구 쪽으로 걸어갔다.

"제왕절개수술이야. 제왕절개수술을 할 모양인가 봐."

간호사 한 명이 말했다.

"우리가 제시간에 맞춰 왔네. 운이 좋지 않니?"

다른 간호사가 웃으면서 말했다.

그들은 참관실로 통하는 문안으로 들어갔고, 또 다른 간호사가 빠른 걸음으로 왔다. 그녀도 서둘렀다.

"안으로 들어가세요. 저 안으로 쭉 들어가세요."

그녀가 말했다.

"나는 밖에 있겠습니다."

그녀는 급히 안으로 들어갔다. 나는 복도를 오락가락하면서 서성댔다. 안으로 들어가는 게 겁이 났다. 창밖을 내다봤다. 밖은 어둑어둑했지만 창에 비친 불빛으로 비가 내리는 것이 보였다.

복도 맨 끝 방으로 들어가서 유리 서랍장에 진열된 약병들의 이름표를 살펴보았다. 그러다가 이내 밖으로 나와 텅 빈 복도에 서서 수술실 문을 지켜보았다.

잠시 후 의사 한 명이 나왔고, 간호사 한 명도 뒤따라 나왔다. 의사는 가죽을 막 벗겨낸 토끼같이 생긴 것을 두 손으로 받쳐 들고 서둘러서 복도를 가로질러 또 다른 방으로 들어갔다. 그가 들어간 문으로 따라가 보니, 그들은 그 방 안에서 갓 태어난 아기에게 뭔가를 처치하고 있었다. 의사는 아기를 들어 나에게 보여줬다. 그는 아기의 발목을 거꾸로 잡고 손바닥으로 등을 찰싹 때렸다.

"아기는 괜찮습니까?"

"굉장합니다. 5킬로그램 정도 되겠어요."

나는 아기에 대해 아무런 감정도 가질 수 없었다. 나하고는 아무 상관없는 존재처럼 여겨졌다. 내가 그 아기의 아버지라는 느낌이 전혀 들지 않았다.

"아들이 자랑스럽지 않으세요?"

간호사가 물었다.

"별로. 제 엄마를 죽일 뻔했잖아요."

내가 간호사에게 대꾸했다.

"그거야 아기 잘못은 아니지요. 아들을 원하지 않았나요?"

"원하지 않았어요."

내가 말했다.

그들은 아기를 씻긴 다음 뭔가로 감쌌다. 작고 거무스름한 얼굴과 거무스름한 손이 보였지만, 꼼지락거리지도 않았고 우는 소리를 내지도 않았다. 의사가 다시 아기에게 뭔가 조치를 취했다. 그런데 순간 그가 당황스러워하는 기색이 역력히 드러났다.

의사는 바쁘게 아기를 주물렀다. 그러더니 아기 발을 거꾸로 잡고서 아기의 등을 때렸다. 나는 그런 장면을 계속 보고 싶지 않아 복도로 나왔다. 이제는 들어가서 캐서린을 봐도 되겠지. 나는 문안으로 들어가 대기실 쪽으로 조금 더 내려갔다. 난간 뒤에 서 있던 간호사들이 자기들 쪽으로 오라고 내게 손짓을 했다. 나는 고개를 저었다. 내가 있는 곳에서도 잘 보였다.

나는 캐서린이 죽은 줄 알았다. 마치 죽은 사람처럼 보였다. 잿빛으로 바뀐 얼굴의 일부가 간신히 보였다. 내가 선 자리에서는 그랬다. 저 아래, 불빛 아래에서 의사가 상처를 꿰매고 있었다. 꽤 길고 두툼하게 찢겨진 상처가 핀셋으로 벌려져 있었다. 마스크를 쓴 또 다른 의사는 마취제를 주입했고, 마스크를 쓴 간호사 두 명은 의료 기구를 건네고 있었다. 마치 그림 속에서 본, 종교 재판이 열리는 법정 광경 같았다. 마음만 먹었다면 수술의 전 과정을 지켜볼 수도 있었겠지만 보지 않은 것이 다행이라는 생각이 들었다. 배를 가르는 모습은 볼 수 있을 것 같지 않았다. 그래도 의사가 구두 수선공처럼 능숙하고 날렵한 솜씨로 부어오른 절개 부위를 말끔하게 꿰매는 모습을 보니 다소 마음이 놓였다. 상처의 봉합이 끝난 뒤 나는 복도로 나와 다시 서성거렸다. 잠시 후 의사가 나왔다.

"아내는 어떻습니까?"

"괜찮습니다. 보고 계셨나요?"

그는 무척 피곤해 보였다.

"봉합하는 장면을 봤습니다. 절개 부위가 매우 길더군요."

"그렇게 생각하셨나요?"

"네, 상처는 깨끗이 아물까요?"

"아, 물론이죠."

잠시 후, 그들은 바퀴 달린 들것을 밀고 나오더니 재빠르게 복도를 지나 엘리베이터 쪽으로 갔다. 나도 곁에서 따라갔다. 캐서린이 신음 소리를 냈다. 아래층에 도착한 그들은 캐서린을 입원실 침대에 눕혔다. 나는 침대 머리맡에 있는 의자에 앉았다. 방에는 간호사가 한 명 있었다. 나는 일어나서 침대 옆으로 다가갔다. 방 안은 어두웠다. 캐서린이 손을 내밀었다.

"달링."

그녀가 말했다. 힘이 없고 지친 목소리였다.

"그래, 달링."

"아기는요?"

"쉿! 말을 하시면 안 돼요."

간호사가 말했다.

"사내아이요. 길쭉하고 통통하고 거무스름한 녀석이요."

"아기는 건강한가요?"

"건강하오."

내가 말했다.

이상하다는 듯이 나를 쳐다보는 간호사의 시선이 느껴졌다.

"지칠 대로 지쳤어요. 그리고 지독하게 아팠고요. 당신은 괜찮아요, 달링?"

캐서린이 말했다.

"난 괜찮소. 당신 피곤하니까 말하지 말아요."

"당신은 내게 정말 잘 대해 주었어요. 아, 달링. 지독하게 아팠어요. 아기는 어떻게 생겼어요?"

"심술궂은 늙은이 얼굴처럼 주름이 잡힌 게 꼭 가죽을 벗겨놓은 토끼같이 생겼소."

"나가 있어야겠어요. 부인은 말을 하면 안 됩니다."

간호사가 끼어들었다.

"나가 있겠소."

"나가서 뭘 좀 먹어요."

"아니, 병실 밖에 있겠소."

나는 캐서린에게 입을 맞췄다. 얼굴이 잿빛인데다 힘이 없고 지쳐 보였다.

"잠깐 얘기할 수 있을까요?"

내가 간호사에게 말했다. 그녀는 나를 따라 복도로 나왔다. 나는 복도를 조금 걸었다.

"아기에게 문제가 있습니까?"

내가 물었다.

"모르세요?"

"네."

"살아나지 못했어요."

"죽었다고요?"

"숨을 쉬게 할 수가 없었어요. 탯줄이 목에 감겼다나, 뭐 그랬대요."

"그래서 죽었군요."

"네, 정말 안 된 일입니다. 아주 잘생긴 사내 녀석이었는데. 알고 계시는 줄 알았어요."

"몰랐습니다. 산모 곁으로 들어가 보세요."

내가 말했다.

나는 테이블 앞 의자에 앉아서 창밖을 멍하니 내다보았다. 테이블 옆에는 간호사들의 보고서가 클립에 끼워진 채 매달려 있었다. 눈앞에 보이는 것이라고는 어둠과, 불빛을 뚫고 내리는 비뿐이었다. 바로 그거였다! 아기가 죽었다. 그래서 의사가 그렇게 당황해하고 피곤해 보였던 거다. 그런데 어째서 아기를 데리고 방에서 그런 행동들을 한 걸까? 아마 숨을 다시 쉴 수 있다고 생각했는지도 모른다. 난 종교가 없지만 아기에게 세례를 주는 것이 마땅하지 않았을까? 하지만 아기가 전혀 숨을 쉬지 않았다면 어떻게 되는 거지? 아기는 아예 숨을 쉬지 않았다. 살아 있지 않았던 거다. 캐서린의 배 속에서는 숨을 쉬었다. 배 속에서 툭툭 발길질하는 걸 내가 종종 만져봤으니까. 그런데 최근 일주일간은 태동을 느껴본 적이 없었다. 어쩌면 그동안 질식한 채 죽어 있었는지도 모른다. 가엾은 것. 제기랄! 차라리 나도 그렇게 되었다면 얼마나 좋았을까. 하지만 그런 일은 없었지. 그렇게 죽으면, 이런 죽음의 고통은 겪지 않아도 되었을 텐데. 이젠 캐서린이 죽을지 모른다. 인간은 누구나 죽는다. 죽는 게 무엇인지도 모르고 죽어 간다. 그 의미를 깨우칠 시간의 여유도 없이. 인간은 이 세상에 내던져지면 세상의 규칙을 일방적으로 통지받는다. 그리고 그 규칙의 베이스에서 떨어지자마자 세상은 그 사람을 죽여 버린다. — 야구 경기에서도 베이스에서 떨어진 주자는 죽지 않는가.

— 아니면 아이모처럼 어이없게 죽여 버리거나, 또는 리날디처럼 매독에 걸리게 해서 천천히 죽인다. 결국 죽이는 것은 마찬가지다. 그건 확실하다. 잠시 유예해 줄 뿐 결국에는 죽여 버린다.

언젠가 캠프에 나갔을 때 본 장면이 떠오른다. 내가 화톳불 위에 장작을 얹어놓았더니, 개미들이 그 장작에 잔뜩 달라붙었다. 장작이 타기 시작하자, 개미들은 무리를 지어서 불꽃이 있는 중심부로 몰려갔다. 그러다가 이내 되돌아서서 장작 끝으로 달아났다. 장작 끝부분에 몰린 개미들은 대부분 불 속으로 떨어졌다. 어떤 녀석들은 몸에 화상을 입은 채 어디로 가는지도 모르고 불길을 빠져나갔다. 하지만 대부분은 불길 쪽으로 몰려갔다가 장작 끝으로 되돌아 나와 뜨겁지 않은 장작 끝에 떼 지어 몰려 있었다. 그러다가 결국에는 불 속으로 떨어지고 말았다. 그때 나는 '개미들에게는 세상의 종말이 온 것이겠구나.' 하는 생각을 하면서, 구세주 노릇을 할 수 있는 멋진 기회가 왔으니 화톳불에서 장작을 집어 개미들이 도망칠 수 있는 곳으로 던져줄까도 생각했다. 하지만 나는 그저 물 한 컵을 장작에 끼얹었을 뿐이다. 그것도 컵에 있던 물을 비운 다음 빈 컵에 위스키를 따르고, 거기에 다시 물을 탈 생각으로 말이다. 결과적으로 불타고 있는 장작에 끼얹은 물은 개미를 삶아 죽이는 역할만 했을 뿐이다.

나는 이제 캐서린의 상태가 어떤지 알기 위해 복도에 앉아서 기다렸다. 간호사는 밖으로 나오지 않았다. 잠시 후, 나는 문을 살그머니 열고 안을 들여다봤다. 복도엔 빛이 있지만 방 안은 어둡기 때문에 처음엔 아무것도 보이지 않았다. 그러다가 침대 옆에 앉아 있는 간호사와 베개를 베고 있는 캐서린의 머리가 보였다. 시트를 덮은 캐서린의 몸이 홀쭉했다. 간호사가 손가락을 입술에 대고 일어서더니 문 쪽으로 다가왔다.

"좀 어떻습니까?"

내가 물었다.

"아무 일 없어요. 외출해서 저녁 식사를 하신 후 다시 오세요."

간호사가 말했다.

나는 복도를 지나 계단을 내려와 병원 밖으로 나갔다. 비가 내리는 어두운 거리를 따라 카페로 걸어갔다. 카페 안은 불이 환하게 켜져 있었고 테이블엔 사람들이 많았다. 앉을 자리를 찾지 못해 두리번거리고 있는데, 웨이터가 다가와 젖은 코트와 모자를 받아들고는 나이 지긋한 남자가 앉아 있는 테이블로 안내해 주었다. 그 남자는 맥주를 마시면서 석간신문을 읽고 있었다. 나는 남자의 맞은편 자리에 앉아 오늘의 메뉴가 무엇인지를 웨이터에게 물었다.

"송아지 스튜입니다만 떨어졌습니다."

"그럼 어떤 걸 먹을 수 있나요?"

"햄과 치즈를 곁들인 달걀과 사우어크라우트가 있습니다."

"사우어크라우트는 점심때 먹었는데요."

"맞아요, 점심때 사우어크라우트를 드셨죠."

정수리가 벗어진 웨이터는 몇 가닥 남아 있는 머리를 매끈하게 빗어 넘긴 중년 남자였다. 얼굴에 친절함이 배어 있었다.

"무얼 드시겠습니까?"

"햄을 곁들인 달걀, 그리고 맥주."

"작은 잔이죠?"

"네."

"기억합니다. 낮에도 그걸로 드셨지요."

나는 햄과 달걀을 먹으면서 맥주를 마셨다. 햄과 달걀은 둥근 접시에 담겨져 나왔는데, 햄 위에 달걀이 얹어져 있었다. 처음 한 입을 베어 물었을 땐 매우 뜨거웠다. 입안을 식히기 위해 맥주를 한 모금 마셨다. 배가 많이 고팠던지라 웨이터에게 한 접시를 더 주문했다. 맥주도 여러 잔 마셨다. 나는 아무 생각도 하지 않은 채 맞은편 사람이 읽고 있는 신문을 읽었다. 영국군 전선이 뚫렸다는 기사였다. 내가 신문 뒷면을 읽는다는 것을 눈치 챈 맞은편 남자가 신문을 접어 버렸다. 나는 웨이터에게 신문을 가져다달라고 할까도 생각했지만 정신을 집중할 수 없을 것 같아 그만두었다. 카페 안은 공기가 탁하고 더웠다. 테이블에 앉아 있는 사람들 대부분은 서로 아는 사이 같았다. 카드놀이를 하고 있는 테이블도 여럿 있었다. 웨이터들은 카운터에서 테이블로 술이나 음료를 나르느라 분주했다. 그때 남자 둘이 들어왔는데 앉을 자리가 없었다. 그들은 내가 앉은 테이블 맞은편에 서 있었다. 나는 아직 일어날 생각이 없었기 때문에 맥주를 더 주문했다. 병원으로 돌아가기엔 너무 일렀다. 나는 아무 생각도 하지 않고 마음을 차분하게 가라앉히려고 애를 썼다. 일어나는 사람이 아무도 없자, 서 있던 두 남자는 식당에서 나갔다. 나는 맥주를 한 잔 더 마셨다. 내가 앉아 있는 테이블엔 술잔 받침이 수북하게 쌓여 있었다. 맞은편에 앉은 남자는 안경을 벗어 안경집에 집어넣고 신문을 접어 주머니에 넣더니 술잔을 손에 든 채 카페 안을 둘러보았다. 불현듯 병원으로 돌아가야 된다는 생각이 들었다.

웨이터를 불러서 계산을 한 다음 코트를 입고 모자를 쓰고 문밖으로 나섰다. 나는 비를 맞으면서 병원까지 걸어갔다.

나는 위층에서 복도를 따라 내려오고 있는 간호사를 만났다.

"방금 호텔로 전화 드렸었어요."

그녀가 말했다. 순간 가슴속에서 뭔가가 덜컹 떨어지는 것 같았다.

"뭐가 잘못됐습니까?"

"부인의 출혈이 멎지 않아요."

"들어가도 됩니까?"

"아니요, 아직은 안 돼요. 의사 선생님이 함께 계세요."

"위험합니까?"

"아주 위험한 상황이에요."

간호사는 병실로 들어가 문을 닫았다.

나는 복도에 앉았다. 마음속이 휑했다. 아무 생각도 나지 않았다. 아니, 생각할 수가 없었다. 캐서린이 죽어 가고 있었다. 나는 죽지 않게 해달라고 기도했다. 죽지 않게 해주세요. 아, 하느님! 제발 죽지 않게 해주세요. 캐서린만 살려주신다면 당신을 위해 무엇이든 하겠습니다. 제발, 제발, 제발! 죽지 않게 해주세요. 하느님! 캐서린을 죽지 않게 해주세요. 제발, 제발, 제발! 죽지 않게 해주세요. 하느님! 제발 캐서린을 죽지 않게 해주세요. 그녀만 살려주시면 당신이 시키는 일은 무엇이든 다 하겠습니다. 우리 아기는 데려가셨지만, 캐서린은 죽지 않게 해주세요. 그것뿐입니다. 죽지 않게 해주세요. 제발, 제발! 하느님, 죽게 내버려두지 마세요.

간호사가 문을 열더니 들어오라는 손짓을 했다. 나는 그녀를 따라 병실로 들어갔다. 내가 들어갔는데도 캐서린은 나를 바라보지 않았다. 침대 옆으로 다가갔다. 의사는 맞은편에 서 있었다. 캐서린은 나를 보더니 희미하게 미소를 지었다. 나는 침대 쪽으로 몸을 숙이고 울기 시작했다.

"가여운 사람."

캐서린이 아주 부드럽게 말했다. 그녀의 얼굴은 잿빛이었다.

"괜찮아요, 캐트. 다 괜찮아질 거요."

내가 말했다.

"난 죽을 거예요."

그녀가 말했다. 그러고서 한참을 쉬었다가 다시 말했다.

"죽기 싫어요."

나는 그녀의 손을 잡았다.

"만지면 안 돼요."

그녀가 말했다. 나는 손을 놓았다. 그녀는 미소를 지었다.

"가엾은 사람. 마음대로 만져요."

"괜찮을 거요, 캐트. 괜찮아질 거라고요."

"만약의 경우에 대비해서 당신에게 편지를 써두려고 했는데, 결국 못했네요."

"신부님이나 누구든 만나고 싶은 사람들을 불러올까요?"

"그냥 당신만 있으면 돼요."

그녀는 말을 한 후 잠시 쉬었다가 말을 이었다.

"나는 죽음이 두렵지 않아요. 그냥 싫을 뿐이에요."

"말을 너무 많이 해서는 안 됩니다."

의사가 끼어들었다.

"알았어요."

캐서린이 대답했다.

"내가 뭘 해줄까요, 캐트? 뭘 가져다줄까요?"

캐서린이 미소를 지었다.

"아니요."

그러더니 조금 있다가 다시 말을 이었다.

"우리가 함께했던 것들 그리고 내게 했던 말들을 다른 여자에게도 똑같이 하지 않을 거죠? 그렇죠?"

"그런 일은 절대 없소."

"그래도 당신에게 다시 사랑하는 여자가 생겼으면 좋겠어요."

"그런 건 필요 없소."

"말을 너무 많이 하고 있어요. 헨리 씨는 잠시 나가주세요. 헨리 씨는 나중에 다시 들어오세요. 부인은 죽지 않습니다. 바보처럼 굴지 마세요."

의사가 말했다.

"알았어요. 곧 당신에게 돌아가 많은 밤을 함께 보낼 거예요."

캐서린이 말했다. 이제는 말하는 것도 무척 힘들어 보였다.

"제발 나가주세요. 부인께선 말을 하면 안 됩니다."

의사가 말했다.

캐서린은 내게 눈을 찡긋해 보였는데 얼굴이 잿빛이었다.

"문밖에 있겠소."

내가 말했다.

"걱정 말아요, 달링. 조금도 두렵지 않아요. 이건 그냥 다 더러운 속임수일 뿐이에요.”

캐서린이 말했다.

“당신은 아름답고 용감한 사람이오.”

나는 밖으로 나와 복도에서 기다렸다. 아주 오랜 시간이 흘렀다. 간호사가 문을 열고 나와 내게 다가왔다.

“부인의 상태가 아주 안 좋아요. 걱정이에요.”

그녀가 말했다.

“죽은 건가요?”

“아니요. 의식이 없으세요.”

캐서린은 출혈이 그치지 않고 계속되는 것 같았다. 의료진은 출혈을 멈추게 하지 못했다. 나는 병실로 들어가 캐서린이 숨을 거둘 때까지 곁을 지켰다. 캐서린은 내내 의식을 찾지 못했고, 얼마 지나지 않아 숨을 멈추었다.

병실 밖 복도에서 내가 의사에게 물었다.

“오늘 저녁에 내가 해야 할 일이 있습니까?”

“아니요. 특별한 것은 없습니다. 호텔까지 모셔다 드릴까요?”

“아뇨, 괜찮습니다. 난 여기 잠시 더 있겠습니다.”

“뭐라고 드릴 말씀이 없습니다. 얼마나 죄송한지…….”

“아닙니다. 그런 말씀 하실 필요 없습니다.”

“안녕히…… 제가 호텔까지 모셔다 드리면 안 될까요?”

“아뇨, 됐습니다.”

“저희로서는 그게 유일한 방법이었습니다만, 수술이 결국은…….”

“거기에 대해 더 이상 말하고 싶지 않습니다.”

나는 말을 잘랐다.

"호텔까지 모셔다 드렸으면 하는데요."

"아뇨, 됐습니다."

의사는 복도 아래쪽으로 갔고, 나는 병실 쪽으로 되돌아갔다.

"지금 들어오시면 안 돼요."

간호사들 중 한 명이 말했다.

"아니요, 들어가겠습니다."

내가 말했다.

"아직 들어오시면 안 돼요."

"당신은 여기서 나가줘요. 다른 사람들도."

내가 말했다.

간호사들을 내보낸 다음 문을 닫고 불을 껐지만, 아무 소용이 없었다. 마치 조각상에게 작별 인사를 하는 것 같았다.

잠시 후 병실에서 나온 나는 병원을 벗어나 비를 맞으면서 호텔을 향해 걸어갔다.

작품 해설

1914년 8월 제1차 세계 대전(1914~1918) 발발 당시 헤밍웨이는 시카고 서쪽에 있는 오크 파크 고등학교 학생이었다. 고교 졸업 두 달 전이었던 1917년 4월 2일 미국이 연합국 편에 서서 참전을 선언하자 그는 즉시 입대를 자원하지만 불합격하고 만다. 1913년 권투를 배우다가 입은 부상의 후유증으로 왼쪽 눈의 시력이 크게 나빠졌는데 이것이 이유가 되었다.

고교 졸업 후 그는 캔자스시티로 가서 일간지 〈스타(The Star)〉의 기자로 일하기 시작했는데 여전히 참전하고 싶다는 마음을 접지 못했다. 그리하여 1918년 봄에 헤밍웨이와 신문사 동료인 테드 브럼백(Ted Brumback)은 이탈리아 군대에서 앰뷸런스를 운전하고 지휘하는 장교가 되기 위해 미국 적십자사에 지원한다. 두 사람은 5월 23일 뉴욕을 떠나 프랑스로 갔고, 6월 4일 이탈리아의 임지에 도착했다.

이때 헤밍웨이는 포살타에 주둔한 이탈리아 군대에 초콜릿과 담배를 보급하는 업무에 자원했다. 그러다가 7월 8일 박격포 파편을 220여 군데나 맞는 큰 부상을 입어 밀라노의 미국 적십자사 병원에 후송되었고, 그 후 3개월에 걸친 수술과 치료 과정을 거쳐 퇴원한 다음 이탈리아 보병부대에 잠깐 배속되었다가 1919년에 제대해 미국으로 돌아왔다.

헤밍웨이가 실전을 경험한 기간은 겨우 한 달에 불과했다. 그러나 사냥, 투우, 수렵 등 스스로에게 중요하다고 생각하는 주제들을 평생에 걸쳐 체험하고 연구한 것과 마찬가지로 그는 제1차 세계 대전 또한 철저하게 연구했고, 이를 통해 『무기여 잘 있거라(A Farewell to Arms)』의 배경이 되는 장소들과 사건들을 아주 사실적으로 묘사할 수 있었다. 『무기여 잘 있거라』를 논평한 초기 비평가들이 헤밍웨이가 소설 속 장소들과 사건들을 직접 목격했다고 믿음은 물론 이탈리아 독자들까지도 헤밍웨이가 현장에 있었다고 확신할 정도였는데, 소설 속의 중요한 사건인 카포레토 퇴각 장면이 실제와 너무나 정확히 맞아떨어졌기 때문이다.

1918년 11월 11일 휴전협정이 이루어졌을 때, 헤밍웨이는 여전히 밀라노의 미국 적십자사 병원에 입원해 있었다. 이때 그는 7년 연상인 간호사 아그네스 본 크로프스키(Agnes von Kurowsky)와 연애를 시작했다. 아그네스는 독일계 미국인의 딸로서 펜실베이니아 저먼에서 태어나 뉴욕 벨뷰 종합병원에서 간호사 연수를 받고서 정식 간호사가 된 여성이었다. 연애는 5개월 정도 이어졌고, 그들이 마지막으로 만난 것은 1918년 12월 9일이었다. 1919년 1월 4일 적십자사에서 제대하여 귀국한 헤밍웨이는 그해 3월 아그네스로부터 관계를 청산하자는 결별 편지를 받았다. 헤밍웨이가 너무 어리다는 이유였지만, 사실은 당시 아그네스에게 그보다 멋진 연상의 남자가 생겼기 때문이다. 1918년 헤밍웨이를 만났을 당시 아그네스는 경험이 풍부하고 원숙한 28세의 여성이었는데, 소설 속의 캐서린 바클리와는 간호사라는 직업과 아름다운 미모를 지녔다는 점만 일치할 뿐 그 외에는 유사점이 없는 강인하고 독립적인 성격의 소유자였다. 그녀는 종전 후에도 적십자사에 근무하다가 결혼했으나 이혼한 후 자녀 없이 독신으로 살다가 1984년에 사망했다.

헤밍웨이를 가리켜 흔히 피츠제럴드, 포크너와 함께 '잃어버린 세대(Lost Generation)'를 대표하는 작가라고 한다. '잃어버린 세대'란 미국의 여류 소설가이자 시인인 거트루드 스타인(Gertrude Stein)이 '제1차 세계 대전이 끝난 뒤 느낀 절망과 허무감을 문학에 반영한 젊은 세대의 작가들'을 가리킨 말이었는데, 시간이 지나면서 '제1차 세계 대전 중에 성인이 되고, 전쟁과 사회적 대격변 때문에 인생에 환멸을 느껴 세상을 냉소적으로 보는 세대' 전체를 통칭하는 용어로 정착되었다.

이 소설의 주인공 프레더릭 헨리 또한 '잃어버린 세대'에 속한 젊은이 중 한 사람인 셈인데, 헤밍웨이는 아그네스를 만나고 10년이 흐른 후 제1차 세계 대전 중의 이탈리아를 배경으로 해서 아그네스와의 연애 경험과 '잃어버린 세대'의 사상을 한 그릇에 넣어 녹임으로써 『무기여 잘 있거라』를 탄생시켰다.

비평가들은 이 작품에서 '덫(trap)' 또는 '생물적 덫(biological trap)' 그리고 '단독 평화 조약(separate peace)'을 가장 인상적인 표현으로 꼽는데, 그 이유가 무엇일까. 이 세상이 인간을 죽이려 들고,

착한 사람과 온순한 사람과 용감한 사람일수록 더욱더 죽이려 들기 때문이 아닐는지. 그러한 덫에 빠져 있는 인간은 매 순간 투쟁하면서 그 자신의 인생법칙을 만들어내지 않으면 안 될 것이다. 개인이 투쟁하지 않는 한, 삶은 그에게 어떤 해결안도 제시해 주지 않으면서 궁극적으로는 그 개인을 죽이기 때문이다.

이것이 이 소설의 주인공 프레더릭 헨리가 소설의 초반부와 중반부에서 끊임없이 마주치는 현실이다. 소설의 후반부는 그런 현실에 저항하면서 대열에서 이탈하여 혼자서 '단독 평화 조약'을 맺고 그것의 구체적 실천으로 나아가다가 스위스 로잔의 한 병원에서 사랑하는 여자의 죽음을 지켜보는 것으로 종지부를 찍는다.

소설의 제목 『무기여 잘 있거라』는 두 가지 대상에 작별을 고한다. 탈리아멘토 강에 뛰어들어 단독 평화 조약을 맺은 헨리가 전쟁, 즉 '무기(arms)'에 작별을 고하는 것이 그 하나이다.

'나는 혼자 있게 되어 좋았다. 신문을 가지고 있었으나 전쟁 기사를 보고 싶지 않았다. 전쟁에 대한 건 다 잊어버릴 참이었다. 나는 혼자서 단독 평화 조약을 맺은 것이다.'(본문 중)

그리고 출산 중 사망한 애인 캐서린의 '양팔(arms)'에 작별을 고하는 것이 다른 하나다.

'간호사들을 내보낸 다음 문을 닫고 불을 껐지만, 아무 소용이 없었다. 마치 조각상에게 작별 인사를 하는 것 같았다.'(본문 중)

이 문장의 '조각상'은 구체적으로 캐서린의 양팔을 의미한다.

이 소설에서는 인간다운 삶의 영위를 방해하는 전쟁과 그에 맞서는 수단으로서 사랑이라는 방벽(防壁)을 설정했지만, 그 벽은 위태롭고 불안하다. 헨리와 캐서린의 사랑이 깊어질수록 비극은 심화되고 실존적 불안은 커진다. 그들은 마지막까지 삶에 집착하고 운명에 저항하지만 결국 무너진다. 무기를 버리고 전쟁터를 떠나기만 하면 불합리한 죽음에서 벗어나 일상의 세계로 돌아갈 수 있다고 생각한 그들에게 운명의 폭력은 가혹하다. 그것을 깨달은 인간의 무력감이 묵직하게 가슴을 울린다. 소설의 마지막 문장에서 보이는 헨리의 모습은 안타까운 감정을 불러일으키는 동시에 한없이 작고 초라하게 느껴지기도 한다.

'잠시 후 병실에서 나온 나는 병원을 벗어나 비를 맞으면서 호텔을 향해 걸어갔다.'(본문 중)

작품에 나오는 결말은 이렇듯 짧은데, 헤밍웨이는 1958년 뉴욕에서 발행하는 문학 전문지 〈파리 리뷰(The Paris Review)〉와의 인터뷰에서 '『무기여 잘 있거라』의 결말은 39번이나 고쳐 쓴 뒤에야 결정한 것.'이라고 고백한 바 있다. 이에 대해 헤밍웨이의 손자이자 뉴욕 메트로폴리탄 미술관의 큐레이터인 션 헤밍웨이는 '할아버지가 언급한 결말은 39개지만 실제로는 47개가 넘는다.'고 말한다. 1979년부터 미국 보스턴 케네디 도서관에 보관 중인 할아버지의 원고를 분석해 각기 다른 47개의 결말을 찾아냈다는 것이다.

이들 결말은 한두 개의 짧은 문장으로 이뤄진 것부터 여러 단락으로 구성된 것까지 다양한데, 그중 하나는 이러하다.

"이것이 이야기의 전부다. 캐서린은 죽었고, 당신도 나도 죽을 것이다. 이게 내가 당신에게 약속할 수 있는 전부다."

헤밍웨이는 『노인과 바다』의 원고를 80번이나 되풀이해 읽었다고 한다. 그가 파리에서 거주하던 젊은 시절을 회고하며 말년인 1957년부터 1960년 사이에 쓴 에세이 30여 편을 묶은 에세이집 『파리 스케치』에는 다음과 같은 고백도 있다.

"나는 늘 한 대목을 끝낼 때까지 글을 썼고, 다음에 어떻게 쓸지 감이 오면 그때 멈췄다. 그런 식으로 다음 날에도 어떻게든 계속 작업을 해나갈 수 있을 거라고 확신할 수 있었다. 그러나 새로운 이야기를 시작했는데 진도가 잘 나가지 않을 때는 벽난로 앞에 앉아 작은 오렌지 껍질을 눌러 불꽃 가장자리에 즙을 짜 넣고 타닥거리며 피어오르는 파란 불꽃을 바라보곤 했다. 일어나서 파리의 지붕들을 내려다보며 생각을 하기도 했다. '걱정할 것 없어. 계속 글을 써 왔고 이번에도 쓰게 될 테니. 제대로 된 진짜 문장 하나만 쓰면 돼. 알고 있는 것 중에서 가장 진실한 것을 쓰라고.'"('스타인 여사의 가르침' 중에서)

헤밍웨이가 세계적인 작가의 반열에 오를 수 있었던 것은 우연이 아니었고, 특별한 비결이 있는 것도 아니었다. 베스트셀러 작가 스티븐 킹(Stephen Edwin King)은 "책은 쓰는 것이 아니라 짓는 것이다."라고 말한다. 작가가 글을 쓴다는 것은 목수가 하나하나 정성을 다해 집을 짓는 것과도 같다는 것이다.

『무기여 잘 있거라』는 세계 문학사에서 대표적인 전쟁소설로 꼽힌다. 그만큼 전장과 후방의 대조적인 상황, 전쟁에 임하는 사람들의 각기 다른 생각 등을 구체적이고 사실적으로 묘사하고 있다. 특히 전쟁에 대한 냉소와 비판을 작품 곳곳에 짙게 깔아놓았다.

미국인이면서 이탈리아 부대에 소속되어 있고, 전투 부대가 아니라 구급차 부대에 소속된 헨리는 처음엔 "나에게 이 전쟁은 영화에 나오는 전쟁만큼이나 위험하지 않다."고 말한다. 그러나 전투가 아닌 마카로니와 치즈를 먹던 중에 포탄을 맞아 부상을 입고 훈장을 받았으며, 적군이 아닌 겁먹은 아군의 총에 후임병을 잃고, 퇴각 중에 아군의 사기를 진작시킨다는 명목 아래 대열에서 이탈된 군인에게 탈영 및 간첩 혐의를 뒤집어씌우려는 헌병에게 붙잡혀 처형될 위기에 놓이는 등의 상황을 통해 논리와 상식을 거부하는 전쟁의 비인간성과 비합리성, 기이한 특성을 극대화시켜 보여준다.

이 작품은 전쟁소설인 동시에 연애소설이기도 하다. 헤밍웨이 스스로 '내가 쓴 로미오와 줄리엣'이라고 할 만큼 애잔한 사랑 이야기이다. 자기 삶에 무심하던 주인공은 비참한 전장에서 진정한 사랑을 경험하면서 추상적이고 관념적인 것의 공허함, 세상에 내던져진 채 죽음으로 향할 수밖에 없는 인간과 그래서 더 소중한 사랑, 교감의 가치를 깨닫는다.

하드보일드 기법(hard-boiled style, 1930년 전후 미국 문학에서 나타나기 시작한 것으로 문학이나 영화에서 주관적 감정을 배제하고 인물이나 사실을 냉정하게 묘사하거나 표현하는 기법. 2007년 국립국어원에서는 순화된 용어로 '냉혹 기법'을 제시)에 풍부한 시적 요소를 더해 깊은 울림을 주는 이 작품은 연극, 영화, 드라마로도 여러 차례 만들어지며 전 세계 독자들에게 꾸준히 사랑받고 있다.

2021년 11월
옮긴이

# 작가의 삶과 연보

**1899** 출생  7월 21일, 미국 일리노이 주 시카고 시 서부 오크 파크에서 2남 4녀 중 둘째이자 장남으로 출생.

**1901** 2세  미시간 주 북부의 월룬 호수(Walloon Lake)로 여름휴가를 감. 이후 여러 번 이 지역으로 휴가를 갔고, 월룬 호수는 그의 초기 작품에 자주 나오는 배경이 됨.

**1909** 10세  할아버지로부터 생일 선물로 엽총을 받음. 할아버지에 대한 이야기는 이후 자살한 아버지의 이야기와 함께 『누구를 위하여 좋은 울리나(For Whom the Bell Tolls)』에 등장.

**1913** 14세  시카고의 권투학원에 들어감. 이때 입은 부상의 후유증으로 2년 뒤 왼쪽 눈의 시력이 크게 저하됨.

**1917** 18세  오크 파크 고등학교를 우수한 성적으로 졸업. 4월, 미국의 제1차 세계 대전 참전과 함께 헤밍웨이 역시 입대를 자원하지만 시력 문제로 불합격됨.
졸업 후 캔자스시티로 가서 〈스타(The Star)〉지의 기자가 됨.

**1918** 19세 〈스타〉지에서 퇴사하고 이탈리아 군속 적십자 요원으로 참전. 이탈리아에서 근무 중 포격으로 부상을 입고 밀라노 후송 병원에 입원. 3개월간 치료 후 퇴원해 이탈리아 보병부대에 배속됨.

**1919** 20세 부상으로 제대 후 미국으로 돌아옴.

**1920** 21세 캐나다 토론토로 가서 신문기자로 일하다가 귀국. 시카고 시에서 발행하는 한 기관지의 편집자가 됨.

**1921** 22세 9월, 헤이들리 리처드슨(Elizabeth Hadley Richardson)과 결혼하여 캐나다 토론토에 거주. 〈토론토 스타 위클리(Toronto Star Weekly)〉지의 특파원이 되어 유럽으로 감.

**1922~1924** 23~25세 파리 시대 개막. 스콧 피츠제럴드(Francis Scott Key Fitzgerald), 에즈라 파운드(Ezra Pound) 등과 교유하며 문학 수업을 받음. 1923년 장남 존(John Hemingway) 출생. 초기 작품 몇 편을 발표. 1924년에 단편집 『우리들의 시대에(In Our Time)』 발표.

**1925** 26세 단편 '두 개의 커다란 심장을 가진 강(Big Two-Hearted River)' 발표.

**1926** 27세 장편소설 『태양은 다시 떠오른다(The Sun Also Rises)』 발표. 첫 부인 헤이들리 리처드슨과 이혼.

**1927** 28세 〈보그(Vogue)〉지의 파리 특파원이자 의상 비평가인 폴린 파이퍼(Pauline Pfeiffer)와 재혼.

**1928** 29세 차남 패트릭(Patrick Hemingway) 출생. 12월 6일, 부친 클래런스 헤밍웨이(Clarence Hemingway)가 오크 파크 자택에서 자살.

1929 30세 장편소설 『무기여 잘 있거라(A Farewell to Arms)』 발표.

1930 31세 11월, 소설가 도스 패소스(John Dos Passos)와 사냥 여행을 나섰다가 자동차 사고로 팔을 다쳐 세 차례의 수술을 받음.

1931 32세 캔자스시티에서 셋째 아들 그레고리(Gregory Hemingway) 출생. 제왕 절개 수술로 태어남.

1932 33세 논픽션집 『오후의 죽음(Death in the Afternoon)』 발표.

1933~1934 34~35세 1933년, 단편집 『승자는 아무것도 갖지 마라(Winner Take Nothing)』 발표. 아프리카 여행.

1935 36세 아프리카 여행기 『아프리카의 푸른 언덕(Green Hills of Africa)』 발표.

1936 37세 7월, 『누구를 위하여 종은 울리나(For Whom the Bell Tolls)』 의 배경이 된 스페인 내전 발발.
『킬리만자로의 눈(The Snows of Kilimanjaro)』 발표.

1937 38세 2월, 북아메리카 신문 연합의 특파원이 되어 스페인으로 감. 스페인에서 〈콜리어 위클리(Collier's Weekly)〉지의 특파원인 여류 작가 마사 겔혼(Martha Gellhorn)과 만나 열애에 빠짐.

1938 39세 희곡 '제5열'과 단편 49편을 하나로 묶어 『제5열과 첫 49개 단편들(The Fifth Column and The First Forty-Nine Stories)』 출간.

1939 40세 쿠바의 아바나에 있는 한 호텔에서 『누구를 위하여 종은 울리나』 집필 시작.

**1940** 41세 『누구를 위하여 종은 울리나』 발표.
폴린 파이퍼와 이혼하고, 마사 겔혼과 결혼.

**1941** 42세 중일 전쟁 특파원으로 중국 방면을 여행.

**1942** 43세 82편의 전쟁 이야기들을 편집한 책 『전쟁 속의 인간(Men at War : The Best War Stories of All Time)』 출간.

**1943** 44세 제2차 세계 대전 취재차 아내 마사와 함께 프랑스로 감.

**1944** 45세 5월, 〈타임(Time)〉지의 런던 지사에서 근무하던 언론인 메리 웰시(Mary Welsh)를 만남. 7월, 조지 패튼(George Smith Patton) 장군의 사단에 배속되어 종군함.

**1945** 46세 12월, 세 번째 부인 마사 겔혼과 이혼.

**1946** 47세 2월, 네 번째 부인이자 이후 그와 끝까지 함께하는 메리 웰시와 결혼.

**1947** 48세 1944년에 프랑스에서 활약한 공로로 동성(銅星) 훈장을 받음.

**1948** 49세 이탈리아 방문 중 베네치아에서 19세의 아드리아나 이반치치(Adriana Ivancich)를 만남. 이후 그녀를 모델로 『강 건너 숲속으로(Across the River and Into the Trees)』를 쓰게 됨.

**1949** 50세 아내와 유럽으로 건너가 남프랑스와 이탈리아를 여행.

**1950** 51세 『강 건너 숲속으로』 발표. 비평가들로부터 '헤밍웨이의 문학은 하강 국면에 있다.'는 등 혹평을 받음.

**1951** 52세  6월, 모친 그레이스 홀 헤밍웨이(Grace Hall Hemingway) 사망.

**1952** 53세  〈라이프(Life)〉지에 『노인과 바다(The Old Man and the Sea)』 발표. 이 소설로 명성을 회복함.

**1953** 54세  퓰리처상 수상.

**1954** 55세  아프리카 우간다 지방을 여행하던 중 비행기 사고로 부부가 함께 중상을 입음. 신문은 헤밍웨이가 사망했다는 오보를 냄. 10월, 노벨문학상 수상.

**1955** 56세  쿠바 정부로부터 산크리스토발 훈장을 받음.

**1956** 57세  아이다호(Idaho) 케첨(Ketchum)에서 논픽션 『이동 축일(A Moveable Feast)』을 집필. 이 책은 사후인 1964년에 발표.

**1957** 58세  6월, 시인 에즈라 파운드를 성 엘리자베스 정신병원에서 퇴원 시키기 위한 펀드에 1천5백 달러 기부.

**1958** 59세  10월까지 쿠바에 머물렀으나 카스트로 혁명이 시작되자 10월 초 케첨으로 돌아옴.

**1959** 60세  〈라이프〉지에 스페인 전국 투우 견문기를 게재하는 조건으로 스페인으로 건너가 전국 순회. 그 견문기를 〈라이프〉지에 '위험한 여름(The Dangerous Summer)'이라는 제목으로 발표.

**1960** 61세  대작을 써내지 못하는 것에 대한 정신적 고통과 고혈압 등의 지병으로 심각한 신경쇠약 증세에 빠짐.
지인인 호치너(A, E. Hotchner)가 그의 사후인 1966년에 발표한 『파파 헤밍웨이(Papa Hemingway : A Personal Memoir)』를 통해 자살 직전의 헤밍웨이 심경을 묘사함. '세계적으로 명성도 얻었고 이제 은퇴해서 편안히 살면 될 텐데 왜 자꾸 자살하려고 하느냐?'는 호치너의 질문에, 헤밍웨이는 '나는 작가인데 작가가 글을 쓰지 못한다면 더 이상 이 세상에 존재할 필요가 없다.'라고 답함.

**1961** 62세 심한 우울증과 피해망상 증세를 보임. 4월, 엽총으로 자살을 기도하지만 부인 메리에게 발각되어 미수에 그침. 가족의 권유로 미네소타 주 로체스터의 메이요 클리닉에 입원해 정신과 치료를 받음. 메이요 클리닉에서 돌아온 이틀 후인 7월 2일, 자살.
유작으로 『해류 속의 섬들(Islands in the Stream)』(1970), 『위험한 여름(The Dangerous Summer)』(1985), 『에덴동산(The Garden of Eden)』(1986)이 출판됨.

무기여 잘 있거라

# A Farewell
# to Arms

개정판 1쇄 인쇄 | 2024년 03월 10일
개정판 1쇄 발행 | 2024년 03월 15일

**지은이** | 어니스트 헤밍웨이
**옮긴이** | 김지영
**펴낸이** | 윤옥임
**펴낸곳** | 브라운힐

서울시 마포구 토정로 214 (신수동 388-2)
**대표전화** (02)713-6523, **팩스** (02)3272-9702
등록 제 10-2428호

© 2024 by Brown Hill Publishing Co. 2024, Printed in Korea
ISBN 979-11-5825-157-4  03840

값 28,000원